Raoul Thalheim

Hirnhunde

Raoul Thalheim

Hirnhunde

Roman

Verlag ℟ Antaios

Über den Autor

Raoul Thalheim ist ein deutscher Schriftsteller. Sein hier gewählter Name ist ein Pseudonym. Die Gründe für die Tarnung darzustellen hieße, den Panzer des Kunstnamens zu schwächen.

> *What's in a name? that which we call a rose*
> *By any other name would smell as sweet*
> (William Shakespeare)

Impressum

Buchgestaltung und Satz: impulsar-werkstatt.de
Druck: Koppdruck, Heidenheim

Bibliographische Informationen der Deutschen Nationalbibliothek, abrufbar unter http://dnb.ddb.de

Thalheim, Raoul
Hirnhunde
348 Seiten, Erste Auflage, Schnellroda 2014

© Verlag Antaios, Schnellroda 2014

ISBN: 978-3-944422-11-4

Gedruckt in Deutschland

Inhalt

Prolog 7
Rössler heißt jetzt Rosenbaum 10
Hartmänner 33
Frauen sortieren 44
Passion 61
Grundbauchschmerzen 82
Bü-bü-Bülo! 110
Als Mann wird man nicht geboren 121
Einer spielt falsch 141
Hommage an Nietzsche 171
Es ist ein bürgerliches Elend 182
Der Held mit der Fahne 204
Habe acht! 221
Sag nicht das Wort! 229
Hasardeure 250
Emilia darf nicht sterben 275
Stichwege, links, rechts 291
Show me your hands 320

So also war das mit dem Sterben. Diese Sekunden, bevor es in den Tunnel ging, der sich dann lichten würde. Diese Lichtung, wo alles gut wäre und wahr, und endgültig. Davor – jetzt! – dieser Film mit Szenen, die einfach eintraten, parallel zum Bewußtsein, unabhängig davon. So war es in Büchern und Filmen, es hatte anscheinend seinen Sinn.

Als Marcel das Gleichgewicht verlor, als es ihm genommen wurde – hatte er es je besessen? –, als sich seine klammernden Finger von den Innenseiten der Fensterrahmens lösten, als er zu stürzen begann (wie viele Meter, wie viele Jahrzehnte waren das eigentlich?), da startete der Große Filmvorführer sein, Marcels, Privatkino. Letzte Realitätsfetzen – Mikroeindrücke von den groben Poren des Münchner Rauhputzes, mit dem man nach der Wende die Fassade eingekleistert hatte, die Außenfensterbank von unten gesehen, ein Hartplastikformteil; darunter, nur aus Marcels flüchtiger Perspektive sichtbar, Elbsandstein – wichen dem inneren Filmstreifen, der sich aus entlegenen Schubladen bediente: Geäderte Radlerwaden blitzen auf, veilchenblau. Die eiskalte, wortlose Strafdusche, nachdem er, lauter Spiel und Tanz, mit Maurice und Matthieu auf den Eisschollen des halbgefrorenen Swimmingpools balanciert war. Die versagten Tränen dabei. Weihnachten (wann? Anno 1987? 1986? Spielt das eine Rolle?), als das Christkind den Steinbaukasten brachte, obwohl er sich einen ferngesteuerten Panzer gewünscht hatte. Die artige Dankbarkeitsbekundung hernach, Mamans enttäuschter Blick, weil er ein schlechter Schauspieler war. Die Radtour nach Frankreich, so grün, so schön grün, die Vendée!, wo er auf halber Strecke Blinddarmbeschwerden vorgetäuscht hatte und ohne Blinddarm bequem nach Hause transportiert wurde. Der längst vergessene Streit mit Linda, herzallerliebste Linda, im Seminar. Glauser, der die Hände vor's Gesicht schlug. Eugen, der fragte: Mann oder Memme? Der Besuch beim Barbier in Anatolien, »*das* nennt man in Deutschland Bartwuchs?« Die geregelte Selbstkritik beim Redaktionsseminar. Die Darmspiegelung. Die Auseinandersetzung mit dem Hausmeister. Doreen im Rosenblütenbeet ...,Lavendel, Myrt' und Thymian ... *kann das wahr sein? Daß es das war? War's das?* Die Kleine im Bus mit ihrem blöden Schülerausweisproblem, das Pfadfinderlager, das Klo im ICE, dessen Tür sich nicht mehr öffnen ließ, Fasching in der Grundschule als einziger Clown unter lauter Zorros und Cowboys, *wie tief kann man sinken, schon kapiert, das hier ist das Best of meiner Peinlichkeitserlebnisse ...,* nein! Da naht die Wendung, eine Wendung ins Positive! Millie, die endlich apportieren gelernt hat, nur durch Zureden, ohne Schläge oder auch nur ein lautes Wort, Maman, vor Stolz weinend über die Urkunde, Uffz Jentsch und sein anerkennender Prankenschlag auf Marcels Schulter ... der Film biegt also ab zu einem gloriosen Ende, wie wunderbar, das ist dann wohl das sogenannte Licht am Ende des Tunnels, ein matter Vorglanz. *Loslassen – es tut gut. Wie gut es tut!* Fallen, fallen, schneller ... *Und wieso dreh ich mich? Ich dreh mich doch, im Fallen, aber wieso sollte ich? Wohin denn? Drehen? Wenden? Was wäre sinnloser? Wer ist das, der meinem Körper befiehlt? Ich bin's nicht, ich bin schon vorbei, ich schaue stür-*

zend einen Film, der anscheinend Stunden dauert und immer banaler wird: Jochim, der vor versammelter Mannschaft dem armen Maczik die Federn liest, und keiner sagt was, Hatems Drohgebärde, und er, Marcel, zieht den Schwanz ein, Linda, die lügt, und er schweigt ... *Herrgott, das war's dann, das Leben. Grübeln, Nachdenken über Gestern und Vorgestern, über hätte- wäre- könnte ... bis zum bitteren Ende.* »*Bitteres Ende*«, *sogar in Klischeesätzen denkt man noch, mitten im Sterben! Der Hirnhund ist nicht tot, bis er tot ist. Bittere Einsicht.* Es schmeckte bitter – das war Lippenblut. Sinnloser Reflex, sich jetzt noch zu verkrampfen. *Was, wenn das endlos weitergeht? Das Denken, Fühlen, Schmecken? Was, wenn der Tod längst eingetreten wäre, vor Jahren womöglich, und das alles, was wie Leben schien, nur eine Art Phantomschmerz gewesen wäre? Ein Wiederkäuen? Bewältigungsversuche? Wie bewahrt man Haltung, wenn man am Boden zerschellt? Muß man? Arme Ausstrecken, seitlich, wie Jesus am Kreuz, Unschuldsgeste? Was wäre fügsamer, was heroischer? Ein Versäumnis, nie drüber nachgedacht zu haben, schon klar. Keiner denkt bis zum Ende. Muß ich das jetzt bestimmen? Ich? Wer, ich? Jetzt? Wann, jetzt?* Irgendwo begannen Glocken zu läuten. Oder ein anderes Geräusch. Ging ihn wohl nichts mehr an. Himmlische ... himmlische Ruhe.

Rössler heißt jetzt Rosenbaum

Viktor Jochim schmiegte seinen Rücken in die Lehne des Bürostuhls und rührte mit dem Hintern träge auf der Sitzkuhle, bis er bequem Platz gefunden hatte. Er stieß die Kugelschreiberrückseite auf seine geöffnete Kladde, zweimal, dreimal, viermal, ratatatat, strich sich durch den kurzen Bart und schaute in die Runde. Guckte prüfend, ein Doppelkinn bildete sich unter dem grauweißen Bart, guckte fast streng: Dreifachkinn. Juckte sich mit dem Kuli hinterm Ohr. Inspizierte kurz die Juckseite des Kulis. Ra-ta-ta-ta, verlangsamtes Kuliminenaufklopfen. Spreizte die Finger der linken Hand. Schwupp, mit der Kulispitze ein Schmützlein unterm Daumennagel entfernt und von der Tischplatte gestrichen. Krawatte glätten, räuspern. Das leise Gespräch der Kollegen verstummte.

Cornelia Wackernagel stöckelte verspätet in den Raum, streckte sich beim Platznehmen ins Hohlkreuz, hob den Kopf und die linke Augenbraue und schaute in die Runde. Sie hatte sich frisch eingesprüht, mit Parfum, Deo, Haarspray, was auch immer, durchdringende Dezenz, ein Hauch Traurigkeit. Es roch nach Schwermut, Wehmut eher. Ein nostalgisches Odeur, von längst vergangenen Fernen herrührend. So roch sie immer.

Jedenfalls ergab dieser Geruch, vermengt mit dem, was die neuen Tische ausströmten und mit dem Dispersionsfarbenaroma der frisch gestrichenen Wände – weiß, das hatte Jochim vorgeschlagen, bis auf zwei Gegenstimmen (Wackernagel, Petri) waren ihm alle gefolgt im demokratischen Entscheidungsmodus. Weiß stand für Transparenz, Reinheit und Unschuld – ein spezifisches Redaktionssitzungsaroma. Eine Art interner *corporate scent*. So roch Reinweiß: sehr sauber mit einer Note Tragik.

Alle hier würden sich noch in Jahrzehnten bei diesem Geruch in diesen Raum zurückversetzt fühlen. Vermutlich, ohne die Ursache benennen zu können, dachte Marcel. Er schaute, halb gedankenversunken, die Wackernagel an. Die merkte es, guckte indigniert, wechselte dann zu spöttischem Lippenkräuseln. Marcel wurde rot und fühlte sich, als hätte er die Intimsphäre der Kollegin tangiert.

Die Themen für die nächste Ausgabe wurden besprochen und verteilt. Jost würde den Aufmacher zum Euro schreiben, Backhohl den Leitartikel zur Rede des Bundespräsidenten. Kunz' Serie über »Unsere Migranten« habe weiterhin für fulminantes Leserecho gesorgt – Veronika Panusz grinste und winkte fröhlich mit einem Stapel Briefe und ausgedruckter mails: Da müßte man jetzt ein größeres Interview mit Kunz bringen. Der hatte den richtigen Ton getroffen, eine Art wissenschaftlicher Eloquenz, die nicht populistisch war, Kenntnisreichtum mit guter Lesbarkeit verknüpft.

Ob der Kunz kurzfristig nach Dresden kommen kann? Samt Gattin? Jochim kannte Kunz aus vergangenen Tagen, er wollte sich selbst um das Organisatorische kümmern.

»Die Indianerin muß auf jeden Fall mit drauf aufs Photo«, fand Jochim.

Zustimmendes Nicken bei den meisten, Stirnrunzeln und Mundwinkelakrobatik bei der Wackernagel, Widerspruch bei Petri: »Kann ich nicht teilen. Hätte der eine weiße Pfarrerstochter zur Gattin, würden wir die doch auch nicht aufs Photo bringen. Sorry, das ist für mich Feigenblattrhetorik. So was werd ich nie kapieren.« Vereinzelte Murrgeräusche wurden hörbar. Daß Petri etwas »nicht teilen« wollte, daß er verbal den Daumen senkte: man kannte es. Das sei ein Teil von Petris Selbstkonzept, hatte Benjamin mal gesagt. Petri war einer, der es fertigbrachte, im Gegenstrom abermals dagegen zu sein. Saß da und konnte nicht anders.

Petri wischte sich die trotzige Strähne aus der Stirn, kniff die Lippen zusammen, schnippte seinen Kuli auf den Tisch und steckte die Hände in die Hosentaschen. Der Kuli kullerte von der Tischplatte. Marcel kroch kurz runter, hob ihn auf. Petri nahm ihn mürrisch entgegen. Das Ansinnen, das geplante Interview mit Kunzens Gattin zu plakatieren, ging ihm zweifach gegen den Strich. Erstens grundsätzlich, zweitens: Indianer. Robert Petri war Indianer, Gefühlsindianer, das war bekannt, sein Herzblut, sein Spleen. Petri war bereits zu Ostzone-Zeiten Indianist gewesen. Eine Original-Radierung Rudolf Cronaus – *Sitting Bull mit Federschmuck*, Abzug 19/2 – hing in seinem Büro, die Re-Enactment-Phase mit Verkleidung und nostalgischem Brimborium hatte er längst hinter sich. Jahr für Jahr flog er »rüber« zu seinen Wahlverwandten in den Reservaten. Petri baute Schwitzhütten, er war Sonnentänzer. Wer seine Leidenschaft als Hobby titulierte, erntete Verachtung: »Ihr habt die grundsätzlichen, ewigen Parallelen nicht verstanden!« Petris ewige Parallelen waren verschlagwortbar: Landnahme, Zuwanderung, Cocacolonisierung. Natürlich wußte er, daß es auf verlorenem Posten kämpfte, auch hier, in der Redaktion. Seine Stimme zu erheben: Dieses Recht ließ er sich nicht nehmen.

Jochim machte mit ausgestreckter Hand Beschwichtigungsbewegungen in Richtung des großen weißen Mannes mit den fast schwarzen Haaren.

»Ja, wirst du nie kapieren. Ich weiß. Ich weiß auch, daß manche Leute n i e kapieren, wie unsere Welt funktioniert. Robert. Schau. Es ist extrem simpel: Kunz i s t mit einer Indianerin verheiratet. Insofern ist er definitiv jeder rassistischen Tendenz enthoben und kann um so klarer schreiben, was Sache ist und was unsere Leser brennend interessiert. Deine Empfindlichkeiten sind in diesem Fall völlig egal. Mal schauen, ob Kunz dieser Tage Zeit hat.«

Wo der Chef recht hatte, hatte er recht. Jochim speuzte in ein Papiertaschentuch, blickte kurz und dezent auf das Resultat. Nicht mal Petri deutete dies als arge Geste. El Jefe hatte dieses Problem mit dem zähflüssigen Auswurf schon lange. Dabei war er Nichtraucher.

Die Themen des Politikteils wurden durchgesprochen. Parteiengeplänkel, Stand der Kita-Offensive, Wortbrüchigkeit hier, Spendensumpf und Stiftungsverstrickung dort. Ein Fräulein Scherbaum hatte einen vereinbarten Artikel (»Studenten unter Streß«) eingereicht, den Kiedritz, Chef des Politikressorts, »äußerst passabel« fand.

Kiedritz nestelte an seiner Krawatte, er war stolz, abermals eine »von eher links«, noch dazu eine hübsche, als Autorin gewonnen zu haben. Leider hatte er eine Hürde übersehen: Schlußredakteurin Wackernagel. Die las nun Sätze vor (»Nebenbei, das ist das dritte Ausrufezeichen im Text!«) und zerpflückte mit kalter Stimme den Artikel. Der Beginn eines langatmigen Scharmützels. Die uralte Debatte: Wie integrierend müssen wir sein, als Redaktion? Schlechte Artikel abdrucken, weil der Autorenname honorig ist? Brauchen wir eine winzige Frauenquote? Bedeutet Nachwuchspflege, auch halbgare Artikel abzudrucken, journalistische Gehversuche?

Die Wackernagel ergriff in Redaktionssitzungen nicht häufig das Wort. Wenn sie es tat, war sie zäh wie Leder und hart wie Kruppstahl, dachte Marcel und fühlte sich im gleichen Moment ertappt. Das war eine definitiv unangemessene Metapher. Selbst gedanklich. Er mochte die Wackernagel. Da war kein Leder und kein Kruppstahl. Alle wußten das (»wachsweich«, hatte Jochim mal in ihrer Abwesenheit gesagt), aber alle taten, als wär sie so. Vermutlich war es ihr recht.

Marcels Augen wanderten zu den absatzweise neongelb markierten Textseiten, die in halterlosen Glasrahmen rundum im Raum aufgehängt waren. Schaustücke, Schulterabzeichen der *Freigeist*-Redaktion. Ausweise der Demütigung und des Triumphs zugleich: Fünfzehn großkopierte Zeitungsausschnitte, die exemplarisch zeigten, welchen Platz der *Freigeist* innerhalb der sogenannten Medienlandschaft einnahm. Nicht, daß der *Freigeist* nur von einem Nischenpublikum wahrgenommen wurde! Nein, er wurde in Chefredaktionen gelesen, eine stille Rezeption fand statt. Der *Freigeist* artikulierte sich jenseits der politischen Mitte, und das Problem war nicht seine Entfernung zur Mitte (die war deutlich geringer als die seiner Gegenlager links), sondern daß er dabei auf der falschen Seite stand.

Marcel hatte von seinem Eckplatz im Redaktionsrund aus Backhohls Suada zur Vergabe des Friedensnobelpreises im Blick, *Freigeist-online*, 9.10.2009, Datum grell markiert. Nebendran, gleichfalls hinter Glas, der Artikel aus *Politik heute*, Druckausgabe vom 12.10.2009. Die umstandslos und ohne Quellenangabe aus Backhohls Artikel kopierten Sätze waren ebenfalls gelb eingefärbt. Der Autor hatte die rasantesten Passagen von Backhohl abgeschrieben. Keinen da draußen im journalistischen Betrieb hatte das Plagiat gekümmert, hier aber war der Tatbestand ausgestellt, als eine Art Hinterglasmalerei.

Mit etwas Abstand hing rechts daneben Jan Pohls Kritik zur Pollock-Ausstellung, die ätzenden Stellen waren farblich hervorgehoben. Einen Rahmen weiter eine Zeitungsseite mit der Überschrift »Die Kunstmacher«, in dem Frank Küstenbrod – der Küstenbrod! – eine Woche später grob paraphrasiert (und logisch ohne Nennung von Pohls Namen) den Tenor des *Freigeist*-Artikels okkupiert hatte.

Und so weiter im Rund: Hendrik F. Roeder deckt im *Pfeil* Hintergründe auf, die zwei Wochen vorher Backhohl fast wortgleich im *Freigeist* benannt hatte. In der *Hamburger Wochenschau* wird eine Interviewaussage (Kiedritz mit Erwin Mahr) zur Schlagzeile, ohne daß der *Freigeist* auch nur Erwähnung findet, daneben hängt das betreffende *Freigeist*-Gespräch, die schlagzeilenfähigen Antworten gelb markiert.

Das war sie, die Galerie der verfeindeten Zwillinge, äußerst ungleich verfeindet. Der *Freigeist* war eine Quelle, die seriösen Blättern als nicht zitierfähig galt, als no-go-Zone, und das war nicht weiter begründungsbedürftig. Right is wrong, es war ziemlich simpel.

Die unausgesprochene Würdigung, die Marcel betraf, war außerhalb seiner Sichtweite plaziert, hinter Jochims Kopf. Tebbo Lorenz, Jochims rechte Hand, hatte sich über Jahre die Mühe gemacht, *Freigeist*-Artikel zu diversen Medienpreis-Ausschreibungen einzusenden.

Preis der Energiewirtschaft, des Mittelstands, der katholischen Laien, der Hausfrauen und -männer e. V., der Familienunternehmen, des armenischen Volkes, der Ökologischen Landwirte, des Verbandes der Stalinopfer, der Alten Musik; ach, es gab so viele preiswürdige Beiträge, die im *Freigeist* erschienen waren! Vergeblicher Aufwand! *Freigeist*-Beiträge kamen grundsätzlich nicht für solche Ehrungen in Frage. Hunderte Journalistenpreise, alle – mehr oder weniger – in den Händen einer Clique. Wenn nicht die Lüttenjohann – alias Kira Lüdke im Rahmen ihrer *Freigeist*-Tätigkeit – eine Schwester hätte, die als PR-Dame ausgerechnet beim Hupf-Konzern volontierte: Nie hätte man beim *Freigeist* davon erfahren, daß Marcels Reportage über rußlanddeutsche Einwanderer den zweiten Preis und also 5.000 Euro beim TruthAward hätte ernten sollen. Beim TruthAward! Marcel! Ausgezeichnet! Hätte! Sollen!

Die hymnische Preisrede (»besticht durch ihre Unvoreingenommenheit«, »empathischer Blick«, »Gleichmaß von Distanz und Herzenswärme«) zu Marcels Reportage war bereits gedruckt, als einem aufmerksamen Jurymitglied unter einem Dutzend engagierten Bewertern auffiel, in wes Geistes Redaktion dieser Artikel des »hellhörigen, klarsichtigen« Reporters Marcel Martin in Wahrheit erschienen war. Das Preiskomitee hatte Marcels Reportage unter der Annahme gelesen, daß es im *Brennpunkt* erschienen sei. Ein waghalsiger Streich der kleinen Lüttenjohann – auch wenn sie leugnete, die Urheberin gewesen zu sein. Der durchgefaxte Zettel mit der niemals publizierten Würdigung, mittlerweile leicht verblichen, *mit all diesen unangemessenen, viel zu hoch gegriffenen Lobworten* hing nun seit Jahren da. Ein blödes Leckerli, eine stumpfe Genugtuung.

Die Diskussion über den Beitrag von Fräulein Scherbaum hatte ein Ende gefunden. Welches? Die Wackernagel guckte sauertöpfisch. Kiedritz friemelte mit der Rechten am Krawattenknoten, strich sich mit der linken, womöglich spuckebenetzten Hand die Augenbrauen glatt. Beides konnte beides bedeuten.

Who the fuck cares Scherbaum?! las Marcel auf Benjamins Schreibblock auf dem Platz neben sich, in dessen Jungenschrift an den Rand gekritzelt, drum herum ein Waffenarsenal an Pfeilen, Handgranaten und Molotow-Cocktails. Sehr benjamintypisch, Marcel feixte.

»Kulturaufmacher! Ich finde, da müßten wir was zu Köln machen. Zur Pfitzlersache,« ergriff Jochim das Wort. »Gründlich und scharf. Da unterbindet eine Lobbygruppe, verbrämt unter zivilcouragiertem Namen, die Aufführung von Pfitzlers ›Über die deutsche Seele‹, und nicht nur dreihundert Karteninhaber, sondern auch vier geladene Diplomaten stehen im Regen. Vorstellung abgeblasen, mit riesigem Tam-tam. Die Herren Diplomaten wissen nun definitiv alles über die deutsche Seele. Wer kann was darüber schreiben?«

»Von deutscher Seele««, korrigierte Steffen Hartmann, verantwortlich für das Kulturressort. «Ja, das sollten wir als Aufmacher nehmen. Meine Meinung. ›Köln steht auf!‹, das ist so was von geil! Das sind, wenn's hochkommt, zwanzig halbdebile Hanseln, von denen vermutlich neunzehn Pfitzner nie gehört haben. Ich hab mal nachgeschaut, wann diese Kölner Aufstehkasper je noch aufgestanden sind: Erstmals vor acht Jahren. Da sollte eine Frau Grundschulrektorin werden, deren Mann in einem Heimatblatt die Rolle der örtlichen Feuerwehr in den zwölf dunklen Jahren verbrämt dargestellt hatte«, leises allgemeines Lachen, »ja! Wirklich! Aus diesem Anlaß haben die sich gegründet! Die gute Frau, das nur nebenbei, soll übrigens nach einem Selbstmordversuch in die Psychiatrie eingewiesen worden sein.«

Hartmann schaute etwas sensationell in die Runde. »Heute betreut sie Asylantenkinder am Köln Bonn Airport. Ernsthaft! In der *Viola* war mal eine Reportage über die gute Dame. Die hat ihre Lektion gelernt. So wird man's wohl nennen dürfen. Dann, anno 2010, ergriffen die Kölner Aufsteher das Wort, als in Chorweiler ein Asylant und mutmaßlicher Vergewaltiger ausgewiesen werden sollte. Es folgten Aufmärsche und Kundgebungen gegen die zwei angeblich braunen Biobauern im Kölner Umland, darüber hatten wir auf den Politikseiten gelegentlich was, letztes oder vorletztes Jahr. Ulrich, stimmt's?«

Ulrich Jacob nickte: »Hm, so'ne richtig perfide Denunziationsmasche war das. Lingua tertii imperii gegen rechts. Saubere Burschen.« Wieder kurzes Gelächter im Redaktionsrund. Hartmann fuhr fort: »Und zuletzt haben die eine Migrantenquote im städtischen Fernsehkanal durchgesetzt. Völlig albern. Da gibt's jetzt Beiträge auf türkisch, die vermutlich auf den Index kämen, wenn den entsprechenden Quoten-Beamten eine Übersetzung mitgeliefert würde. Mit dem Pfitznerding hat ›Köln steht auf!‹ sich jetzt in die Hochkultur eingeklinkt.

Hochgenial, sag ich. Eine Pressuregroup aus Zivilversagern und Ehrenamtmuttis macht Kulturarbeit. Pfitzner sagt mir persönlich eher wenig. Auf wikipipi steht, der war ein übler Antisemit. Hitler hat den mal an seinem Krankenbett besucht. Klingt schon extrem schräg. Kann das aber nicht einschätzen, aus musikalischer Hinsicht, mein ich.« Hartmanns Blick schweifte herum und blieb auf Marcel hängen.

Der hatte gerade mit Benjamin getuschelt, es ging um die abgedroschene Verballhornung des online-Lexikons, jetzt nickte er. »Eugen. Klar, der weiß hundertprozentig alles aus dem effeff zu Pfitzner. Ich kann den sofort anfragen, das dürfte kein Problem sein.« Marcel notierte »Eugen« und »Pfitzner« auf seinen Block.

»Gut, gute Idee.« Jochim nickte und lehnte sich bedeutungsschwer zurück. »Aber!«, Kunstpause, »fraglich, ob Rosenbaum sich die Mühe machen will. Der hat mindestens ein Vierteljahr lang nichts von sich hören lassen. Gibt's einen Plan B? Wer käme sonst in Frage?« Jochim hatte sich nach vorne gelehnt und traktierte abermals den Kugelschreiber. Getuschel in der Runde. Die Wackernagel seufzte. Es klang angestrengt.

Marcel beugte sich ebenfalls vor und legte die Unterarme auf den Bürotisch: »Zwischenfrage: Wen meinst du mit Rosenbaum? Ich hatte logischerweise *Achtung, logischerweise klang eminent scharf* an Eugen Rössler gedacht. Ich mein – wer sonst hätte die nötige Fachkenntnis im klassischen Bereich?«

»Ach, wir hätten da unseren Backhohl, beispielsweise. Und Leonhard Jost fiele mir spontan auch ein. Meinetwegen halt Eugen, ja. Rössler übrigens«, Jochim hob die Augenbrauen wie einer, der einem Begriffsstutzigen etwas erklären muß, atmete laut aus, »Rössler heißt seit – ach, seit mindestens zwei Jahren Rosenbaum. Macht nichts. Weiter, wir reden schon von der gleichen Person. Und ich dachte, du hättest den heißen Draht zu Eugen? Also, nachfragen. Wegen Pfitzler.

Sonst kümmerst du dich drum«, der Chef schaute, Kinnblick, Steffen Hartmann an.

Hartmann – »Pfitzner!« – nickte. Er fing Marcels fragendes Staunen auf, gab es zurück, schulterzuckend. Benjamin riß die Augen auf. Ein lautloses »Hä?« mit weit geöffnetem Mund, an Marcel gerichtet.

Marcel zog die Mundwinkel herunter, legte den Kopf schief und zuckte selbst mit den Schultern. Die Runde ging weiter. Benjamin kritzelte einen Rosenbaum, breit wie eine Eiche, mit Dornen.

Marcel hatte den vor längerer Zeit erteilten Auftrag, sich ab dem Nachmittag um Helmut Schmidt zu kümmern. Schmidt hieß eigentlich Helmut Baltruschat, sah dem Altkanzler aber verblüffend ähnlich. Aus dem *running gag*, ihn in interner Runde Helmut Schmidt zu titulieren, war ein famoser Dauerversprecher geworden. Baltruschat selbst kannte den Witz und mochte ihn. Seine typische Parade: »Darauf eine Zigarette!« Dann pflegte man zu lachen. Eine nette Tradition.

Baltruschat war nervig und nett, vor allem war er ein Großspender. Von Gründung des *Freigeist* an unterstützte er das Projekt großzügig. Umgerechnet anderthalb Redakteurstellen pro Jahr, hieß es, da sollten die Damen und Herren doch bitte innerlich strammstehen beim jährlichen Besuch.

Baltruschat, man hatte es kommen sehen, war vor Jahren mit einem Manuskript angerückt: *Deutschland unterm Joch*. Gern hätte er es in Jochims Kleinedition *Bürgerliche Lektionen* publiziert gesehen, gern auch mit Druckkostenzuschuß. Baltruschat, knapp Vorkriegsjahrgang, war Hobbyhistoriker. Seine Thesen waren nicht aus der Luft gegriffen, sie waren eventuell etwas naßforsch formuliert. Der Mann war ein rechtschaffener Polemiker, aber weder Wissenschaftler noch Schriftsteller, im Grunde nicht mal mit einer journalistischen Ader begabt.

Baltruschat beschickte im Brotberuf europaweit Sanitätshäuser mit orthopädischen Stützkorsetts – *Balsana* mit patentierter Spezialfixierung –, das war sein Metier.

Jochim hatte damals einige Mühe gehabt, die Veröffentlichung des *Unterm-Joch*-Büchleins abzulehnen und gleichzeitig einem Bruch entgegenzuwirken. Baltruschat hatte es letztlich mit Fassung getragen. Seine Kampfschrift war damals beim Friedrich-Schiller-Verlag »untergekommen«, bei einer reinen Bezahlklitsche. Ein Verlag, der gegen Bares alles druckte, auch Traumtagebücher und Hundegeschichten. Ein Redakteursjahresgehalt, damit Baltruschats Mammutwerk veröffentlicht wurde, ein weiteres halbes, damit es im Schiller-Hochglanzkatalog mit professionellem Autorenphoto – Baltruschat mit Schmidtattitüde und Brille in der Hand – und Vita, angereichert durch den PR-Text einer Seniorenstudentin, zum Abdruck kam.

Baltruschat hatte den Versand des Katalogs an hunderte Buchhandlungen in ganz Deutschland finanziert. Hundertfünfzig Exemplare seines Buchs hatte er selbst erworben. Sie seien im Freundes- und Bekanntenkreis auf enormes Echo gestoßen. Sechsundzwanzig weitere Mal ging *Deutschland unterm Joch* regulär über die Theke, zum größten Teil durch eine *Freigeist*-Anzeige, die Jochim ein halbes Jahr lang gratis schaltete.

Baltruschat war enttäuscht gewesen. Der mangelnde Erfolg war nicht seine Schuld! Er empfand die Werbeanstrengungen des Schiller-Verlags im Nachhinein als unprofessionell. Dabei hatte er durchaus einiges zu sagen! Ein erfolgreicher Kaufmann wie Baltruschat, Führungspersönlichkeit, achtzig Angestellte unter sich, seit vier Jahrzehnten ein florierendes Unternehmen, ließ sich nicht die Butter vom Brot nehmen. Schon gar nicht den Mund verbieten! Vielleicht war sein Werk zu komplex? Die Leute hatten heute ja keine Geduld mehr für intensive, unbequeme Lektüre. Im Grunde, Leser hatten das bestätigt, war Baltruschats Jochbuch eine abgewandelte Fassung des Sarrazin-Bestsellers. Und zwar Monate *vor* dem Sarrazin-Erfolg! Manche Themen lagen eben in der Luft, zum Greifen! Baltruschat war sich sicher, Sarrazin hatte das Jochbuch als Vorlage genutzt. Streckenweise jedenfalls. Was ihm keinesfalls gegen die Ehre ging, im Gegenteil. Das Thema war einfach zu wichtig. Da mußten persönliche Querelen zurücktreten, ja klaglos ausgesessen werden. Und Sarrazin hatte diese Medienmacht hinter sich, über die Baltruschat nicht verfügte. Insoweit war der »Balsanist durchaus Realist«, er hatte daraus in seiner letzten Neujahrsgrußkarte an die Redaktion einen humorvollen Reim gedichtet.

Nun hatte er den knapper gehaltenen Folgeband zu präsentieren: *Deutschlands Zukunft – Wie wir das Joch abwerfen.* Baltruschat hatte das Manuskript selbst am Rechner mit Satzprogramm bearbeitet und es professionell binden lassen. Einen zackigen, ja zündenden Waschzettel hatte er diesmal »nicht der Hand einer Außenstehenden« überlassen, sondern selbst verfaßt, und zwar auf einem lesezeichenähnlichen Hochglanzstreifen, auf dem als Hologramm eine Deutschlandfahne wehte, geradezu loderte.

»DEUTSCHLANDS MISERE dauert an. Es brodelt im Volk! DOCH WIE FREI SIND WIR? Helmut Baltruschat, Autor der eindrücklichen Bestandaufnahme *Deutschland unterm Joch* stellt in seinem neuen Buch kurz und bündig in fünf Kapitel dar, wie es AUFWÄRTS gehen könnte. Nach der prägnanten Skizzierung von *Deutschlands Joch* (Kap. 1) legt er dar, wie, warum und wann *Der Wutbüger* (Kap. 2) aus seinem Schlaf erwacht. *Ein Volk steht auf!* (Kap. 3) Wie das taktische und strategische Vorgehen zu sein hätte (Initiativkreise, Parteigründung, Gesetzesvorschläge), beschreibt Baltruschat mitreißend und nachvollziehbar in Kap. 4. Letztendlich wird eine fruchtbare Vision lebendig, *Deutschland 2040* (Kap. 5).

Deutschlands Zukunft – Wie wir das Joch abwerfen – DAS Vademecum für Politikverdrossene!!!«

Baltruschat war sich sicher, daß sein »kleines, aber feines Büchlein« für eine nachhaltige Wende in den Köpfen sorgen würde. In den vergangenen Monaten hatte er lange Telephonate mit Jochim geführt über seine Thesen und Pläne. Nicht gerade im Wochentakt, – »ich weiß, Männer wie wir haben vielerlei um die Ohren« –, aber doch regelmäßig. Er wisse, seine Thesen seien brenzlig und nicht leichter Hand publizierbar. Man solle lieber schrittweise vorgehen. Baltruschats Vorschlag, besser seine Forderung: Die Kapitel, gern auch gekürzt, »das könnte als Lockmittel wirken!«, als mehrteilige Serie in der *Freigeist*-Rubrik Agora veröffentlichen. Resonanz abwarten, dann Buchveröffentlichung. Das Ding werde einschlagen, einen Markstein setzen! Jochim war skeptisch. Die Redaktion folgte der Einschätzung des Chefs unisono. Baltruschat war ein Mann mit gesundem Menschenverstand, kein Utopist, er war belesen, ein Bildungsbürger, wenn auch keiner mit geisteswissenschaftlichem Hintergrund. Der klassische *Freigeist*-Leser eben. Dazu paßte auch der Drang, sich gedruckt zu Wort zu melden. *Freigeist*-Leser waren Selbstdenker. Daß manifestähnliche Manuskripte eingingen – »Was zu tun ist«, »Deutschland 2015 – eine Handlungsanweisung« – und Fünfzehn-Punkte-Sofort-Programme, daß sie freundlich begutachtet und der Druck höflich abgelehnt wurde, gehörte zum Redaktionsalltag. Ebenso – als Folge davon – eingeschnappte Abonnementkündigungen. Das war schade.

»Wir verlieren mit diesen Dingen unsere engagiertesten Leser«, hatte Jochim häufig bedauert. Baltruschat nun war nicht bloß ein fleißiger Leser und Mitdenker, er war ein spendabler Förderer. Nicht, daß man existentiell auf sein Geld angewiesen wäre. Dessen nämlich konnte man sich mit Fug und Recht rühmen: daß die Geschäfte ordentlich liefen. Der Erfolg des *Freigeists* ließ sich ganz gut an dem der Berliner Linkspostille *Der Mittwoch* messen. So links wie *Der Mittwoch* war (dezidiert, aber nicht radikal), so rechts war der *Freigeist*, auch wenn diese Richtungsverortung zumindest vor Jochim nicht ausgesprochen werden sollte. Jochim wollte sich nicht rechts einordnen, und das war nicht mal eine Notlüge. Seine eigene Verortung als »klassisch konservativ« traf zu, jedenfalls, wenn man ein nur leicht antiquiertes Koordinatensystem als Maßstab anlegte, vielleicht eines der achtziger Jahre.

Die *Mittwoch*- und die *Freigeist*-Redaktion waren gleich stark, erstens quantitativ, zweitens, was die Qualität der Texte betraf. Kein Spitzenjournalismus, aber solide Arbeit. Sogenannte Querdenkerei. Der *Freigeist* hatte ein paar tausend Abonnenten mehr und ein paar dutzend Werbekunden weniger. Was die Geschäftszahlen betraf, leuchtete *Der Mittwoch* notorisch rot, während Jochim schwarze Zahlen schrieb. Insofern war Baltruschats Großzügigkeit nicht unverzichtbar im engeren Sinne.

Aber warum den guten Mann vergraulen? Marcel würde ihm einen netten Tag bereiten, anschließend würden der Zeitungs- und der Sanitätswarenunternehmer fein essen gehen. Man würde *Deutschlands Zukunft* nicht scheitern lassen, keinesfalls. Man würde sie in aller Freundlichkeit verschieben. Marcel war der richtige Mann dafür.

Nachdem die Kollegen ihre losen Notizblätter aufgenommen und auf dem Tisch bündiggeschlagen oder ihre Hefte zugeklappt hatten, sich erhoben und mit leeren Kaffeetassen den Konferenzraum verlassen hatten, trat Marcel zu El Jefe, wie Jochim so launig wie unpassend genannt wurde. El Jefe erwartete bereits mit offenkundigem Genuß Marcels Frage. Er hatte sich nach hinten gelehnt, den Hintern Richtung Stuhlkante gleiten lassen und die Arme hinterm Kopf verschränkt.

»Ja? Marcel. Setz Dich doch.« Marcel zog sich den Stuhl neben dem Chef heran und nahm Platz.

»Pardon, auch wenn es jetzt wahnsinnig blöd klingt *sich klein machen, sich auf die Blödianstufe degradieren, drunter machst du's nie,* aber ich hab das nicht wirklich verstanden. Eugen Rössler heißt also jetzt Rosenbaum? Also ... wie das?«

Viktor Jochim dehnte die selbstkreiierte Armraute genüßlich nach hinten. Marcel bemerkte eine schuppige Flechte, die sich von der Schläfe die Stirn hochzog. Sie glänzte fettig, war also offenkundig unter Jochims Therapie. El Jefe hat die Dinge im Griff. »Unser Rössler hat seinen Namen geändert. Na und, ist doch nachvollziehbar!«

Marcel runzelte die Stirn. »Bitte? Wie verstehe ich das?«

Jochim lachte dröhnend und verschränkte die Arme vor dem Brustkorb. »Mach mal: Rrrösssler«, er intonierte in tiefster Stimmlage, »und jetzt, ganz flott: Rosenbaum!« Der Chef sprach es hell, fast meckernd aus.

Marcel schüttelte den Kopf: »Ahja. Und wenn ich als Begriffsstutziger das immer noch nicht kapiere ... –?«

Jochim stieß Marcel lachend in die Seite: »Jetzt mach halt mal: Rrrrössler, mit Doppel-S, mit SS quasi, und dann«, Jochim quäkte nochmals: »Rosenbaum!« Sein Oberkörper vollführte dabei eine affektierte Bewegung. Jochim grinste komplizenhaft, Marcel gab die Geste unentschlossen mit hochgezogener Mundhälfte zurück. Was sollte das? Jochim hatte sich wieder in den Stuhl gefläzt und spielte auf Bauchhöhe mit seinem Stift.

»Ist doch gar nicht so aufregend. Rosenbaum ist halt eine Spur geschmeidiger als Rössler. Oder? Mich wundert ehrlich gesagt, daß du mich das fragst. Wer von uns kennt Eugen besser als du? Der wollte Karriere machen, unser Eugen. Als Violi- als Violinist, Violiniker, was weiß ich. Als Geiger eben. Wurde nichts, vielleicht nur aus Mangel an Talent. Wieviel Eins-a-Geiger braucht man in Deutschland?«

Jochim kicherte. Marcel spürte ein Unbehagen. El Jefe sprach selten mit solch ätzendem Unterton über Dritte. Die Sonne schien nun durch das Südost-Fenster in das Sitzungszimmer. Jochims Augen lagen noch im Wandschatten, der Mund war bereits bestrahlt. Marcel sah zähe Speichelfäden zwischen Jochims Kiefern. Er richtete den Blick auf die gerahmten Ruhmesblätter an den Wänden. Das Glas spiegelte, Marcel senkte die Augen.

Jochim war unangemessen erregt. »Und Eugen ist eben der Typ, der unbedingt meint, die erste Geige spielen zu müssen. Oder? Einer, der sich verkannt fühlt, wenn er nicht den Ton angeben darf! Na gut. Ich weiß das doch auch nur aus zweiter Hand. Vielleicht war sein Name wirklich verbrannt, mag sein. Dann ist er halt auf Neustart gegangen. Neuer Name, neues Glück. Keine Ahnung. Keine Ahnung auch, was es gebracht hat. Ein Mann muß tun, was ein Mann tun muß, oder?«

Jochim lachte, die Spuckfäden vibrierten. Marcel wußte, daß El Jefe ihn nicht wirklich ernst nahm. Es gab Macher wie Baltruschat, wie Jochim, und es gab Subalterne. Nur letztere waren austauschbar. Das mußte nicht ausgesprochen werden. Marcel war jemand, der die wichtigen Dinge intiutiv begriff.

»Frag ihn halt selbst, frag ihn auf jeden Fall wegen der Pfitzlersache. Ansonsten wie gehabt, ja? Du übergibst mir heut abend um sieben Helmut Schmidt am Blütengrund, in Ordnung?«

Marcel nickte, stand auf, wusch sich im Bad die Hände und ging über den Flur an seinen Schreibtisch, sein Frühstück holen. Was sollte das? El Jefe konnte Eugen nicht leiden, das war nichts Neues. Früher, als der *Freigeist* noch in den Startlöchern gesteckt hatte, hatte Eugen in den Semesterferien in der Redaktion mitgearbeitet, zwei, drei Jahre lang, das war in der Zeit, bevor Eugen Marcel auf die Redaktionsstelle empfohlen hatte. Marcel kannte diese Aufbaujahre nur aus Erzählungen.

Eugen und Jochim, das hatte nie harmoniert. Die alte Platzhirschkonstellation. Jochim, der Silberrücken, bei allem Idealismus doch illusionslos und pragmatisch, ein Bestimmer, wenig diskussionsfreudig, dabei immerhin jovial und umgänglich. Ein Macher eben! Er hatte die Zeitung aus eigenem Vermögen aufgebaut, es gab nie Unsicherheiten über den Kurs, klassisch-konservativ eben, er konnte das nicht oft genug betonen. Aus der Zuweisung von außen – »rechtes Blatt« – wollte er keinen Euphemismus drehen. »Rechts!« als auftrumpfende Selbstbezichtigung: nein, nicht mit Jochim. »Rechts«, das war für den Chef ein Tabubereich, eine verbrannte Vokabel, das achte der seven dirty words. Er wußte es nachvollziehbar zu begründen. Was half's?

Wenn über den *Freigeist* berichtet wurde, dann wurde Jochim als undurchsichtiger Strippenzieher dargestellt. Jochim privat, Jochim vertraulich oder gar Jochim außer sich, das gab es in der Tat nicht. Jedenfalls nicht für Marcel oder die anderen Mitarbeiter. Man wußte, daß Jochim seit je einen Lebensgefährten hatte (worüber nie gesprochen wurde), man wußte um seine Karriere als Pressesprecher eines niedersächsischen Ministers und später als Autor durchaus maßgeblicher Blätter. Man kannte ihn als toleranten und freigiebigen Chef, der Auszeiten, Rauchpausen, private Telefonate und Home-office-Plätze gewährte, der die Wackernagel monatelang weiterbeschäftigte, als sie zu kaum mehr als Kaffeekochen und Rechtschreibkorrekturen zu gebrauchen war. Man wußte, daß jeder Widerspruch sinnlos war – was in der Redaktion auch keinem für nötig erschien, von Detailfragen abgesehen.

Es mochte hier Nörgler geben – mal Hartmann, mal Petri, nie Marcel –, es gab keine Hitzköpfe. Jochims Einstellungspraxis war besonnen. Eugen war nicht besonnen, er konnte aufbrausen, ein leidenschaftlicher Schwärmer. Sie waren damals öfter aneinandergeraten. Der Chef hielt Eugen für einen politischen Romantiker, Eugen den Chef für einen amusischen Betonkopf, einen Abschöpfer und Ausbremser. Wo Eugen polemisieren wollte, den Motor aufheulen lassen, schaltete Jochim einen Gang zurück. Wo Jochim Werte verteidigt sehen wollte, brannte es Eugen unter den Nägeln, wider den Stachel zu löcken und genau jene Gewißheiten in Frage zu stellen. Jochim stand fürs Maßhalten, Eugen fürs Grenzensprengen. Der Chef sei lauwarm, und zwar nicht aus Taktik, sondern im innersten Kern: Eugens Meinung. Jochim hingegen fand Eugen unberechenbar, ungeeignet für redaktionelle Tätigkeit und für's Alltagsgeschäft, zweifellos hingegen brillant als freien Mitarbeiter. Es sollte Leute geben, die ihr *Freigeist*-Abo wegen Eugens Artikeln hielten. Gegeben haben: Eugen hatte sich Jahr für Jahr dünner gemacht.

Was sollte aber nun das alberne Breittreten des mutmaßlich neuen Nachnamens von Eugen? »Rosenbaum!«, in quietschendem Klarinettenklang hervorgebracht? Jochim war definitiv kein Antisemit, nicht mal ein heimlicher, Marcel hätte die Hand dafür ins Feuer legen können. Antijüdische Spitzfindigkeiten hatten in der ganzen Redaktion keinen Platz, das war nie anders gewesen. Drüber diskutiert wurde nicht. Es gab keinen Bedarf. In außenpolitischen Fragen, die im *Freigeist* keine Priorität hatten, war die Blattlinie neutral bis dezent proisraelisch.

Einmal allerdings hatte es einen kleinen, reichlich verwikkelten Eklat gegeben: Damals, Marcel hatte gerade sein Volontariat angetreten, hatte der *Freigeist* eine Werbeoffensive am Laufen unter dem Slogan »Freigeist statt Zeitgeist!«

Gunter Brambach, ein gescheiterter Politikdoktorand mit völkischen Neigungen, Hobbyrassenforscher und Goebbelsimitator, hatte sich in dieser Zeit auf eine Redakteursstelle beim *Freigeist* beworben. Seine privaten Leidenschaften hatte er unter Verschluß gehalten, sonst hätte er bei El Jefe den Fuß nicht über die Schwelle bekommen. Jochim hatte den flaschenförmigen Menschen nach einer kurzen Probezeit abblitzen lassen. Nicht aufgrund mangelnden Fleißes, Unfähigkeit oder Quertreiberei, nein, Brambach war tüchtig und formulierte eloquent.

Tebbo Lorenz und Kiedritz waren nach einem feuchtfröhlichen Kneipenabend alarmiert gewesen und hatten an El Jefe berichtet. Wie Brambach, ohne selbst einen Schluck Alkohol angerührt zu haben, sich die gen Mitternacht ausgelassene Stimmung zunutze gemacht habe, um einen potentiell strafbewehrten Witz nach dem anderen zu reißen, um meckernde Parodien zum besten zu geben, über die im nüchternen Zustand keiner gelacht hätte.

El Jefe fackelte nach Kenntnis der Vorgänge keinen Tag lang, und Brambach mußte seine Mappe packen. Jochim achtete peinlichst genau darauf, daß der Laden »clean« blieb. Da gab es kein Vertun, niemals und um keinen Preis. Brambach hatte daraufhin eine Broschüre verfaßt, die er ein paar tausend Mal drucken ließ und an *Freigeist*-Abonnenten verschickte, deren Adressen er anscheinend an seinem letzten Tag in der Redaktion hatte mitgehen lassen. Sehr peinliches Versagen des damals noch scheunentoroffenen redaktionsinternen Rechnersystems! Titel des giftigen Heftchens aus Brambachs Feder: »Die Feigheit des *Freigeists*«.

Brambach, freilich ohne seinen Namen zu nennen, wollte hierin beweisen, daß der *Freigeist* ein perfides Projekt im Rahmen der »Jüdischen Weltordnung« sei. Seine Kampfschrift sollte als Warnruf an alle Leser dienen, deren Adressen und Gutgläubigkeit durch den *Freigeist* aufs schäbigste mißbraucht würden. Brambach setzte bei Jochims »Vorleben« im Politikbetrieb an und fabulierte von dort aus Querverbindungen herbei; ein dreistes Pamphlet voller Unterstellungen, Verstiegenheiten und schlichten Lügen. Brambach legte dar, daß sowohl die Aufbauredaktion in Leipzig als auch die spätere vorläufige Adresse in Dresden »kaum zufällig« in Straßen mit »abrahamitischen Namengebern« ihren Sitz hatten. Rosenthalstraße, Mendelssohnallee – wer da noch Fragen hätte, dem sei kaum zu helfen! Brambach interpretierte ein paar grob gerasterte Photoaufnahmen, die Jochim und einige Redaktionsmitglieder zeigten: Hier wende der eine den Kopf nach links, dort falte ein anderer die Finger in »bezeichnender Weise«, dies seien Gesten, die entsprechend belesene Betrachter als unterschiedliche Einweihungsgrade von Freimaurern und anderen Geheimverbindungen deuten könnten. Und, man höre: Die Leipziger Redaktion hätte damals über sechs Räume verfügt. In Dresden habe es bereits zwei Redakteure zusätzlich gegeben, und immer noch: sechs Räume! Kleine rhetorische Zwischenfrage Brambachs: Wieviele Zacken hat noch mal der Davidstern? Weiter: Wann habe es die große *Freigeist*-Verteilaktion gegeben, eine der umfänglichsten PR-Aktionen der Zeitung? Genau, am 24.9.2006! Quersumme des Datums: 5, genau wie bei der 23, für Geheimgesellschaften *die* magische Zahl, »vergleiche 23.(!) 5.(!) 1949(!), Geburtstag des sogenannten Grundgesetzes der BRD«. Im übrigen, merke!, seien es exakt 23 deutsche Hochschulstandorte gewesen, die sich der *Freigeist* für seine PR-Sache auserkoren hatte. Gunter Brambach war ein Besessener seiner Ideen. Jochim, so Brambach, habe »nach vertraulichen Informationen« als Kreditgeber für eine Abtreibungsklinik gedient, es bestünden ferner Beziehungen zu Scientology, insgesamt könne der aufmerksame *Freigeist*-Leser zwischen den Zeilen immer wieder Signale an die »neoliberale Clique der Drahtzieher mit ihrem unverbrämten Vernichtungswillen« entziffern.

Die Redaktionstelephone standen tagelang nicht still, es gab damals ein paar Kündigungen, drei, vier Dutzend. »Wir sollten das als hygienischen Akt betrachten«, hatte Jochim befunden. Solcher Leserschaft brauche man keine Träne hinterherzuweinen. Im Gegenteil: vortrefflich, daß man solche Leute auf diese Weise rausgefiltert habe!

Natürlich erstattete Jochim Anzeige. Die verlief mangels Beweisen, daß tatsächlich Brambach der Urheber des Pamphlets sei, im Sande.

Die Brambach-Broschüre fand schließlich vor allem im Paralleluniversum des rechten Rands Verbreitung. Dort galt der *Freigeist* nun als jüdisches und somit – in deren semantischer Logik – hinterhältiges Infiltrat. Kleine Kopierzeitungen der NS-apologetischen Szene brachten Auszüge aus Brambachs Broschüre. Wie groß war der solcherart ansprechbare *lunatic fringe*? Winzig. Ein Sturm im Wasserglas, ja, eine Art Selbstreinigung. Jochim hatte also abermals den richtigen Riecher gehabt, als er den kleinen, nach unten hin birnenförmigen Brambach vor die Tür gesetzt hatte. Ein grober Vorgang, den zum damaligen Zeitpunkt nicht alle Redaktionsmitglieder gutgeheißen hatten, jedenfalls bis zur Veröffentlichung der abenteuerlichen Schmähschrift.

Eugen hatte kurz darauf eine Glosse verfaßt, einen Tritt ans Schienbein rechter Verschwörungstheoretiker. Überschrift: »Wie immer: der Jude«. So ging das: »Beileid, Ihr armen Schweine, Ihr habt's wahrlich nicht gut. Die Brille zu dick und auch der Hintern. Wenig Freunde, Frauen gucken an Euch vorbei oder rümpfen die Nase. Ihr würdet nie tanzen gehen oder einen Schoppen trinken. Es könnte euch schaden«, das war eine Parodie auf den müffelnden, unvorteilhaft bebrillten Brambach. »Und wer ist schuld an eurer erbärmlichen Existenz, wer läßt euch versagen und scheitern? Ihr wißt's. Wie immer, es ist der Jude. Seine unsichtbare Knute verhindert eure Entfaltung, bedroht eure Reinheit und macht euch zu Aussätzigen. Großartig, so ein Feindbild, nicht? Egal, wie abgegriffen es ist. Und doch seid ihr nicht glücklich, nein? Obgleich jeder Eigenverantwortung für euer Scheitern enthoben? Ihr Armen! Kommt, laßt uns einen heben. Wir bleiben Feinde, und die Runde geht auf Euch; aber vielleicht entspannt ihr euch durch ein, zwei geistreiche Getränke – oder findet euch wenigstens friedlich ab in eurem tristen Sonderzonesien.«

Zehn, zwölf Leser kündigten nach Lektüre dieser Glosse. Jeder wußte, worauf sie sich bezog. Jochim war mäßig erfreut. Er hätte die Brambach-Postille gern stillschweigend ausgesessen. Eugens Zwischenruf war ihm entgangen. El Jefe konnte sich nicht jeden einzelnen Artikel vor Druck vorlegen lassen.

Und dann das: Mit vielwöchiger Verspätung brachte der *Berliner* – damals noch mit fünfhunderttausender Auflage, ein »Leitmedium« mithin – eine Titelgeschichte über »Braune Netzwerke«. Mittendrin: der *Freigeist*. Zentral: Zitatfetzen aus Eugens Glosse. Das kleine, hochironische Schreibstückchen sollte nun als Beleg für eine antisemitische Grundeinstellung des *Freigeists* herhalten. »›Arme Schweine‹ und ›Aussätzige‹ als Metaphern. ›Die Juden‹ als Bedrohung für die ›Reinheit‹ des deutschen Volkes: Das ist der Ton, mit dem der Dresdener *Freigeist* seine obskure Leserschaft lockt«, so wurde Eugens anti-antisemitisch schäumendes Artikelchen als Beleg für die »fragwürdige Gesinnung« des »Stabs um den undurchsichtigen Verleger Jochim« interpretiert. Fette Zwischenüberschrift: »*Freigeist:* Wie immer, es ist der Jude.«

El Jefe raste, Eugen erst recht. Die Anrufe der beiden Männer in der *Berliner*-Redaktion wurden abgewimmelt. Es wurde gefaxt, gemailt, alles blieb unbeantwortet. Jochim herrschte eine Assistentin des Hauptstadtmagazins an und wies sie auf die rabiate Entstellung der Zitate hin. Er forderte eine Gegendarstellung. Dazu sei der *Berliner* von rechts wegen verpflichtet!

»Von rechts wegen, klar,« hatte die Subalterne in eisigem Ton geflötet. Es stehe dem *Freigeist* natürlich frei, dies über ein Gericht einzuklagen. Daß sich Menschen, haha, falsch und verkürzt zitiert vorkämen, komme häufiger vor. Der *Berliner* sei nun mal kein Organ zur originalen Wiedergabe fremder Presseerzeugnisse, dort arbeiteten »Journalisten, die ihr Handwerk im Schnitt ganz gut« verstehen, danke, klack.

Der Ruf des *Freigeists* als »ultrarechtes« Organ ohne Scheu vor »antisemitischen Schmähungen« war für's erste zementiert. Das war dem Riesenhirn des Internets zu verdanken. Noch Jahre später wurde bei der Eingabe »Freigeist« der hinterhältige *Berliner*-Beitrag unter den ersten Fundstellen angezeigt.

Natürlich druckte man Jochims Gegendarstellung ab. Mußten sie ja machen! In der folgenden Zeit wurde andernorts gelegentlich aus der Einschätzung des Berliner zitiert. Jochim reagierte stets mit einer scharfen Gegendarstellung, ein dummes Spiel. Jochim sah, und das war fraglos ungerecht, Eugen als Auslöser der Bredouille. Eugen trat forthin in die zweite, eher die dritte Reihe. Arbeitete weiter mit, von außen, nurmehr ausschließlich zu kulturellen Themen.

Hartmänner

Nach der Redaktionskonferenz trafen sich die Raucher und die Raucherfreunde auf dem Balkon. Frau Nachtweyh vom Telefonservice hatte hier am Morgen ihr dekoratives Händchen walten lassen. Zwei Töpfe im Tonlook, bestückt mit Margeritenbüschen, umrahmten links und rechts die Tür. Der kühle Frühlingswind verbiß sich in sein Opfer, in Marcel. Das Halstuch hatte er drinnen liegen gelassen. Schläfen und Stirn schmerzten gleich, Marcel machte ein hartes Gesicht. Irgendwas stimmte doch nicht. Das war ein völlig unnormaler Wind für Ende Mai. Marcel spähte in die Runde. Keiner trug Anzeichen einer Besorgnis oder eines Mißtrauens im Gesicht. Die nächste Böe nagte an Marcels Jochbeinen. Der Rock von der Wackernagel flatterte. Keiner reagierte. *Die Typen hier haben alle eine Hornhaut, die Frauen anscheinend auch. Sind die alle so hart drauf? Bin ich zu weich? Noch mal rein, den Lappen holen? Die nächste Nebenhöhlenentzündung riskieren?* Marcel legte die rechte Hand als Halstuchsubstitut unters Kinn. Das sollte nicht weiter auffallen. Andere massierten gelegentlich ihre Nackenmuskulatur, na und, er hatte es eben an der Vorderseite.

Robert Petri saugte freihändig an seiner Zigarette und blinzelte gegen die Sonne, während er seine Ärmel hochkrempelte: »Geiles Wetter. Motorradwetter. Heut abend wird noch ausgeritten.« Am unteren Ende von Petris sonnenbesprosstem rechtem Bizeps blitzten schwarze Zopfenden hervor. Sie gehörten Big Foot, was Petri aber nicht gern hörte. Dämlicher Schimpfname der WASP! Es waren die Zöpfe Ohpong-Geleskas, zur Not: Spotted Elk.

Petris linken Oberarmmuskel schmückte ein ornamentaler Ring, eine Art horizontaler Totempfahl. Auf Nachfrage konnte er den Interessierten ausführlich über die unterschiedlichen Symbolbedeutungen unterrichten. Beide Tätowierungen waren bunt und wuchtig angelegt. Eine Squaw, die ihr Auge auf Petri geworfen hätte, könnte vermuten, die Krempelhemdarmkante markierte den Übergang zu einem großflächig verzierten Körper. Dem war nicht so, Marcel hatte es beim letzten Redaktionssommerwochenende an der Ostsee gesehen: Da waren nur diese beide bekennerhaften Anschläge auf Petris blasser Haut. Petri war in Ordnung.

Die Wackernagel hatte ihre Jackie-Kennedy-Sonnenbrille auf, wandte ihr sorgsam geschminktes Gesicht sonnenwärts und zog an ihrer unparfümierten Ökokippe. Marcel beschloß, auf das Halstuch zu verzichten und nahm die ohnehin kaum wärmende Hand von seiner Kehle. In der Tupperware hatte er ein paar geputzte Radieschen, im Hosenbund klemmte seine Frühbanane. Er griff zu den Radieschen, merkte Hartmanns Blick und bot pauschal an: »Will eventuell jemand?«

Die anderen lehnten dankend ab. »Geile Kombi, scharf-süß«, spöttelte Petri.

»Tja«, machte Marcel, nachdem er gekaut hatte, »bin halt ein Mann der krassen Gegensätze. So bleibt man fit!«

In seinen Schläfen pulsierte es. *Jetzt nicht rumfrösteln! Atemtechnik!* Ludger Holsten, der online-Redakteur, brachte das Gespräch auf Eugen. »Was war das jetzt für eine Sache? Eugen Rosenbaum? Marcel, im Ernst, du hast keine Ahnung, warum der seinen Namen geändert haben soll?«

Marcel hob die Schultern, ein dummer Auslösereiz für fröstelndes Zucken. »Keine Ahnung, ehrlich. Wann haben wir uns zuletzt gesprochen – vor sechs Wochen vielleicht, da war davon keine Rede. Mit Rosenbaum hat er sich bestimmt nicht gemeldet.« *Wie meldete sich Eugen am Telefon? Mit ›Hallo‹? Nein. Mit ›Rössler‹, bestimmt.* »Seine e-mail läuft jedenfalls noch unter e. roessler, soviel ist klar. Weihnachten hab ich ihm mal geschrieben, da kam keine Fehlermeldung.«

Hartmann war auch ahnungslos: »Stimmt übrigens, was El Jefe gesagt hat. Ist ein paar Monate her, daß der für uns geschrieben hat. Unter Rössler, wie sonst.«

Die Wackernagel drückte ihre Zigarette in der Margeritenbuscherde aus. »Der wird sich eben ein Pseudonym zugelegt haben. Oder umgekehrt, wie man es nennen will. Er heißt jetzt offiziell Rosenbaum und schreibt unter Pseudonym. Dann kann er als Rosenbaum Karriere machen, ohne daß ihm seine Vergangenheit oder seine alter Ego als Rössler zur Last gelegt wird.« Die Schlußredakteurin sah, wie Hartmann und Holsten abschätzig ihre Gesichter verzogen.

»Jetzt tut nicht so, als sei das ein abwegiger Gedanke!« Sie schaute ins Ungefähre. Das lag nicht am Schutz der Sonnenbrille, die Wackernagel blickte selten jemanden direkt an. Schon gar nicht, wenn sie empört war. Benjamin nannte sie ein schüchternes Mädchen. Ein altes Mädchen, nicht aufgrund ihres Alters und ihres Personenstands verbittert, sondern bitter von Natur aus, aus Klugheit, weil sie die Dinge durchschaute, weil sie alle Hoffnung längst fahren gelassen hatte. Sie zündete sich eine weitere Zigarette an, das war gegen ihre Gewohnheiten. Die Wackernagel rauchte eine am Vormittag und zwei nachmittags, so war ihr Ritus.

»Also bitte: Warum schreiben unsere großkopferten Starautoren unter Pseudonym? Warum heißt Leonhard Jost in der *Stuttgarter Rundschau* Leonhard Jost und bei uns Emil van der Dragt? Warum dozieren Moritz Dräger und Karina Lüttenjohann an ihren Universitäten als Dräger und

Lüttenjohann und schreiben bei uns fulminante Zornartikel als Jan Pohl und Kira Lüdke? Und wie war das mit diesem Volontär, dem armen Krohn, der aus seiner Kanzlei gefeuert wurde, weil einer ergoogelt hatte, daß der Typ vor Jahren mal vier Wochen lang beim *Freigeist* ausgeholfen hatte? Kommt! Echt: kommt! Stellt euch mal nicht so blöd! Das ist doch die Realität. Als wär das was Neues hier!«

Die Wackernagel hatte sich in Rage geredet. Abschätzig geschürzte Lippen beim Abgang. Marcel bemerkte, wie sich der Lippenstift nach oben in Vertikalfältchen verlief, minimal nur.

Benjamin trat auf den Balkon: »Oh, hier wird geraucht.« Seit wieviel Jahren der gleiche Spruch, fast täglich, leicht variiert?

»Eugen Rössler heißt jetzt Rosenbaum, was?« Benjamin hatte die Hände in die Hosentaschen versenkt, die Ellbogen weit ausgestreckt. Er machte der Wackernagel, die einen Fisherman in ihren Mund beförderte, Platz. »Ziemlich eisig hier«, *gottseidank merkt's noch einer,* »ist es die Stimmung oder nur der Wind? Who the fuck is Rosenbaum?«

Petri seufzte. »Nobody knows. Wer, wenn nicht du oder Marcel? Cornelia findet's logisch, ich eigentlich auch.«

Marcel begann, die Banane zu schälen. Frostfinger, als wäre Winter.

»El Jefe meint, Eugen will aus Karrieregründen seine Identität verschleiern. Möchte für die Außenwelt nicht kenntlich sein als *Freigeist*-Urgestein. Cornelia hält das auch für plausibel. Kann sein. Ich werde ihn fragen.«

»Eugen und verschleiern?«, Benjamin guckte skeptisch. »Der ist nicht grad der Typ für solche Taktiken. Jemand wie Eugen steht doch seinen Mann. Und was soll das sein, ›Rosenbaum‹? Okay, ein Künstlername. Gibt's. Kannste dir, als Künstler jedenfalls, in deinen Paß eintragen lassen. Dann wär' das also so: Eugen will in seinem regulären Leben nicht mit seiner Tätigkeit für den *Freigeist* in Verbindung gebracht werden. Dann schreibt er unter Rössler und geigt als Rosenbaum, na und. Fänd ich okay. Man weiß doch, wie das läuft. Soll er halt. Hätte meinen Segen.« Benjamin guckte forsch in die Runde, wie einer, auf dessen Segen es ankäme.

Steffen Hartmann wählte zum Kippeausdrücken den gleichen Blumentopf wie die Wackernagel und wiegte abschätzig den Kopf. »Nee, so was geht gar nicht, wenn du mich fragst. Das wär einfach nur feige. ›Seine Identität ändern‹, wenn ich das nur höre! So flexibel sind wir also? Entweder man steht zu dem, was man macht und sagt, oder zu dem, was man gemacht und gesagt hat, dann ist man ein Mann«, – »ein Hartmann!«, unkte Benjamin – »oder«, wieder Steffen: »man tut es nicht. Das nennt man dann Feigheit.«

Alex Müller vom Wissenschaftsressort sekundierte Steffen nickend. »Ja«, ätzte Petri, »wenn ich Müller oder Hartmann hieße, würde ich das auch so sehen. Der Hochmut der gnädigen Namen!«

Müller guckte stumm, Petri blies den letzten Rauch in Benjamins Richtung, schnippte die Kippe über den Balkon und tätschelte Benjamin, einen Kopf kleiner, beim Reingehen die Schulter: »Wir sind Helden, klar.«

Steffen Hartmann blieb hartnäckig: »Meinetwegen, im Suchmaschinen-Zeitalter hat's ein Hartmann eventuell etwas leichter unterzutauchen als ein Emmanuel Backhohl. Bei einem Eugen Rössler bin ich mir schon nicht mehr so sicher. Aber, bitte, ›Rosenbaum‹ ... – ja?! Hallo? Um mal Tacheles zu reden, das ist ja wohl ein jüdischer Name. Allemal ein jüdisch klingender Name. Was soll das? Ich mein, Marcel, du wirst ihn fragen, dann wissen wir mehr. Ich will Eugen jetzt nicht vorverurteilen, aber das kommt mir extrem halbseiden vor.«

Alex Müller räusperte sich. »Interessant wäre, wie Eugens Frau heißt.«

Marcel runzelte die Stirn. »Wieso? Nora.«

Die anderen lachten und setzten mit einer Stimme nach: »Mit Nachnamen!«

Marcel wurde rot *ich Volltrottel:* »Oh, klar. Hm. Fällt mir nicht ein ... Hab ich aber bestimmt schon gehört. Rosenbaum? Das hätte ich mir jedenfalls behalten. Ich schätze, sie heißt – Rössler?«

Auf Eugens Hochzeit war Marcel nicht gewesen. *Wann hatten die geheiratet? Waren die überhaupt verheiratet?* Die älteste Tochter von Eugen mußte etwa dreizehn sein, vierzehn vielleicht. Eugen hatte Nora in Bayreuth kennengelernt, Ende der Neunziger. »Die Mutter meiner Söhne!«, damals hatte Eugen noch dieses Pathos. Eugen war da noch mitten im Studium, Nora hatte gerade die Ausbildung – was Handwerkliches, was genau noch mal? – abgeschlossen, als der forcierte erste Nachwuchs kam. Erst nach der Geburt der zweiten Tochter und nach langen Abenteuerreisen durchs Morgenland waren die beiden zusammengezogen und überhaupt seßhaft geworden. In diese Zeit dürfte wohl die Hochzeit gefallen sein. Marcel erinnerte sich an ein Fest, das er damals verpaßt hatte, als er mit seiner Darmentzündung wochenlang außer Gefecht war.

Eugen war sein Klassenkamerad gewesen in Aachen. Er: am oberen Ende der Gruppenhierarchie, Marcel: ganz unten. Eugen war der blonder Hüne und Anführer, Marcel, lang und zart, nah am Wasser – selbst zu Pubertätszeiten noch – Lieblingsobjekt für Hänseleien jeder Art. Artig, lernwillig, gekleidet nach Mamans Vorgabe, wonach sonst. Der Klassendepp, der Streber. Einer, der auch den letzten Mist glaubt, der ihm erzählt wird. Bis zur sechsten Klasse hatte Maurice Schutzengel gespielt. Der große Bruder, lässig, schnell und zäh. Dann war Maurice nach Düsseldorf zu Onkel Dieter gezogen, dort gab's einen Sport-Leistungskurs, und Marcel war fortan ohne Leibwächter. Fünfundvierzig Fehltage im Schuljahr 1991/92!

Das war der Beginn einer jugendlichen Patientenlaufbahn. Erst Stammgast beim Hausarzt, dann bei der Internistin, dem Gastro-Enterologen, der Psychiaterin. Zwei Eingriffe von außen hatten Marcels Abwärtskarriere beendet: erstens Mamans wortgewaltiger Auftritt in der Klinik für Psychosomatik: »Sie degradieren meinen Sohn zu einem Geisteskranken!«, zweitens Eugens Eingreifen ein paar Tage nach Marcels Rückkehr ans Gymnasium.

Glauser und seine Kumpane hatten damals Marcels Tupperware manipuliert. Sie hatten Mamans gutes Schinkenbrot in den Müll befördert und durch ein paar aus dem Biounterricht entführte, kaputtpräparierte Ochsenaugen ersetzt. Sie hatten Marcel aufgelauert, als er auf dem Pausenhof den Kunststoffquader öffnete. »Wie geil! Was hat dir das Mamilein da gekocht? Och, wie lecker, gibst du mir was ab? Hirnnahrung, hm? Das macht klug, oder? Gibt's öfters bei euch, nicht? Total gesund! Hmmm! Martin, komm, beiß schön ab!«

Dann, wie in einem Film mit schnellen Schnitten, der Auftritt Eugens, der sich die Tupperdose griff, die Augenreste in die hohle rechte Hand schüttete. Der Glauser mit dem Knie an den Altpapiercontainer quetschte, ihn an den Wangen packte, ihm den Kiefer aufdrückte, ihm den Glibber in den Rachen beförderte, restlos, die Dose fallen ließ, mit der Rechten gewaltsam die Lippen verschloß. Wortlos, minutenlang, bis die Hofaufsicht kam. Eugens Weigerung, anschließend den Brei aus Galle, Speiseresten und Erbrochenem zu beseitigen (»ist nicht mein Bier, diese Suppe hab nicht ich angerührt!«) hatte zu einem schriftlichen Tadel geführt. Der kleine »runde Tisch«, anberaumt als Klärungs- und Versöhnungsgespräch zwischen Glauser, Eugen und Marcel unter Moderation zweier Lehrkräfte war ohne Eugens Anwesenheit verlaufen.

Maman hatte Marcel angewiesen, Eugen persönlich zu danken. Eine extrem peinliche Situation. Eugen würdigte ihn ja keines Blickes. Er hatte Marcel aus Gerechtigkeitssinn geholfen und nicht, weil er ihn sympathisch fand. Dann die spätnachmittägliche Autofahrt mit Maman zu Eugens Elternhaus. Maman würde im Auto warten, Marcel habe zu klingeln und den Dank auszusprechen. Den Vorschlag, einen Blumenstrauß mitzunehmen und sie, Maman, ein Gespräch von Mutter zu Mutter führen zu lassen, hatte Marcel entschieden abgelehnt. Maman, mit nachgezogenen Lippen und aufgelegter Rouge, wartete fast eine Stunde, Nesthäkchen Matthieu auf dem Rücksitz. Als die Mutter dann bei Rösslers schellte – mittelschicker Bungalow im Neubaugebiet, Vorgarten etwas nachlässig, ziemlich wilde Musik aus einem geöffneten Fenster – öffneten zwei Halbwüchsige die Tür, einer davon war ihr Sohn.

Ach! Er habe sie fast vergessen – Marcel sagte »Mutter« statt »Maman« und empfand das selbst als keck –, er würde noch ein bißchen bleiben.

Aber das Abendessen? Sie könne nicht abends noch mal losfahren und Matthieu allein lassen! Einwände, die Marcel für schlagend hielt.

Eugen trat hervor mit väterlichem Gestus. Er schüttelte Marcels Mutter die Hand. Sie brauche sich keine Sorgen zu machen, Marcel sei herzlich eingeladen, hier zu speisen und werde überdies von ihm persönlich nach Hause begleitet.

Maman war zufrieden mit dem Vorschlag. Marcel konnte es kaum glauben. Oder doch. Eugen hatte die autoritäre Ausstrahlung eines Menschen, der die Sachen im Griff hatte. Sein jugendliches Alter? Maman kannte Orest, kannte Alexander, es hatte immer schon junge Männer gegeben, die Herr der Lage waren.

Als Marcel sich mit Eugen am späteren Abend auf den Weg machte, fühlte er sich ein wenig tollkühn. Wie Globetrotter auf kaum je beschrittenen Wegen! Marcel im leichten Übergangsmantel, den Schal übermütig ohne Wickelung über den

Nacken gehängt, Eugen in kurzärmeligem Hemd und kurzer Hose. Sie waren einfach losgegangen, die Straßen entlang, den Feldweg, durch das Waldstück. Eugen hatte seiner Mutter, die im Wohnzimmer las, nicht mal Bescheid gesagt, Marcel hatte sich verkniffen, darauf hinzuweisen. Von diesem Tag an gehörte Marcel dazu. Nicht gerade zu Eugens Freundeskreis, der ohnehin lose und vage umrissen war, aber zur Klasse, zur Schule. Das alte Stigma hatte sich aufgelöst.
Später war Eugen Schulsprecher geworden, per Kampfabstimmung. Sein Kontrahent, Pfarrhaussohn, war rundum beliebt, bei Eugen galt: Viel Feind, viel Ehr. Ihn lieben oder ihn hassen! Eugen mit der großen Klappe, den langen Haaren und den kurzen Hosen gewann die Wahl. Damals war die Causa Heßler virulent gewesen. Ein Halbskandal um den knöchernen Lehrer, der Glauser ein Kreidestück an den Kopf geworfen hatte. Marcel sah es heute noch vor sich, wie Heßler binnen eines Sekundenbruchteils seine habituell steife Haltung aufgegeben hatte, den Oberkörper sehnengleich zurückbog, dabei aus dem Ellbogengelenk ausholte wie einer, der gerade den Ehrgeiz hat, einen Kieselstein mindestens siebenmal auf dem See fletschen zu lassen. Glauser, diesem neureichen Schmierstück, diesem Schwätzer, war der Mund offen stehen geblieben, und während er nach Deckung suchte, wogte ein stummes, vielstimmiges Stoßgebet durch den Klassenraum: daß der Wurf ins Schwarze gehen möge. Diese kollektive Dynamik, wort- und bewegungslos, die einen Atemzug lang anhielt – Marcel konnte sich noch Jahre danach an dem Gefühl berauschen. Wie das Kreidestückchen durch den Raum fetzte. Wie Glauser nach einer Viertelminute des gemeinschaftlichen Atemanhaltens mit einem dicken Rotzfaden unter den Händen, die sein Gesicht verbargen, den stillen Klassenraum verließ. Wie Heßler sich straffte, den vorher begonnenen Satz vollendete und die Stunde ordnungsgemäß weiterführte.

Die Ärztin hatte eine entzündliche Verletzung des Glauserschen Oberlids erkannt, der Rektor pädagogisches Versagen. Heßlers Arbeitsplatz war gefährdet. Unter den Kollegen war Heßler, der DDR-Dissident, nicht wohlgelitten. Sein Frontalunterricht, seine erst offen vorgetragene, dann stillschweigend praktizierte Abneigung gegen Methoden, die der neue Lehrplan doch verbindlich vorschrieb. Sein – fadenscheinig begründetes – Fernbleiben von Konferenzen. Sein so strammer wie unzeitgemäßer Antikommunismus, als wäre das irgendwie angebracht anno 1994, da hatte man doch wirklich ganz andere Sorgen, in gesellschaftlicher Hinsicht! Eugen, mittelschlechter Schüler, auch in Erdkunde, hatte damals anläßlich des Kreidewurfvorwurfs eine flammende Solidaritätsbekundung zugunsten Heßlers verfaßt. Marcel, die Dauer- und allover-Eins hatte zu den Erstunterzeichnern gehört, es folgten die Streber, die Eugen-Freunde, zahlreiche Mädchen und schließlich etliche Eltern. Auch solche, deren Kinder nicht unterschrieben hatten. Heßler blieb. Naturgemäß schonte er Eugen, den Schulsprecher, nicht. Im Folgejahr gab es eine Vier auf dem Zeugnis. Eugen war's dermaßen egal, daß Marcel zwischen Bewunderung und Unverständnis schwankte. Eugen legte keinen Wert darauf, was andere von ihm dachten. Diese Ignoranz! Marcel kannte das allenfalls von Proleten, von Habenichtsen, von Leuten, die nichts zu verlieren hatten. Eugen war ein anderes Kaliber.

Nach dem Abitur hatten Marcel und Eugen lose Kontakt gehalten. Marcel ging »zum Bund«, als einziger aus der Klasse. Eugens Totalverweigerung ging glatt durch. Er studierte Musik in Weimar, Marcel zog nach dem Wehrdienst zurück zur Mutter und studierte Politikwissenschaften in Aachen. Er schrieb Grußkarten zu Weihnachten und Geburtstag, Eugen schrieb nie. Wenn Marcel mal anrief, war Eugen für gewöhnlich fröhlich und redselig. Nie banal, Gott bewahre! Wo Eugen war, brauste das Leben, er war geradezu umtost von Ereignissen und Veränderungen. Da bleib keine Zeit, Konventionen zu bedienen und Kontakte zu pflegen. Menschen wie Eugen, wie El Jefe, wie die Wackernagel, brauchten aber niemanden zum »mal reden«. Die machten die Dinge mit sich aus. Es war einem Zufall zu verdanken, daß Eugen Marcel damals auf die freie Volontariatsstelle beim *Freigeist* hingewiesen hatte.

Benjamin stieß mit der Schulter an Marcels Ellbogen: »Na, Großer, machen wir was aus für heute Abend? Kleine Post-Schmidt-Session? Laufen? Gym? Danach in die *Wunderbar*? Dienstag geht's bei mir nicht. Hab was extrem Spannendes am Laufen. Oder sagen wir – an der Angel. Muß ich dir im Detail erzählen. Und, Achtung! Ich hab da noch einen Extrabonus für dich! Sehr lecker und süß, sag ich Dir, Überraschung! Na?« Benjamin zwinkerte Marcel bedeutungsschwer zu. Marcel grinste mit zusammengekniffenen Lippen.

»Ach, du immer mit deinem halberfrorenen Gesicht! Lokker machen! Um sieben am Großen Garten, ja?« Benjamin knuffte Marcel erneut. Die alte Ernie- und Bert-Situation. Marcel zögerte. Für Sport fühlte er sich zu angeschlagen. Sein Hals kratzte. Nur andeutungsweise, aber man sollte solche Signale nicht auf die leichte Schulter nehmen. Marcel hatte da seine Erfahrungen. In der *Wunderbar* war es immer furchtbar laut. Ob Benjamin einfach zum Abendessen kommen wollte, gegen acht? Wollte er. Das war Benjamins Vorzug, er war unkompliziert.

Frauen sortieren

Der Tag mit Baltruschat verlief angenehm. Marcel hatte ein kleines Kulturprogramm abgesteckt, der Gast winkte ab. Nein, bitte einfach ein bürgerliches Mittagessen und ein ausgedehnter Gang entlang der Elbe. Das Wetter sei ja blendend!

Sie aßen fein und teuer mit Blick auf die Frauenkirche, anschließend spazierten sie den Strom entlang ostwärts. Baltruschat das Jacket locker am Zeigefinger über wechselnde Schulterseiten gehängt, Marcel mit Halstuch und klammen Fingern. Die Sonne trog, der Wind wehte fies. Marcel sorgte sich um den alten Mann, der womöglich seine Kräfte überschätzte. Der tat, als könnten ihm die schneidenden Maiböen nichts anhaben und überging Marcels höfliche Versuche, bei seinem streitbaren Deutschlands-Zukunft-Manuskript anzuküpfen. Dabei hatte sich Marcel die Sätze bereits zitierfähig zurechtgelegt.

Erst als sie durch Striesen bereits wieder stadteinwärts gingen, kurz vor der Übergabe an Jochim, kam Baltruschat auf sein Buch zu sprechen. Ihm sei doch klar, daß es kein wirkliches Meisterstück sei. »Nein, bitte keine höfliche Widerrede!« Er sei nun mal ein einfacher Mann, der das Herz auf der Zunge trage. Es sei aber kein geschwätziges Bedürfnis, sondern brennender Idealismus, der ihn treibe. Er ahne, nein, wisse, daß er Jochim mit seinen Publikationswünschen quäle. »Aber wissen sie, selbst daran habe ich eine gewisse Freude!« Das bedinge nun mal das Temperament eines Unternehmers, diese Art Freude an der Machtausübung. Er, Marcel, möge ihm verzeihen und verstehen: Was hinterlasse er, Baltruschat, sonst schon?

Ein, hm, kompaktes materielles Vermögen, aber keinen Sohn, keine Tochter, die es erben könnten. »Ahnen sie, was das bedeutet? Abtreten zu müssen und damit im Orkus der Geschichte zu verschwinden? Nicht nur sich biologisch nicht fortgezeugt zu haben, das auch, das ist ein Schicksal für sich, nein, auch nichts weitererzählt zu haben! Nichts gestiftet zu haben! Etwas, das bleibt! Ich bilde den Schlußpunkt einer Ahnenkette! Wenn ich ihnen das raten darf – sie sind doch auch längst in den Dreißigern, die besten Frauen ihrer Generation sind längst vergeben! Halten sie sich ran! Sie dürfen nicht denken, Textchen zu tippen – Marcel, sie wissen, wie sehr ich ihre Reportagen schätze – , dabei darf es nicht bleiben! Schreiten sie aus! Packen sie die Dinge am Schopf! Bescheidwissen und drüber schreiben, genug zum Essen haben und ein warmes Bett am Abend, das soll nicht ihr Lebensziel sein! Wir haben doch mehr zu bieten! Ach was: wir stehen in der Pflicht! Machen sie was aus sich! Aber was Richtiges, was Handfestes, das überdauert! Schauen sie mich an, wollen sie so enden?«

Marcel errötete und wollte anheben zu einer Würdigung des Baltruschatschen Lebenswerks. Der Kaufmann unterbrach ihn. Blieb stehen, hob das Kinn und deklamierte mit verschwommenem Blick: »Nun stehst du starr, schaust rückwärts, ach! wie lange schon! Was bist du Narr vor Winters in die Welt entflohn? Marcel, sie kennen die Zeilen.«

Marcel kannte sie nicht, nickte aber wissend und mit wehmütiger Anteilnahme.

»Und genau so ist es. Wir Narren! Wir treiben unser Herzblut in die entlegensten Winkel, in fruchtlose Nischen. Wir alle, Jochim, sie, ich, wir spielen doch in einer Sackgasse. Es ist nicht unsere Zeit, es ist nicht unser Raum. Ich will sie nur bitten, haben sie Nachsicht, wenn ich in dieser, unserer Sonderzone mein kleines, unmaßgebliches Spiel zu einem, nja, sicher unspektakulären Ende treiben will. Jochim wird mein kleines Traktat drucken. Wird ihm am Ende nicht weh tun. Und wenn es eine Handvoll geistiger Erben findet, sie entschuldigen den hochgestochenen Begriff, will ich zufrieden sein.«

Marcel spürte einen Impuls, den alten Mann zu umarmen. Natürlich folgte er ihm nicht. Er würde sich für Baltruschats Buchprojekt stark machen, das auf jeden Fall.

Marcel schämte sich, daß er nicht völlig präsent gewesen war in der letzten, der gewichtigen Stunde mit Baltruschat. Um sieben hatte er ihn verabschiedet. Eine lächerliche Stunde blieb Marcel um a) einzukaufen, b) zu seiner Wohnung zu gelangen, c) ein Abendessen zu bereiten. Der helle Wahnsinn. Während des Gesprächs mit Baltruschat war er gedanklich die Frage nicht losgeworden, was er Benjamin anbieten sollte. Er, Marcel, hatte immerhin ein Abendessen offeriert. Klar, der Freund war unkompliziert, er wäre letztlich auch mit einer Dosensuppe zufriedenzustellen, die Notlösung gewissermaßen.

Benjamin war auf anaboler Diät, das war noch ein bißchen komplizierter als bloß Low Carb. Und immerhin war Marcel nicht ganz unschuldig daran. Er war's doch gewesen, der Benjamin von den teuren Proteindrinks runterbringen wollte! Der die Frage ins Spiel gebracht hatte, ob man einen soliden Muskelaufbau nicht mit simplen ernährungstechnischen Mitteln gewährleisten könnte! Seit Wochen lebte Benjamin anabol. Warum jetzt diesen Ehrgeiz, diese Selbstdisziplin mit einem Fertiggericht durchkreuzen? Thunfisch-Eier-Salat? Klang prätentiös und gleichzeitig einfallslos. Nudeln mit Thunfischtomatensoße, warum nicht? Nicht originell, aber handfest und angebracht für ein Abendessen, das keinen festlichen Anspruch erhob. Nudeln hatte Marcel im Vorrat, Thunfisch müßte zu beschaffen sein. Aber schwamm das Zeug nicht immer in Öl? Konnte man womöglich abgießen. Spuren, Fettspuren würden bleiben. Wären die der Diät abträglich? Müßte er Benjamin wahrheitsmäßig darüber informieren? Benjamin würde gute Miene machen und sich reichlich bedienen, das sicher. Aber wäre das nicht eine nachlässige Unterwanderung des Speiseplans? Unter wahrer Freundschaft verstand Marcel etwas anderes.

Marcel hatte Glück. Er fand Thunfisch in eigenem Saft, es stellte sich als unproblematisch heraus. Welcher Saft das wohl war, der den Thunfischen, diesen dosenrunden Teilstückchen, eigen war? Eine Art Schweiß? Organwasser? Einerlei, es würde eher proteinhaltig sein.

Zu Hause duschte Marcel kurz, »Refreshing Evening« erwies sich überraschend als leer – passierte ihm sonst nie *klar, den Rest hab ich doch gestern abend mit Wasser aufgefüllt, halbdementer Idiot, bin im Laden grad noch am Regal vorbeigelaufen* er nahm »Morgentau, Sparkling Newstart«, *wen schert das schon, am Ende haben diese Duschgels eh nur einen minimalen Effekt.*

Mit Blick auf die Uhr – fünfundzwanzig vor acht – startete Marcel ein exakt getaktetes Programm. Das war positiver Streß! Die Dinge am Schnürchen planen und durchziehen, während ein imaginärer Countdown abläuft, eine winzige Endzeitstimmung, Flucht- und Vertreibungs-Simulation. Kleine Bewährungsprobe im kriegsfernen Alltag!

Zack, zack, äußerst befriedigend, wie eins ins andere griff. Grobes Abtrocknen des mit Morgens-Duschgel gereinigten Körpers, dann Wasser im Topf aufstellen. Wasserfilter wieder auffüllen. Dunstabzugshaube an. Während es hochkocht, Zehenzwischenräume gründlich entfeuchten, dann Trocknung der Körpermitte. Hände waschen und abtrocknen, frische Sachen heraussuchen, alte samt Handtuch in die Waschtrommel schichten, Unterhose und Chinos anziehen. Wasser kocht, Nudeln hinein, ganze Packung, lieber Übermaß als »leider alle«. Eieruhr stellen auf neun Minuten. Herdplatte runterschalten auf eins, Deckel schräg auf den Kopf, kein Öl, aber Salz ins Kochwasser. Dann zur Oberbekleidung greifen, *schlecht gebügelt, das Hemd, was soll's, ich muß mir eine Nachlässigkeit in solchen Dingen angewöhnen! Ordnung ist das halbe Leben, das halbe, es kommt drauf an, die andere Hälfte zu kultivieren.*

Topfdeckel kurz anheben, jetzt simmerte es schön, ohne überzuschäumen. Hausschuhe an, wieder ins Bad. Gel unter den WC-Rand, mit zwei, drei Hygienetüchern Waschbecken, anschließend Klobrille entkeimen. Tücher in den Müll, *morgen entleeren!* Händewaschen, abtrocknen. Staubsauger anschmeißen, flüchtig das Laminat im Eingansbereich, gründlicher die Wohnküche bedenken. Herdplatte noch vor dem Weckerklingeln ausschalten, das kocht noch nach. Mit weiteren Tüchern Fensterbank, Arbeitsfläche und Tisch nach wischen. Mit frisch gewaschenen Händen kleinen Topf herausholen, zwei Dosen Tomaten, stückig, mit Oregano würzig verfeinert, hinein, zwei Dosen Thunfisch samt Eigensaft, Gewürzmischung dazu. Nudeln abgießen, dann gleich wieder rein in den Topf auf die noch heiße Platte, Tisch decken. Leider nur noch die Servietten, die Maman gebracht hatte, frühlingshaftes Dekor, waren das Osterhäschen? Marcel gelang es mit raschen Handgriffen, die Dinger so zu falten, daß die Hasen zur Tischplatte schauten. Falls das Gespräch darauf käme, würde man dem mit Ironie begegnen können, zur Not, aber Benjamin war ohnehin kein Spötter, nicht Freunden gegenüber.

Geradezu genial griff eine Notwendigkeit in die andere, ein Räderwerk mit Marcel als demütigem Rädchen im Getriebe. Diese Arbeit nach Plan, gern auch unter Streß, bereitete ihm Freude. Große Genugtuung! Als Benjamin klingelte, zur höflichen Zeit, also fünf nach, waren die Nudeln noch und die Soße bereits heiß, Marcels Hände frisch gereinigt.

Voilá, auf den Punkt geplant, besser geht es nicht! Auch der Freund hatte sich hergerichtet, jedenfalls frisch rasiert. Anders als am Morgen in der Redaktion wirkten Goatee und Koteletten (Benjamin: »Schenkelbürsten, hahaha«) scharf konturiert. Benjamin rasierte sich stets abends. Er hatte von seinen Redaktionssneakers zu den vergrößernden Budapestern gewechselt. Womöglich hatte er für den späteren Abend noch etwas vor. Die äußerlich unsichtbare Inneneinlage täuschte knappe fünf Zentimeter Körperhöhe mehr vor, Benjamin näherte sich damit der 1,75-Marke. Auf Marcel wirkte der Unterschied immer frappierend. Benjamin auf Kinnhöhe, das war gleich ein ganz anderer Typ. Kleine Ursache, große Wirkung.

»Marcel, erzähl mir was von Helmut Schmidt«, mit lässiger Freundlichkeit ging Benjamin am Freund vorbei in die Küche und nahm Platz am gedeckten Tisch. Ließ sich auftischen. Hmm, lecker! Parmesan zum Draufreiben empfände er als Krönung, ob Marcel damit dienen könne? *Parmesan ist Fettkäse, torpediert also die Mühe.* Marcel konnte. Bei jeder Bewegung stieg ihm der *Morgentau*-Geruch in die Nase, es wirkte irritierend, wie Schneefall im Mai, wie die Wackernagel in Jeans oder wie Leberwurst zum Frühstück.

Marcel referierte kurz über den Tag mit Baltruschat. Sie mochten ihn beide. Benjamin rieb das ganze Käsestück auf. Er schlürfte die Nudeln, es glich einem Einatmen, und bediente nebenbei und ohne dabei abwesend zu wirken seinen mobilen Empfang, lachte mehrmals auf.

»Ja, der gute alte Schmidt. Ist schon eine dolle Nummer. Ich sag dir, so oder so ähnlich tickt mindestens die Hälfte dieser Leute, Generation fünfundsechzig plus. Die wissen, was schief läuft, die wollen das Ruder rumreißen, und zwar in die richtige Richtung.«

Benjamin war in Form. »Richtig, Richtung, rechthaben ..., Marcel, du merkst schon, wo das allein von der Sprachwurzel her hinlaufen muß? Hehe, bestimmt nicht ins Linkische, zum Gelinkt-werden ... Rechts ist richtig! Alter Joke, ich weiß«.

Er nahm mit der Linken ein paar Fingerspiele an seinem Apparätchen vor und tat sich zugleich mit der Rechten erneut Nudeln auf.

»Ohne Spaß: Diese alten Säcke wie Baltruschat wissen Bescheid. Die haben den ganzen Niedergang ja quasi live miterlebt. Die sind schon ein paar Jährchen länger als wir an Bord des sinkenden Schiffs namens Deutschland. Die Frage ist: Wenn sie's doch besser wissen könnten, warum haben sie es nicht weitergegeben?«

Benjamin spießte in einem erfundenen Takt Nudeln auf und sprach kauend weiter: »Okay, unser Schmidt hatte keine Chance. Ungewollt kinderlos, und natürlich weit entfernt von den Schalthebeln der Macht. Und sonst? Vermutlich Wahlverhalten nach dem Motto ›Augen zu – CDU‹, und zwar so lange, bis der Arsch auf Grundeis geht. Und jetzt ist es zu spät, jetzt schreiben sie Weltrettungsbücher, die keiner drucken will. Ach, Marcel«, sein von Kaugeräuschen durchdrungenes Seufzen lieferte ein tragisches Geräusch, »es ist an uns! Wir müssen die Schalthebel in Besitz nehmen und, echt, wir müssen produktiv werden. Auch so ... so biologisch halt, der Baltruschat hat schon recht. Guck dir mal die Sachlage an! Du, ich, der Jochim, die Wackernagel, Holsten, Kiedritz, Hinterow, zwei von den drei Grafik-Ladies – alle kinderlos. Manchmal glaub ich, wir sind die kinderärmste Redaktion Deutschlands. Zähl mal die Kinder von Petri und von Hartmann zusammen und meinetwegen noch die von der Panusz und der Nachtweyh. Und das verzogene Horrorbalg von Jenny. Okay, Emmanuel Backhohl – der kracht sozusagen in die Statistik. Und trotzdem: Wie fruchtbar soll das denn sein? Das ist unterm Strich null komma irgendwas, weniger als der Bundesschnitt. Zeugungsfaules Pack, wir!«

Marcel grinste. Das war eine neue Zugangsversion zu Benjamins Lieblingsthema: Frauen. Benjamin war ihnen verfallen. Oder exakter: Er war ein Lehrling auf dem Weg, Meisterverführer zu werden. Der Freund war ein erfolgreicher Schüler der *Pickup*-Studies. Noch kein Abschleppmeister, aber gleichsam einer mit Gesellenbrief in der Tasche.

Seit Marcel Benjamin kannte, und dieser Zeitpunkt ging in etwa einher mit dem Beginn seines, Benjamins, Einstieg in die akademische Verführungskunst, konnte der Freund einen Erfolg nach dem anderen verbuchen. Benjamin führte Buch, etwas nachlässig zwar, aber rund vierzig Frauenkontakte sollten es gewesen sein in den vergangenen Jahren seit Eintritt in die Redaktion und zugleich, als wär's eine Parallelmaßnahme, in die virtuelle Seduction Community, in die weitgehend papierne und digitale »Schule der Verführungskunst«.

Nicht durchweg intensivste Kontakte, keineswegs grandiose Kontakte durch die Bank weg, aber: immerhin. Benjamin hatte zu tun, frauentechnisch. Wie ein Betrieb, der läuft. Nicht so, daß Anlaß bestünde, die Sektkorken knallen zu lassen. Aber doch solide. Marcel konnte kaum einen Bruchteil solcher Erfolge aufweisen. Zwei, um ehrlich zu sein. Anderthalb, wenn man es ganz genau nehmen wollte. Beide eher dem »naja«-Format zuzurechnen.

Benjamins professionelle Herangehensweise – gestützt durch intensive Lektüre und Seminare – und seine Erfolge waren schlagend. Marcel verstand sich als skeptischer Co-Student in Sachen Pickup. Es war verblüffend, wie die angelernten Rezepte funktionierten. Auch die wissenschaftliche Unterfütterung dieser Schritt-für-Schritt-Verführungstechniken las sich beeindruckend. Benjamin hatte das alles eifrig gebüffelt und tat es immer noch. Die Sache war durchaus zeitaufwendig. Aber: Ohne Fleiß kein Preis! Verhaltensbiologie, Neuropsychologie, Kommunikationstechniken, Hormonzyklen, evolutionäre Ästhetik: Für den Freund war das Studium des weiblichen sexuellen Verhaltens zur Lebensphilosophie geworden. Marcels moralische Bedenken hatte er leicht vom Tisch wischen können. Benjamin verstand sich nicht als notgeiler Aufreißer oder Manipulator. Solche Vorwürfe konnte er leichter Hand von sich weisen. Ihm ging es um die Bestätigung des »hätte können«, und die Frauen, mit denen er »hätte können« waren in all den Jahren Legion. Da waren Weiber darunter! Schicke, liebe, komplizierte, anhängliche, seichte, tiefe ... das ganze Programm halt! Benjamins privates Aufreißprogramm war ethisch korrekt: »Die Frau dahin bringen, daß sie dich um jeden Preis will«, das war sein Motto. Er empfand diesen Lohn als befriedigend.

»Wir sind nicht Knechte unserer Hormone, keine Hengste mit dicken Eiern, wir sind die Ritter und die Prinzen, nach denen sich die Frauen sehnen«, so in etwa ging Benjamins Parole. Beginnen war ihm längst leichter als Schlußmachen.

»Das ist unser Los: gebrochene Herzen pflastern unseren Weg, derweil die Prinzessin und ihre Erbse noch warten und erkannt werden wollen!« Trial and error, Versuch und Irrtum, Benjamins Motto. Unter hundert Geküßten sei eine die Wahre.

Marcel erschien es gewöhnlich zu intim, genauer nachzufragen, wie tief Benjamins Versuche zu gehen pflegten. Daß die Frauen, und zwar nicht die Stiefmütterchen, sondern die schönen, großen, selbst die zickigen, auf Benjamins Maschen einstiegen, hatte er ein paar Mal miterlebt. Es war blanke Zauberei.

Nun saß Benjamin also satt und breitbeinig da, er hatte seinen Stuhl einen halben Meter vom Tisch fortgerückt und grinste spitzbübisch. Marcel erinnere sich doch sicher noch an diesen Junggesellinnenabschied, am Wochenende in der *Wunderbar?* Das war nicht schwer. Samstagabend hatten Marcel und

Benjamin ihren *jour fixe* in der Neustadt. Vergangenen Samstag hatte ein Haufen angeschickerter Mädchen rund um eine künftige Braut die Szene dominiert.

Sie hatten Schnapsrunden ausgegeben und abgewandelte Vatertagslieder angestimmt, es war ein milde quietschender Mädchenfeminismus. Lauter rote Wangen, verrutschte Kleider und ein gewollt proletarischer Wettbewerb, vernehmlich zu rülpsen, alles, um ein Lebensabschnittsende möglichst authentisch zu beglaubigen.

Marcel hatte bis kurz vor Mitternacht zwar nicht mitgehalten, aber gute Miene gemacht. Hübsche Mädels, keine alte Jungfern, alle höchstens Ende zwanzig, sehr frisch und fröhlich. Mit zweien davon war Marcel ins Gespräch gekommen, einen Flirt hätte man es nicht nennen können.

Benjamin hingegen war umringt gewesen von Nymphen, hatte Trinkspiele veranstaltet, geschäkert und Arme über Schultern gelegt, alles planmäßig und demgemäß reibungslos funktionierend. Weil auf Marcels Kalender für den nächsten Morgen um acht Joggen stand und er sich zunehmend hilflos gefühlt hatte zwischen den zuletzt frivolen Gästen, hatte er sich um halb zwölf verabschiedet.

Während Benjamin nun abermals kaute und mit Saft spülte, bediente er weiterhin seinen mobilen Apparat. »So. Paß auf, Freundchen. Ich bin doppelt fündig geworden. One for me, one for you! Achtung, während die Spannung steigt, erst mal the one for me …«

Routiniert fuhr Benjamin mit dem Finger die kleine Mattscheibe rauf, rauf, und tippte zwecks Vergrößerung auf ein Photo: »Das ist sie! Meike! Niedlich, oder? Zuckerstückchen!«

Benjamin machte einen Luftkuß und hielt Marcel das Display seines Geräts hin. Zwei Mädchen waren zu sehen, Kopf an Kopf, rötlich, lachend. »Die rechts, Nancy, ist auch nicht zu verachten, die hat aber grad was am Laufen. Meike, on the left, ist seit einem halben Jahr Single. Seit sex Monaten! Da gehst du durch wie das heiße Messer durch die Butter!«

Der Abend habe schon mal glänzend geendet, Fortsetzung folge morgen. Ein ganz liebes Frauchen, Kauffrau für irgendwas, sehr unkompliziert, bißchen häuslich, bißchen wild, optimale Mischung, könnte was Längerfristiges werden. Haare fast bis zum Hintern, bißchen zu proper hintenrum, rein äußerlich Hot Babe 6 bis 7, aber überdurchschnittlich sympathisch.

Marcel verzog das Gesicht. Diese Pickup-Bewertungsskala ging ihm gegen den Strich. Wo kämen wir hin, wenn wir ein Gegenüber nach Punkten bewerteten? Gerade Frauen, bekanntlich hochdifferenzierte Wesen! Nehmen wir ein Hot Babe 8, das an der Bar steht, Aussehen, Charme und Anmut im Überfluß: vielleicht kann die nicht mal Kartoffeln kochen? Vielleicht ist sie psychotisch, ritzt sich und erbricht ihre Mahlzeiten, um ihre Klassefigur zu halten? Oder vertritt abartige, mindestens inkompatible politische Ansichten? Oder, das wandte Marcel nur ein, um Benjamin argumentativ zu erreichen, vielleicht war sie im Bett eine glatte Null, unentspannt, mäklerisch, frigide gar?

Ein alter Diskussionspunkt. Die HB-Skala sei ein letztlich bedeutungsloser, erster Anhaltspunkt und im Grunde nur wichtig, um die Annäherungsstrategie anzupassen. Einem Hot Babe 5, einer durchschnittlich Hübschen mit kleinen Makeln, begegne man mit völlig anderen Mustern als einer Klassefrau, einer 8. Man bewerte ja nicht die Persönlichkeit. Keineswegs! Und klar, dies sei am Ende das wichtigste! Treue, Humor, Verstand, nicht zuletzt, das dürfe man wohl noch sagen, die Fertigkeiten!

Für Benjamin lief es jedenfalls wieder gut. Marcel freute sich ehrlich mit. »Und jetzt, Freundchen, zu dir. Doreen, das sagt dir was!« Marcel zuckte mit den Schultern und wurde ein bißchen rot.

»Jetzt komm! Ihr habt über Sternzeichen geredet! Die Blonde mit den Brüsten!« Marcel grinste. Die Blondine hatte ihn angequatscht, sehr lustig mit der dauernden Zwischenbemerkung, sorry, sie habe noch einen Halbkater von gestern, von ihrer Geburtstagsfeier. Doreen mit den Brüsten fand Krebse voll süß. Sie wollte ihm seinen Aszendent und Mond ausrechnen. Nicht gerade Marcels Spezialgebiet oder auch nur von höherem Interesse. »Doreen ist Meikes Freundin. Laut Meike hast du bei Doreen einen dicken Stein im Brett. Einen, hihi, Pfahl gewissermaßen! Warte ... hier!«

Benjamin streckte Marcel erneut das Gerät entgegen. Eine Nachricht von Meike, gesendet am 22. Mai um 18 Uhr 27: »Hat dein schücht. Freund eigtl. phone oder email?? Doreen muß dringend ihr Horoskop loswerden ...!!!«

Benjamin nahm das Smartphone wieder an sich, rückte den Teller gen Tischmitte und richtete einen Zeigefinger auf Marcel. »Und das ist jetzt d e in Job. Hier, schreib dir Doreens Nummer und Adresse auf, und ran an die Frau. Die war doch richtig schnuckelig. Wenn du den Kenner fragst, dessen Urteil dir wahrscheinlich nichts bedeutest: Hot Babe 6 mit Tendenz nach oben. Marcel, und jetzt kommt ein Befehl. Das ist doch die Sprache, die du verstehst«, Benjamin grinste, »du rufst sie j e t z t an. Jetzt oder nie. Unter meiner wohlwollenden Tutorenschaft.«

Benjamin hielt Marcel sein Gerät hin, zog es wieder zurück. »Quatsch, nimm deins. Oder Festnetz. Ich will ja nicht als deine Anstanddame oder als Kuppler auftreten.«

Marcel wand sich und schob seinen Stuhl zurück. Erst die Pflicht, dann das Vergnügen, und bloß nicht hysterisch werden. Geschirr in die Spülmaschine, Tab rein, anstellen. Benjamin erklären, warum er eine viertelvolle Spülmaschine laufen ließ. Grob gesagt: aus Gründen der Hygiene. Mit gewaschenen Händen ans Telephon. Hand wieder vom Hörer genommen: »Hör zu, das mach ich andermal. So was ist doch

Weiberart: Telephonate führen, während die Freundin kichernd danebenhockt. Ich werde jetzt Doreen nicht anrufen.«
Marcel merkte mit einer gewissen Freude, daß seine Stimme sehr fest klang, bestimmt. Bestimmend.

Benjamin blätterte gerade in einem der Männerfitneßmagazine, die ordentlich gestapelt in der untersten Etage des Bücherregals lagen. Er verdrehte die Augen:
»Okay, mein Lieber, ich übersetz das schnell mal: Du wirst Doreen nie anrufen. Alter, ich kenn dich, und ich hab mir vorgenommen, dich zu zwingen. Sei ein Mann, ruf sie an – jetzt!«

Marcel blieb hartnäckig und Benjamins Dringlichkeitsflehen ohne Erfolg, er mußte es einsehen. Sie sprachen von Marcels nächstem Projekt, einer Großreportage über das Zigeunerlager am Rande der Neustadt. Benjamin riß ein paar Witze rund um die Sprachregelungspolitik. Marcel kannte sie alle und mußte trotzdem lachen. Benjamin szenisches Geschick im Verein mit betont breitem Sächsisch, das war unübertroffen. Romafrauen seien eine Sonderklasse, erklärte Benjamin. Mal im Ernst. Benjamin mied Freudenhäuser, Marcel gegenüber jedenfalls. Unter seinen Pickup-Freunden aber waren notorische Kunden. »Und was die erzählen, da guckste nur. Hammerharte Weiber. Können kein Wort deutsch, können nicht lesen, nicht schreiben, nicht mal den eigenen Namen. Aber ansonsten! Kinder eigentlich! Mit einundzwanzig sind die schon raus aus dem Geschäft. Eine Schweinerei, wenn man sich das überlegt. Aber immerhin, die machen das freiwillig. Alles auf eigene Rechnung, da hat kein Zuhälter von außerhalb eine Chance. Alles Clanwirtschaft. Die Sippe geht über alles. Im Grunde nicht unsympathisch. Eine, Esma, Romni durch und durch, Haare schwärzer als schwarz, soo ein Mund –«.

Marcel winkte ab, geradezu hektisch, *bitte keine Puffreportage, Junge, verschon mich*, schüttelte den Kopf und guckte flehend. Benjamin winkte ebenfalls ab. »Gutgut, dein Zartgefühl ... Bin schon ruhig.«

Die Rede kam auf Eugen. Marcel hatte ihn telephonisch nicht erreicht und ihm eine email geschickt, die Rosenbaum-Frage hatte er noch ausgespart. Sowas sollte man nicht per mail klären oder fernmündlich.

Benjamin kannte Eugen kaum, hatte ihn ein paar mal gesehen, einmal im Beisein von Nora. »Ein klassisches Arier-Pärchen, wie aus dem Bilderbuch. Dürfte auf manchen Zeitgenossen geradezu furchterregend wirken, oder? Wie groß ist Eugen eigentlich? Sicher über eins neunzig, ja? Und die kultivieren das in gewisser Weise doch auch, oder?«

Marcel lachte. »Eugen ist größer als ich, keine Ahnung, vielleicht einsfünfundneunzig? Nee, das glaub mir, Eugen ist einfach, wie er ist. Vollkommen authentischer Typ. Daß er, vor allem gemeinsam mit ihr, die Blicke auf sich zieht, ist ihm klar. Daß er drunter leidet, wäre bestimmt zu viel gesagt. Aber er hat mal gesagt, daß er manchmal direkt spürt, wie ihm eine gewisse Abwehr entgegenbrandet. Beim Gang durch Aachen, Innenstadt, etwa. Daß er weiß, daß er, oder die beiden, für manche Leute als leibhaftige Provokation wirken. Viel Feind, viel Ehr. So in der Art.«

»Und die leben echt in so einer vergammelten Villa, ja? Aus dem einzigen Grund, weil vor hundertundnochwas Jahren ein exzentrischer Industrieller ein Haus gebaut hat, das er von Steinmetzen mit Wagnerbüsten und wagnereskem Mythos-Schnickschnack verzieren ließ? Ein bißchen verstrahlt ist das schon«, das müsse Marcel zugeben.

Benjamin war ein begabter Handwerker. Mittelschule, Schreinerlehre, Abendgymnasium, zwei Jahre ausprobiertes Studium – Mathe und Geschichte auf Lehramt – dann hatte er jene Volontariatsstelle beim *Freigeist* eingenommen, die Marcel freigegeben hatte. Die Option, irgendwann die

Tischlerei seines Onkels zu übernehmen, galt noch immer. Als Sicherheit im Hinterkopf, falls die Journalistenlaufbahn sich als brotlose Kunst erweisen sollte. Wofür einiges sprach. Klugschwätzer und Tatmensch, das sei ein unversöhnlicher Gegensatz! Für Intellektuelle, die sich voller landlustiger Romantik in herrenlose Herrenhäuser hockten und dort das Basteln anfingen, hatte Benjamin wenig übrig. Wie die sich vorkamen!

Marcel wiegelte ab. Vergammelt sei die Villa d a m a l s gewesen. Sie habe dafür kaum mehr als einen Apfel und ein Ei gekostet. Und finde mal eine bezahlbare Wohnung plus Auslauf für eine sechsköpfige Familie! Gaulitzsch liege hervorragend, die Villa direkt am Bahnhof, mit Direktanbindung nach Dresden, eine gute halbe Stunde. Der Ort, oder war's das Nachbarstädtchen?, habe eine hervorragende Musikschule, an der Eugen zuletzt angestellt war. Das Anwesen sei ein Traum, das Haus wiederherstellbar: »Die beiden sind keine reinen Schreibtischtäter, das kannst du glauben! Da wird in jeder freien Minute angepackt!«

Als Marcel Eugen damals ein Wochenende lang beim Umzug geholfen hatte, hatte er den Mut der beiden bewundernswert gefunden. Wie konnte man es wagen, mit drei kleinen Kindern in ein Haus zu ziehen, in dem im Erdgeschoß der Schimmel fraß, Decken und ein Teil des Dachs eingebrochen waren und zu dessen Eingangstür man sich mit der Sense den Weg freimachen mußte? Mit ein paar Kaminen, aber ohne Heizung, mit ausgebrochenen Fensterscheiben, vermüllten Räumen und alten Stromkabeln, die von Mäusen angefressen waren? Natürlich: wie die steinernen Nixen und Walkürenfiguren, der Gralskelch, die vorstehenden Richard-und-Cosima-Büsten und all diese Wuchtschnörkel am umlaufenden Fries durch das urwaldige Blätterdickicht starrten, das hatte was. Photokalenderästehtik, zumal, wenn die Sonne durch die Laubdecke fiel und man den passenden, sehr beschränkten, Blickwinkel einnahm.

Im Winter darauf war Marcel abermals in Gaulitzsch gewesen, halb Gast, halb Hilfskraft. Ein seltsamer Aufenthalt. In Eugens Arbeitszimmer hatte es durch ein Ölöfchen ein paar Grad über Null, in sämtlichen Schlafzimmern bedeckte Reif die Wände. Teils hingen noch Tapetenfetzen daran, mit Eiskristallen bedeckt, man hätte es für abstrakte Kunst halten können. Den Mädchen gab man heiße Ziegelsteine, in Tücher gewickelt, zum Schlafen ins Bett. Marcel war sich vorgekommen wie in einem Schwarzweißfilm, einem Melodram.

Ihm war in jenen Januartagen stundenweise die Sorge um das Neugeborene anvertraut worden. Waltraud war auf seinem Arm eingeschlafen. Und so durfte er in der Wohnküche sitzen am prasselnden Kamin mit dem Säugling, während die Eltern werkelten. Schleifarbeiten, Verputzarbeiten, Streicharbeiten, Kinderbetreuungsarbeiten. Marcel war sich unsicher gewesen, ob er die Atmosphäre un- oder urgemütlich finden sollte. In seinen Armen hatten Krämpfe getobt, er hatte sich nur flach zu atmen getraut. Halb Amme, halb stationäres Gerät, so hatte er über Stunden dagesessen, wissend, daß er trotz Nichtstun womöglich eine große Hilfe darstellte. Der warme Klumpen auf seinem Arm hatte langsam auf seine Brust gespeichelt.

Sie hatten keinen Müll in Haufen mehr liegen damals, die Kabel waren erneuert, es gab eine Reihe hübscher Fenster, doppelt verglast und mit glasteilenden Kreuzen, die durchgebrochenen Decken waren in Arbeit. Es ging voran, deutlich! Eugen hatte ein oder zwei Musikprojekte laufen, daneben war er Bauleiter, Handwerker und *Freigeist*-Autor.

Zuletzt hatte Marcel vor zwei Jahren auf der Durchreise von Aachen einen Abstecher in Gaulitzsch gemacht. Da hatte sich die Villa in einem Zustand befunden, den ein Durchschnittsbürger eventuell als »bewohnbar« bezeichnet hätte, halbsaniert. Der prächtige Vorbau samt Säulen über der Freitreppe war sandgestrahlt. Die beiden Wagner-Häupter strahlten in den Park, es gab bereits ein hübsch hergerichtetes Gästezimmer, Marcel konnte sich nicht mehr erinnern, wo genau die Deckeneinbrüche waren, das Dach war neu eingedeckt. Sie hatten einen großen Gemüsegarten, aber noch keine Heizung, Nora, dünn, angespannt und bissig, kochte noch auf dem alten Kohleherd. Waltraud war ein liebes Kind und schmiegte sich an Marcel, als erinnerte sie sich an die Kuschelstunden vor dem Kamin. Die größeren Schwestern waren in häusliche Tätigkeiten eingespannt, waren daneben aber Rabauken. Nora würde ihre Mühe mit ihnen haben. Falls Marcel das beurteilen konnte. Mit Kindern hatte er zuletzt vor über zwanzig Jahren zu tun gehabt, und damals hatte er keinen Überblick von außen. Da waren es Altersgenossen gewesen.

Eugen hatte damals viel für den *Freigeist* zugearbeitet. Seine Konzertbesprechungen und Rezensionen waren ziemlich begehrt, in der Redaktion wie in der Leserschaft. Sie hatten Klasse.

Benjamin fand Marcels Bericht höllisch interessant. »Das klingt verdammt nach meinem Leben in zehn Jahren! Außer, daß ich dann vier Söhne hätte! Und ein paar Knechte, die für mich schuften!« Ob Marcel nicht einen gemeinsamen Besuchstermin vereinbaren könne? Auch zwecks Klärung der Rössler-Rosenbaum-Frage? Konnte er, wollte er. Und Doreen? Würde erledigt werden, grins. Gegen halb zehn rückte Benjamin ab. Meike noch eine Freude bereiten, zwinker, zwinker.

Passion

Doreen roch nach Frühling. Extrem stark, gelbe Blüten brannten sich in Marcels Nasenschleimhaut. Begrüßungsumarmung mit Freundschaftsküßchen *als hätt ich's geahnt, links, rechts, oder? Mamans bise ging immer: erst links, dann rechts.*

Doreen hauchte auf Marcels linke Wange, und es war entstand ein *unsagbar* peinlicher Moment, als Marcel mit eckiger Bewegung auch die rechte Wange hinhielt, während Doreen bereits einen Schritt nach hinten vorgenommen hatte. *Kein Wunder, ich hab nicht das Maß. Nie! Ich war so dicht an ihr, unabsichtlich, daß ihre Brüste meinen Bauch berührt haben. Kein Wunder, wenn sie jetzt gekränkt wäre.*

Doreen grinste. Marcel nahm es hin. Sie hatte definitiv das Recht dazu. Natürlich hatte er seine Gesprächsthemenliste nicht dabei. Wie käme das denn: am Ende noch auf die Toilette verschwinden, um die smalltalk-Reserven aufzufrischen! Die acht Punkte, die beiläufig zur Sprache kommen könnten, falls das Gespräch stocken sollte, hatte er verinnerlicht. Den Zettel brauchte er gar nicht.

Doreen trug eine enge gelbe, unten noch schmaler zulaufende Hose, an den Füßen helle Schürschuhe aus Stoff. Eher stämmige Beine, bodenständig, stabil. In Benjamins Frauentypologie war das ein ambivalenter Hinweis. Fehlende Oberschenkellücke – Marcel mußte den Begriff erst lernen, sogar das Phänomen an sich war ihm vorher unbekannt gewesen –, das sei einerseits weniger sexy, andererseits ein Hinweis auf handhabbare Verhältnisse: Eine oberschenkellückefreie Frau sei normalerweise kein Hypersensibelchen mit anorektischen Ambitionen. Benjamin mußte es wissen. Auf seiner Liste waren magere wie propere Eroberungen verzeichnet. Abendfüllende Psychogespräche oder neurotisches Verhalten waren beim Vorliegen von kräftigen Frauenbeinen eher nicht zu erwarten.

Benjamin sagte auch: Auf die Fußstellung achten! Die mit den leicht nach innen gedrehten Füßen seien meist heikel. Zarte Seelen. Viel Innenschau und tiefe Gedanken. Das sei zwei Abende lang nett, wenn überhaupt, dann reicht's.

Doreen setzte ihre Füße schön auswärts. Vielleicht etwas zu betont. Das ging dann, Benjamin dixit, in Richtung Oberflächlichkeit. Im Grunde, Marcel äugte möglichst unauffällig, hatte Doreen eine ziemlich durchschnittliche Fußstellung. Und ihre Oberschenkel berührten sich, und zwar deutlich.

Außerdem wogten ihre Brüste selbst im Sitzen unter dem mäßig ausgeschnittenen, ketchupfarbenen Shirt mit wallendem, wasserfallartig drapiertem Kragen. Marcel verkniff sich bewußt, in Benjamins Buchstabenkategorien zu denken. Wie mußte sich eine Frau fühlen, wenn da unablässig etwas wogt? Hat die dafür überhaupt ein Bewußtsein? Nach vielleicht fünfzehn Jahren, in denen das Wogen ihr zur Gewohnheit geworden ist? Ob es ihr lästig ist? Oder sie mit Stolz erfüllt? Täglich? Stündlich?

Links zwischen Hals und Schulter blitzte ein BH-Träger hervor, schwarz. Marcel sah, wie die Faser ins weiche Fleisch einschnitt. Die Kerbe war deutlich sichtbar. Wie ein Bahngleis, das zwischen wogenden Feldern entlangführt. Marcel mußte an Millie denken, die Beagledame, die nicht mal zwei Jahre werden durfte, weil ein Lastwagen sie zerquetschte. Weil Marcel auf Millies Instinkt vertraut hatte und sie laufen ließ, obwohl die Straße bereits zur hören war! Bei Millie hatte das Halsband immer so eingeschnitten, wenn sie an der Leine zerrte. Viel lieber ging sie führungslos. Marcels Fehler, ihrem Freiheitswillen einmal zu viel stattgegeben zu haben ...

Er habe sicher nichts dagegen, draußen zu sitzen, meinte Doreen. Das Wetter sei so cool, außerdem hasse sie es, zum Rauchen nach draußen zu gehen. Draußen sei super, sekundierte Marcel und zog die Hemdärmel im nächsten unbeobachteten Moment nach unten. Er fröstelte, verdammte Angewohnheit. *Sich locker machen!*

Er fand einen Gesprächseinstieg: »Jetzt schieß los und erzähl mir mein Leben: Krebs-Steinbock-Jungfrau hab ich also, bin ich also, und was nun?« Marcel schaute Doreen an, *wohin nur? Auf den Mund? Wirkt das nicht technisch und überrational, zu sehr auf Frage-Antwort konzentriert? In die Augen? Wie ein dämlicher Flirtdepp? Alles darunter fällt ja aus.*

Doreen drehte sich zur Seite, sie hatte eine leichte Hakennase, ganz leicht nur, ein winziger Höcker, Marcel fand es einnehmend, grobe Poren, leichter Hautglanz. Aus den Poren, aus dem Dekolleté strömte es süßlich nach überreifen Blumen.

»Für mich eine Weißweinschorle, für Dich –?« Marcel schaltete mit Verspätung. Sein angeborener Verzögerungstick, deshalb hatte er in der Redaktion auch den ältesten Rechner mit dem »lahmen Internet«. Ihn störte das nicht.

»Ein Pils, möglichst nicht gekühlt«, er haßte das Gefühl kalter Flüssigkeit in der Kehle. Man mußte seine Macken selbstbewußt vertreten, Benjamins Rede. Alkoholfreies Pils, das wäre zu kraß gewesen, ein Tee sowieso. Marcel hatte diese Frage schon mittags abgewogen und zugunsten des Rauschs entschieden.

»Gut, paß auf. Was ich für dich errechnet habe, paßt ziemlich gut zu meinem Eindruck von dir, wenn ich das mal ganz bescheiden anmerken darf. Das ist ja das Tolle an der

Astrologie. Die deckt sich hervorragend mit ganz allgemeiner Menschenkunde: Du hast gaaanz viel Erde, auch Wasser, das eine macht dich, mal ganz banal gesagt, bindungsfähig, pragmatisch, zuverlässig halt. Keine Luftnummer eben, ich hasse Luftnummern, bei dir ist wie gesagt null Luft, du kannst dir vielleicht vorstellen, was man mit Luft so verbindet, Luftikus, heiße Luft, sonst nichts, das ist bei dir eben grade nicht vertreten, null Luft. Dazu dann Krebs als Sonnenzeichen, ich hab's ehrlich gesagt gewußt, bevor du es mir gesagt hast, Wasserzeichen, total sensibel, auch ...«, Doreen grinste schon wieder, eher immer noch. Marcel versuchte, die Mimik zu spiegeln. Was sie sagte, schien ja nicht bös gemeint, »... auch romantisch. Es gibt keinen Krebs, der es nicht irgendwie mit der Romantik hätte. Kerzenlicht, Bachläufe, Sonnenuntergang, solche Sachen.« Doreen legte den Kopf schief, spitzte ihr Grinsen zu einem Lächeln, es mußte nicht ironisch gemeint sein.

»Und ... verletzlich – Krebse sind wahnsinnig verletzlich. Hab ich recht? Ja?« Doreens Grinslächeln hatte etwas Liebes, man mußte es nur richtig deuten. Sie neigte den Kopf, wie um die Tiefgründigkeit ihrer Rede zu unterstreichen, ließ sich dabei ein paar Ponysträhnen ins Gesicht fallen. Ihre markante Nase war nun überdeckt. Sah auch nicht schlecht aus. Marcel beharrte auf seinem Gesichtsausdruck, der freundlich und zugeneigt gemeint war.

»Warum grinst du so?« Doreen fragte nicht vorwurfsvoll, sondern amüsiert, womöglich gar unsicher. Hilflos zog Marcel die Lippen noch etwas breiter. *Hält sie mich also gemäß meines Horoskops für ein Weichei? Was tun außer bedeutungsvoll lächeln?*

»Okay. Okay. Krebse sind Krustentiere. Können den Kern ganz gut verbergen. Neigen zur Schüchternheit«, Doreen versuchte mit ihrem Blick seinen nun gesenkten zu heben, *fast eine Attacke,* »und auch zu Depressionsverhalten. Was ich dir

nicht unterstellen will! Sind jedenfalls Zauderer, die Krebse. Du kennst das doch, den Krebsgang: ein Schritt vor, zwei zurück. Feuer hast du jedenfalls genausowenig wie Luft. Das ist okay. Das ist alles in allem ein abgerundeter Charakter.«
Bier und Wein kamen. Doreen zündete sich eine Filterzigarette an. Sie hatte üppige Lippen, und als sie abaschte, sah Marcel, daß der Filter rötlich feuchtgeraucht war. Sie inhalierte erneut, atmete mit aufgestütztem Arm aus und sah ihn *lüstern* an.
»Und? Stimmt's?«
Marcel nahm einen tiefen Schluck, spürte den Alkohol sofort, lehnte sich mit vor der Brust verschränkten Armen zurück. Auch Doreen nippte, zog die Augenbrauen hoch und schluckte mit Verzögerung. Super Wein, machte sie.
»Uh, wie du guckst! Lag ich denn völlig daneben?«
Marcel trank das Bier halb aus. Mit einem Ruck!, dachte er, als würde er einen schweren Gegenstand heben. Er hatte beschlossen, die Geruchsmischung verrucht zu finden. Narzissenduft und Zigarettenqualm, jedenfalls gab es definitiv Schlimmeres. Marcel setzte sich aufrecht und nahm einen Stapel Bierdeckel in die Hand, mischte ihn und versuchte einen geheimnisvollen Blick.
»Ist schon in Ordnung, soweit. Ist nicht wirklich daneben. Im Ernst, ist es nicht. Aber ... mal zu dir. Ich bin jetzt nicht ein Spezialist ... aber ... Läge ich mit Stier bei dir, mal wirklich ganz grob eingeschätzt, völlig daneben?« Doreen riß ihre kleinen Augen auf und drückte mit hämmerndem Zeigefinger ihre Kippe aus.
»Scheiße! Hey! Du blamierst mich! Und ich tu hier so, als würde ich dir Neues verkünden mit deinem Geburtshoroskop! Hey, ich komm mir grad vor wie ein offenes Buch! Das ... ey, das ... wer könnte dir das gesagt haben ..., niemand, eigentlich! Gut«, Doreen setzte entschlossen ihre Brüste auf die

Unterarme, »mach weiter! Dein Tip, was meinen Aszendent angeht, meinen Mond?«

Marcel mischte die Pappdeckel weiter, als seien es Tarotkarten. Der Alkohol gab ihm Sicherheit. Daß er ihn so deutlich spürte, auf eine angenehme, lockernde Art, lag nicht allein an der mangelnden Gewöhnung. Sein Magen war leer, er hatte seit dem Mittag nichts gegessen. Benjamin hatte ihm vergangene Woche in der Gym-Umkleide gegen den Bauch geboxt. »Alter, dünn sein wie du und nebenbei ein kleines Bäuchlein ansetzen, das geht gar nicht!« Marcel hatte kein »Bäuchlein«, damals hatte er nur gerade reichlich gespeist. Jetzt zog er den Bauch ein und pustete den Rauch von Doreens Kippe weg. Eine lässige Geste, ging wie von selbst.

»Also. Stier war das, was mir ins Auge sprang, quasi. Und sonst: ich vermute weiterhin einen Aspekt Erde, einen Feuer. Wie gesagt, ich kenn mich nicht so gut aus wie du. Mehr wag ich nicht zu sagen.« Er trank das Glas leer, Kühnheit stieg in ihm auf. Sollte er um eine Zigarette bitten? Doreen hatte die Augen geschlossen und saß kurz zusammengesunken. *Wie eine Blumenwiese im Spätsommer.* Das schwarze Gleis über ihrer Schulter wölbte sich leicht. Sie öffnete die Augen, straffte sich und griff in ihre Umhängetasche, fingerte das Zigarettenpäckchen heraus. Kurze, breite Fingernägel, unlackiert, rötliche Kuppen, keine gelben Finger, bestimmt rauchte sie nur abends.

»Hallo?!«, machte Doreen und gab sich Feuer. »Du schaffst mich echt. Willst Du's wirklich wissen? Doreen Meisner ist Stier, Aszendent Widder, Mond im Steinbock. Das ist der Hammer, der absolute Hammer. Andererseits ... eigentlich verblüfft mich's nicht. Wer sich auch nur ein bißchen mit Sternenkunde auskennt, für den paßt alles zusammen. Da gibt's eigentlich kaum Überraschungen. Übrigens, da sag ich dir bestimmt nichts Neues. Astrologiekenntnisse und Krebs, das paßt hammer zusammen.«

Marcel konnte den Triumph nicht vollends genießen, ihm schwante, was folgen würde: Eingehendere astrologische Betrachtungen, vielleicht ein Schwenk auf Homöopathie, auf Yoga und ayurvedische Diäten eventuell ... Er würde nicht mithalten können. Der Sternzeichen-Coup war eine muntere Aufwärmübung gewesen. Simple Schlüsse aus Indizien zu ziehen, das war sein täglich Brot als Reporter. Natürlich war Doreen Stier. Marcel hatte keine Ahnung, ob das für Feuer, Wasser, Himmel oder Hölle und was sonst stand. Er hatte sich vorab – nachdem er von Doreens Sternzeichenfimmel wußte – im Netz informiert, unter welchem Stern ein Mädchen stand, das am Pfingstsonntag von seiner eigenen Geburtstagsfeier verkatert war. Daß sie von keinem Luftzeichen, was auch immer darunter zählte, beherrscht wurde, hatte sie selbst durch ihrer Rede vermuten lassen. Doreen hatte mit Abscheu von den Luftgeistern geredet. Erde und Feuer, das war hoch gepokert, es hätte auch Wasser sein können. Aber nach dem, was Doreen schwelgerisch zu den weinerlichen »Wasserzeichen« referiert hatte und unter dem Eindruck von Doreens zwar zweifellos hübschen, aber wenig verfeinerten Gesichtzügen, hatte Marcel auf »Erde« gesetzt. Ein Triple-Sieg!

Übermütig bestellte Marcel auf Nachfrage ein weiteres Bier, Doreen einen weiteren Weißwein. Großes Lob für die Rebe an den Kellner. »Bewährtes bewährt sich«, sagte sie scharfsinnig und prostete ihm *anstoßen oder nur anheben?* zu.

Es galt, weiteren Themen der esoterischen Sphäre zu entgehen. Falls es jetzt um Handschriftenkunde oder Meditationstechniken gehen sollte, Marcel hätte gnadenlos verloren. Das hieß: selbst den Faden weiterspinnen! Marcel spulte einen kleinen Teil der selbstverfaßten Liste ab. Es lief ziemlich glatt und ohne die befürchteten Stockungen.

Doreen war Grundschullehrerin, solo seit vergangenem Winter, genau gesagt seit dem 17. Dezember, der Exfreund ein

Kollege, leider, total berufsverfehlt, der Typ, sie wisse ja nicht, wie er, Marcel, das sehe, aber finde er etwa, daß man den aus idealistischen Gründen gewählten Weg als Karriereleiter begreifen sollte? Sie meinte, aus eigenem, eigentlich egoistischen Antrieb? Wer Karriere machen wolle, gehe doch besser in die Wirtschaft, oder? Sich auf den Rektorposten bewerben, obwohl es keinen Anlaß gibt, sich für höher befähigt zu halten als Frau X, mit »doppelt so hohem Erfahrungsschatz« und als Frau Y, die immerhin drei Kinder hatte? Von »der Frau Meisner« gar nicht zu reden! Doreens Exfreund habe nicht mal theoretisch in Erwägung gezogen, daß sie, die Frau Meisner also, als augenscheinlich und unbestreitbar sehr motivierte Lehrerin, wenn auch jung im Amt, rein theoretisch auch in Betracht käme, also nur rein theoretisch! Nicht, daß sie solche Ambitionen hätte oder gehabt hätte, davon müsse ja gar keine Rede sein, ohne daß das jetzt heißen müsse, sie, Doreen, könne sich nicht irgendwann vorstellen, mal Rektorin zu sein, erstens traue sie sich das in mittelferner Zukunft durchaus zu, zweitens, davon könne sie auch ein Lied singen, kochten Grundschulrektoren auch nur mit Wasser, nur kochten sie halt eine Gehaltsklasse höher! Sie, die Meisnerin, brauche ihm, Marcel, wohl kaum zu sagen, was der Ex für einer gewesen sei: Zwilling, Wassermann, Wassermann. Keine Fragen, oder?

Doreen schaute Marcel in nachträglich dramatisierter Verzweiflung an. »Du weißt, was ich meine: Ein Typ, total von sich überzeugt, jeden Selbstzweifel direkt kraftvoll unterdrückend. Ich, ich, ich ! Meine Karriere, meine Lebensplanung, and so on. Mal ganz im Ernst, wer braucht eigentlich solche Typen? Oder?«

Marcels Rauschgefühl war einer dumpfen Müdigkeit gewichen. Jetzt nur das Gespräch nicht entgleiten lassen. Zwei mühsam unterdrückten Gähnern, die gewiß nicht an Doreens halbintimen Berichten lagen, sondern dem ungewohnten

Gerstensaft anzulasten waren, folgte ein dritter, der ihm offen entfleuchte.

Marcel entschuldigte sich, suchte die Toilette, ließ sich am Becken das kalte Leitungswasser über das Gesicht laufen. War noch soweit im tollkühnen Halbrausch, daß er es beinahe getrunken hätte. Hätte gutgetan. Hygienische Bedenken hielten ihn ab. Der Seifenspender war leer. Marcel meldete es oben an der Bar. Wenn sie auf Zack wären, die Barleute, wäre der Spender rasch aufgefüllt. Waren sie vermutlich nicht. Egal. Er wollte es nicht kontrollieren. Hätte auch einen komischen Eindruck hinterlassen bei Doreen. Ein Typ, der im Halbstundentakt aufs Klo muß, paßte vermutlich ins Krebs-Bild: nah am Wasser gebaut. Marcel bestellte ein San Pelegrino.

Oben draußen hatte sich Doreen die Lippen nachgezogen, Marcel sah es am Filter der nächsten Zigarette. Jetzt war sein Beruf dran.

»Und, was machst du so, wenn du nicht gerade in Junggesellinnenabschiede gerätst?« Doreen zwinkerte ihm zu. Das war süß. Sie verschränkte ihre Unterarme auf der Tischplatte und neigte sich interessiert vor. Die Bruststücke kamen erneut auf den Armen zu liegen. Es sah nicht ungemütlich aus.

Zeitung, das war interessant! Wenn Doreen auspacken würde *auspacken!, jetzt das Grinsen vermeiden*, auspacken über ihren Grundschulalltag, ha, das würde eine ganze Serie füllen! Für die Zeitung! Das könne er sich nicht vorstellen. Klar, sie liebe ihren Beruf, liebe die Kinder, alle, wirklich alle, aber die Zustände, sie wüßte gar nicht, wo anfangen, bei den staatlichen Stellen oder bei den Eltern, bei den Baumängeln in der Turnhalle oder bei dem Ärger mit der mittäglichen Putzkolonne, und das müsse alles mal zu Papier gebracht werden, sie sage nur, Lehrer seinen faule Säcke, hallo?, na, danke schön, da könne sie aus dem Alltag berichten, hundertfach, Burnout, Erschöpfungszustände, Inklusion, »ein schöner

Traum mit bösen Erwachen« – Marcel erinnerte sich an die wortgleiche Schlagzeile aus dem *Kurier* gestern – Dyskalkulie, Scheidungsväter, ADHS, Indigokinder, Romakinder, Traumakinder, alles werde unter den Tisch gekehrt, es darf nichts sein, was nicht sein soll, uns fragt ja keiner, uns, die Lastesel und Buhmänner der Nation. Dazu müßte er, Marcel, mal was schreiben! Doreen, derart zum Projekt geworden, redete sich in Fahrt. Ihr Busen hob sich, wenn sie sich vogelzeigend an die Stirn griff, er machte sich breit, wenn sie in Unschuldsgeste (»da stehst du als Lehrer da und bist einfach nur baff«) die Arme nach unten von sich streckte.

Marcel nickte, nickte, die Sache lief hervorragend, ein aus sich selbst rollendes Rad. So liefen doch wohl gute Gespräche, temperamentvoll, unangestrengt!

Im Grunde war Doreen eine mitreißende Persönlichkeit. Sie brannte! Von ihrem Furor könnte sich die gesamte *Freigeist*-Redaktion gut eine Scheibe abschneiden! Überhaupt, Doreens gesamte Rede war im Grunde voll auf Linie, auf *Freigeist*-Linie. Ihre Haltung war eine eminent konservative. Realistisch, trotzig, widerspenstig. Abwägend, zukunftsorientiert, kein Schöne-neue-Welt-Gedusel. Den anderen nicht auf den Leim gehen! Sicher, Doreen fehlte die übergreifende Kategorie. Konnte man auch kaum erwarten. Frauen und Politik – ein unfruchtbares Feld. Nicht schlimm, solange man über den gefühlsmäßigen und erfahrungsgestättigten Zugang zum gleichen Schluß kommt.

Falls sie nach dem Namen der Zeitung fragen würde, für die er arbeitete: Womöglich müßte er nicht mal gedanklich auf seine Stichworte und Defensivsätze – er hatte jenen Punkt »um den heißen Brei« betitelt – zurückgreifen. Er würde selbstbewußt antworten, »*Freigeist*, Wochenzeitung, ganz okayes Ding, ziemlich konservativ, kennst du vielleicht«. Oder doch lieber, nachlässig abwinkend: »Ach, mußt du nicht kennen, kleine, bürgerliche Wochenzeitung, mittelwichtig.« Oder: »Ja ..., ich schreib mal hier und mal da, ich mach ganz gern Reportagen«, und das wäre nicht mal gelogen. Marcel hatte im Laufe seiner journalistischen Karriere für eine Schülerzeitung, ein Anzeigenwochenblatt und zweimal für das Monatsmagazin *Abstand,* eine elitäres Intellektuellenblatt, zur Feder gegriffen. Insofern schrieb er wirklich »hier und dort«. Es entspräche der vollen Wahrheit. Aber, Blödsinn, er würde zum *Freigeist* stehen, namentlich. Er würde ihr vor ihrer voraussichtlichen Internetrecherche zwei, drei Dinge an die Hand geben oder besser eine Brille aufsetzen, durch die sie die gemeinen Fundsachen – »reaktionär«, »rechtslastig« – zum *Freigeist* würde dechiffrieren können. An seinem Arbeitgeber würde es diesmal nicht scheitern! Nicht alle Frauen waren Schafe wie Linda. Die Kuh! CDU-Kuh! Mit ihrer beschissenen, feigen SMS, damals: *sorry m., seh jetzt erst zufällig, für was für ein blatt du da so tätig bist. das wars dann, mein lieber. rechts ist nicht. l.* Linda, das Schaf, äußerst brav. Linda, die Kuh, macht artig muh. Linda, die Ziege, macht schnell die Fliege. Linda, die Gans, denkt nur, sie kann's.

Marcel mußte über seinen Gedankenfuror grinsen. Er spürte, wie der Alkohol ihn kreativ, agil, ja angriffslustig machte.

Doreen redete sich derweil in Rage. »... seh ich, der Kerl hat alles mit seiner Handykamera aufgenommen! Mußt du wissen: Ich rede von einem Viertkläßler. Der ist zehn! Ich so: ›Dein hübsches, teures Handy wandert jetzt mal schön über den Tisch der Frau Meisner in die Hand, dort wartet es brav, bis Papa oder Mama es abholen kommen.‹ Meint er so: ›Oh cooool, mein Handy wandert! Ist heut Wandertag? Geil! Mein Handy kann aber nicht mit, das hat seine Tage.‹ Sag ich: ›Tibor, du gibt's mir jetzt dein Handy, aber dalli, das ist Hausrecht, ich laß mir das nicht gefallen!‹ Sagt er so auf ironisch-weinerlich: ›Oh nöö, Frau Meisner, dann krieg ich voll die

Schläge von mein Vater, ey, das können sie echt nicht verantworten!‹ Ich: ›Dein Handy kommt jetzt her, das marschiert zum Rektor, und dann kannst du dich mit dem drüber auseinandersetzen, was das für eine Bedeutung haben soll, daß du hier Filme anfertigst im Unterricht.‹« Auch diese Anekdote aus Doreens Grundschulalltag war sehr spannend. Marcel verpaßte die Pointe. Ein leises Schuldgefühl meldete sich. An Doreens Gesichtsausdruck konnte er jedenfalls ablesen, daß die empörende Geschichte deutlich zu ihren Gunsten ausgegangen sein mußte. Doreen hatte die Arme unter ihrem Gewoge verschränkt und sich zurückgelehnt, wie jemand, der einen Sieg genoß. *Sie zieht eine resolute Schnute, die Gute.*

Marcel spürte den Liter Bier. Nun spürte er auch, daß er ihn spürte. Ein Metazustand, tief eingeschliffen. Einmal Soldat, immer Soldat! Wissen, was man tut, Herr der Lage bleiben! Mal spontan über die Stränge schlagen – ja. Die eigene Grenze nicht kennen – nein! Marcel straffte sich. Er wachte aufmerksam über seinen eigenen Zustand. Um sich runterzufahren, runter vom assoziativen Schnell- und Fortdenken hin zur angemessenen Niederung der Nüchternheit, hatte er die Mineralwasserflasche zügig gelehrt. Die Kohlensäure machte ihm zu schaffen. Summa summarum anderthalb Liter Dihydrogencarbonat! *Chemie war immer eins meiner Steckenpferde. Apropos Chemie! Die Chemie stimmt hier wohl!*

Marcel hatte beide Ellbogen auf den Tisch gestützt und hielt die Hände locker vor dem Mund, der die Luft peu a peu wieder entließ. Er war dankbar, daß von ihm nicht mehr als Minimalreaktionen gefordert waren, »hm?«, »echt?«, »das ist nicht wahr, oder?« Ihm gefiel, wie bildmächtig Doreen erzählte. Wie sie mit Mimik und Gestik aufging in ihrem Bericht. Doreen war eine authentische Frau. Eine, die was erlebt hatte. Die sich die Butter nicht vom Brot nehmen ließ. Sie fragte nicht nach der Redaktion, für die er arbeitete. Sie fragte auch nicht nach seinen Ambitionen und Zielen, nach Hobbys und Familienverhältnissen. Gar keine Ausfragerei! Marcel empfand das als befreiend. Hier saß er mit einer, die ungleich mehr erlebt hatte als er, die blumiger erzählen und schärfer werten konnte. Marcels imaginierter Stichwortzettel war mittlerweile unnötig.

Doreens sächsisch war in der vergangenen Stunde breiter geworden. Marcel gefiel das ausnehmend gut. Bei Männern mochte der Zungenschlag grenzwertig sein. Wenn sich Ulrich Jacob in Redaktionskonferenzen schiefgelegten Kopfes mit seinem behäbigen »isch weeß ooch ni« zu Wort meldete, trat Benjamin Marcel gewohnheitsmäßig unterm Tisch ans Bein: Paß auf, jetzt er wieder, skeptsche Eingoobe in gemietlischer Sprooche!

Bei sächselnden Frauen, zumal jüngeren Semesters war die Sachlage eine andere: Aus weiblichem Mund gesprochen, stand das Idiom für Bodenständigkeit, Verwurzeltheit. Es war charmant und schmiegsam. Wollte also exakt zu Doreen passen, dieser Frau, die sich die Butter bestimmt nicht vom Brot nehmen ließ, und zwar, ohne dabei biestig und anmaßend zu werden.

Nach den Grundschuldramen war Helena dran. Die Junggesellin vom vergangenen Wochenende. Sie ruderte mit ihrem Zukünftigen nun also in eine offene Ehe, was Doreen ziemlich unmöglich fand. Nicht nur aus persönlicher Überzeugung, das natürlich auf jeden Fall! Aber vor allem, zumal das verhängnisvolle Geheimnis dieser Paarungsform darin bestand, daß sie gelegentlich Liebhaber hatte, von denen er nichts wußte, während er eine jahreüberdauernde Affäre mit Nancy hatte, von der Helena nichts ahnte, wohl aber die gesamte Freundinnenclique.

Doreen rief cineastische Parallelen ins Gedächtnis, die Marcel wenig sagten. *Frühstück zu viert, Trau, schau wem* und *Die Braut als Leiche.* Marcel fand gute, witzige Konter *hoffentlich witzig genug* als Begründungen, warum er all diese Filme nicht gesehen hatte. Doreen hielt diese Filmversäumnisse für unglaublich und gleichzeitig für »süß«. Nicht mal *Frühstück zu viert,* den Klassiker, kenne er? Würde er nachholen müssen, sie würde sich drum kümmern.

»Da machen wir mal Videoabend bei mir, das wird richtsch gemütlich!« Marcel sah sich mit Doreen auf der Couch vor ihrem Flachbildschirm. Er hatte ein genaues Bild davon. Im gedanklichen Hintergrund wurde es an dieser Stelle kurz anstrengend: Was würde er mitbringen zum Videogucken? Wie Platz nehmen, auf so einer eierschalfarbenen Sitzlandschaft? Wohin mit den Händen? Wie sitzen, ohne daß die Hose übermäßig hochrutscht und die Socken bis zum Saum freigibt? Was, wenn die DVD nicht richtig anläuft und auf seine technischen Fähigkeiten als Mann gezählt würde?

Kurz erwog Marcel, doch noch ein Bier zu bestellen, Doreen nippte bereits am dritten Wein. Ihre mitreißende Art enthob ihn seiner Sorgen. Freimütig schritt Doreen von Helena zu Nancy, die bereits einen vierjährigen Sohn hatte, und zwar nicht vom Bräutigam in spe.

Zu Fragen der Kindererziehung hatte Doreen exakte Vorstellungen, und zwar solche, die von Nancys Gewohnheiten deutlich abwichen. Marcel gefiel, was er hörte. Nicht, daß Kleinkindpädagogik zu seinen Spezialthemen gehörte. Nein, aber was Doreen ablehnte und empfahl, erschien äußerst vernünftig. Nancys Sohn mochte kein Gemüse und auch kein Obst. Nancy pflege den Vitaminbedarf mit Sprudeltabletten zu substituieren. Doreen fand das verantwortungslos. Nancy werde sich noch wundern, da würden doch Gewohnheiten grundgelegt, die der arme Kleine als Muster fürs Leben aufgedrückt bekäme. Und erst recht die Einschlafriten, die der Sohn von Nancy erzwang! Nancy mußte sich mit ihm hinlegen, dazu eine bestimmte, saublöde Musik laufen lassen, ihre Hand über seinen Kopf legen ...

Einschlafriten ... der Stichwort wirkte auf Marcel als Zauberwort. Wie ein Brett senkte sich Müdigkeit auf ihn nieder. Verstohlener Blick auf die Uhr: Fast halb zwölf! Kohlensäurebedingt waren seine Hände noch in Mundnähe, günstig, um ein Gähnen zu verschleiern. Doreen erzählte so schön, so lebhaft, daß Marcel sich schämte, nun nach einem Zeitpunkt zum Aufbruch zu suchen. Entweder hatte Doreen den Uhrblick bemerkt, oder sie war müde von der Unterhaltung, oder sie dachte an ihren morgigen Grundschulalltag.

»Meine Güte, wie die Zeit verfliegt! Ich glaub, langsam sollten wir aufbrechen.« Sie entschuldigte sich, griff nach ihrer beutelartigen Handtasche und verschwand nach drinnen. Als sie wiederkam, glänzten ihre Lippen frisch, die vorher etwas ungeordnet fallenden Haare hatte sie zu einem Pferdeschwanz hochgebunden. Dadurch, so schien es Marcel, gaben sie den Blick auf Doreens Vorderteil fast unangemessen frei. Er errötete, überspielte die Situation dadurch, daß er sich erhob. »Gut. Ich geh dann mal zahlen.« Doreen winkte ab. Hatte sie bereits erledigt. Sie traten auf die Straße. Marcels Fahrrad stand noch da, an einen Laternenmast gekettet. Es war sein drittes Rad, seit er in Dresden lebte.

»Jo ... dann ...«, zögernd reichte er Doreen zum Abschied die Hand. Die guckte von der Hand zum Rad.

»Nee – du bist echt mit dem Rad da? Find ich super. Nehm ich mir auch jeden Tag vor. Wär nicht schlecht für die Figur und ... und für die Umwelt sowieso. Nuja, der berühmte innere Schweinehund ist immer dagegen«, Doreens Lachen war gemütlich.

»Hör zu: Das Rad läßte stehen, das holste morgen ab, in aller Ruhe.« Was bereits nicht wirklich in Frage kam. Es war immerhin Marcels drittes Rad, er würde, wenn, dann voller

Hektik, morgen um sieben nachschauen, ob es noch angekettet dort stünde. Die Neustadt war ein heißes Pflaster.

»Du, hör zu, ich bring dich mit dem Auto heim. Eine winzige Sache wollte ich dir noch zeigen.« Doreen sprach genaugenommen von »eener winzschen Sache«, und Marcel fühlte sich im Innern hin- und hergebeutelt. Einerseits: diese ihn zutiefst anrührende Art, eine winzige Sache zu verheißen. Das konnte nur »übelst gut« sein. Andererseits: Was ist das für eine Frau, die sich nach drei Glas Wein ans Steuer setzt, als wäre sie stocknüchtern? Eine krasse Frau. *Die ließ sich die Butter bestimmt nicht vom Brot nehmen!*

Marcel spürte einen tollkühnen Schub, der ihn dazu brachte, Doreen zu ihrem kleinen Opel zu folgen. Nur ein Blödmann würde jetzt fragen, worin die winzsche Sache denn bestünde. *Frag ich oder sag ich gar nichts, erscheine ich wie eine Braut, die mit verbundenen Augen durch die Gemächer geführt wird. Ob ein paar milde-ironische Bemerkungen helfen?*

»Okay, ich bin super gespannt!« Marcel ließ sich auf dem Beifahrersitz nieder. Er hatte Mühe, seine Beine zu verstauen. Sein Kopf stieß gegen ein Stofftierchen, eine Plüschmaus, die vom Rückspiegel herabbaumelte. Ein neuer Geruch umfing ihn. Vermischte sich mit einer dezenten Note kalten Rauchs und Doreens Narzissenbeet. Das hinzugetretene Aroma dominierte. Es dominierte – Marcel mußte es eingestehen – ungut. Er mußte niesen. Nochmal, dreimal. Heftig, Marcel hielt sich die Ellenbeuge vor den Mund und spürte es unter dem Hemdärmel feucht werden. Er ärgerte sich. Auch das war eine Form des Sich-gehen-lassens! Des sich-nicht-im-Griff-habens! Etwas berührte sein rechtes Knie. Marcel wischte darüber. Seine Finger blieben an einem Wunderbaum hängen. Der Innenraumbedufter war an einer Schnur um die Fächer der Lüftung gewickelt. Marcel las die Aufschrift, *Passion*. Doreen wünschte ihm herzlich »Gesundheit, und noch mal!«.

Marcel fühlte weiterhin eine Beklemmung in den Atemwegen. Er nestelte nach seinem kleinen Aerosol. Ja, war dabei. *Ich könnte mir jetzt lässig zwei Schübe in den Mund geben, dabei brummen »beschissener Heuschnupfen, verdammte Zivilisationsplage«, aber erstens wäre das eine Lüge, von wegen saisonaler Effekt, zweitens wär es ein dämlicher Kontrast zur winzschen Sache. Doreen würde denken, sie transportiere einen Schwerbehinderten.* Marcel ließ die Hand in der Hosentasche verharren und bemühte sich, lässig den Ellbogen sinken zu lassen. Funktionierte schlecht.

»Suchst du was? Brauchst du ein Taschentuch?« Marcel verneinte, Doreen hakte nicht nach. Marcel kam sich dämlich eingequetscht vor mit seiner Hosentaschenhand und ließ das Aerosol los. Ging ja auch schon wieder. *Bitte keine Zigarette mehr!*

Das Autoradio sprang an, als sie den Anlasser betätigte. Ohrbetäubende Musik, Doreen drehte leiser. Rangierte gekonnt aus der engen Parklücke, bewegte dann ihren Oberkörper sanft zur Musik, formte stumm die gesungenen Worte mit: *O-o-only a touch apart* wumm wumm wumm, Echo der Backgroundsängerinnen in deutlich höherer Tonlage: *o-o-only a tear apart, a tear apart, a tear apart,* wumm wumm wumm ...

Marcel sah, wie sich Doreens Gesicht halbdramatisch verzerrte. Es war keine ironische Geste. Die Bässe verstummten, Geigen setzten ein. Dann erneut die heisere, sonore Stimme der Sängerin, nun a capella: *only a kiss apart, only a lie apart, only a kiss apart, a lie, a lie* ... Der Gesang war nun zweistimmig. Denn Doreen sang leise mit. Sie hatte eine schöne Stimme. Ein Schmelz der Verzweiflung schwang mit. Es klang, als sei sie eine der Sängerinnen im Hintergrund. Noch so eine Qualität, mit der Marcel nicht punkten konnte. Halb so schlimm, sie würde ihn kaum zu einem Duett einladen. *Wär ja was!*

Doreen bemerkte Marcels Blick, verstummte und grinste, es war keinesfalls ein ertapptes Grinsen. »Nicht so deins, Mimette?« Sie bogen ab Richtung Elbe und Richtung Osten, stadtauswärts. Marcel setzte eine halbentschiedene Kennermiene auf, während Doreen mit souveränem Griff den CD-Wechsler bediente. *Auch etwas, das sie mir voraushat: einen dezidierten Musikgeschmack. Kennerschaft. Ich hör nur Töne. Könnte das nie einer Richtung zuordnen. Amusisch wie eh und je.* Doreen war eine hervorragende Fahrerin, selbst in leicht angetrunkenem Zustand. Neue Töne brandeten auf, Gitarre, unplugged. Marcel spürte einen prüfenden Blick von links.

»Tja, das ist die Gretchenfrage«, sprach Doreen, nun mit Blick geradeaus und ganz sacht mit dem Kinn dem Rhythmus folgend, »La Stoya oder Mimette?« Für Marcel war das eine beachtliche Herausforderung. Er wünschte, er könnte mit leichter Hand eine der Genannten von sich weisen und die andere als musikalische Offenbarung benennen. Konnte er nicht. Er betrachtete verstohlen Doreens bewegtes Kinn. Ein eher breites Kinn, ein energisches. Benjamin hatte gesagt, ausgeprägte Kinnformen stünden für Materialismus, für Orientierung an Geld und Karriere. Konnte schon mal nicht ganz stimmen. Doreen war Idealistin, und sie hatte die Rechnung fraglos übernommen. Ihr Kinn war mutig, sie ließ sich einfach die Butter nicht vom Brot nehmen. Klassefrau.

Aus den Lautsprechern links, rechts und hinten drang nun wohl La Stoyas flüsternde Stimme hinter der klimpernden Konzertgitarre. Fragend, staunend, textlastig, intime Anmutung, amerikanisches Englisch. Marcel verstand nicht besonders viel. Es war ihm – natürlich könnte er sich täuschen –, als sei es Doreen relativ wichtig, daß er den Liedtext mitvollzog. Er bemühte sich und lauschte: Die Zeit vergeht, vergeht weiter, und weiter, und weiter, nie steht sie still, Augenblicke, so viele Augenblicke und du tust, als wäre nichts, einfach nichts, Schmerz (das Attribut zum Schmerz konnte er nicht übersetzen), diesen welchenauchimmer Schmerz, du wirst niemals wissen, wie sehr dieser wieauchimmer Schmerz mich ... – Übersetzungslücke – dieser Schmerz mich ...

Während Doreen wie bestätigend zur Musik nickte, schaltete und den Fensterheber bediente – es wehte eiskalt herein und nahm Marcel fast den Atem – setzte La Stoya nach dem traurigen Kehrvers mit einer zweiten Strophe an. Die begann extrem kompliziert, zumal für einen, der Englisch in der elften Klasse abgewählt hatte: Es ging, so viel war noch klar, um jemanden – einen Mann, kombinierte Marcel –, der La Stoya ganz tief herabgezogen hatte. Unglaublich tief und vermutlich in geheime Abgründe, aber was dann geschah – Marcel mußte passen. Mochte sein, daß ihm das Bier hier im Weg stand. Er konnte La Stoya, womöglich eine Übersetzerin von Doreens innersten Gefühlen, nicht mehr folgen. Nur Fetzen: verlassen ... Hoffnung ... aber dann doch keine Hoffnung, helles, strahlendes Licht ... du wirst nie wissen, wie sehr ... und dann der Refrain, den Marcel schon kannte, mit diesem Schmerz. Doreen drehte lauter, nur ein kleines bißchen. »Ist schon gut, hm? La Stoya ist übelst gut. Kann ich mich nicht dran satthören.«

Marcel probierte ein ungefähres Nicken und schaute zum Fenster raus. Der Wind blies ihm hart ins Gesicht. Er spürte seine Gesichtszüge, zuvor durch den Alkohol leicht aufgedunsen, härter werden. Expeditionsgefühl, Herausforderung, Mannsein. Es war nicht schlecht, es könnte noch viele Kilometer so gehen. Marcel rückte sein Hemd am Kragen zurecht, reine Vorsichtsmaßnahme, wirklich kalt war ihm nicht mehr. Extremsituationsbewußtsein! Der eisige Fahrtwind brachte seine Augen zum Tränen. In einem unbeobachteten Moment wischte er das Zeug mit der Ärmelkante fort, *extrem peinlich, wenn sie dächte, das Lied rührte mich über die Maßen.*

Der Opel ruckelte nun über eine Grasnarbe zur Elbe hin. Ein kleines Feuer brannte am Ufer, eine Handvoll Leute hockten drumherum, Flaschen in der Hand. Marcel schwante Böses. Fühlte kurz harte Nüchternheit aufsteigen. *Das ist ihre Clique. Jetzt werde ich vorgestellt. Händeschütteln. Küßchen. Mittrinken. Rumstehen, small-talk mit Leuten, die fremdvögeln und nebenbei einen artigen Beruf ausüben, einen Beruf, der zuläßt, daß man unter der Woche biertrinkend am Elbufer herumsitzt.* Doreen verließ den huckeligen Weg und brachte das Auto eine deutliche Wurflänge neben der Lagerfeuergruppe zum Stehen. Ihre Hand wanderte zur Bedienungsleiste des Autoradios. La Stoya, noch mal das alte Lied vom Herabgezogen- und Erleuchtet-Werden. Ein hübsches Stück, eigentlich. Marcel war dem Lied dankbar, das nun keine Stille herrschte. Nebenan gingen undeutliche Rufe hin und her.

Doreen hielt mit den Händen immer noch das Lenkrad umfaßt. Sie grinste. Ihr Busen wogte. Sie schob ihre hübsche Höckernase geradeaus, Richtung Elbe. Sie hielt eine Weile inne. »Guck, da. Total geil. Schlafende Schwäne. Die schlafen immer hier. Ich find das – so schön.« Doreens Stimme war zum Satzende leiser geworden, fast brüchig. La Stoya, eindringlich: *When you left me, I was lost, and I ...*

Marcel ließ sich etwas tiefer in den Autositz rutschen, einfach nur, um nicht unbewegt zu erscheinen. Ihm war klar, welch blöde Figur er dabei einnahm. Seine Knie rutschten höher, noch höher als ohnehin. Verlegen steckte er seine Hände in die Hosentaschen. Es sollte nicht wurschtig wirken, es sollte ... vielleicht etwas Innerliches ausdrücken. Ein Insichgehen gewissermaßen, und wenn es nur die klammen Hände waren, die in die Taschen schlüpften. Der Wunderbaum umbaumelte sein rechtes Knie, ziemlich exakt zum Takt der Musik. Draußen floß die Elbe, schliefen die Schwäne, trank die Clique, loderte das Feuer.

Marcel fühlte sich, als sei er Teil eines Musikvideoclips. Die Situation war cool, vielleicht mit einem Hauch Süße, sie war vor allem herausfordernd. »Schwäne mag ich total«, sagte er. Er spürte Doreens grinsenden Blick, spürte und sah aus dem Augenwinkel, wie sich ihr Kopf leicht nach rechts neigte. Er zuckte zurück. Wie einer, der blöderweise im Weg steht und den Platz freigeben will. La Stoyas letzter, gehauchter Satz und ein leichtes Aufseufzen aus Doreens Mund waren eins. Chance vertan.

Marcel ärgerte sich, daß erneut ein Kohlensäurebläschen nach einem Ausweg suchte. Er schaute nach rechts aus dem Fenster, wandte den Kopf dabei so scharf, als sichere es das Umfeld nach möglichen Angreifern von dieser Seite. Doreen richtete sich aus der leichten Schräglage auf, kramte in ihrer Handtasche. Ließ ein Streichholz aufblitzen, inhalierte, atmete aus. Ungute Sekunden, Minuten.

»Schwäne sollen ja total treu sein in ihrem Verhalten«, Marcel versuchte etwas beizusteuern zur Szenerie, was einerseits den romantischen Anklang hatte, der vielleicht von ihm sternzeichenmäßig erwartet wurde, und was andererseits anknüpfte an den Nancy-Helena-Gesprächsfaden von vorhin. Bei entsprechender Geneigtheit würde sie die Anspielung auf das sexuelle Schwanverhalten als Flirtansatz begreifen. Hm, machte Doreen und rauchte. La Stoyas klirrende Gitarrenriffs setzen erneut ein. Mit müder Geste schaltete Doreen die Anlage aus. Sie sei übelst bettreif. Klar, es war nach Mitternacht! Warf die halbgerauchte Zigarette aus dem Fenster, drehte den Schlüssel, setzte ziemlich riskant zurück und rechts und holperte rasanter als vorher die Strecke zur Straße zurück.

Marcel schlief schlecht in dieser Nacht. Lästiger Wasserdrang, leichte Atemnot.

Grundbauchschmerzen

In der Redaktion herrschte dicke Luft. Schade, denn Marcel hatte erlebnissatt die zwei Stockwerke zur Büroetage genommen. Seine federnden Sprünge die Stufen hoch – glichen sie nicht dem Elan eines amerikanischen Präsidenten? Der leichte Kater war durch den frühmorgendlichen langen Fußmarsch zur *Wunderbar* und durch die darauf folgende Fahrradstrecke einer frohgemuten, beschwingten Aufbruchsstimmung gewichen. Einmalig, jedenfalls erstmalig, daß er als letzter Mitarbeiter die Zimmer betrat! Marcel erschien diese Nonchalance als Bote einer neuen Zeit. Benjamin begrüßte ihn mit bedeutungsvoll rollenden Augen, Petri stand schon jetzt qualmend und mit rotem Gesicht auf dem Balkon. Die Tür war nicht ganz geschlossen, der Zigarettengeruch wehte in die Räume, Hinterow wedelte verärgert mit den Armen, als sei dichtester Nebel zu vertreiben.

Benjamin klärte Marcel mit knappen Sätzen über die Sachlage auf: Kiedritz war durch Vermittlung von Leonhard Jost alias Emil van der Dragt ein Aufsatz von Hans Reibert auf den Tisch gekommen. Eine Sensation! Reibert, sozusagen *der* Soziologie-Papst, wollte im *Freigeist* veröffentlichen! Unter der Überschrift *Sprechgebote/Sprechverbote*, und unter Klarnamen!

Kiedritz und Jochim waren wie elektrisiert. Wenn Professor Reibert, der regelmäßiger Gast in Talkshows war, der bei *Kapruhms* und im *Frankfurter Tagblatt* publizierte, wenn *der* Reibert dem *Freigeist* einen Artikel anbot, dann bedeutete das eine Sympathiebekundung allererster Güte! Kiedritz hatte sofort Leonhard Jost angerufen. Es mochte ja sein, daß dessen mail auf unseriösem Wege generiert worden war, ein Schabernack von einem Spaßvogel. War sie nicht. Das Angebot war real.

Reibert im *Freigeist!* Allerdings nicht in Kiedritz' Ressort. Die »Politik« war im wesentlichen für Tagespolitik reserviert und beinhaltete keine Grundlagenartikel. Schon gar nicht derart umfängliche. Jochim befürwortete den Abdruck, »wo auch immer«. Er und Kiedritz hatten diese Vision: Reiberts Suada im *Freigeist* werde, das war sicher, für Furore sorgen. Weit und breit. Einerlei, ob es letztlich bei einem Sturm im Wasserglas bliebe. Das *Tagblatt* würde Reiberts Thesen zum Anlaß für einen Feuilletonaufmacher nehmen. Oder wenigstens für einen Diskussionsbeitrag weiter hinten. Jedenfalls würden die andern, die heimlichen Mitleser »da oben«, nicht drüber weggehen können! Reibert war Reibert, und seine Thesen waren hart!

Die Redaktion war gespalten. Bei Petri und Wackernagel fiel Reiberts »Abrechung« durch, und zwar gnadenlos. »Idiotensprech«, fand Petri, »verquast und abgehoben« nannte es die Wackernagel, schlicht unverständlich Benjamin: »Bullshit für Fortgeschrittene«.

Ja, Reibert, Prof. Dr. Dr. hc. mult. em., ging hart ins Gericht mit »antidiskriminierenden Sprachkodizes anläßlich des zwanzigsten Jahres ihrer Etablierung«. Für das gemeine Volk übersetzt hieß das: Reibert wusch den Sprachnormen und den Wächtern der Politischen Korrektheit den Kopf. Und zwar sehr unsanft. Nur: Wo wären die Adressaten, die Reiberts knöchernen Wissenschaftsslang zu decodieren wüßten? Unter *Freigeist*-Lesern? Kiedritz war sich des Problems durchaus bewußt. Er hatte Reibert höflich kontaktiert und darum gebeten, redigierend – nämlich vereinfachend –

eingreifen zu dürfen. Reiberts Antwort war harsch ausgefallen: Er verzichte gern auf ein Honorar, wolle im Gegenzug seinen Beitrag aber ungekürzt und unverändert gedruckt sehen: »Letztlich bliebe mir einzugestehen, das ich das geistige Niveau ihrer Leserschaft wohl deutlich zu hoch eingeschätzt habe. MfG, Reibert.«

Militärisch knapper Befehlston. Hierarchie und Autorität, bei Kiedritz zog das natürlich. Gerade das Brüske in Reiberts Bescheid hatte ihn, Hauptmann der Reserve Kiedritz, sogleich zu Reiberts Adjutanten gemacht. Die Schultern gestrafft, nach hinten und unten gezogen, war Kiedritz der Wackernagelschen hochgezogenen Augenbraue mit mitleidigen Stirnfalten begegnet: »Daß ausgerechnet sie diesen Text nicht durchdringen zu können vorgeben, erstaunt mich in der Tat!«

Aug in Aug standen sie sich gegenüber. Kiedritz Wackernagels spöttischem Blick genauso standhaltend, wie er es aus Filmen und Büchern kannte. Die Wackernagel bog das Duell mit leichtem Kopfschütteln und abwinkend ab. Petris und Benjamins Meinung waren in solchem Fall nicht maßgeblich.

»Wir werden«, seufzte die Wackernagel ergeben, »durch diesen aufgeblasenen Schreckensartikel vermutlich keinen Leser verlieren. Keiner wird den Sermon kapieren, keiner wird aber deshalb kündigen. Soll sein.«

Sie drehte sich um, um aus dem Zimmer zu rauschen und mußte dabei den Zusammenprall mit Marcel verhindern, der als weiterer Unmaßgeblicher die Diskussion verfolgt hatte. Geschürzte Lippen auf Seiten der Wackernagel, flammende Wangen beim Abganghindernis, bei Marcel.

Jochim beabsichtigte, zwei Seiten, eigentlich Sonderseiten außerhalb der redaktionellen Ressorts, für den Abdruck von Reiberts Elaborat einzuräumen. Der fertig gesetzte Artikel, rechts unten das feiste Konterfei des Professors, war bereits an die Weißwandtafel gepinnt. So konnten alle die harsche und gewiß fundierte Abrechung des Professors mit »Ideologie und Ontologie einer Sprachregelung« lesen. Darin argumentierte Reibert:

»Eine Kommunikation mit deiktischen Mitteln erscheint logischerweise in solcher Situation als inadäquat, ja, disfunktionell, zumal, wenn die teleologische Vorannahmen originär differieren. Schon Karl-Otto Apel hatte bekanntlich die Transzendentalpragmatik als nicht deckungsgleich – und in ihrer Konsequenz, die ein nicht anschlußfähiges Theorem der divergend sich artikulierenden und mithin dem Intersubjektivitätsansatz widerstreitenden Ansatz postulieren würde, kaum widerlegbar – mit einer ultimaten Systemtheorie benannt. Glasklar tritt anhand der Reflexionsverbote, die notwendig das *Framing* der Political Correctnes konstituieren, das Verhältnis zwischen einer szientifischen und hermeneutischen Rationalität – freilich gebrochen durch die pragmatische Widerspruchsfreiheit von performativ-propositionalen Aussagen – zutage.«

In diesem Duktus ging es weiter. Marcel gab die Lektüre nach ein paar Minuten auf; beeindruckt, ratlos, zurückgeworfen auf sein mageres Wissen, auf den Kenntnisstand eines durch und durch durchschnittlichen Universitätsabsolventen. Woher nahm die Wackernagel eigentlich das Selbstbewußtsein, diesen offensichtlich kenntnisreichen Text als »verquast« einzustufen? Wäre ihm nie eingefallen. Hätte er sich nie angemaßt.

Auf Benjamins stumme Frage nach dem gestrigen Abend, kommuniziert per erhobenem, dann gesenktem Daumen, verbunden mit einem schräggelegten Kopf, antwortete Marcel mit vagem Daumengewackel und machte dabei ein optimistisches Gesicht.

Endlich hatte e.roessler geantwortet. Marcel hatte schon gedacht, die länger nicht angeschriebene Mailadresse sei tatsächlich ungültig. Zur Pfitznersache schreibe er gern ein größeres Stück, Abgabetermin übermorgen sei kein Problem.

»Und klar, Marcel, altes Haus, bist herzlich eingeladen bei uns, haben dich schon vermißt! Wir wollen grillen. Nora übrigens, felsenfest sicher: Der ist doch Veganer. Bist du nach wie vor nicht, lieber Marcel, oder hätt ich da was verpaßt?«

Marcel schrieb rasch zurück. Er werde Steaks mitbringen. »Dann bitte halbblutig grillen!!« schrieb er, das war ein hübscher Konter an Nora. Und daß er gern bis Sonntag mittag bleiben wolle. Ob etwas dagegen spräche, wenn im Laufe des Vormittags Benjamin dazustöße? Nach Rosenbaum hatte Marcel Eugen nicht gefragt. Würde er vor Ort tun. Am kommenden Wochenende also.

Am vierten Tag nach dem Treffen mit Doreen war Maman am Telephon. Wieso rief sie ihn in der Reaktion an? Das hatte er ihr vor Jahren strikt untersagt! Du bist ja nie erreichbar, klagte sie. Heißes Erschrecken überflutete Marcel. Mit seinem Mobiltelephon stimmte etwas nicht!

Das war die Erklärung! Die Erklärung dafür, daß sich Doreen nicht gemeldet hatte! Er selbst hatte sie unter ihrer Nummer nie erreicht die letzten drei Tage. Sicher hatte sie höllisch viel zu tun. Bei diesem Beruf! Er hatte ihr gestern nach mehreren erfolglosen Versuchen auf ihre Mailbox gesprochen. Ein schwieriger Akt. Er hörte beim Sprechen seine Stimme als Stimme eines Fremden reden. Hallo Doreen, wollte mich mal melden. Äh ... wie's dir so geht. Ob also alles klar ist. Hier ist der Marcel. War ja total nett letztens. Meld dich halt mal. *Total nett letztens.... Epsilonmännchenhaft!*

Maman lieferte nun die Lösung, warum Doreen sich nicht zurückgemeldet hatte. Weil sie nicht konnte! Weil sein Telephon eine Macke hatte! Marcel atmete innerlich auf, fühlte sich so beschwingt, daß er Maman nicht gleich abwies und sie nicht wie üblich auf den späteren Nachmittag, seine Privatzeit, vertröstete. Petri war nicht im Arbeitszimmer. Da konnte man mal in Gönnerlaune mit dem Mütterchen plaudern.

Ihr ging's gut, sie erzählte von den Ausstellungen, die sie zuletzt besucht hatte (»sag, jemand in deiner Redaktion muß sich doch mit Lovis Corinth auskennen! Ich bin wahnsinnig fasziniert!«) und von Graf von Schellenberg, dem sie den 85. Geburtstag »fein und würdig« vorbereiten half. Maman, die alte Erbschleicherin!

Maurice ginge es ebenfalls gut, die beiden – mitgemeint war Maurices Frau – hätten halt wahnsinnig zu tun. Die seien so fleißig. Wahnsinnig, was die leisten! Sechzigstundenwochen sie, siebzig – ach was, Fünfundsiebzigstundenwochen er! So ein Fleiß! An reguläre Wochenenden war da nicht zu denken!

Marcel schwieg. *Klar, das Heldenpärchen!*

»Weißt du, Julia muß einfach unglaublich viel vorarbeiten und sich einen soliden Stand sichern, damit sie irgendwann unbesorgt eine Babypause antreten kann ...«. Marcel grinste. Julia wurde bald vierzig und ging voll in ihrem Beruf auf. Das Kinderthema war allein für Maman akut.

Und Matthieu drehe halt so sein Ding. Sammle Erfahrungen, sei dabei, sich selbst zu finden. Ihm wolle sie keinen Druck machen, der gehe seinen Weg, mit Umwegen zwar, aber ... das werde schon. Wenn sie ganz ehrlich sei, Marcel möge ihr verzeihen, sei er, Marcel, das eigentliche Sorgenkind. So weit weg. In einer, naja, letztlich in einer ungesicherten, fragwürdigen Stellung. Nie »ein Mädchen« an der Hand. Wo denn die Perspektive wäre? Marcel hörte auf, im Internet herumzuklicken und sog tief Luft ein.

»Maman. Jetzt bitte nicht das wieder! Mir geht es hervorragend! Du weißt und hast schon hundertmal eingestanden, daß ich hier eine gute und solide Arbeit mache! Du hast selbst gesagt, Jochim sei ein Unternehmer, der sein Handwerk verstehe! Daß ich hier am richtigen Platz sei! Ich weiß gar nicht«, Marcels Stimme wurde etwas schneidend, die Option mit dem defekten Handy als Grund für die Funkstille zwischen Doreen und ihm beflügelte ihn, »wie du darauf kommst, mich dauernd als Problemkind darzustellen! Ich will davon nichts mehr hören! Nichts! Dein Maurice ist ein Karrierist ohne Kinderwunsch, dein Matthieu tendiert zum Nichsnutz. Alles okay. Alles akzeptabel. Jetzt laß Deine Großmuttersehnsucht bitte nicht ausgerechnet an mir aus!«

So hatte er selten mit Maman geredet. Marcel selbst erschien der forsche Ton gleich unangebracht. Maman aber schien beeindruckt und wechselte die Tonart.

Nein, es sei doch alles in Ordnung. Wirklich! Wer, wenn nicht sie, habe schon so rundum wohlgeratene Söhne! Andere Leute hätten ganz andere Sorgen! Und zum Teil völlig unberechtigte! Die Fallgruber zum Beispiel, Rita Fallgruber, er wisse doch, die alte Kindergärtnerin, die sei schier zusammengebrochen. Grundlos! Und warum? Weil ihr Sohn bekannt habe, einen Mann zu lieben! Sie, Maman, meine, wo wäre das Problem? Wir leben im 21. Jahrhundert! Was sollte daran erschütternd sein? Gewöhnungsbedürftig, ja. Aber doch kein Beinbruch! Sie könne die Fallgrubersche Hysterie nicht im Mindesten verstehen! Oder ob er, Marcel, das anders sähe? Sei doch nichts dabei! Oder? Oder nicht? Marcel rief nebenbei sein Postfach auf. Schaltete Mamans Sensationsbericht und ihre Toleranzbekundungen auf eine Parallelspur.

Baltruschat hatte geschrieben. Er unterbreitete Marcel zur Begutachtung einige Umformulierungen und eine neue Stoßrichtung bezüglich seines Buches. Auf die Figur des »Deutschen Michels« wollte er stärker abheben, das könnte provokant wirken und den gewünschten Aufrüttelungseffekt haben.

Maman insistierte: Sie jedenfalls habe der Rita Fallgruber

gesagt, sie, Maman, hätte an deren Stelle kein Problem damit. Also mit einem homosexuellen Sohn. Da bräche doch nicht die Welt zusammen! Solange es nicht um dauernden Partnerwechsel ginge! Und selbst das – traurig wär's ja, das habe man aber auch gelegentlich bei ganz normalen Paaren!

»Marcel, oder? Ich mein, ich weiß, du hast ein stabiles Wertegerüst! Aber heute muß doch nicht mehr alles auf Reproduktion hinauslaufen, oder? Und wenn die sich lieben?«

Marcel seufzte. Der Fallgrubersohn und seine verweigerte Vermehrungspotenz waren ihm egal. Seine Meinung zum Fall erschien ihm völlig unerheblich. Petri betrat das Büro.

»Mamam, ich hab dazu keine Meinung. Ehrlich nicht. Die gute Frau Fallgruber tut mir leid in ihrem Kummer, das ist alles. Und jetzt muß ich hier weitermachen.«

»Ja, genau, aber das muß sie eben nicht! In Sorgen verfallen! Die hat als Mutter doch gar keinen Grund sich zu grämen! Wenn ihr Sohn doch glücklich ist!«

»Maman, ja. Aber ich muß jetzt wirklich ...« Maman verstand. Ihre Stimme hat einen seltsamen Tremor, als sie endete:

»Marcel. Ja. ich will dir nur sagen: Mütter haben ein großes Herz. Verletzlich: ja. Aber im Grunde unzerstörbar, wenn es um die eigenen Kinder geht. Ich will dir nur noch sagen, daß du mich immer und in jedem Fall auf deiner Seite wissen sollst. Wir sprechen mal in einer ruhigeren Minute. Adieu.«

Marcel stützte den Kopf in seine Handflächen und atmete geräuschvoll aus.

»Alles klar?«, fragte Petri.

»Alles klar«, antwortete Marcel, atmete aus, schenkte sich sein Glas aus der Flasche mit dem stillen Wassers voll und machte sich daran, Baltruschats neue Stoßrichtung zu kommentieren.

Daß Marcel der Chefreporter des *Freigeists* war, war nur die halbe Wahrheit. Und zwar doppelt halb. Erstens gab es keinen anderen Reporter, wenn man von Kurzberichten freier Mitarbeiter absah. Zweitens bestand ein Großteil von Marcels Arbeitszeit darin, Mädchen für alles zu sein. Vertraglich war das ein wenig eleganter formuliert. Das Redaktions-Faktotum, so benannte Marcel seine Stellung selbstironisch. Jochim pflegte die Fülle seiner Nebentätigkeiten halb gönnerhaft, halb ehrlich anerkennend zu verhübschen: »Mein Mann für besondere Aufgaben!« Dazu gehörten die Pflege von Leuten wie Baltruschat sowie allfällige Springertätigkeiten. Marcel konnte, jedenfalls notdürftig, Bilder zusammentragen, wenn die Photoredakteurin krank war, er konnte die Leserbriefe sondieren, wenn die Panusz ihren Sohn zur Kur begleitete, er konnte ein bißchen Pressearbeit übernehmen, wenn der PR-Mann unpäßlich war. Die Wackernagel hatte er schon ganze Monate lang vertreten. Natürlich mehr schlecht als recht.

Marcels eigentlicher Aufgabenbereich, die Reportage, war ein wenig diffus. Pro Monat war eine Großreportage zu bewerkstelligen, ein Zwei-Seiten-Artikel, Infokästchen inklusive. Zwischendurch wenige kleinere Sachen, keinesfalls verpflichtend in jeder Ausgabe. Mal ein paar O-Töne vom Streik einfangen, mal den atmosphärischen Bericht einer Demo, keine richtigen Hintergrundsachen.

Im Redaktionsbüro hatte Marcel die wenigsten Zeilen seiner großen, vielgelobten Reportagen geschrieben. Das machte er abends zu Hause. Oft bis in die Nacht hinein schliff er an den Texten. Jochim wußte das und hatte ihm beizeiten ein Einzelzimmer angeboten. Marcel hatte abgelehnt. Für seine Reportagen recherchierte er zu einem Drittel an seinem Redaktionsrechner, war zu einem weiteren Drittel der Zeit draußen und arbeitete den großen Rest außerhalb der eigentlichen Arbeitszeit ab.

Backhohl, der Mann mit dem Homeoffice-Platz, der zu beinahe jedem Thema kenntnisreich schreiben oder knackig kommentieren konnte, brauchte für einen kleineren Beitrag eine halbe Stunde, für größere Sachen maximal einen halben Tag. Backhohl war belesen, schlagfertig und klug, ein Intellektueller par exzellence.

Marcel hingegen ging für jede Reportage an die Grenze, an seine eigene, geistige. Kein einziger Satz, der von Auge und Ohr übers Hirn auf die Tastatur glitt, nein, es war mühseligstes Abwägen, Formulieren, ein zeitaufwendiges Sich-Vorantasten, Satz für Satz. Oft bohrte die Frage in ihm, ob er überhaupt im Kern für diesen Beruf geschaffen sei. Was aber sonst? Für alles andere, das ihn berufsmäßig faszinierte, Chirurgie, Kriminalistik, Juristerei, war er denkbar ungeeignet und definitiv minderbefähigt.

Immerhin hagelte es auf jede seiner Reportagen Leserbriefe, fast durchweg zustimmend. Keinen sonst in der Redaktion erreichten diese Massen an *Fanpost*. Marcel wußte aber, daß das ein ungleicher Wettbewerb war. Reportagen wühlten naturgemäß auf, gingen stärker aufs Emotionale aus als innenpolitische Kommentare oder Filmbesprechungen.

Es gab dabei keine Reportage, bei der Marcel nicht ein ungutes Bauchgefühl gehabt hätte. Nicht mal die beinahe Preisgekrönte über die Rußlanddeutschen! Zu Marcels Grundsätzen gehörte es, ehrlich zu schreiben. Ohne falsche Seitenlage. Ohne sich von den Lese- und Realitätswünschen der Kunden leiten zu lassen. Er wollte die Wirklichkeit so darstellen, wie sie ist. Das ganze, meist breite Panoptikum. Das war ja gerade der Grundfehler der Leitmedien! Daß die all das ausblendeten, was nicht in den weltanschaulichen Rahmen paßte! Nach dem Motto: Es kann nicht sein, was nicht sein darf! Nicht mit Marcel. Wenn er schrieb, wenn er Bericht erstattete, dann hatten Neigung und Bauchgefühl zu schweigen. Es galt, einen klaren Kopf zu behalten, Hirn einzuschalten und niemals abzustellen! Da war die Reportage über den Baustreik am militärhistorischen

Museum gewesen: Wenn die streikenden Arbeiter sich über schnöde Containerwohnungen und halbwarmes Kantinenessen beklagten, mußten doch auch die Küchenfrauen befragt werden! Und diejenigen, die für die Unterkunft verantwortlich waren! Beide konnten nachvollziehbare Gründe nennen, die ganz jenseits einer »unmenschlichen kapitalistischen Logik« lagen! Die Arbeiter wollten ihr Essen auf dem Grillplatz im Park einnehmen statt innerhalb des Zeltaufbaus, und auf dem Weg dahin dampfte das Essen ganz natürlich ab. Bei den vierzig Containern handelte es sich um eine zweiwöchige und keineswegs ganz unkonfortable Übergangslösung, und das auch nur deshalb, weil in den Duschen der sanierten Altbauunterkünfte (Stuckdecken!) die Badbelüftung abermals justiert werden mußte. Für den Container-Umstand hatten die Arbeiter einen hübschen Aufschlag auf den Lohn erhalten. Keine der anklagenden Gazetten (»lagerähnliche Verhältnisse«, »Moderne Sklaven«) hatte das erwähnt. Marcel schon.

Oder der Fall Kirchditmold, vergangenen Herbst. Eine Gruppe nordafrikanischer Jugendlicher gegen vier Deutsche. Vier teils schwerverletzte Deutsche im Alter von sechzehn bis achtzehn, auf der anderen Seite ein zweiundzwanzigjähriger Marokkaner im Koma, instabiler Zustand.

Einer der Deutschen, so wollten Pressekollegen recherchiert haben, sei rechtsextremer Positionen verdächtig. Zumindest spiele sein Bruder in einer Band, deren Schlagzeuger »einschlägige« Wikingertätowierungen auf dem Leib trüge. Bei den anderen drei »mutmaßlichen Mittätern« sei zumindest Skepsis geboten. Einer sei »noch mit sechzehn« als »eilfertiger Meßdiener« aufgetreten, »ein bulliger Typ mit raspelkurzen Haaren«. Der dritte fahre ein »waschstraßensauber glänzendes« (Unterton: nach deutschen Spießerrichtlinien gepflegter Wagen) Auto mit Kennzeichen-Endung auf 52. Womöglich eine perfide numerologische Spielerei, hatte ein forscher Reporter gemutmaßt: Fünf gleich E, zwei gleich B. Könnte auf eine Glorifizierung von Eva Braun hindeuten! Diese Spekulation hatte nicht eine linksextreme Postille herbeifabuliert, sondern der als seriös geltende *Brennpunkt*. Der vierte Mutmaßliche war Halb-Inder, er blieb bei den gängigen Mutmaßungen außen vor.

Während die Zeitungen über einen Angriff »Rechtsradikaler« spekuliert hatten und die Tränen der marokkanischen Mutter in Worte faßten, ging Marcel der Sache auf den Grund. Kompaß: Hirn und Verstand. Nein, eigentlich: Augen und Ohren.

Vier in der einen Gruppe, neun in der anderen. Siebzehn das Durchschnittsalter der einen, dreiundzwanzig das der anderen. Vorstrafen oder aktenkundige Vergehen der deutschen Gruppe mit dem indischen Achtelanteil: null. Vorstrafen der anderen: dreizehn.

Marcel hatte mit den vier Deutschen gesprochen. Und mit zwei Tunesiern, zwei Marokkanern und einem Algerier. Das waren nebenbei auch Deutsche, allesamt. Kein leichter Job, beleibe nicht! Nach all diesen Gesprächen hatte sich die Situation aus deutsch-afrikanischer Sicht so herauskristallisiert: Die vier Biodeutschen seien arrogant herumstolziert auf dem Kirchditmolder Busbahnhof. Seien um eine Kippe gebeten worden. Dann um eine zweite und dritte, ganz freundlich. Dann hätten die dicht gemacht, die Deutschen. Hätten zusammengerottet dagestanden und forsch gesagt: Jetzt ist gut, Kameraden. So, wirklich so, als ob sie die Herren der Welt wären. Der mit den extrem kurzen Haaren habe bedeutungsvoll gegrinst dabei und eine Art Hitlergruß gemacht. Oder auch nur eine Handbewegung, aber es war ja egal. Es war eine Provokation. Ihr Drecksknacken haut besser ab! Haben die nicht gesagt, die Deutschen. Aber, so der Algerier, das stand denen im Gesicht.

Nein, sagte einer der Tunesier, das haben die auch gesagt. Ganz leise, er habe es gehört. Da sei der Ajwad dann dem einen Deutschmann an den Kragen gegangen, mehr so aus Spaß. Dann die Rangelei, war ja nur ganz kurz, weil ein Streifenwagen ganz in der Nähe herumkurvte.

Warum die Deutschen allesamt Messerstiche aufwiesen? Selbstschutz und Ehre. Immerhin sei es am Ende Muaz gewesen, der an den Pfeiler der Haltstellen-Leuchtreklame geprallt sei, und keiner von den Kartoffelfressern. Die beiden Marokkaner sagten, der Unfall sei ein Eigentor gewesen. Im Eifer des Gefechts habe Muaz den Ellbogen des Freundes abgekriegt. Was egal sei, Schuld seien die Herausforderer. Also die Deutschen.

Marcel hatte sich das alles angehört. In einem Wohnzimmer, in einer Kickbox-Halle, in einem Cafe. Hatte nachgefragt. Die andere Seite befragt. Und wieder die andere. Ohne Hintergedanken, ohne Parteinahme. So schrieb es sein inneres Reglement ihm vor. Marcel war ein unbestechlicher Wahrheitssucher.

Die beiden Tunesier hatten beim zweiten Besuch den blöd-blonden Deutschreporter dicke. Die Sache drohte heikel zu werden. Höflichkeit und Zurückhaltung halfen manchmal nur bis zu einem bestimmten Punkt. Marcel zog sich zurück, verbuchte die abschließenden Drohungen auf sein eigenes Konto unter der Betreffzeile »interkulturelles Ungeschick«, wo sie definitiv ihren Platz hatten und schrieb die Reportage, ohne die Schmähworte des Tunesiers zu erwähnen, ohne Insinuierungen, ohne jede Schön- oder Schlechtfärberei. Das war sein Job! Marcel schrieb, was vorgefallen sein könnte an jenem Herbstabend in Kirchditmold, was ihm die Deutschen erzählt hatten, was die anderen sagten. Er beschrieb das Jugendzimmer von Nick und gab den Wortlaut dessen wieder, was ihm Jonas vom Krankenhausbett erzählt hatte. Er referierte die Rede von Faroukh und beschrieb die Gesprächssituation im Wohnzimmer von Jihad und Hatem. So nüchtern wie möglich.

Marcels Kirchditmold-Reportage wurde ein Knaller. Leserzuschriften geradezu körbeweise, ein gigantisches Hallo im Netz. Innerhalb einer Woche war der Artikel der online-Ausgabe siebzigtausendmal aufgerufen worden, das war phänomenal.

Marcel fand Passagen seines Artikels auf Internetforen zitiert, die er widerwärtig und bösartig fand, weil es dumpfe Netzseiten waren. Bestätigend zitiert, natürlich! Das war nicht in seinem Sinne. Mit Hetzern wollte er nichts zu tun haben. Dabei hatte er doch nichts falsch gemacht. Nur genau hingeschaut, gut zugehört. Bestes Wissen und Gewissen. Oder?

Am Ende war gut gemeint nie gut genug. Vielleicht hätte er noch tiefer nach den Hintergründen hinter dem Hintergründigen bohren sollen. Einer hatte in einem Forum geschrieben: »Ein Hoch! Hoch! Hoch! auf Reporter wie Marcel Martin! Und ab mit den Asseln ins Lager! Denn da gehören sie hin!« Ein anderer: »Das ist allererste Sahne. Diese wie immer betont naive Sicht von MM ... genial!!! Genauso muß man sich solche Hammerfälle ja anschauen: Mit den Augen eines Kindes oder eines Außerirdischen. Man muß die Leute & die facts nur für sich sprechen lasen! Ergebnis = Wahrheit! FUCK WORLD OF ISLAM!!!«

Marcel wollte das nicht, nicht das Fuck! und nicht das Hoch! Er schrieb nicht für solche Leute. Es lag nicht in seiner Absicht, bubenhaft zu schreiben, wie ein staunendes Kind ohne Vorwissen, das mit aufgerissenem Mund die verkehrte Welt bestaunt, um dann das Vorgefundene um so grotesker erscheinen zu lassen. Die Außerirdischen-Metapher hatte ihn aber erwischt. So fühlte er sich manchmal, heimlich. Nicht ganz von dieser Welt.

Er wollte sein wie eine Waage. Ein Gerät, das still steht, das sorgsam geeicht ist und seine Schalen bereithält. Oder allenfalls, dies als äußerstes, wie der stille Passagier auf dem Boot, der sein Gewicht behutsam backbord neigt, wenn steuerbord leck zu gehen droht. Oder vice versa. Das, für den Fall der Fälle, war sicher: Daß er die Seite behutsam wechseln würde, wenn eine andersgeartete Schräglage in Sicht wäre. Wenn Politik und Medien strikten Kurs nach rechts nehmen würden. Dann würde er wiederum ausgleichen wollen, eine Balance erhalten, denn das wäre dann gerecht und human. Er wollte nicht das Fettauge sein, das stets oben schwimmt. Und auch nicht die Suppe, die dorthin fließt, wo man sie läßt. Dann lieber das Salz in der Suppe. Oder das Haar?

Marcel hing keiner Ideologie an. Er wollte wahr schreiben und kein Wasser liefern auf die Waagschalen von Leuten, die borniert waren oder voller Hass, voller Ressentiments. Solcher Applaus beschämte ihn. Das war der Grundbauchschmerz, der seine Reportagen begleitete. Das war ein Problem, sein heimliches Problem. Daß er wußte, daß keiner seiner Berichte in Wahrheit geeignet war, die ganze Wirklichkeit abzubilden. Nicht die durch den TruthAward fast fett honorierte Reportage über die Rußlanddeutschen, nicht die über die gutherzigen Anti-Abtreibungskämpfer, nicht die Langzeitreportage über einen Mittelständler, der »von China aufgefressen« wurde und auch nicht die über Kirchditmold, die keine bundesdeutsche Preisvergabejury je in die engere Auswahl gezogen hätte.

Wenn Marcel abends seinen Rechner ausschaltete, lagen auf dem Bildschirm Fenster über Fenster aufeinander. Manchmal drei, vier Dutzend. Die causa x wollte recherchiert werden. Als bedeutsam stellte sich dabei der Gesichtspunkt y heraus. Die eingehende Lektüre von allen relevanten Punkten zu y führte dringlich zu z. Und z wiederum fächerte sich schwerwiegend auf, nämlich in a, b und vor allem c. Das Augenmerk auf c ließ es unabdingbar werden, auch den Hinweis d zu beachten. Das d-Dossier wiederum schloß zwar an x an, offerierte aber die Möglichkeiten e und f, ebenfalls hochinteressante Betrachtungen. Und so ging es weiter und weiter, rundherum, spiralförmig, labyrinthisch. Nicht, daß Marcel klarer Kategorien ermangelte, nein. Die Vielfalt der Perspektiven war erschlagend. Die Welt war zu groß für eine kleine Reportage. Und in allem, überall, steckte die ganze Welt!

Die *Stuttgarter Rundschau* hatte aus der Kirchditmold-Sache ein großes Porträt von Muaz entworfen, dem Koma-Opfer. Zweimal sitzengelieben, Schulabbruch. Das hatte auch Marcel geschrieben. Die Stuttgarter aber hatten recherchiert, daß in den Jahren vor dem Schulabbruch Muaz' jüngere Schwester gestorben war und sich der Vater daraufhin das Leben genommen hatte. Muaz hatte eine Vorstrafe wegen schwerer Körperverletzung. Stand auch bei Marcel. Die Stuttgarter hatten geschrieben, daß Muaz dabei einen Freund verteidigt hatte und daß sein damaliger Gegner bereits Jahre im Knast verbracht hatte. Und Hatem, das hatte die Stuttgarter Konkurrenz beiläufig erwähnt, sei seit langem aufgrund eines psychischen Traumas in Behandlung.

Marcel hatte davon nichts gewußt. Hätte er es wissen, aufschreiben müssen, der Redlichkeit halber? War er befangen? Politisch befangen? Den jungen Männern, denen mit den nordafrikanischen Wurzeln, hatte er natürlich nicht verschwiegen, daß er an einer Reportage für den *Freigeist* schrieb. Das sagte denen nichts. Die waren davon ausgegangen, daß er für ein stromlinienförmiges Medium arbeitete, wie alle anderen Journalisten, die damals im Kasseler Stadtteil unterwegs waren. Deren Arbeitsmotto: in dubio pro migrantes. Einige Momente lang hatte sich Marcel rückblickend vorgeworfen, hinterlistig vorgegangen zu sein.

Hätte er den gesprächsbereiten Leuten nicht ausdrücklich sagen sollen, daß er als Reporter für ein, naja, überdurchschnittlich konservatives Medium arbeitete? Für ein – migrationsskeptisches? Hatte er sie, ein bißchen wenigstens, reingelegt? Und, überhaupt: Inwieweit beeinflußte ihn selbst die Ausrichtung seines Blattes? Schrieb und dachte er noch frei? Und gerecht?

Nach dem Studium hatte ihm Eugen die Volontär-Stelle beim *Freigeist* zugeschanzt. Die Zeitung kannte er überhaupt erst durch Eugen. »Das ist aber ein Richtungsblatt. Wie alle, natürlich. Muß dir aber klar sein. Daß das vermutlich kein Sprungbrett ist in die weite Medienwelt.« Klar. Die *Freigeist*-Tendenz entsprach seinem politisch-moralischem Grundgerüst. Es wäre vermutlich für Jochim nicht mal ein großes Problem gewesen, wenn Marcel sich im Fall Kirchditmold gutbegründet mit wohlverstandener Skepsis auf die Seite der Nordafrikaner gestellt hätte. Jochim war tolerant. Doch, war er wirklich!

Marcel fand die Typen beängstigend, grob und unberechenbar und ihre Gegner harmlos und unschuldig. Aber das war eben das Problem: Er konnte nicht aus seiner Haut. Seiner weißen, deutschen, wohlerzogenen, wohlbehüteten. Diese Frage, ob er es hätte können müssen ... Immer gab es andere, die über die gleichen Sachverhalte eloquenter, schneidender, belesener schreiben und argumentieren konnten. Und zwar mit entschieden anderem Tenor und Ergebnis als Marcel. Oft war es schwierig, das Segel gehißt zu halten.

Tag vier nach dem Treffen mit Doreen. Das Mobiltelephon funktionierte jetzt einwandfrei. Sie wird es aufgegeben haben, dachte Marcel. Manchmal erlaubte er sich, zu solchen Alltagsproblemchen virtuell auf Antwortsuche zu gehen. Die Netzgemeinschaft beschied relativ einhellig: Ein Typ, der sich auch am vierten Tag »danach« nicht gemeldet hat, darf getrost als *asshole* eingeordnet werden. »Danach« war ein etwas zwiespältiger Ausgangspunkt, der vierte Tag aber war immerhin konkret. Als *asshole* wollte Marcel nicht gelten. Der Abend mit Doreen war, gesprächsmäßig immerhin, relativ intim ge-

wesen. *Wenn ich eine Frau wäre, würde ich maximal zweimal eine Telephonnummer wählen, dann käm ich mir billig vor.*
Sachte spürte Marcel seinem Verliebtheitsgefühl nach. Bei Linda war es etwas stärker gewesen. So, daß er mitunter die Gedanken an sie geradezu verscheuchen mußte, während der Arbeit etwa. Bei Doreen nun stand das Verantwortungsgefühl im Vordergrund. Auch eine gewisse Herausforderung, ja. Linda, das war im Grunde Kinderkram gewesen, ein aus heutiger Sicht peinliches Hinweggeschwemmtwerden. Verantwortung hingegen, das war ein erwachsenes Gefühl.

Marcel hatte sein Radio auf einen Popsender umgestellt. Dreimal La Stoya, mindestens zehnmal Mimette in den vergangenen Tagen. Er hätte mittlerweile beides mitsingen können, theoretisch. La Stoya gefiel ihm entschieden besser. Im Grunde war das ja ein gesungenes Gedicht. Ein melancholisches, und das hatte ihm an Doreen – summa summarum – so gut gefallen. Diese Kombination aus Tatkraft und Zartsinn.

Maman hatte ja recht, zumindest in diesem Punkt: Mit fünfunddreißig ist es höchste Zeit. Allerhöchste! Und Doreen würde ihr gefallen. Das war natürlich völlig nebensächlich.

Warum Doreen nicht abhob? Benjamin wußte keinen Rat. Nein, seine Meike – die Affäre war noch aktuell – habe sich allenfalls verklausuriert geäußert. Mann sein hieße, dranbleiben, riet der Freund. Es gäbe ja nichts zu verlieren, oder? Marcel würde also nach Trachau fahren, ohne Blumen – Tip von Benjamin, Marcel hätte glatt welche gekauft – und einfach bei Doreen klingeln. Er sei gerade auf dem Weg. Mal hallo sagen. Nein, das würde nicht unterkühlt und zu sehr wie nebenbei klingen. Das sei der Standardweg, meinte Benjamin.

Marcel war frisch geduscht – *Afternoon Splash* – und rasiert. Er bügelte seine Hose, als die Türglocke ging. Backhohl samt Begleitmannschaft stand vor der Tür. Zwei Bildbände in der Hand, ob er mal wieder auf Marcels Scanner zurückgreifen dürfe? Klar durfte er. Ob Marcel zufällig um vier oder um halb sechs bei Doreen vorbeischaute, spielte keine Rolle.

Backhohl hatte seine Tochter auf dem Arm und wurde von Armin flankiert. Der größte Junge fehlte. Ein wahnsinnig intelligentes Kind, klar bei den Genen, allerdings auch ein wildes. Beim letzten Kurzbesuch Backhohls waren ein Teller und ein Bilderrahmen zu Bruch gegangen. Backhohl war ohne seine Kinder nicht zu haben. Ein völlig ungeselliger Mensch, Misantroph, Zyniker, Einzelgänger durch und durch. Seit acht Jahren war er für die Kinder zuständig. Ohne den home-office-Platz bei voller Redaktionsstelle wäre er für den *Freigeist* vermutlich verloren. Eine Art Haßliebe verband Backhohl mit »dem Laden«, der Zeitung also. Man könne sich heute nicht in Gesellschaft um Deutschland bemühen, so ungefähr ging Backhohls Motto. Man müsse es einsam tun wie einer, der mit seinem Buschmesser im Urwald Breschen schlägt und den nur die Hoffnung erhält, daß irgendwo im Dickicht andere an der gleichen Arbeit seien. Ein Zitat, das sich Marcel behalten hatte, von wem war es noch mal ursprünglich? Botho Strauß? Mohler? Kaltenbrunner? Jünger?

Backhohl, Klotz von einem Mensch, reichte Marcel die Bücher. Mit Klebzetteln waren die Seiten markiert, die gescannt werden sollten. Die Kleine konnte gerade stehen und stieß sich sofort an einer Tischecke. Gejammer erscholl, Armin machte den rumänischen Tröster. Backhohl sprach deutsch mit ihnen, seine Frau war Rumänin. Sie, eine Frau Dr. jur., arbeitete als Partnerin einer einigermaßen renommierten Kanzlei und war nur abends und am Wochenende für die Kinder präsent. Daß ihre eigene Muttersprache die Muttersprache der Kinder blieb, war ihr wichtig. Klappte erstaunlich gut. Die beiden Jungs konnten fließend von der einen in die andere Sprache wechseln. Sie besuchten eine Grundschule für Hochbegabte.

Backhohls Ältester ging mit acht Jahren in die vierte Klasse. Die Kleine war noch nicht in der Krippe, auch das war der Rumänin wichtig, dem Gatten wohl auch, sonst täte einer wie Backhohl nicht mit. Und er war es doch, der dadurch in die Pflicht genommen war.

Backhohl schrieb seine Sachen während des töchterlichen Mittagsschlafs oder spätabends. Und, wer weiß es schon, vielleicht war Backhohl in der Lage, mit der Linken Fingerspielchen zu praktizieren und dabei ein Kinderlied zu singen, während er mit der Rechten einen schneidigen Kommentar gegen mediale Reizüberflutung verfaßte. Zuzutrauen wär's ihm. Als Redakteur war Backhohl unerbittlich. Er betreute die Kommentare und den Leitartikel und hielt sich dafür eine Handvoll erlesener Autoren, die seinen Maßstäben genügten. Er redigierte mit harter Hand. Backhohl sei ein hervorragender Erzieher, lobte Jochim häufig. Der zieht sich seine Leute groß und trennt die Spreu vom Weizen! Backhohls Weltbild war rund und gefestigt. Da gab es keine Fenster wie die auf Marcels Bildschirm, die aufgingen und vor denen er zögernd stand, sich fragend, ob sie es lohnten, geöffnet zu bleiben, ob sie Frischluft lieferten oder tückischen Mief in die Atmosphäre brachten. Backhohl, humanistisch gebildet, wußte zuverlässig, was Sache war und was in den Orkus des Schunds gehörte. Er trug eine starke Brille, dicke, schwarze Fassung. Ohne die Brille wäre er ein Zivilisationsopfer, Zitat Backhohl, und könne in der Großstadt keinen Tag mit heiler Haut überleben. Dennoch ein beeindruckender Mann, wuchtig, markante Züge, ein Strindberg-Gesicht, die wilde Haarpracht und den Bart inklusive. Solche Brillen trug die kreative Szene in Dresden seit einigen Jahren zur Not mit Fensterglas. Backhohl trug das Gestell seines Großvaters.

Backhohl hatte den Durchblick, in jeder Hinsicht. Um einen Rat apropos Doreen mochte Marcel nicht bitten. Es wäre ihm läppisch vorgekommen, kindisch gar. Backhohl steckte sich einen Zigarillo an. Marcel hatte gerade den ersten Bildband aufgeklappt auf dem Scanner positioniert. *Er ascht gleich wieder aufs Parkett, wird sich entschuldigen und dann eine Kaffeetasse holen.* Marcel zögerte in seinen Bewegungen. *Lauf ich jetzt, um den Aschenbecher zu holen, wirkt das hausfrauenhaft spießig. Als ob es nichts Wichtigeres gäbe als einen Fußboden ohne Zigarilloasche. Ist ja kein Textil. Läßt sich auffegen.*

Backhohl aschte auf das Parkett und entschuldigte sich. »Warte, ich hol mir eine Tasse.« Marcel scannte Paul Schultze-Naumburg und nickte ein betont zerstreutes okay. Der Junge hatte sich mit der kleinen Schwester ins Schlafzimmer verzogen. Dort hatten sie schon mal Höhlen gebaut aus der Wäsche in der Bettlade. War auch in Ordnung. *Muß dringend einen kleinen Grundstock Kinderspielzeug anschaffen. Malstifte wenigstens, eine Puppe und ein Auto, so was. Doreen wüßte Rat.*

Backhohl schrieb an einem Buch über Brücken. Sollte im Herbst bei Sisyphos erscheinen, dem exquisitesten Verlag im *Freigeist*-affinen Umfeld, die Créme der rechten Intelligenz.

Das Brückenbuch war nichts Ingenieurmäßiges natürlich, auch nicht Architektur im engeren Sinne, sondern eine philosophisch-politische Betrachtung. Der Mensch ist eine Brücke, dies der Arbeitstitel. Backhohl, Menschenkenner, wußte, daß er Marcel überfordern würde, zumindest im Rahmen eines *smalltalks*, wenn er ihm die grundlegenden Gedankengänge seines Manuskripts darstellte. Das Großartige an Backhohls Texten, an seinen Kommentaren ebenso wie an den größeren Publikationen, war, daß sie dem Laien eine mustergültige Orientierungshilfe boten und ihn anregten, tiefer einzusteigen. Für den fortgeschrittenen Leser kamen einzelne, zentrale Gedankengänge Backhohls Offenbarungen gleich. So kenntnisreich und im Ton geschmeidig konnte kaum einer die unterschiedlichsten Gemengelagen auf den Punkt bringen. Backhohls Texte waren virulent. Prägnant, zündend, relevant in jeder Zeile. In einer anderen Zeit wäre er ein Promi-Autor gewesen. Backhohl nahm den Schultze-Naumburg an sich, Marcel griff sich das andere Buch, Paul Bonatz.

»Da konnte man noch überbrücken, was? Anschlüsse schaffen!« Marcel scannte die Bonatz-Brücken, Backhohl rauchte. Marcel entschuldigte sich. Es ging definitiv nicht mehr, keine weitere Sekunde. Im Bad stand sein Areosol. Drei Stöße, einer mehr als die maximale Dosis. *Ich werde das Fenster nicht öffnen. Eine Sache durchhalten. Tapfer sein, gerade vor Backhohl. Keine Luftbrücke nach draußen!*

Als er zurückkam ins Arbeitszimmer, stand Backhohl am geöffneten Fenster. Hüpfgeräusche aus dem Schlafzimmer, *hoffentlich hat sich Armin die Schuhe ausgezogen. Wenn nicht, auch egal.*

»Sag mal, Emmanuel, hast du eigentlich Kontakt zu Eugen?«
»Alle Schaltjahre mal. Leider. Ist manchmal ein Problem mit den Frauen. Andrea und Nora können nicht so. Völlig gegensätzliche Typen. Da stößt Pragmatismus auf Romantik, das funktioniert nicht. Und als Familienpapa steht man dann zwischen den Fronten. Leider, wirklich. Wieso, gibt es Neuigkeiten?«

Marcel berichtete von der Rössler-Rosenbaum-Geschichte. Backhohl lachte dröhnend. Auch über Jochims Dauer-Pfitzler, Marcel hatte sich das gemerkt, er wußte, daß Backhohl gern im Banausentum von El Jefe schwelgte. Daß Eugen sich anscheinend einen Künstlernamen zugelegt hatte, fand Backhohl völlig unproblematisch. Ob er, Marcel, Eugen schon mal geigen gehört habe? Da könnten einem schier die Tränen kommen, ganz im Ernst. Ein Könner! Wenn der Namenswechsel einen Absprung vom *Freigeist* markieren sollte, könne er das gut nachvollziehen. Jeglicher Feigheitsverdacht gehe bei Eugen fehl. Der sei halt ein Künstler. Wozu auch ohne Not hinter einer Fahne, welcher Färbung auch immer, hinterhertraben?

»Du kennst doch den Spruch, die Erdrevolution ist mit politischen Mitteln nicht zu bewältigen. Sie dienen höchstens zur Garnierung des Vulkanrandes, falls sie nicht die Entwicklung sogar vorantreiben. That's it.«

Marcel nickte mit leidender Miene. Er kannte das Zitat nicht und begriff es auch nicht auf Anhieb.

»Rosenbaum, tsss,« machte Backhohl, wiegte den großen Kopf und blickte eine Weile stumm und starr auf Marcels dienstfertige Finger.

»Andrea hat schon gutgetan damit, den Namen Backhohl nicht anzunehmen. Das hat uns damals fast entzweit. Ich fand's unmöglich. Nachher ist man immer klüger.«

Armin trat hinzu und sagte etwas auf rumänisch. Backhohl verdrehte die Augen. »Ich mach mich gleich auf. Muß vorher noch die Kleine wickeln, pardon.« Die Windeln wurden auf Marcels Bett gewechselt. Marcel stand verlegen dabei, guckte dann weg, es war ja ein Mädchen. Er staunte über die souveräne Art des Wischens, Säuberns und Neuverpackens. Es wirkte nicht weibisch. Hier tat einer seine Pflicht, punkt.

»Du guckst so verzweifelt? Oder nicht? Was macht die Liebe? Alles in Ordnung?« Marcel war kurz davor, ihm vom Doreen-Problem zu berichten, ließ es aber lieber sein. Backhohl war allwissend, aber er war kein Briefkastenonkel. Bereits die *Freigeist*-Arbeit mußte ihn unterfordern.

»Ach, hör mir auf mit der Liebe! Meine Mutter hat mir grad am Telephon angedeutet, daß sie es gut durchstehen würde, wenn ich mich als schwul outete. Das hat mich so frappiert, daß ich gar nichts sagen konnte.«

»Und, bist du's?«

»Also: bitte!«

»Wieso? Wieso nicht?«

»Komm! Wie meinst du d a s ?«

»Du kennst doch auch diese halbgeheime Leserstudie, die Jochim in Teilen der Öffentlichkeit beharrlich vorenthält. Interessante Sache, nicht unwitzig. Daß unsere Leser zu fünfzig Prozent in Ingenieurberufen oder Verwandtem tätig sind, zu knapp hundert Prozent eine Hochschulbefähigung haben und nur zu sechzig Prozent konfessionell gebunden sind, das hast du doch auch mitbekommen? Das war doch der publik gemachte Teil.«

Marcel nickte vage. Ja, es gab immer mal solche Befragungen aus marketingtechnischen Gesichtspunkten heraus. Ja, der *Freigeist* war ein Akademikerblatt, das war aus Gründen der Werbekundenakquise nicht unwichtig.

»Und ein Drittel ist halt homosexuell. Das müßte doch durchgedrungen sein?«

Marcel schüttelte sich ungläubig. Das war ja eine Sensation! Ihm fiel es wie Schuppen von den Augen. *Klar. Jochim, Holsten, Ulrich Jacob. Hinterow und Möllendorf? Bei zwei Autoren, die für Hartmanns Ressort schrieben, lag die Vermutung sehr nahe. Und auf dem Lesertreffen? Steht den Leuten ja nicht auf die Stirn geschrieben, daß sie schwul sind. Klar, verdammt viele Solo-Männer. Und kaum Frauen. Der Typ, der ihn selbst mit emails bombadiert hatte und unbedingt ein privates Treffen angestrebt hatte?*

Marcel stöhnte. »Wahnsinn. Ist das echt so? Ich mein, im Bundesdurchschnitt sind doch nie und nimmer auch nur annähernd dreißig Prozent homosexuell orientiert! Oder?«

»Nö, sicher nicht. Aber wenn du nachdenkst, liegt die Verflechtung doch nah. Wieviel weibliche Abonnenten haben wir?«

»Unter zehn Prozent, leider, nur. Bedauern wir ja alle. Aber das heißt doch nicht ...«

»Nee, gar nichts leider. Das Rechte, das ist definitiv männlicher Stil. Ordnungsgedanke, Dezisionismus, Etatismus, Kulturpessimismus, Ästhetizismus, Analyse. Das ist ein Männerprogramm, durch und durch. Mann-männliches Programm gewissermaßen, Männerbundsachen. Die paar Frauen, Gott, ja. Die sind entweder über den Hormonwechsel längst hinaus, oder an ihrer Geschlechtlichkeit ist irgendein Haken, hehe. Unter nomalen Voraussetzungen sind rechts die Männer unter sich. Und dadurch ist doch eigentlich klar, daß ...«

Marcel hatte sich auf sein Bett sinken lassen. Sein Hirn ratterte. *Das ... das erklärte einiges ... Wie naiv konnte man sein?* Backhohls Tochter griff von hinten schmerzhaft in seine Haare. Sie wollte es dem hüpfenden Bruder nachtun und suchte nach Halt. Marcel ließ sie gewähren. War ja ein Gast.

»Manchmal hab ich den Eindruck, ich bin grundsätzlich der letzte, der solche Zusammenhänge kapiert ...«.

Backhohls tiefes Gelächter dröhnte. »Marcel, du bist ein Braver! Manchmal kommt es mir vor, als könne man dir alles erzählen und du nimmst es für bar. Das war ein Scherz! Nicht generell, eine gewisse Schwulenaffinität unter unseren Leuten liegt für mich durchaus auf der Hand. Aber du glaubst doch nicht, daß Jochim in einer Leserumfrage die sexuelle Orientierung abfragt?«

Die Kleine ziepte weiter an Marcels Haaren, rhythmisch, und stimmte in das väterliche Gelächter ein. Was blieb Marcel als mitzulachen? Backhohl nahm die Tochter auf den Arm. Ihre Hand war noch in Marcels Haar verkrallt. Er unterdrückte den Schmerzenslaut.

»Das war aber fies. Ich hab dir echt jedes Wort geglaubt.« Marcels Kopf war wieder frei. »Und, übrigens: nee. Auch wenn ich meine Gefühle peinlichst prüfe, ich hab mich noch nie zu Männern hingezogen gefühlt. Meine Mutter wünscht sich Enkel und wappnet sich anscheinend innerlich gegen

die Enttäuschung, daß sie die vielleicht entbehren muß. Ich glaub, im günstigen Fall bin ich ein Spätzünder. Im ungünstigen trage ich zur alternden Gesellschaft bei. Der berühmte demographische Wandel, ich bin ein Mittäter, bislang«, Marcel seufzte und rieb sich die strapazierte Kopfstelle.
»Wann kommt die Dame eigentlich in den Kindergarten? Dann ist's vorbei mit der Heimarbeit, oder?«
Backhohl lachte schallend. »Wenn Schluß wäre mit der Heimarbeit, dann wär das mein Schluß mit dem *Freigeist*. Dann würde ich nur noch Brückenbücher schreiben und mich von Andrea aushalten lassen. Nee, Redaktionsalltag im Büro, das tu ich mir nicht an. In einem halben Jahr kommt sie in den Kindergarten, halbtags. Und ich werde den Teufel tun, mich täglich mit Arschgesichtern wie dem Kiedritz zusammenzusetzen. Oder den Jochim, entschuldige, anschauen, wie er sich Spuckreste aus den Mundwinkeln wischt, bevor er mir die Hand gibt. Ich verknote mich so schon genug beim Schreiben, geistig. Kennst du das nicht?«
Und wie! Verknoten, ein grandioses Bild, wie treffend! In einen rumänischen Abzählreim aus Armins Mund hinein erzählte Marcel kurz von seinen Sorgen. Von der Schwierigkeit, wahr und authentisch zu schreiben. Argumente und Gegenargumente sorgfältig zu wägen. Backkohl winkte ab. Ein weiterer Zigarillo, der in die Tasse abgeascht wurde. *Und ich hab nicht mal Kaffee angeboten.*
»Ach, du machst das schon richtig. Denken ist schon okay, wir können ja nicht anders. Zuviel denken macht häßlich. Ist auch nicht angemessen. Unsicherheiten mußt du akzeptieren, einfach hinnehmen, durch dich durch gehen lassen, dann wirst du gelassen. Glaub mir! Dem Instinkt trauen, das Hirn nicht verknoten. Und bloß kein Haschen nach Argumenten! Intelligenz beruhigt sich nie in der Synthese. Synthese ist immer was Künstliches. Die Spannung der Gegensätze ist es, worauf es

ankommt! Vergiß doch den dialektischen Krempel. Vergiß die Distanz. Objektivität, ha! Was für ein Irrglaube! Schau dir die Leute doch an: Die Argumente, mit denen sie ihr Verhalten rechtfertigen, sind meist dümmer als ihr Verhalten selbst. Das zum Trost!« Marcel nickte tapfer. Backhohls Rede war klug, aber es war zu schnell und zu viel auf einmal.

Backhohl fing mit dem einen Arm die Tochter auf, die sich gerade vom Bett stürzen wollte und aschte auf den Teppichvorleger. »Manchmal würd ich auch gern Reportagen schreiben, wirklich. Eigentlich eine hübsche Aufgabe. Aber nein, mir bleiben die Kommentare, die Leitartikel und das Bedenkenswerte. Ich bin's doch, der dauernd mit Argumenten kommen muß! Argumente! Furchtbar. Gründe suchen, wo nur Abgründe sind. Mich quält das oft, glaub mir. Immer müssen mögliche Lösungen her. Ein politischer Ansatz, ha! El Jefe will was Positives sehen, wenigstens im letzten Absatz. Nicht so viel Schwarzmalerei! Bitte nur gebremste Skepsis! Manchmal schreib ich im Furor so ein Ding runter, und dann wird mir klar: nicht *freigeist*tauglich. Nicht menschenfreundlich genug. Dabei war das dann das Realistische. Aber bitte, wir wollen ja den Optimismus nicht verlieren.« Backhohl öffnete auch hier das Fenster und schnippte den halbgerauchten Stumpen ohne Blick nach unten raus. Bedankte sich für die Scanarbeit und entschuldigte sich für den unangemeldeten Besuch.

»Immer gern. Mann, ich hätte gern deine Bildung«, seufzte Marcel.

»Ach, Bildung«, entgegnete Backhohl, ein Kind auf dem Arm, eins an der Hand, »Bildung wird weit überschätzt. Gebildet ist der, der die höchsten Erkenntnisse seines Geistes in physiologische Reflexe umformt. Sehr simpel. Also, nur Mut. Und Kopf hoch. Da stehen die Frauen drauf. Und grüß Eugen von mir, wenn du ihn sprichst!« Backhohl zwinkerte hinter seinen Gläsern, nahm die Bände unter den Arm mit dem Kind und ging.

Marcel stellte rasch Durchzug her. Er spürte eine Schwäche in den Atemwegen, ging ins Bad zum Zauberfläschchen, setzte an und stellte es unbetätigt wieder weg. *Muß auch mal so gehen. Man muß nur wollen.* Er rollte den Teppichvorleger zusammen und schüttelte ihn aus dem Fenster aus. Lohnte sich. Asche und Flusen stäubten hoch. Direkt in seine Lunge sozusagen. Marcel fühlte sich eingeengt, von innen her. Leichtes Panikgefühl. *Teppich locker lassen. Einatmen, ausatmen.* Bald ging es besser. Viel besser. Er betrat erneut das Bad, überlegte kurz, das Aerosol in den den Müll zu werfen. War ohnehin fast leer. Marcel griff stattdessen seinen Kamm, zog ihn erst durch den Wasserstrahl, dann durch die Haare, die sich durch die Nässe braun färbten.

Nur ein kurzer Blick in den Spiegel – nein, so ging es definitiv nicht. Der Typ gegenüber sah aus wie neunzehn. Griff in die Haarwachsdose – »Just out of bed« –, erbsengroße Menge nur, gründlich verteilen, rasch mit dem Handtuch drüberwuscheln, so ging es. Der Mann im Spiegel sah jetzt direkt verwegen aus. Marcel versuchte, genau diese Miene einzufrieren. Schon im Treppenhaus hatte er vergessen, wie das Gesicht noch mal ging.

Bü-bü-Bülo!

Doreens Adresse führte Marcel in ein Neubaugebiet. Nicht wirklich neu, spätere DDR-Zeit. Zweifamilienhäuser wechselten mit biederen Bungalows, alle nachwendig frisch verputzt, viele mit gekacheltem Sockel, oft Plastikriemchen, die mit einem Hochdruckreiniger problemlos sauber gehalten werden konnten. Gepflegte Autos der Mittelklasse flankierten die Straße, sämtlich jüngeren Baujahrs. Aufgeräumt auch die Vorgärten. Mal abgeschirmt von Thujahecken und ausgelegt mit stark riechendem Rindenmulch. Oder die aufwendigere Version: üppige Blumenrabatten, farblich abgestimmt, halb erblühter Oleander an den kleinen Treppenaufgängen.

Hier wohnten Leute rund um den Jahrgang 1950, oder bereits ihre Kinder. Oder ihre Mieter gleicher Couleur. Jedenfalls ordentliche Leute, die nichts auf sich kommen ließen. Die ihr Geld verdienten, Steuern zahlten, Ausstellungen im Ortsbürgerhaus besuchten, seltener die Oper, die eine Krawatte binden konnten und den Nachwuchs auf Gymnasium schickten, notfalls flankiert durch teure Nachhilfestunden.

Doreens Haus, jedenfalls das, das sie bewohnte, war nicht übel. Ein flach ausferndes Koniferengewächs dominierte den Vorgarten. Rosen am Weg entlang der Hauswand, Tränendes Herz, etwas Oranges und etwas Blaues neben dem Zypressenflatscher. Ordentlich geharkter Boden. Vielleicht bearbeitet von Doreens Mutter? Oder der Vermieterin? Marcel fiel auf, wie spärlich seine Kenntnisse über Doreens Verhältnisse waren. Ob sie tatsächlich noch im Elternhaus wohnte? Es gab auf jeden Fall Gesprächsstoff, es würde nicht zu peinlichen Schweigeminuten kommen.

Zwei Kästen mit Geranien prangten vor den gardinenbehängten Fenstern im Erdgeschoß. Zwischen Glas und Gardinen je eine Orchidee, das hatten dieses Fensterpanorama mit den Fenstern der beiden Häuser links und rechts gemeinsam.

Im Obergeschoß hingen senfgelbe Stores. Da oben dürfte sie wohnen, Doreen. Es gab nur eine Klingel und kein Namensschild. Scheue Leute vielleicht, womöglich DDR-geprägtes Mißtrauen. Im Hof war ein Carport auf Waschbetonsteinen errichtet, audibestückt, Kennzeichenendung auf GM 53, das könnte Günther, Gerda oder Götz Meisner sein, Jahrgang 1953. Die Betonfliesen waren frisch gekärchert, man erkannte es an dem nur spärlichen Moos in den Fugen und an den hellen, fast leuchtenden Spuren, schneisenartige Hinterlassenschaften des Düse.

Marcel sondierte die Straßenflucht. Weiter hinten sah er Doreens Auto parken. Sie war anscheinend zu Hause. Marcel griff gewohnheitsmäßig in die rechte Hosentasche. Kein Aerosol diesmal, wozu auch? Durch die stickige Luft in seiner Wohnung war ihm entgangen, daß es frisch geworden war. Kurzes Schlottern. Marcel straffte sich und klingelte. Ein Frauengesicht erschien am Fenster neben der Orchidee, kurz darauf die ganze Frau an der Tür. Doreen mit sechzig, original! Resolut-freundlicher Gesichtsausdruck, beige Dreiviertelhose, an der strammsten Stelle der Waden endend, segeltuchartige Freizeitschuhe, die Bluse hing so, daß auf Hosenbundhöhe eine Handbreit Platz war zwischen Stoff und Haut, horizontal natürlich. Die Fülle des Oberkörpers hatte Doreen augenscheinlich geerbt. Halskette mit Klunker, Modeschmuck der besseren Sorte. Sicher war Frau Meisner ebenfalls Lehrerin, oder Oberschwester in einer Arztpraxis.

»Sie wollen zu Doreen, ja?« Frau Meisner winkte Marcel hinein und wies ihm den Weg zur Treppe. Oben gingen vom laminatvertäfelten Flur vier Türen ab, Buche-Nachbildung. Die zur Wohnküche stand weit offen, von der West-, der Gartenseite, fiel Licht hinein. Nett hatte sie es!

Eine Tür, offensichtlich das Badezimmer, war spaltbreit angelehnt, dahinter sprach Doreen. Sie telephonierte. Hörte Marcels Schritte, hielt kurz inne:

»Na, das ist aber eine Überraschung! Der frühe Vogel fängt den Wurm!« Sie lachte laut und herzlich. »Mach's dir gemütlich! Einen Moment, ich lackier mir noch kurz die Fußnägel! Und telefonier fertig!« Das lief erstaunlich glatt. Doreen hatte sein Kommen erwartet, nur vermutlich nicht exakt zu diesem Zeitpunkt. *Typisch ich: mach mir Gedanken, ob sie enttäuscht sein könnte, beleidigt. Oder erkrankt. Ob sie mich frustriert abgeschrieben hat. Diese muntere Reaktion, das paßt perfekt zu ihr. Wie hab ich sie so verkennen können? Sie ist nicht die Art Frau, die einschnappt, nur weil ihre Anrufe mal zwei, drei Tage im Nirwana enden.*

Marcel hörte Doreen aus dem Badezimmer lachen, glucksend, ausgelassen. Er nahm auf dem Sofa Platz, schwarzes Lederimitat. Ein großer, eigentlich sehr großer Flachbildschirm hing an der Wand, er lief ohne Ton.

Ein Mann im Businessanzug machte einer Frau eine Szene. Die hörte sich die Vorwürfe schweigend an, Arme verschränkt, Blick zum Boden. Der Mann gestikulierte wild, packte die Frau dann an den Schultern, wollte sie zwingen, ihn anzusehen. Sie ließ sich den Griff kurz gefallen, ließ sich scheinbar willenlos schütteln, aber das war ein Trick. Mit einem Ruck löste sie sich, blieb dabei im Augenkontakt und schritt, dem Blick nicht nur standhaltend, sondern ihn eisig zurückgebend, auf messerscharfen High-Heels zu einem Schreibtisch.

Eine Pistole! Nein, sie fischte einen Briefumschlag heraus.

Darin Photos. Die Kamera schwenkte auf das Gesicht des Mannes, zog es nah heran. Marcel sah, wie seine Augen sich weiteten. Wie er schlagartig die Fassung verlor. Die Arme sinken ließ. Das war sehr gut gespielt. Die Spannung übertrug sich auch ohne Tonspur. Die Frau warf furios den geöffneten Umschlag so auf die Schreibtischplatte, daß sich die Photos fächergleich ausbreiteten. Kurzer Schwenk auf die Bilder: Sie zeigten den Mann, auf einer Jacht, oberkörperfrei, und eine andere Frau, sehr jung, spärlich bekleidet, stand neben ihm. Massierte ihm den Rücken. Kniete auf anderen Photos über ihm, alles andere war nur für einen Sekundenbruchteil zu erkennen.

Marcel sah, wie der Mann, der jetzt, am Schreintisch stehend, den Geschäftsanzug trug, sich auf die Lippen biß. Wie er sich nur kurz die Hände vor die Stirn schlug und dann beschwörend im ich-kann-alles-erklären-Modus seine halberhobenen Händen gen Boden federn ließ. Schwenk auf die Frau mit den Stöckelschuhen. Triumphierender Blick. Dann schob sich Werbung dazwischen.

»Noch eine halbe Minute!«, rief Doreen fröhlich aus dem Nebenraum, Marcel hörte sie weitertelephonieren. Der größere Redeanteil lag deutlich bei Doreen. Marcel hörte aus Gründen der Dezenz nicht hin. Als er kurz, mehr unabsichtlich, lauschte, verstand er ohnehin nichts, es waren Plauderfetzen.

An der dem Fernseher gegenüberliegenden Wand, an die auch der Eßtisch aus hellem Holz gerückt war, hing eine kleine Folge gerahmter Bilder. Marcel stand auf, um sie besser anschauen zu können. Die Bilder zeigten Doreen. Drei braungebrannte, erholte Gesichter in Nahaufnahme auf einem Photo, Doreen in der Mitte, Benjamins Meike zur Linken, sie hielt die Kamera, man sah es am ragenden Arm. Das andere Farbphoto zeigte Doreen in einem Porsche-Cabrio, sie sah sehr fremd aus, mondän, mit starr frisierten Haaren und blutroten

Lippen. Wie ein Filmstar. Eine Frau, nach der man sich umdrehte, selbst, wenn sie in einem alten Opel Mazda säße.

Dann, in gleichmäßigem Abstand daneben, drei Schwarzweißaufnahmen, augenscheinlich von einem professionellen Photographen geschossen. Das erste zeigte Doreen in voller Größe von hinten. Sie trug ein schwarzes Spitzenhemd, das bis knapp unter ihre Hinterbacken reichte. Sie wirkte etwas schlanker, als er sie in Erinnerung hatte. Ihre Haare waren aufgetürmt, eine Locke fiel wie zufällig auf ihren Rücken, eine weitere ringelte sich an ihrer Schläfe herunter. Die fremde Doreen stand auf hohen Schuhen vor einer leicht geöffneten Tür, keine Tür dieser Wohnung, sondern eine schwere Barocktür mit verzierten Beschlägen. *Vielleicht die Tür zum Schlafzimmer ihres Exfreunds? Der Luftikus?* Doreen hatte den Kopf leicht in den Nacken gelegt und schaute sich *mit schwer deutbarem Blick* zum Betrachter um, zu Marcel in diesem Fall. Ihr Gesicht hatte weiche, sehr ebenmäßige Konturen. Sie war eine schöne Frau. Fast schöner, als Marcel sie in Erinnerung hatte. Die Erwartung eines realen Wiedersehens – in wenigen Minuten! – machte ihn ein wenig schwindelig. Er spürte, wie seine Hände, gerade noch weiß und kalt von der kühlen Frühsommerluft draußen, warm geworden waren. Das nächste Bild zeigte nur Doreens Gesicht, ihr Kinn ruhte auf ihren übereinandergelegten Händen, ihr Blick ging keck nach oben, ein Lächeln war angedeutet. Das wirkte halb frech, halb verträumt und ein bißchen gestellt. Ihre Nase, die Haut, sah porenlos glatt aus.

Das letzte Photo der Reihe war von oben aufgenommen und zeigte die nackte Doreen in gereckter Rückenlage, vom Bauchnabel bis zum Scheitel. Das heißt, ihr Haar war nicht gescheitelt, sondern lag wie ein heller Kranz aufgefächert rund um ihren Kopf. Doreens weißer Körper war auf Rosen gebettet, die Rosen wiederum auf einem weißen Laken verteilt. Locker, doch in üppiger Zahl. Doreens Hände, mit dunkel lackierten Nägeln, lagen auf ihren Brüsten, die rechte rechts, die linke links, ganz entspannt. Das sah nicht schamlos aus, sondern so, als gäbe es keinen Grund, sich zu schämen, weil sie die Grenzen des Darstellbaren ja souverän im Griff hatte. Doreen hatte die Augen geschlossen. Sehr lange, dichte Wimpern, die die Jochbeine fast verdeckten.

Marcel fiel ein, daß er keine Erinnerung an Doreens Wimpern hatte. Sie mußten atemberaubend sein. *Was für eine Wahnsinnsfrau!* Vermutlich war er zu aufgeregt gewesen damals in der Bar, und am Ende zu betrunken. Tolle Aufnahmen. Eine tolle Frau.

Nun trat sie live, leibhaftig, über die Schwelle. Marcel richtete sich wie ertappt auf. Sein Gesicht war heiß, das machte der Einfall der Abendsonne in die Wohnküche. Doreen ging barfuß, mit leuchtend hellblauen Fußnägeln, exakt der Farbton ihres kurzen Hängerkleidchens. Sie wirkte etwas fülliger als auf den Bildern. Standfester, weniger entrückt. Attraktiv, dies zweifelsohne. »Marcel! Du!« *Ihr Gesichtsausdruck ... erinnert mich an ... an – den Mann eben auf dem Bildschirm. Aber wieso? Sie sieht ihm nicht ähnlich, überhaupt nicht.*

Aus den Augenwinkeln sah Marcel, daß der Mann just im gleichen Moment wieder präsent war. Das Geflimmer von links irritierte ihn, lenkte ihn ab. Er trat hinter dem Eßtisch hervor. *Hand geben? Zunicken? Küßchen? Links, rechts?* Doreen wiederholte ungefähr ihren überraschten Begrüßungsruf von gerade eben:

»Marcel! Du! Na, das ist mal eine Überraschung!«

Ein vertrauter Geruch durchwehte den Raum. Das leicht stechende, letztlich nicht unangenehme Blütenparfüm vom Wochenende. Doreens Blick war schwer zu interpretieren, etwas Undurchdringliches *Geheimnisvolles* lag darin. Sie steuerte ohne den Umweg einer physischen Begrüßung an Marcel, der mit dem Rücken zur Photo-Wand stand, vorbei auf die Couch zu und ließ sich ins Polster sacken.

Sitzend, derart tief sitzend, hatten ihre Oberschenkel ein enormes Volumen. Als hätte sie Marcels Blick gespürt, als schämte sie sich ihrer Wucht, winkelte sie die Beine seitlich an und hockte in Kauerstellung. Nicht direkt lasziv, mehr in einer Mischhaltung, halb bequem, halb abwartend. Sekundenlange Gesprächspause, beide blickten kurz in Richtung Bildschirm. Dort wischte die Frau mit ihren Armen tobsüchtig über die Gegenstände auf dem Schreibtisch des Mannes, fegte aufgestellte Bilderrähmchen herunter, ein aufreizendes Wutgesicht. Der Mann stand am Fenster, fahl und verzweifelt, Blick hinaus. Es hatte zu regnen begonnen. Tropfen benetzten die Scheibe.

Marcel fiel ein, daß er gestern nach dem Aussaugen seines Autos vergessen hatte, den Regenschirm hinter dem Fahrersitz zu deponieren. *Typische Dusselei. Nachher finde ich wieder nur einen Parkplatz am Elbufer, und das nasse Hemd wird morgen säuerlich riechen.*

»Tut mir total leid, wegen meinem Telephon. Ich war ein paar Tage sozusagen nicht existent für die Außenwelt. Kommunikationstechnisch sozusagen völlig geirrt«, nahm Marcel den rissigen Gesprächsfaden auf und setzte stammelnd eine Korrektur des letzten Wortes hinterher. Er hatte nicht »geirrt« sagen wollen, sondern »ausgeschaltet« oder etwas Ähnliches. Die gleichzeitige Feststellung, daß es nicht draußen regnete, sondern in dem Beziehungsdrama auf dem Bildschirm, hatte ihn aus der Spur gebracht.

»Ach so«, machte Doreen, »ja. Gar kein Problem.« Sie gab sich wenig Mühe, den Faden stabiler werden zu lassen. Draußen meldete sich ein Vogel durchs gekippte Fenster, eindringlich. Bübü-bülo! Trotziger Ruf. Ein Pirol! Mit Vögeln kannte sich Marcel aus. Er tat zwei, drei Schritte zum Fenster *wohin mit den Armen? Verschränken?*

»Na, dann bin ich beruhigt. Ich war grad auf dem Weg und dachte, halt, Trachau, da machst du auf jeden Fall einen Abstecher zu Doreen!«

»Schön.«

Marcel sondierte das kleine Gartenstück. Ordentlich gemäht, ein Birnbaum am Rande. Da oben saß er, der Herr Pirol, gelb und prächtig. Herausfordernd: Bülo-Bülo! Keine Antwort. Allein Tauben funkten dazwischen mit ihrem einschläfernden Ruf.

»Und als ich irgendwann kapiert hab, daß mein Telephon nicht funktioniert, da hab ich's dann ein paarmal bei dir probiert. Hat anscheinend nicht geklappt.« *Ihr Verhalten, so spröde, setzt mich irgendwie unter Rechtfertigungsdruck. Benjamin hat gesagt, Frauen sagen manchmal »kein Problem«, meinen aber in Wahrheit »du kannst dir gar nicht vorstellen, wie ich mich dabei fühlte«. Ja in Frauensprache heißt nicht immer ja, und nein nicht unbedingt nein. Man muß zwischen den Zeilen lesen können.*

»Und wie war deine Woche so, bislang?« Doreen gähnte, unverhohlen. Marcel fühlte sich schuldig. *Es wird wieder eine Horrorwoche gewesen sein. Schulalltag am Vormittag, ewige Sitzungen bis in den Nachmittag, Elterngespräche und unkorrigierte Arbeiten. Und jetzt ich, mit dem Halbvorwurf, sie nicht erreicht haben zu können.* Er sah Doreen an. Sie blutete. Über dem rechten Auge. Nicht schlimm, aber deutlich sichtbar.

»Du blutest, Doreen! Da, an der Augenbraue!«

Doreen verdrehte die Augen nach oben. Marcel fielen die Wimpern ein. Doreens Wimpern erschienen ihm völlig normal. Hübsch, ja, aber nichts Dramatisches. Auf dem Rosenphoto hatte das ganz anders gewirkt.

Doreen rieb an ihrer rechten Augenbraue, wischte das Blutströpfchen weg.

»Hast du dich gestoßen?« Doreen verdrehte wieder die Augen. Die Blutung war gestillt, sie war nur minimal gewesen. Keine Panik, sie habe sich bloß die Augenbrauen gezupft. *Augenbrauen gezupft? Macht man das? Und wenn man das unterläßt? Wuchern die dann das Lid herunter? Seltsame Vorstellung.* Im Fernsehen standen sie nun Aug in Aug, beide zornbebend. Der Mann hatte wilde Augenbrauen, über der Stirn sich vereinend. Verrückter Zufall. Ob Doreen ohne Gezupfe solche Augenbrauen hätte?

»Wie meine Woche war? Och. Vorgestern war ich mit Helge und Merit im Kino. Gestern Dart spielen. Grad hat Merit angerufen, da gibt es Probleme mit der Baufinanzierung. Schwierige Verhandlungen mit der Bank.«

Marcel kannte weder Helge noch Merit. Sollte er? Gehörte Helge zu Merit? Er war sich fast sicher, beide Namen waren noch nicht gefallen. *Nachfragen? So tun, als seien Helge und Marit stehende Begriffe?* Wieder der Pirol, insistierend: Bübü-bülo! Bülo! Marcel lächelte in Richtung Fenster. Doreen erhob sich unwillig und träge. Ihre Hüften zeichneten sich unter dem Hängerkleidchen ab.

»Die Scheißvögel nerven!« Sie schloß das Fenster. Kam zurück, nahm die alte Position ein. Gähnte abermals, fast genüßlich, handlos, räkelte sich dabei. Es wogte behäbig unter dem Stoff des Kleids. *Sie mußte ja auch müde sein! Bei dem Beruf! Sie hatte gerade zu ihrem wohlverdienten Entspannungsprogramm angesetzt. Wollte mal alles baumeln lassen. Und jetzt platz ich rein, unangekündigt. Der Typ, der tagelang nicht erreichbar ist, steht auf einmal im Wohnzimmer und will sich unterhalten.* Eine Tür knallte heftig. Marcel zuckte zusammen. Mit Verzögerung wurde ihm klar, daß er den Knall nicht gehört, sondern nur gesehen hatte. Die ultimative Szene im Fernsehen, bevor wieder eine Produktwerbung sich ins Bild drehte.

»Bei mir war's nur mäßig anstrengend die Woche über«, versuchte Marcel den Gesprächsfaden wieder zu knüpfen, »ich ...«, Doreen griff zur Fernbedienung, beugte sich vor. Blaßrosa Fleisch beulte das Oberteil aus. Doreen scrollte die Programmleiste rauf. Marcel war froh, nicht Platz genommen zu haben, sich breit gemacht zu haben. Jetzt aufzustehen, wäre einer Zäsur gleichgekommen, das hätte etwas Entschiedenes gehabt. Vielleicht eine zu dramatische Geste. Es hätte gewirkt, als sei er verärgert, vielleicht. So aber stieß er sich nur leicht von der Wand ab. Sagte, er müsse weiter, habe nur kurz Hallo sagen wollen. Und er sei ja jetzt unter seiner bekannten Handynummer erreichbar. Sie solle sich doch melden, vielleicht am Wochenende? Oder er würde anrufen.

Nein, sagte Doreen, *sie* würde sich melden. Er fände sicher den Weg raus? Natürlich fand er ihn, er lächelte, sie lächelte zurück, eigentlich ein liebes Lächeln. Grübchen in beiden Wangen. Sie winkte von der Couch aus, kokett, mit kleinen, schnellen Handbewegungen. *Süß.*

Unten an der Haustür stand wieder Frau Meisner senior. Sie hatte Wasser- und Bierkästen am Außentreppchen gestapelt, offenkundig gerade aus dem Keller geholt, Leergut. Marcel half, sie in den Audi-Kofferraum zu verstauen.

Doreens Mutter freute sich, sie war zugewandt und freundlich. Kein Wunder für Marcel, bei der Generation fünfzigplus hatte er immer einen Bonus. Schwiegermütter in spe mochten ihn, seit je. Wußte er. Nutzte ihm nicht viel.

Immerhin, er hatte Glück. Es regnete nicht, die Luft war eher wärmer geworden. Er bugsierte sein Auto aus der Parklücke, das dauerte eine Minute, die Wagen parkten hier dicht an dicht, es gab kaum Lücken. Noch während des Vorgangs hielt einer blinkend hinter ihm auf der Straße, der in den Freiraum wollte, den Marcel nun hinterließ. Marcel rotierte am Steuer, nach vorne und rechts, dann wieder zurücksetzen, erneut nach vorne und rechts, bis er an seinem parkenden Vordermann vorbeipaßte. Er schaute in den Rückspiegel und hob entschuldigend und wie kollegial die Hand. Der andere hob ebenfalls die Hand und nickte grüßend. Netter Typ, tolles Auto. Nagelneuer Dreier-BMW. Im Rückspiegel sah Marcel, wie er geschickt und ohne Lavieren im Rückwärtsgang einparkte. *Manche haben's drauf.*

Als Mann wird man nicht geboren

Zum *inner gaming* könne auch gehören, sich grundsätzlich ohne Navigationsgerät zu orientieren: ein Tip von Benjamin aus seinem umfänglichen Pickup-Dossier. »Dein Navi nimmt dir keine lästige Arbeit ab, sondern Kompetenzen, die dir zu Lasten deiner Männlichkeit fehlen werden.« Der Du-Ton war üblich, wo Abschleppmeister Breviere für ihre Abschlepplehrlinge formulierten.

Die Sache mit dem *inner game* war eine der Essenzen aus dieser sicher fragwürdigen Pickup-Schule, die Marcel für plausibel hielt: Nicht all die Strategien und Kniffe, die Eröffungssätze und Neckereien waren »im Endeffekt« entscheidend für den Erfolg. Nein, es kam auf den inneren Kern an. Auf Selbstbewußtsein und Ausstrahlung. Was dem einen in die Wiege gelegt wurde, konnte sich ein anderer immerhin erarbeiten. Als Mann wird man nicht geboren, zum Mann wird man erst! Männlichkeit galt als Potential, das der Erschließung harrte.

Sich ermannen, das war eine Wendung, für die es auf weiblicher Seite ersichtlich kein Gegenstück gab. Frau sein, das hieß, den Vorgaben der Natur zu folgen. Mann sein, Mann werden, das war Kultur, Re-Kultivierung in heutigen Zeiten. Eine komplizierte und anstrengende Geschichte! Der Weg zum Alpha-Mann war dornig und hart. Zumal für einen, dem mit körpergrößevortäuschenden Schuheinlagen nicht geholfen war.

Ob man etwas vorgeben kann, das man in Wahrheit nicht ist? Kann man durch Willenskraft und Psycho-Training vom Delta- zum Alpha-Mann werden? Wäre das nicht ein Kampf gegen die Natur? Jeder Topf findet seinen Deckel, nicht wahr? Gleich zu gleich gesellt sich gern, na sicher ... Marcel bezweifelte das »gern«. Er fragte sich, was mit jenen Deckeln sei, die nur auf einen mittelschönen Topf paßten. Er kannte viele »Gamma«-Männer. Gamma-Männer hatten meist Gamma-Frauen. Vielleicht waren die Gammas unter sich vollends glücklich? Vielleicht? Mit gewaltigen Fragezeichen! Das war eigentlich schwer vorstellbar. Würde nicht jeder Gamma-Mann im Grunde eine Alpha-Frau vorziehen, ein HB 8? Oder umgekehrt: Eine Frau ohne Hot-Babe-Status würde kaum von einem Alpha-Mann geangelt werden. Sie würde sich mit einem mittelprächtigen Kerl bescheiden. Das wäre adäquat, das war realistisch. Aber würde sie nicht lebenslang den Traum hegen, in der Partnerwahl doch noch eine Stufe aufzusteigen?

Doreen war süß, sie war patent. Und photogen, das auf jeden Fall! Marcel grinste in sich hinein. Sie hatte was zu bieten! Angenommen – rein hypothetisch –, es gäbe ihrerseits keine Widerstände betreffs einer ... einer Verpartnerung mit Marcel: Könnte er dann reinen Herzens, *mal ganz zu Ende gedacht,* sagen, er hätte in Doreen seine Traumfrau gefunden? Oder war das überhaupt ein kindischer, abgeschmackt-romantischer Gedanke? Würde mit den Monaten, Jahren, Jahrzehnten, die man gemeinsam verbrachte, gleichsam automatisch etwas heranwachsen, Liebe also, die sich den Teufel scherte um Wunschbilder und Kategorien?

Benjamin, das war klar, hatte in dieser Hinsicht den größeren Durchblick. Erst kommt die Arbeit, dann die Romantik, dann allerdings auf hohem Niveau. Alpha-Niveau, im besten Fall. Evolutionstechnische Dynamiken ließen sich nicht hintergehen, sagte Benjamin. Das sei keine Geheimwissenschaft, kein Modedenken. It's nature, stupid! Drum die Arbeit an sich selbst, das *inner game* ... *Benjamin, du Gernegroß!* Marcel dachte mit brüderlicher Zärtlichkeit an den Freund und dessen Eifer in Sachen Enhancement, zu deutsch Selbstverbesserung.

Benjamin hatte sich, seit Marcel ihn kannte, mit dem Gedanken getragen, sich eine Tätowierung zufügen zu lassen. Irgendwas, das bliebe, ein radikaler, nicht revidierbarer Schritt, ein Ausweis der Arbeit an sich selbst. Benjamin hatte lange mit der Option eines buchstäblichen Zitats geliebäugelt. Diverse Liedzeilen waren in Betracht gekommen, Favorit war über Monate der Kehrreim von Panteras *Fucking hostile*. »To see / to bleed / Cannot be taught«, und so weiter, bis »we stand alone«. Benjamin hatte es sich von seiner damaligen Flamme probeweise mit Graphitstift aufmalen lassen, zwischen den Schulterblättern beginnend, sich ein Stückchen herunterziehend, acht Zeilen. Die Idee war verworfen worden »im Endeffekt«. Der Text wirkte weniger prägnant, wenn man die Musik nicht dazu hörte, Musik, die Marcel Angst machte, wenn er ehrlich war. Dann hatte Benjamin das eine oder andere Nietzsche-Zitat erwogen, oder was von Spengler.

Der Typ – Benjamin sagte: Kumpel – aus dem Tattoo-Laden hatte abgeraten. Erstens seien Benjamins Vorschläge »relativ behämmerte Zitate«, zweitens wirke so was nur, wenn es quasi untergehe in einem bunten Haufen an Gemälden und Symbolen, und ob Benjamin das denn vorhabe (nein), drittens sei die Zitattätowiererei sowieso ein Weiberphänomen. Benjamin hatte es gut sein lassen.

Seit ein paar Monaten trug er ein wirklich hübsches keltisches Muster um den Oberarm, das soviel wie »unverbrüchliche Treue, Mannhaftigkeit, Kampfesmut« bedeutete. Das würde auch in dreißig Jahren noch nicht peinlich sein.

Die Sache mit dem *inner gaming* war weit auslegbar. Logisch, daß so eine Tätowierung nur eine sehr äußerliche Panzerung war. Auch Benjamin machte sich darüber keine Illusionen. Sich ermannen, das war im Endeffekt ein Prozeß, der sich im Kopf abspielen mußte.

Immerhin: Die Frage nach der Orientierungsfähigkeit beantwortete Marcel souverän. Den Weg zur Wagnervilla in Gaulitzsch fand er gut aus der Erinnerung. Leichte Hanglage, vorbei an teils verfallenen, teils mondän restaurierten Industriellenvillen; ein kopfsteingepflasterter Zuweg führte zu Eugens Anwesen. Das Grundstück war von einer massiven, teils bröckelnden Natursteinmauer umgeben, Bäume und Sträucher in Wildwuchs umrandeten das Mäuerchen von innen. Das Haus selbst war von der Zufahrt her nicht zu erkennen. Marcel parkte direkt an der Pforte. Ein Mauerbogen, ein paar Stufen, durchgetreten, mit Absprengungen und bröckelndem Mörtel, ein eisernes Tor, leicht rostig.

Ob er einfach eintreten sollte? Eugen hatte immer Hunde gehalten. Wie war das, als er zuletzt in Gaulitzsch war? Marcel konnte sich nicht mehr erinnern. Alberne Angst, beschloß er. Beherzt drückte er die Klinke nieder und trat ein. Keinen Meter entfernt, als hätte es hinter der Mauer gelauert, erhob sich etwas Weißes. Schweinsgroß, gedrungener Körperbau, stiernackig. Es gähnte. Zeigte Zähne, Eckzähne, gigantische! Definitiv ein Hund. Und zwar alles andere als Millies Format. Ein Kampfhund! Während sich das Untier schüttelte, machte Marcel drei, vier behende Schritte rückwärts, der vierte war einer zuviel. Er stolperte das Treppchen herunter und beglückwünschte sich zu seiner Geistesgegenwärtigkeit, im Straucheln die Klinke wieder ins Schloß gezogen zu haben.

Der Hund gab keinen Laut, er legte sich – *duckte sich, zum Absprung?* – vor der Pforte nieder, knurrte leise. Sein kurzhaariger Schwanz wedelte dabei über den Boden. *Schwanz-*

wedeln bedeutet freundliche Gesinnung, aber die Ohren? Sind die nicht zurückgelegt? Heißt das nicht: Achtung!?

Marcel stand mit hängenden Armen da, eine Minute, zwei, drei. Versuchte eine freundliche Konversation.

»Bist ein Guter, jaa, ein gaaanz Lieber, stimmt's, du läßt mich aartig vorbei, du Guuuter, Liiieber?« Als er abermals zur Klinke griff, erhob sich der massige Hundekörper erneut. Nicht eindeutig in feindseliger Absicht. Eugen würde sich keine aggressiven Tiere halten. Hatte er nicht nötig. War nicht der Typ für sowas. Obwohl –? *Zum Auto gehen, Telephon nehmen, Eugen anrufen: »Hi, altes Haus, stehe vor deiner Tür, ich wage mich nicht ungefragt an deinem Schoßhund vorbei, oder soll ich den einfach ignorieren?« Dabei betont lokker und halbironisch rüberkommen. Nee. Eugen durchschaut gekünstelte Halbironie. Wird er als Angst erkennen. Bloß nicht das alte Rollenmuster reaktivieren. Marcel, der alte Feigling! Besser: Noch mal eine Runde fahren, dann von der Ortsmitte aus anrufen: »Hi, altes Haus, erklär mir noch mal kurz den Weg von der Post zu Deinem Schloß!« Nee. Eugen würde spotten: »Ah! Wer war beim Bund und müßte die Kunst der Orientierung doch verinnerlicht haben?«*

Marcel stand und versuchte, den sich freundlich tarnenden Hund nicht anzuschauen. Hunde, denen man in die Augen schaut, werden aggressiv. Millie nicht, klar, Millie war ein Sonderhund gewesen. *Gaanz ruhig, bloß kein Angstschweiß! Die riechen das.* Marcel trat, um die Situation zu entspannen, einen weiteren Schritt zurück. Er stand nun erneut auf dem Kopfsteinpflaster. Gegen das Beklemmungsgefühl in der Lunge mußte er was tun. Tief ausatmen, geräuschvoll und so, daß die Lippen ein wenig blubberten, das half. Das hier war kein Fall für das Asthmaspray.

Gelbe Blümchen wuchsen aus den Mauerfugen. Eine Efeumatte schwappte von oben herab. Massen von Efeu, fein geädert, ein einziger dionysischer Schwulst. Die Mauer war auf ganzer Strecke grün berankt. Drinnen summte es. Es summte fast unmäßig. Marcel bemerkte das Geräusch erst jetzt, während er sich darauf konzentrierte, den Hund nicht anzuschauen und dennoch zu beobachten. Das Törchen war ziemlich niedrig, es füllte nur das untere Drittel des Mauerbogens aus. Mit Anlauf würde ein Hund, der es drauf anlegte, drübersetzen können.

Es summte geradezu extrem laut in der Efeuwand, wie hatte er es vorher überhören können? *Am Ende ein Wespennest? Nein, die Körperchen hatten nicht dieses grellere Wespengelb, sie waren kompakt. Was da rein und rausflog ins grüne Dickicht, das waren doch Bienen? Oder? Wespen hatten doch diese Kerbe zwischen Kopf und Leib. Oder war es umgekehrt? Aber was treiben Bienen im Efeu? Efeuhonig, das gab es doch nicht, oder?*

Ein Stich gehörte nicht gerade zu den Dingen, die Marcel jetzt brauchen konnte. Er trat einen halben Schritt zurück und fixierte die Ranken neben der Klinke. Manche der feinen Würzelchen hingen in der Luft. *Ob sie dann absterben? Die Blätter sind auch dort noch grün. Worin finden die eigentlich Halt? Im Mörtel? Im Stein gar? Kann man auf etwas wurzeln, also ohne Erde?*

Marcels prüfender Blick fand noch etwas anderes, verdeckt von Ranken. Oberhalb des halb überwucherten schmiedeeisernen Geländers befand sich eine dunkle Plastikapparatur, rechteckig, in einer in den Stein gedübelten Halterung. Eine Klingel! Mit Freisprechanlage! Marcel drückte das schwarze Knöpfchen. Ziemlich weit weg ertönte ein Geräusch, eine Melodie, ein Gesang gar. Ein Musikfetzen, der Marcel bekannt vorkam, entfernt bekannt. Die Takte wiederholten sich: »Jollolohe! Hussassahe!«

Mit spitzen, fahrigen Fingern hob Marcel die Efeuausläufer an, um zu schauen, ob sich der Knopf der Funkklingel irgendwie verkantet hatte. Hatte er nicht. Marcel nahm die Hand schnell aus dem grünen Gelappe und schüttelte sie aus.

Der Hund wirkte taub, wohl eine Masche. Sehr nah und deutlich über Marcels Kopfhöhe ertönte nun eine Stimme: »Einfach reingehen! Rechts lang, und Tor bitte schließen.«

Jollolohe! Hussassahe! Marcel schirmte mit der Hand den Blick gegen die zerstreut einfallenden Sonnenstrahlen und hob den Kopf: Im Geäst einer der beiden pyramidenwüchsigen Eichen, die die Pforte im Grundstücksinnern auf beiden Seiten flankierten, saß beinebaumelnd in einem Holzverschlag auf beachtlicher Höhe: Nora, blondzöpfig. Marcel rang um Fassung. Eugens Frau mußte ihn seit Ewigkeiten beobachtet haben. *Wie peinlich. Wie überaus beschämend! Aber ... es war auch ... unverschämt. Ja, so durfte man es durchaus nennen. Eine Familienmutter im Baumhaus, im Ausguck, das war doch ...*

Marcel trat ein. Der Kampfhund erhob sich träge und schnüffelte ihm hinterher. Marcel wandte sich um – nicht, daß das Tier urplötzlich aus einer perfiden Taktik heraus zum Sprung ansetzte! – und grüßte, um diese Attentatssorge zu verschleiern, im Weitergehen nachträglich in Richtung hinten oben: »Schönen guten Tag auch!«

Jollolohe! Hussassa ... Die Musik erstarb, als Marcel bei der zum Park hin ausgerichteten Hausfront angekommen war. Eine verandaartig sich öffnende, niedrige Freitreppe führte zur ornamentverzierten Haustür, die halb offen stand. Marcel hörte Schritte, anscheinend aus dem Treppenhaus, das würde Eugen sein.

Noch vor Eugen erschien ein weißer Blitz, ein Kugelblitz. Ein weiterer Kampfhund. Der Blitz stürzte auf Marcel zu, sprang hoch; Marcel schützte instinktiv seine Kehle. »Dreck! Aus! Dreck! Sitz!« Das war definitiv Eugens Baß. Augenblicklich setzte sich der Hund, doch eher ein kleines Kaliber, und wandte den Blick demütig zur Tür. Sein wuchtiger Gefährte nahezu gleichen Aussehens, artig hinter Marcel herdackelnd, kam heran, schnüffelte kurz an dem kleineren, setzte sich ebenfalls und nahm dieselbe Blickrichtung ein.

Eugen trat ins Türlicht. Herzliche Begrüßung, kräftiger, aber nicht übertrieben druckvoller Handschlag, kleiner Hieb auf Marcels Schulter. »Pünktlich auf die Minute! Ganz der alte Preuße, wie eh und je, grüß dich!« Eugens blonde Mähne war einer Glatze gewichen, ein Mehrtagesbart stand ihm um den Mund und an den Wangen. Die kurze Lederhose kannte Marcel noch aus der Schule. Das hellgraugrüne Leder hatte einen dunklen Fleck neben dem Latz, handgroß. Marcel hatte sich das tief eingeprägt. Andere Leute wären, wenn nicht schon aufgrund der seit Jahrzehnten komplett unmodischen Hosenart, dann doch wenigstens wegen des Flecks aufgezogen worden. Eugen hätten Hänseleien nie auch nur das Mindeste anhaben können, und dieses Bewußtsein strahlte aus: Keiner hatte je ein Wort über die dunkle Stelle verloren. Drüber ein weißes Unterhemd, Feinripp, und eine abgeschabte Arbeiterweste mit allerlei teils sichtbar bestückten Täschchen.

»Du guckst so? Gibst du mir grad innerlich Noten? Gibt das eine Reportage?« Marcel zog gekünstelt die Augenbrauen zusammen und nahm den neckenden Ton auf. »Bist du Eugen? Nein, oder? Irgendwie hab ich dich ganz anders in Erinnerung!«

Eugen lachte und fuhr sich über das glatte Haupt. »Ha! Das hier ist ganz frisch. Im Ernst, ich fühl mich selbst wie ein anderer Mensch. Du kennst noch diesen flotten Spruch der Westlinken, von wegen ›wir sind die Leute, vor denen uns unsere Eltern immer gewarnt haben‹? Genau so komm ich mir vor ohne die Zotteln. Wie ein Staatsfeind, ein Radikaler. Ich ertapp mich schon, wenn ich in den Ort geh, daß ich so ein halbentschuldigendes Grinsen aufsetze, damit sich die Leute nicht erschrecken …«

Marcel mußte lachen. Eugen war, haupthaarlos, ganz der Alte. Vielleicht eine Spur hagerer. »Ja, in der Tat, beeindruckend. Dürfte praktischer sein, so, grad im Sommer, oder?«

Eugen winkte grinsend ab, »hör bloß auf! Sommer! In Samsons Haar lag das Geheimnis seiner unbezwingbaren Stärke! Neenee, unter uns: es war nicht der Sommer. Es war das Alter. Lange Loden und dabei Geheimratsecken bis sonstwohin ..., nee. Ich bin ja kein Liedermacher. Weg mit dem Zeug, hab ich mir gesagt. Der, hm, monströse Effekt war mir ehrlich gesagt nicht ganz klar.«

Hinter Eugen trat Nora aus dem Flur. Nora? Schien sich umgezogen zu haben. Schwarzes Top, schwarze Shorts. Vorhin, auf dem Baumhaus, hatte es noch rot geleuchtet. Mit leichtem Abstand – Nora war kein Küßchen-Typ – streckte sie ihm die Hand entgegen. Harte Hand, schwielig und kühl, aber ein herzliches *spöttisches?* Lächeln.

»Eine nette Begrüßungsfanfare habt ihr übrigens«, sagte Marcel. Es sollte nicht wirken, als habe er es nötig, sein minutenlanges und von oben beobachtetes Rumstehen vor der Pforte zu überspielen.

Augenverdrehen sowohl bei Eugen als auch bei Nora. »Oh ja, hör auf, die Holländer-Klingel ... Die hat uns ein Bayreuther geschenkt, ein Freund, der gerade ein paar Tage hier war. Der fand es beim letzten Mal unmöglich, daß wir nur so ein armseliges Glöckchen da hängen haben«, Nora wies auf eine bronzene Glocke mit Seilzug, die jetzt vor der eigentlichen Haustür befestigt war.

»Das hat der sich nicht nehmen lassen, das schöne alte Ding hierher zu montieren und vorne ein Hightech-Gerät zu installieren ... Die Kinder finden's toll ...« Nora tat eifrig, es war ironisch gemeint: »Und, paß auf! Wir können jetzt wählen: zwischen dem Holländer, dem jollo-tohe aus der Walküre und einer Lohengrin-Passage! Und falls uns das nicht genügen sollte, können wir mit wenig Aufwand etwas anderes als Klingelton draufspielen, eine Merkel- Rede oder Hyänengeheul. Kann man das glauben?«

Marcel lachte und hob unentschieden die Schultern. Der weiße Kugelblitz schnupperte an seinen Schuhen. Marcel bückte sich und streichelte seinen Nacken, *Schweinenacken.*

Er ließ sich von den Gastgebern noch eine Ecke weiter ums Haus führen. Der Urwald war hier vollends gelichtet. Vor einer gepflasterten Terrasse erstreckte sich ein beträchtlicher Gemüsegarten. Daran schloß sich ein Stallgebäude an. Marcel kannte den Schuppen. Damals wuchsen schmale Birkenstämme durch das löchrige Dach. Jetzt war die Stallung neu gedeckt (»Biberschwanz, handgestrichen, aus einem Abrißgebäude in der Nachbarschaft aufgesammelt«, erklärte Eugen), rechts davon lag eine Weide, zwei Pferde darauf, links ein kleiner Reitplatz.

Ein wuchtiger Holztisch auf der Terrasse war gedeckt, es gab Kaffee und Erdbeerkuchen. Die Kinder kamen vorbei und nahmen sich, bedienten sich an der Sprühsahneflasche. Bedienten sich überreichlich, machten Blödsinn, kreiierten sich Bärte aus Sahne und machten grobe Späße. Die mit den weißblonden Zöpfen und der knallroten Bluse, das war Gerhild. Die älteste, die wahre Baumhausbewohnerin. Ein freches Ding mit kalten Augen, hünenhaft und schlaksig, ihrer Mutter wie aus dem Gesicht geschnitten. Die Herrin der Sprühsahne. Autoritär und handgreiflich rationierte sie den Verbrauch ihrer jüngeren Schwestern.

Bald tobte ein Streit um die mittlerweile leerzischende Flasche. Wegen dieses Drunterunddrübers war längere Zeit kein konzentriertes Gespräch unter Erwachsenen möglich. Marcel fühlte sich fehl am Platze. Die Wortgefechte der Mädchen machten ihn ratlos und verlegen. Irgendwann verabschiedete sich Nora, die Augen zu Schlitzen geformt: »Ich geh mal, erziehen.«

Mit Ortlind, am Ärmel gepackt, und Waltraud, an der Hand geführt, zog sie zornigen Schrittes von dannen. Die beiden Großen trollten sich Richtung Stall.

Die beiden Männer, rötlich-braun der eine, büroweiß der andere, lehnten sich in den Gartenstühlen zurück und atmeten durch.

»Ja, die Kinder ... Man kann sie kaum ertragen und möchte sie doch nicht missen, keinen Tag ... Ein Kinderloser wie du hat keine Ahnung ...« Das war als großer Seufzer dahingesagt, nicht als Triumph.

Marcel fühlte sich getroffen. Er fühlte sich bemüßigt, die Situation in einen Witz zu retten: »Ich hab mir vorgenommen, ich werd mal ein sogenannter später Vater. Und dann mache ich mit fünfundsechzig meine heitere Großreportage übers nachgeholte Glück ...« Eugen brummte ein Lachen und schwieg. »*Sag mal, du heißt jetzt Rosenbaum?« Das wärs!*

»Und, mit eurem Homeschooling, das geht so glatt durch? Keine Probleme mit Vater Staat?«

Eugen verkniff anwehrend das Gesicht. »Nenn's bitte nicht Homeschooling, nenn es meinetwegen Heimunterricht. Praktizieren wir aber gar nicht. Hier herrscht kein Lehrplan!«

»Ich dachte, so wäre der Plan in etwa gewesen, Nora unterrichtet, und du ... –«

»Nora unterrichtet! Ha, das tut sie manchmal! Das darf man aber im Detail niemanden weitererzählen. Tiger-Mom ist nichts gegen Noras Avancen! Wenn Nora unterrichtet, dann ist hier die Hölle auf Erden! Du kennst ihren Ehrgeiz nicht! Ehrgeiz bei gleichzeitigem pädagogischen Unvermögen!« Eugen lachte gutmütig. Er überspitzte die Sachlage, das war klar. »Das muß du wissen: Nora geht strikt davon aus, daß unsere Kinder allesamt hochbegabt sind. Und zwar in allen Bereichen. Wenn Nora mal ein, zwei Stunden wirklich unterrichtet, dann muß ich eine weitere Stunde den Seelentröster machen –

erst für die Kinder, dann für Nora, die an der Dummheit ihrer Töchter verzweifelt.«

Nora war inzwischen dazugetreten, einen wassergefüllten Eimer mit Bierflaschen über den Arm gehängt. »Für dich alkoholfrei, ja, Marcel?« Unschlüssiges Nicken von Marcel. »Lieber nichts riskieren? Schon recht so.« Nora stellte den Eimer in den Schatten des wilden Rosenbuschs, dessen Zweige über die Gartenstühle ragten. Sie ging barfuß und kniete sich nieder. Die Sehnen an ihrem sonnenverbrannten Nacken traten deutlich hervor. Die Haare drüber hatte sie zu einem ungeordneten Knäuel hochgebunden. Auf der Bierbank stand eine Platte mit Grillgut parat. Nora spickte das Fleisch mit Gewürzen. An ihren Fersen, hockend hochgereckt, Marcel wollte nicht genauer hinschauen, klebte etwas Bräunliches. Die Gänse zogen frei durch den Garten, im immergleichen Rhythmus: Fünf Schritte, Hals strecken und zischen, ausscheiden.

»An deinem linken Fuß klebt Kacke.« Das kam von Eugen. Marcel wurde rot.

»Ich weiß, mit Absicht. Das soll gegen die Warzen helfen,« gab Nora zurück. Marcel imitierte ein Grinsen und schaute hinunter auf das Pflastermosaik.

»Marcel?« Nora forderte seinen Blick *ich bin immer noch rot, dabei gibt es keinen Anlaß, Tierkot ist etwas ziemlich Natürliches und Warzen sind keine Intimgeschichte, ich bin ein weicher, bleicher, schmalbrüstiger Städter mit gut geputzten Schuhen, und der Verdacht, daß ich nicht wüßte, wie es zugeht im wahren Leben, trifft exakt zu.* »Das war ein Witz. Hallo, Marcel: Ich habe keine Warzen. Bin versehentlich in was reingetreten. Ist aber nicht soo entsetzlich. Gänse sind ja Pflanzenfresser. Ich geh mir gleich die Füße waschen und zieh mir Sandalen an.«

Nora stellte drei Bierflaschen auf den Holztisch.

»Öffner hab ich vergessen. Marcel kann das sicher mit den Zähnen, oder?« Marcel grinste schief *nicht rot werden,* Eugen fingerte ein Feuerzeug aus der Hosentasche hervor und setzte es an den Kronkorken an. Nora griff den Gesprächsfaden auf, den sie vorhin durch ihr Erscheinen selbst zerrissen hatte.

»Aber jetzt erzähl nur weiter«, spöttelte sie im strengen Ton derjenigen, die eine unstatthafte Unterhaltung belauscht hatte, »erzähl ruhig, wie deine hysterische Frau ihren Sklaven Mores lehrt!«

»Soll ich?« Eugen schaute immer noch Nora an, breit grinsend. »Also, das geht in etwa so zu: Ortlind werden, sagen wir, zehn Aufgaben aus dem Ein-mal-Eins gestellt. Einmal Vertun ist gratis, für jedes weitere Versagen muß sie am Reck hangeln«, Eugen deutete auf die Schaukel- und Turnkonstruktion in einer Ecke des Gartens. »Ortlind ist übrigens ein Sport-As. Mittlerweile. Muß ich mehr dazu sagen? Oder: Gerhild soll geschichtliche Ereignisse erzählend in eine chronologische Reihe bringen. Sagen wir, Goethes Geburt, Französische Revolution, den Siebenjährigen Krieg, Völkerschlacht. Gerhild verwechselt Goethe mit – mit wem noch mal?«

»Mit Nietzsche. Und zwar zum dritten Mal, und völlig planlos«, seufzte Nora.

»Gut.«

»Nein, schlecht!«

»Gut, und weil das extrem schlecht und schäbig und gedankenlos war und ohne jedes Verständnis für alle Zusammenhänge,« Eugen warf Nora einen theatralischen *richtig so?*-Blick zu, »muß Gerhild dann ein ausgewähltes kleines Stück Goethe und ein ausgewähltes kleines Stück Nietzsche lesen und dann aufschreiben ...«

»Nur mitteilen! Mündlich!«, warf Nora ein,

»... also erklären, warum Nietzsche einer anderen Epoche angehört als Goethe.«

»Na, das klingt doch sehr ambitioniert,« sagte Marcel ratlos. »Und Gerhild ist – vierzehn?«

»Dreizehn. Aber ich sag ja: Wir machen keinen Heimunterricht. Das sind so Phasen, wenn es mal durchgeht mit Nora. Oder wenn diese Kompetenztests anstehen. Die werden in bestimmten Klassenstufen durchgeführt, unbenotet. Da machen unsere dann mit. Wir haben denen vom Amt angeboten, daß unsere Mädels jeweils zum Schuljahresende irgendeine Prüfung absolvieren könnten. Das wollen die nicht. Die Bürokratie gibt so was nicht her. Über ihr Tun und Lassen breiten wir einen Mantel des Stillschweigens, so heißt es. Was uns recht sein soll! Bei diesen Kompetenztests dürfen die Kinder aber mitschreiben. Lief immer gut. Hervorragend sogar.«

Eugen hob neckend das Kinn. »Ohne Fleiß kein Preis, stimmt's!« Er beugte sich vor und strich über Noras Wange. Die wich zurück und bleckte maliziös die Zähne. Marcel erschienen sie unnatürlich groß, die Zähne.

»Ganz im Ernst: Unsere Mädels haben einen großartigen Lenz, die meiste Zeit über. Spielen viel, machen Musik, hören Musik, reiten durch die Gegend, wenn sie nicht den härtesten Dressurunterricht Deutschlands erhalten. Nora macht das wirklich gut. Gerhild ist schon Leistungsklasse M geritten, bei den Mitteldeutschen! Noras Verdienst! Als jüngste Teilnehmerin bei den Junioren!« »Ähm«, machte Marcel ahnungslos, Nora fiel ihm ins Wort:

»... und als Letztplazierte, und zwar mit Abstand!« Noras schneidende Stimme kam aus dem Abgrund der Vergeblichkeit. Nora war die gnadenloseste Rektorin aller Gaulitzscher Privatschulen.

Marcel war unsicher, ob er diese Härte und überhaupt diesen Weg als bewundernswert oder unangebracht beurteilen sollte. Seine eigene Schulzeit war gewiß härter gewesen als Dressurstunden bei Nora. All diese seelischen und geistigen

Verkrampfungen! Hausunterricht bei Maman – das hätte definitiv gut gepaßt. Hatte sie nur keiner drauf gebracht, Maman, damals. So war es doch immer! In jeder Hinsicht! So viele Wege, die geheime Pfade bleiben, weil nur wenige sie kennen! Weil der öffentliche Resonanzraum ihnen verwehrt bleibt! Heimunterricht als Alternative – wer wußte schon davon? Marcel dachte über die Möglichkeit einer Reportage nach. Nicht gerade über die Rösslers vielleicht. Es war so wichtig, die verborgenen Seitenwege auszuweisen!

Jochim hatte jüngst aus dem Brief eines Neuabonnenten vorgelesen: »Ihre Zeitung ist, bitte entschuldigen Sie die pathetische Wortwahl, für mich eine Offenbarung! Ich mußte erst Schule und Studium hinter mich gebracht haben, dutzende Male verzweifelt sein an all dem, was einem an Ignoranz und genereller Dürftigkeit begegnet und widerfährt, um endlich zu bemerken, daß es ein Medium gibt wie Ihres: eine kluge Denk- und Meinungsalternative! Rechtskonservativ, ohne sich auch nur im mindesten den gängigen Klischees zu fügen! Das gibt's nicht, dachte ich immer. Doch: es gibt den *Freigeist!* Sie haben einen Leser gefunden, dem es nun wie Schuppen von den Augen fällt«, und so weiter. Jochim las manchmal solche Rüstbriefe vor. Sie waren Balsam für die Redaktion, Kraftfutter, Motor. Auch für Marcel waren sie ein Ansporn.

Maman hätte auch mit harter Hand unterrichtet, keine Frage. Vielleicht machten sie es genau richtig, die Rösslers.

»Aha, klingt genial.« Marcel war ehrlich beeindruckt. »Und das geht so? Was ist mit Mathe, Physik und diesen Fächern? Könnt ihr da noch mithalten? Als Eltern? Oder ist Nora zufällig ein naturwissenschaftliches Talent?«

Eugen schüttelte den Kopf, Nora verzog den Mund. »Nö. Ab Klasse sechs läßt das extrem nach bei uns. Jeden Donnerstag kommt ein pensionierter Mathelehrer mit dem Moped aus dem Nachbardorf. Dann wird gepaukt!«

»Und«, Marcel rieb drei Finger zur Knaster-Geste, »das macht der für Gottes Lohn?«

»Nö, Nora ist im Gegenzug immer mal sehr nett zu ihm. So – jeden Monat mal. Eine lockere Übereinkunft.«

»Aha.« Marcel schluckte. *Den Horizont anpassen. So kann man also sein. Alles ist anders als man denkt. Immer.* Das Paar tauschte Blicke, Nora hob drohend die Faust. Eugen schaute Marcel prüfend an: »Und? Findest du das jetzt grenzwertig?«

»Naja ...«, Marcel wand sich, »ich würde sagen –«.

»Mensch! Marsl! Starreporter! Menschenkenner! Allesversteher!«, Eugen schlug dem Freund auf die Schulter: »Dir könnte man auch erzählen, daß wir mit Atombomben handeln oder über Jahre die Bundeskanzlerin erpressen! Du bettest alles so in dein Weltbild ein, daß am Ende alle irgendwie okay sind, oder?«

Marcel, ausatmend, winkte ab und tat vornehm. Er stünde einfach stets gern als Zielscheibe und Probeobjekt für jederlei Witzigkeit zur Verfügung, nur zu!

»Nein, im Ernst«, erklärte Eugen, »mit dem Schössow treiben wir«, er hüstelte wie pikiert, »Regionalwirtschaft in Reinkultur. Nora beliefert den Alten mit Tees gegen seine Zipperlein. Für ihn ist sie eine Kräuterhexe, dabei gibt es hunderte Taschenbücher dazu. Das Zeug wuchert ja überall. Er kriegt von uns einen Zentner Kartoffeln, eine Gans im November und eine zu Weihnachten. Zusätzlich, was für den alten Haudegen vielleicht am meisten zählt, darf er hin und wieder mit mir abends Geschichtspolitik machen. Schössow ist jedenfalls ein erstklassiger Pädagoge. Alte DDR-Schule halt«.

»Typ Heßler, ja?«

»Pfff!«, machte Eugen, »die beiden hätten sich wohl die Köpfe eingerannt. Schössow ist strammer Marxist. Ungemein belesen. Wir fetzen uns manchmal bis Mitternacht. Von so was kannst du im Westen nur träumen. Links gegen rechts, mit offenem Visier. Ohne Denkverbote. Ziemlich fruchtbar. Auch furchtbar, ja, das auch.« Eugen lachte in sich hinein. So plauderte man sich durch den Nachmittag.

Irgendwann feuerte Eugen den Grill an. Nora brachte eine Schüssel Kartoffelsalat und setzte sich neben Marcel, und von irgendwoher kamen die Kinder. Die Bierbank stand auf unebener Fläche. Sie kippelte sacht nach beiden Seiten, kaum spürbar, es war Marcels Aufgabe, das Gleichgewicht auszutarieren.

Nora trug Shorts, ihre Oberschenkel lagen neben seinen. Hier braune Haut, so rotbraun, wie blonde Haut sich eben maximal färbt, dezente Muskelstränge waren sichtbar, strammes Fleisch, weiter oben leicht dellig, Walkürenmutterfleisch. Unpassend schoß Marcel Benjamins Diktum von der Oberschenkellücke durch den Kopf. Sitzend wirkte Nora keinesfalls nach Oberschenkellücke. Ein Zeichen, daß Benjamins Merksätze doch lückenhaft waren. Nora war mehr der komplizierte Typ, schwierig zu handhaben. Daneben zwei schmale schwarze Flächen, seine Bundfaltenschenkel. Marcel preßte die Schenkel auf die Bierbank zwecks doppeltem Effekt: Stabilität und Oberschenkelkomprimierung. Es merkte keiner, gottlob. *Ob es das auch bei Männern gab, das Oberschenkellückenkriterium? Bin ich kompliziert? Ich bin simpel, eigentlich.*

Unter Noras kleinen Brüsten wölbte sich ein Bauch, ein strammer Ansatz, ein pralles Polster. Marcel stimmte sein verstohlener Blick milde. Mein Gott, vier Schwangerschaften! Natürlich sind da Spuren!

Eugen entging nichts. Nicht mal ein Seitenblick. *Du mußt die Leute nicht immer anglotzen, das ist unfein. Für Maman früher eine Dauerthema. Der dicke, röchelnde Mann im Wartezimmer; diese Mutter bei der Einschulung mit ihrem behinderten Kind auf dem Schoß: starr nicht so, das geht uns nichts an! Es kapieren, gehorchen, es nicht lassen können. Dann, als Reporter, einen angeborenen Drang zum Hinschauen draus drehen. Es war ja ein Glotzen in Wahrheit! Neugier, Sensationslust, Voyeurismus! Wie nennen mich wohl Nora, Eugen und ihre Walkürenkinder, wenn ich wieder fort bin: den Glotzer?*

Eugen kommentierte Marcels verstohlenen Bauchblick. »Nicht mehr zu übersehen, was? Im Oktober ist wieder Erntezeit! Ein Knäblein!«

Marcel spürte die Röte aufsteigen. »Wie, ihr kriegt *noch* ein Kind?« *Herrgott, das klang entgeistert. Sollte es nicht. Gratuliert man da? Jetzt schon? Also Gratulation zu gelungenen Zeugung? Wünscht man dazu »alles Gute«? Oder insinuiert das, das ja auch alles noch schiefgehen könnte?* »Ist ja toll! Und ihr ... – also ... habt ihr's schon untersuchen lassen?« *Verdammt, ich kenn mich mit diesen Sachlagen nicht aus, wie formuliert man Anteilnahme in solchem Fall? Eugen sagt »Knäblein«, also haben sie das untersuchen lassen ..., röntgen, was weiß ich!*

Nora wandte sich zu Marcel, die Handflächen auf die Bierbank gestützt, was ihre Oberarme noch drahtiger werden ließ. Sie senkte Blick und Stimme: »Wie meinst Du das, untersuchen? Auf genetische Defizite? Auf Intelligenz?«

»Pardon, nein, meinte ich nicht, ich meinte ... wegen ›Knäblein‹. Habt ihr das Geschlecht feststellen lassen? Mensch«, Marcel zog eine dramatisch verzweifelte Grimasse, »ihr wißt doch, das ich hier als Bilder von Farben rede ...«

»Ach Marsl«, Eugen lachte neckend, »was wäre das schon für ein Geschlecht, das man f e s t s t e l l e n muß! Es wird ein Junge. Ich spür's, Nora spürt's. Es ist anders. Diesmal wird's ein Kerl.« *Frag ich, wie es heißen soll? Fragt man das? Ist das zu intim? Ist es ignorant, es nicht zu fragen? Wer wagt, gewinnt:*

»Mein Tip: Siegfried.«

Eugen zeigte dem Freund einen Vogel. Nora verzog das Gesicht und seufzte schwer. Gerhilds Blick, stählern, hochgezogene Augenbraue, richtete kleine Pfeile gegen Marcel. *Warum sich einschüchtern lassen, von einem Teenager?*

»Was wär denn dein Tip zur Namenswahl, Gerhild? Du kennst deine Eltern besser als ich!«

Gerhilds Augen wurden zu Schlitzen, *ich hätte sie vielleicht siezen sollen?* dann wieder größer: »Mein Tip? Joshua-Bruce. Oder Sullivan? Wir haben uns hier in der Provinz bestens integriert, was also sonst?«

Tolles Stichwort, Sigrun, den Mund voll Kartoffelsalat, stieg ein: »Jamie-Lennox! Levi-Maddox!« Die beiden großen Schwestern prusteten. Aus Gerhilds Mund fielen Kartoffel- und Gurkenstückchen. *Da hilft nur Selbstironie.*

»Wenn ich um Contenance bitten dürfte: Unter fremdklingenden Namen sollen mitunter die hellsten Geister aufwachsen! Meinetwegen, gut – französisch ist grad nicht en vogue. Wer sagt denn, daß die genialsten Reporter oder findigsten Tüftler von morgen nicht in diesen Jahren auf Sullivan oder Maddox getauft werden? Vielleicht wachsen meine Enkel *meine Enkel! Trottel!* mal unter einem Bundeskanzler Maddox Müller-Brahimi auf, wer weiß das schon?«

Marcel versuchte einen neckenden Blick, herausfordernd und augenzwinkernd zugleich. Die großen Mädchen stöhnten leise auf und tauschten Blicke.

»Klar. Wahnsinnig tolle Idee«, beendete Gerhild, unterstützt von schwesterlichem Augenverdrehen, Marcels Witzigkeitsversuch. *Das ist es wohl, was man onkelhaft nennt. Der Onkel bin ich.*

Die Schnaken kamen, als Marcels sein Steak noch immer in Arbeit hatte. *Auch hier: Es sind die Weiber, die stechen. Die Biester. Wie handhaben die Rösslers es mit den Viechern? Zeugt es von Weichlichkeit oder Schlagfertigkeit, wenn man draufhaut? Kennen die das, daß sich riesige Quaddeln bilden, dort, wo eingestochen wurde? Die haben vermutlich Hornhäute, aus Drachenblut. Die spüren nichts, weder den Pieks noch den Juckreiz.* Die Rettung kam von Eugen.

»Die Biowaffen-Armee rückt an. Marsl, auf, nimm deinen Teller mit. Pack Dir noch was drauf, wie gehen rein. Nora, du kommst klar? Wir haben noch ein bißchen oben zu tun.« Marcel erhob sich von der wankenden Bank. Nora hob Marcel noch eine Portion Kartoffelsalat auf den Teller. Der dankte beflissen, hoffend, man würde ihm die Qual nicht ansehen. Er sah Nora und Eugen Blicke tauschen. »Marcel gehorcht, Gnädigste, Ihr Wunsch ist ihm wie ein Ukas des Zaren!«, tönte Eugen, und beide prusteten. Marcel fiel verlegen ein.

Der Kartoffelsalat, selbstgemacht aus selbstgesteckten, selbstgeernteten Knollen, war grandios und leider völlig an Marcel Geschmack vorbei. Er haßte Knoblauch. Mit vollem Teller folgte er Eugen durch den Wintergarten, durch das Kaminzimmer und die Garderobe, die ein opulenter Empfangsraum war, durch das Treppenhaus nach oben in Eugens Arbeitszimmer.

Einer spielt falsch

Klack, Eugen drehte den Bakelitschalter, Kerzenlampen an wandmontierten Leuchtern, Messing mit Doppeladlerverzierung, erhellten das geräumige Zimmer mit der hohen Decke und den glattgeputzten Lehmwänden. Zwischen den Leuchtern hingen holzgerahmte Franz-von-Stuck-Repros, dazwischen und darüber – Marcel verdammte sich für diesen ererbten Sauberfrauenblick – lange weiße Staubfäden, Spinnweben. *Ob es Trotz ist, das die das nicht beseitigen? Eine gewisse romantische Neigung?* Eugen folgte Marcels kurzem Blick. »Oh, da wär mal eine Putztruppe nötig. Stört dich nicht wirklich, oder?«

»Quatsch. Hat was. Ist doch cool.« *Cool, wie die hohlen Worte so aus meinem Mund tropfen. Närrischer Spießer, der ich bin. Einer, dem man den Hygieneblick schon ansieht.*

Eugens Büro, das war eigentlich die Hölle. Zehn, zwölf Bücherstapel: auf dem Boden, auf einem Gründerzeitsessel, auf dem Vertiko zwischen Drucker und Faxgerät, auf den oberen Fächern der Regale. Lose Blätter bedeckten den gigantischen Eichenholztisch, Korrespondenzen, Amtsschreiben, Gemälde von Kinderhand, Verlagsprospekte, Räuchergefäße, Kerzenstummel, ein geknäultes Unterhemd.

»Im Chaos wächst das Genie, was?« Marcel versuchte witzelnd, Eugen der Peinlichkeit zu entheben, die der vermutlich gar nicht empfand. War ja auch wirklich kein Drama, nein, es wirkte auf eine spezielle Art sogar gemütlich, *von Leben durchflutet.*

»Jetzt komm, du Fanatiker! Ich hab gestern den ganzen Tag aufgeräumt, hier hat alles ziemlich exakt seinen Platz. So muß es sein, genau so finde ich die Sachen«.

Eugen packte das Unterhemd *vermehren die sich hier?!* und warf es achtlos in die Türecke auf den Boden. Er deutete auf einen freien Sessel und nahm selbst auf einem ausgeleierten Bürostuhl vor seinem Rechner Platz.

»Wie ist eigentlich mein Pfitzner-Köln-Artikel angekommen? Pläsierte er?« Marcel nickte mit Nachdruck. »Na, und wie! Alle waren ganz hin und weg. Hast du gut gemacht, ehrlich.« Das entsprach der Wahrheit. Eugens Beitrag war als »genial« (Wackernagel), als »sachlich fundiert, angemessen schneidend im Ton« (Hartmann) und »Volltreffer« (El Jefe) bewertet worden. Es hatte schon am Erscheinungstag überdurchschnittliche Resonanz gegeben, durchweg zustimmend, darunter auch ein subalterner Opernmensch aus Köln, der sich herzlich, »auch im Namen ungenannt bleiben wollender Kollegen« bedankt hatte. Hartmann hatte gemeint, Eugen müsse dringend wieder öfter schreiben. Alle hatten unisono zugestimmt, Jochim inklusive.

»Kennst du Pfitzner? Wenn du willst, können wir uns das Stück mal anhören, oder eine Passage daraus.« Eugen warf einen fragenden Blick in Marcels Richtung und wandte sich in Richtung des Regals mit den Tonträgern. Marcel wand sich. Entschloß sich dann aber zur Ehrlichkeit, zur Ablehnung. *Von deutscher Seele*, sowas würde hier nicht nebenbei laufen. Das Stück verlangte sicherlich, konzentriert angehört, womöglich kommentiert zu werden. Marcel probierte gedanklich das passende Gesicht dazu aus, es mißlang. Er mußte kurz an Doreen denken. Die Musikszene im Auto. Sein Unvermögen, sich zur Sache zu äußern. Diese Geschmacksblindheit.

»Ich würde eh keinen adäquaten Kommentar abgeben können. Aber gib mir die CD doch mal mit, wenn es geht. Ich möchte mir das schon mal gern in Ruhe anhören.« Das war keine Ausrede. »Du weißt, ich bin ein Banause. Aber kein unverbesserlicher, also nicht bildungsresistent!«

Eugen legte den Tonträger parat. Stimmte einen lockeren Gesprächston an. Wie es in der Redaktion so laufe? Was die Wackernagel mache? Eugen schätzte die Wackernagel. Tragische Gestalt, einen ganzen Roman wert. Warum Kiedritz – »Spasti«, sagte Eugen – eigentlich noch an Bord sei? Weshalb Hinterow, das olle Klemmbrett, nicht häufiger Artikel schreibe?

Eugen imitierte den mecklenburgischen Ethnologen mit der »meterhohen« Stirn: »Es ist mir ierlich wuarst, ob meine ierkenntnisse zeitgemäß sind oda nicht, ech kann nur wahr s-prechen oda gar nech!« Hinterows Artikel waren kenntnisreich, brottrocken und unerhört. Knochenharte Anthropologie eben, alte Schule, wissenschaftlich aber brillant und unverdächtig abgestützt. Ein Typ wie Hinterow wäre vor vier, fünf Jahrzehnten noch Professor geworden, und zwar einer mit Rang und Namen.

»Wär' schade, wenn er nicht mal mehr im *Freigeist* publizierte.«

»Ach, das ist halt so der Rhythmus: El Jefe lehnt jeden dritten Text von Hinterow ab. So im Schnitt. Weil's ihm zu kraß klingt. Weil er nicht will, daß man so direkt von Reproduktionsraten spricht, oder von Völkern als Entitäten. Du weißt doch, Jochims Credo: den Laden clean halten. Dann schmollt der Hinterow ein paar Wochen. Und dann reicht er wieder ein.«

Eugen lachte schallend. Das sei genial, wenn zwei Quasi-Eunuchen über demographische Belange stritten!

»Und, wie geht's daheim? Mütterchen gesund? Vorgarten gepflegt? Und die lieben Brüder, alles im Lot?« Marcel ließ sich vom einmal eingestellten Spott-Modus einwickeln. Auch wenn es ihm gegen den Strich ging. Loyalitätsfragen waren immer schwierig.

»Ja, klar. Maman ist wohlauf. Hat alles im Griff. Spielt Golf, neuerdings. Läßt sich dort mit Giséle anreden, Schissäll Madöng. Im Ernst. Ja«, Marcel seufzte mit einer wegwerfenden Handbewegung, »sie baut diesen frankophilen Spleen aus. Macht insgeheim aus lothringischen Bauern ein französisches Adelsgeschlecht. Wenn's ihr guttut – warum nicht. Matthieu jobbt sich durch die Weltgeschichte. Maurice verdient sich als Executive sonstwas einen Ast. Sozusagen: alles im Lot.«

Jetzt mußte die Rosenbaum-Sache zur Sprache kommen. Marcel hätte das Thema mittlerweile lieber unter den Tisch fallen lassen. Wieso einen Freund, so eine seltene Person, mit etwas konfrontieren, das vielleicht unbequem war? Marcel hatte geplant, die Frage als flapsige Randbemerkung einzubauen, als halbuninteressante Marginalie. Das schien jetzt nicht passend. Die Atmosphäre war nicht danach. Aber wie fragen, ohne so ernst zu tun, als bedeute Eugens Antwort einen Prüfstein ihrer Freundschaft? Marcel gab sich einen Ruck.

»Sag mal. Eine Sache war total komisch. El Jefe hatte sich neulich so wichtigtuerisch *bloß den Buhmann gleich delegieren!* aufgeplustert. Von wegen, du hättest deinen Namen geändert? Du heißt jetzt nicht mehr Rössler, sondern – Rosenbaum?« Marcel konnte die sekundenlange Stille kaum ertragen und plauderte munter weiter: »Ich mein, nicht, daß mich das geschockt hätte. Ich mein, es gibt ja doch ein paar unterschiedliche Gründe, seinen Namen ... –«

Eugen sah ihn ruhig an, die Hände auf der Eichenholzplatte gefaltet. Grinste nicht, drehte keinen Stift, fuhr sich nicht durch den Bart. Er ließ Marcel ausreden, sich verhaspeln, rhetorische Volten drehen, die Sache gleichsam ad acta legen.

»Ja. Hat er recht, der Gute. Wir haben geheiratet, und ich hab Noras Namen angenommen.« Marcels Frage war beantwortet. Nora hieß also Rosenbaum. Eugen auch. War ja nicht besonders skandalös. Marcels Gedanken ratterten. *Souverän wäre, nicht weiter nachzuhaken. Souverän wäre, jetzt nachzuhaken.*

»Ah. Klar.« Wieder Stille, Eugen schaute Marcel aufmerksam an. ›Ich höre?‹, sagte sein Blick. Er sah nicht nervös aus, oder in irgendeiner Weise ertappt. *Wieso auch?* Marcel schneuzte sich und wickelte sein Taschentuch etwas umständlich ein. Erwartete, daß Eugen diese kleine, einer körperlichen Notdurft geschuldete Szene mit ein paar Sätzen überbrückte. Tat er nicht. Eugen sah zu, wie Marcel mit dem zusammengelegten Tuch nachwischte. Er lächelte freundlich, *nachsichtig eigentlich* und schwieg. *It's my turn.*

»Na, dann ist ja alles klar.« Pause. Eugen zuckte langsam und mit einer öffnenden Handbewegung die Schultern, als wollte er sagen: Du hast doch anscheinend noch irgendwelche Fragen? Welche denn bloß? Frag nur!

»Ich mein doch bloß, weil ...«, Marcel versuchte seinem Einwand eine ironische Färbung zu geben, »... das ist ja nicht ganz die traditionelle Art, als Mann bei der Heirat den eigenen Namen aufzugeben ...«.

Marcel sah Eugen an, halb fragend, halb entschuldigend. Eugen stieß sich leicht vom Schreibtisch ab und rollte einen halben Meter rückwärts. Seine rechte Hand fuhr durch die Bartstoppeln.

»Na, so extrem ist das nun auch nicht mehr, heute. Mein Familienname diente mir nie so als ... als Identitätsprothese, nee, das war insofern kein schmerzlicher Verlust. Außerdem dürftest du das doch kennen aus ... aus unseren sogenannten Kreisen. Denk mal an Weidenbach. Der hat sich doch nach seinem *Freigeist*-Intermezzo auch aus nachvollziehbaren Gründen den Namen seiner Frau geklaubt und macht jetzt als Klebczik Karriere. Namen! Schall und Rauch!«

Marcel lächelte und nickte. *Klar. Es war in Wahrheit eine dumme, eine kleinliche Frage. Eugen mußte sie als Vorwurf empfunden haben, als was sonst?* Eugen lehnte sich zurück und verschränkte die Arme unten hinter seinem Rücken, hinter der Rollstuhllehne.

»Natürlich ist die Sache etwas komplizierter. Ist aber eine umständliche Geschichte. Wenn du sie hören willst?« *Auf das Hörenwollen zu bestehen, hieße, Eugen zu mißtrauen, oder? Eine Rechtfertigung zu verlangen? Wer bin ich, das zu fordern?* Eugen streckte seine Arme nach hinten, atmete durch. Machte leichte Gymnastikbewegungen mit der Nackenmuskulatur. Marcel hörte es knacken.

»Also. Ich hab doch in diesem Ensemble gespielt, Kammermusik. Eine großartige Sache. Mit Tourneen durch halb Europa, wir waren dauernd ausgebucht. Da war ich dabei – seit ungefähr einem Vierteljahr vor Gaulitzsch.«

Marcel erinnerte sich. Einmal hatte Eugen ihm einen Besuchstermin abgesagt, weil er in Spanien gastierte.

»Das war also mein Erwerbsleben. Eigentlich mein Lebensinhalt, wenigstens ein Teil davon. Daß die Sache bald ziemlich lukrativ war, war nur das eine. Es machte höllischen Spaß. Nora ist mit den Kindern manchmal mitgereist, aber hauptsächlich waren wir ja doch im Inland tätig. Wirklich, ein Traum vom Leben! Dieser Wechsel von Freizeit und Arbeitsphasen. In meiner, unserer Situation wirklich das maximal Wünschbare. Auf einmal, wirklich ganz plötzlich, wir probten, war die Stimmung ... irgendwie grimmig, ich konnte es nicht ergründen. Den Tag drauf dasselbe. Eine Luft zum Schneiden. Weißt ja, wie ich bin. Immer direkt. Ich frag also in die Runde, wo es eigentlich hakt. Betretenes Schweigen. Dann Bolko, unser Cellist, so: ›Eugen, kann es sein, daß du uns die ganze Zeit was vorspielst?‹ Alle guckten dermaßen betreten, und ich wußte ehrlich nicht, auf was da angespielt werden soll. Ich also: nichts, Schulterzucken. Ich spiel immer so gut ich kann. Was sollte das heißen? Bolko dann, mit dem ich nie ein Problem hatte, wirklich, ein sehr witziger Typ mit Hang zu doppelbödigem Humor: ›Vertrauliche und vertrauenswürdige Quellen sagen uns, daß du falsch spielst‹. Pause, ich guck fragend. Dann Bolko: ›Dämmerts?‹«

Eugen stand auf, ging zum Regal, holte zwei ballonförmige Gläser und eine Flasche von der oberen Regaletage, schenkte ein. »Colombard, ganz was Feines.« Er nippte, Marcel tat ihm gleich.

»Ich also: ›gar nichts dämmert, aber schieß los.‹ Und dreimal darfst du raten, warum es ging?« Kunstpause, Eugen schwenkte sein Glas.

»Um den *Freigeist*. Um mein Geschreibsel dafür im Allgemeinen, um die auf Brambach gemünzte Glosse annodazumal im Besonderen. Kannst du dich daran noch erinnern?«

Klar, konnte Marcel. Er nickte.

»Bolko warf mir erstens vor, daß ich meine sogenannte Vergangenheit verschwiegen hätte. Und, als Vorwurf noch schwerer, zweitens, daß ich Antisemit sei, wenn auch wohl ein verkappter. Du kannst dir vorstellen, daß mir da erstmal die Luft wegblieb? Ich, ein Antisemit? Wieso denn das, bitte? Und erst recht und doppelt wieso, weshalb aufgrund ausgerechnet dieses Artikels? Ob er den denn überhaupt gelesen hätten? Bolko darauf: ja, das habe er durchaus. Bedeutungsvoller Blick. Ich dann zu den anderen: ›Und du? Und du?‹ Den anderen war ein bißchen mulmig. Schien mir jedenfalls so. Ja, nein, gelesen nicht direkt, aber halt doch im Kern referiert bekommen. ›Aha‹, hab ich gefragt, ›und was stand da so drin? Ich bitte dich, Uwe, mal um eine kurze Zusammenfassung und Interpretation!‹ Mein Uwe wand sich. Er müsse ehrlich sagen, er selbst sehe nicht so das Problem. Ich dann also zu meinem Mitgeiger Michael: ›Dann du, faß dein Unbehagen doch mal in deine Worte!‹ Ja, da war großes Schlucken angesagt. Ich hätte die Rolle des Judentums bei der Weltregierung thematisiert. Hätte mich lustig gemacht, in antisemitischer Absicht. Solche Sachen. Marsl, du kennst den Artikel! Oder? Dem Gedächtnis nach? Hab ich das? Mich lustig gemacht? Antisemitisch? War das mein Tenor? Irgendwie? Durch's Hintertürchen wenigstens?«

Marcel verneinte: »Du hast unsern lieben Brambach thematisiert, und zwar ziemlich scharfzüngig. Klar weiß ich das noch genau. Du hast den Anti-Antisemiten gegeben, überdeutlich. Und keiner, selbst einer, der von der causa Brambach keinen Schimmer hatte, hätte das mißinterpretieren können. Außer der *Berliner*, logisch. Die haben das dann mutwillig verdreht, bekanntermaßen. Was von Jochim richtiggestellt wurde.«

Eugen streckte zum Empfang der Bestätigung beide Arme mit nach oben geöffneten Handflächen nach Marcel aus. Voilá!

»Eben! Bolko dann, knapp und klar«, Eugen verstellte seine Stimme knödelnd: »»Es ist auch einerlei. Wir sehen uns nicht mehr imstande, weiter mit dir zu arbeiten. Mit diesem Tag wird aus unserem Quintett ein Quartett. Und das war's dann für dich. Eugen, bitte, akzeptiere diese Entscheidung.‹ Mir ist glatt die Luft weggeblieben. Das kam ja völlig aus heiterem Himmel! Ich hab all meine Ärger und meine, ja, Gegenargumente runtergeschluckt, hab meine Sachen gepackt und bin gegangen.«

Eugen hob sein Glas und trank aus.

»Und, wie weiter? Du bist doch wohl nicht seit – wann war das eigentlich? Du – du bist doch nicht seit Jahren arbeitslos?«

»Warte. Es gab noch eine Zwischensequenz. Ist ja nicht so, daß ich solche derben Vorwürfe sang- und klanglos auf mir sitzen lasse. Ich hab also diesen Artikel aus dem Netz gesucht und ausgedruckt. Kam mir beim Neulesen ein wenig überspannt vor übrigens, aber jedenfalls: Meine Weste war blütenweiß, was Bolkos Vorwürfe betraf. Bin mit dem Zettel noch am gleichen Abend nach Dresden gefahren, zu Bolkos Wohnung. Im Dezember sind's zwei Jahre her. Ich klingel, er öffnet – und du mußt wissen, wir haben zuvor im engsten Einvernehmen musiziert! Sind durch die Welt gereist, haben zusammen gezecht, Witze gerissen! Es gab nie Mißtöne zwischen Bolko und mir. Außer, ich wäre zu unsensibel, das wahrzunehmen. Kann ja sein. Ich hätte jedenfalls bis dahin glatt gesagt, wir sind Freunde! Ich also zu Bolko, abends gegen halb neun an seiner Wohnungstür: ›Den Artikel liest du mir jetzt einmal vor. Das verlang ich. Das bist du mir schuldig.‹ Er, richtig eiskalt: ›Nichts tu ich. Gar nichts bin ich dir schuldig. Eugen, wer so tickt wie du, wird es wohl verkraften können, daß man ihm die Tür nicht öffnen will. Da ist kein weiteres Wort mehr nötig.‹ Der Kerl wollte mir die Tür vor der Nase zuschlagen! Ich: den Fuß in die Tür. Er solle mir sagen, was genau er zu bemängeln habe, was ihm Angst einjagt, was … was auch immer. Bolko dann, gaaanz weit von oben, von der Kanzel sozusagen: ›Daß du für ein Naziblatt schreibst, ist wohl Grund genug. Und dieser infame Artikel – du weißt selbst, daß das eine no-go-Zone ist. Dieser Beitrag disqualifiziert dich vollends.‹ Ich hab ihn dann gefragt, ob er nicht kapiert hat, daß diese Glosse sich zwar ironisch, aber doch dezidiert – gerade gegen antisemitische Ressentiments richte. Daß man das doch nicht überlesen könne! Bolko hat sich dann wütend den ausgedruckten Zettel gegriffen und hat deklamiert: »Wie immer – der Jude!« Und dann,« Eugen imitierte eine garstig dröhnende, zornbebende, dann hysterisch kippende Stimme: »»Eugen, das allein langt. Das allein ist genug. Und, das sag ich dir ehrlich: daß du hier nachts als personifiziertes Überfallkommando meine Wohnung besetzt, Fuß in die Tür und so, das bestätigt mich zusätzlich. Das sind eure Methoden! Eure Maschen! Und, das macht mich direkt traurig: das ihr euch so wunderbar tarnen könnt. Wenn ich mir das überlege! Wir haben mit Noah Grünberg Klezmer gespielt! Klezmer! Mit Grünberg! Und du dabei! Als liefe dir nicht innerlich die Galle über! Erzähl mir nichts! Fuß aus der Tür, und, bitte, auf Nimmerwiedersehen.‹ Ich blieb stehen und argumentierte stoisch vor mich hin. Las den ollen Artikel vor, bis Bolko drohte, die Polizei zu rufen. Tja, und das war's.«

Marcel schüttelte den Kopf, schon seit längerem. Leerte nun sein Glas. Schüttelte sich erneut, fiel ja kaum auf. *Komische Neigung, so was freiwillig zu trinken. Kann man das lernen? Das Zeug zu mögen?* Eugen hob die Flasche, fragendes Nicken.

Marcel ließ sich erneut einschenken. »Unglaublich! So ... so unfaßbar. Was für ein Typ! Was für ein ... – mir fehlen die Worte! Aber, Eugen, sag mal: Das ist jetzt also fast zwei Jahre her. Ein Skandal! Ich mein nicht den Artikel, der ist ja direkt eine Antiquität, klar. Du hast mir nie was davon erzählt, von deinem beruflichen Ärger!«

Eugen winkte ab. »Ich glaub, solche Skandale sind eigentlich alltäglich. Was soll man drüber greinen? Kennst du so was denn überhaupt nicht? Wenigstens der Art nach?«

Marcel dachte an die Sache mit Linda. Oder, klar, die Reaktionen mancher Leute, wenn er als Reporter unterwegs war. Für viele war der *Freigeist* ein rotes Tuch. Obwohl die Farbe hier kaum paßte. Hin und wieder, es kannte ja bei weitem nicht jeder das Blatt, hatte mal ein Gesprächspartner dichtgemacht: »*Freigeist?* Ah, das sagst du jetzt! Mit Leuten von vorgestern red' ich nicht. Die gehören meiner Meinung nach auf den Friedhof, und nirgendwo sonst hin.« Strikten Hygieneabstand zum *Freigeist* hielten gerade jene, die von der Blattlinie nicht allzu weit entfernt waren. Die ordentlichen Spießer in Ämtern und Parteien, die notorisch Ängstlichen. Die hatten am meisten Schiß – »Windel gestrichen voll«, sagte Petri – aus Furcht, eine unsichtbare Demarkationslinie zu übertreten.

Aber im Privatleben, von Linda mal abgesehen? Marcels Freundeskreis außerhalb des *Freigeists* war nicht opulent. Marcel dachte an Frau von Bernhardi, die zeitweilige Golfpartnerin von Maman. Die hatte das Engagement des Sohnes auch »bedenklich« gefunden, »entsetzlich« gar, letztlich war die oberflächliche Golffreundschaft daran gescheitert. Maman hatte die Arbeit ihres Sohnes eisern verteidigt. Die von Bernhardi reagierte »angewidert«. Existentiell bedrohlich war das nicht.

»Und, wie ... – womit verdienst du jetzt dein Geld?«

»Moment. Die Sache geht noch ein bißchen weiter. Erst mal wollte Nora die Sache nicht auf sich sitzen lassen. Klar! Was glaubst du, wie oft wir hier mit Bolko, seiner Alten und seinem Sohn hier gesessen haben? Hier, im Garten, im Wohnzimmer? Gut, das war meinetwegen keine Seelenverwandtschaft. Wann ist es das schon? Wir waren gute Bekannte. Nora ist also bei der Steffi, Bolkos Frau, vorstellig geworden. Gar nicht mal vorwurfsvoll. Mehr so unter dem Motto ›wie kann so ein Mißverständnis entstehen?‹ Das muß du dir mal vorstellen! Die Alte von Bolko hatte vorher Nora intimste Geschichten gebeichtet. So intim, daß es meiner Liebsten glatt zu viel wurde! Nora ist immer ein bißchen überfordert, wenn es um Frauen-Smalltalk geht, mußt du wissen. Steffi hatte diesen Sex-and-the-City-Ton drauf. Egal. Nun hat Nora Steffi also beim Handball abgefangen. Ortlind und der Bolko-Steffi-Sohn spielen in einem Verein. Steffi hat reagiert, als sei Nora der Leibhaftige! ›Kein Kommentar, definitiv kein Kommentar!‹, das hat sie gezischt! Als sei Nora ein lästiger Stalker oder weiß ich was. Das hat Nora natürlich nicht auf sich sitzen lassen. Was für eine Schmach! Sie ist der Steffi nach dem Training hinterhergegangen zum Auto. Es müsse doch eine rationale Erklärung geben für Bolkos Verhalten! Und für ihres nun, für Steffis! Und was habe sie, Nora, überhaupt mit diesen Vorwürfen zu tun? Da hat sich die Lady umgedreht, den Autoschlüssel waffengleich gegen Nora gerichtet: ›Noch einen Schritt weiter, und ich zeige dich an!‹« Eugen sprach in schrillem Ton, er genoß sich in dieser Steffi-Parodie. »Naja, da war kein Durchkommen. Und das war's dann wirklich, mit meiner bescheidenen Laufbahn als Violinist.«

Marcel saß zusammengesunken und drehte das Glas in seinen Händen. »Das ist so ... so – unglaublich. Ich mein, daß so ein Gerücht ausreicht ... So ein Verdacht. Obwohl die dich doch kannten, dich doch hätten einschätzen können ...?«

»Ja, eigentlich, nicht? Fand auch Uwe. Der hat sich natürlich entschuldigt, daß er unserer Truppe nicht solidarisch Adieu gesagt hat und mit mir gegangen ist. Mußte er ja nicht, nicht meinetwegen. Der hat sich wirklich gewunden. Und der hatte dann eben den Tip mit der Musikschule in Gaulitzsch. Musikschullehrer! Ist nicht gerade der Traum von jemandem, der seit Jahren an seiner Instrumentalkarriere gearbeitet hat. Man will ja spielen und nicht Anfänger unterrichten. Womöglich völlig unbegabte, unmotivierte Kinder. Rotzlöffel. Aber, gut, Uwe war mit dem Leiter der Musikschule befreundet und vermittelte mich dahin. Kein Problem, Geigenlehrer waren Mangelware. Der Mensch wollte mich einstellen. Und zwar mit Kenntnis der ›Vorwürfe‹. Der sagte: ›Wenn hier allerdings jemand von den Eltern genauso spitzfindig ist wie euer Bolko, dann kann ich nicht die Hand ins Feuer legen dafür, daß ich dich hier halten kann.‹ Naja.«

Eugen stierte vor sich ins Leere. »So sind die Leute halt. Lieber auf Nummer sicher. ›Daß ich dich halten kann –!‹ Als Leiter einer halbstaatlichen Institution jemanden eventuell ›nicht halten können‹, dem rein gar nichts nachzusagen ist! Tss. Das ist doch mal ein echtes Retrophänomen, oder? Ich mein, in welchen Zeiten leben wir? Daß man die Hosen derart voll haben kann? Schon vorsorglich? Der Typ übrigens,

Wittich, der Leiter, ist *Freigeist*-Abonnent, er selbst hatte wirklich kein Problem mit mir.«

Eugen hob die rechte Hand und rieb mit dem Daumen am Ehering. »So, und jetzt schließt sich der große Bogen zur Antwort auf deine Frage. Dann war es nämlich so, daß Nora und ich unsere Liebe ohnehin verbürgerlichen wollten, wenn du so willst. Hätten wir meinetwegen schon vor fünfzehn Jahren machen können. Einerlei. Nora war jetzt heiratslustig. Die Idee mit dem Namen kam uns beim Ausfüllen der Formulare. Wie gesagt, das war für mich keine ideologische Entscheidung. Rössler, was lag mir dran? Und Eugen Rosenbaum, der wäre immerhin ein unbeschriebenes Blatt. Reiner Nebeneffekt. Für mich war das keine drastische Lebenswende.«

»Aber beim *Freigeist* eingereicht hast du immer noch unter Rössler, stimmt's?«

Eugen zog unwillig die Stirn kraus. »Also, komm. Eure Belletristikdame schreibt seit annodazumal als Esther Ziegler, dabei trägt die de facto schon den zweiten Ehenamen, also bitte.«

Marcel nickte. Was hatte er, was hatte die Redaktion daran suspekt gefunden? Ach ja – d a s ! »Aber sag mal, blöde Frage jetzt vielleicht: R o s e n b a u m ?«

Eugen sah Marcel abwartend an, ein feines Lächeln kräuselte seine Lippen. *Ja. In der Tat, eine saublöde Frage.* Eugen schwieg und hob fragend die Augenbrauen.

»Also,« Marcel war sich ehrlich unsicher, wieviel Dezenz angebracht war in der Fragestellung, »also, das ist ja im Grunde ein jüdischer Name, oder? Oder sagen wir, er klingt so?«

Eugen grinste, als hätte er eine gewisse Freude an der Druckserei des Freundes. »Ja, klingt so, ist so.« Pause. Eugen guckte – guckte normal. Marcel überlegte kurz, wie ein sachliches Gesicht ging. »Also Nora ist ... – hat jüdische Eltern?«

Eugen lächelte leicht, eine heimliche Freude an den tastenden Formulierungen des Freundes.

»Teils-teils. Noras Mutter heißt Fuhrmann. Deutsch bis zum-geht-nicht-mehr. Noras Papa heißt Alfons Rosenbaum. Säkulare Juden. Ohne Beschneidung, ohne gefillte Fisch und so was. Gottlose Atheisten. Verfolgt man den Stammbaum noch zwei Generationen länger zurück, wird's skurill. Willst du's hören?« Marcel nickte.

»Der Vater von Alfons, Theodor Rosenbaum, wurde 1917 in München geboren. Der hat den Nationalsozialismus glimpflich überstanden, anscheinend phasenweise in Frankreich, auf jeden Fall hatte er einflußreiche Protegés. Seine Mutter war nämlich eine Prominente. Die Modejournalistin, Kriegsberichterstatterin und Titanic-Überlebende Edith Rosenbaum. Die, gebürtige Amerikanerin, hat mit knapp vierzig ein uneheliches Kind bekommen, jenen Theodor nämlich. Noras Opa. Vater unbekannt. Aufgezogen wurde Theodor wechselweise in Paris und in Bayern. Die Mutter, Edith, Noras Urgroßmutter also, firmierte damals schon nicht mehr unter Rosenbaum. Und zwar nicht, um die jüdische Herkunft zu verschleiern! Kannst du übrigens alles im Netz nachrecherchieren. Nein, Rosenbaum klang zu deutsch! Damals boykottierte die französische Modeindustrie Deutschland. Es herrschte eine fanatisch anti-deutsche Stimmung gerade in Frankreich. Edith Rosenbaum hieß jetzt Edith Russell. Eine willkürliche, rein taktische Namenswahl. Tja«, Eugen seufzte, »du siehst, die Dinge wiederholen sich in wechselndem Gewand. Die ewige Wiederkehr des Gleichen! Übrigens, nach meinem Empfinden – Nora will das nicht hören – ist meine Liebste ihrer jüdischen Urgroßmutter so ziemlich aus dem Gesicht geschnitten.«

Eugen ließ den Bürostuhl rotieren und den Finger über einer Bildergalerie unterhalb des Franz-von-Stuck-Repros kreisen. Zwei Dutzend Bilderchen in Messing- und Bronzerahmen waren hier gruppiert. Marcel erkannte Eugens Mutter.

Eugen deutete auf ein Passepartout, in das ein Photo der älteren und eins der jüngeren Edith Rosenbaum eingefügt waren. Flachsblonde Haare, zu Zöpfen geflochten, längliches Gesicht. Das sollte die jugendliche Edith, damals noch Rosenbaum, sein. Dauerwellen und Knorpelnase auf dem Altersportrait. Nicht gerade eine offenkundige Nora-Kopie, fand Marcel. Aber auch nicht definitiv unähnlich. Nein, das keinesfalls.

»Ja, läßt sich nicht leugnen«, nickte Marcel und starrte, Nase nah am Glas, noch ein wenig weiter.

»Quatsch, ich hab mich verirrt«, verbesserte sich Eugen und grinste. »War meine Oma. Das hier, das ist die gute Edith.«

Sein Finger deutete auf ein anderes Doppelbild. Marcel spürte die Röte auf seinen Wangen glimmen. Merkte keiner. Die junge Edith hatte einen offenen Blick, eher tiefliegende Augen, dezent hervortretende Wangenknochen. Ja, das war Nora! Ihr Ebenbild. Oder jedenfalls so halbwegs. Wer weiß, wie viele Fettnäpfchen Eugen bereithielt?

»Puh. Bin überfragt. Ja, auch die sieht ein bißchen aus wie Nora ...«

»Muß dir nicht peinlich sein. Nora hat in gewisser Weise so ein überzeitliches Gesicht. Retro-Züge. Wie Gerhild und Ortlind. Die könnte man auch in einem Mittelalterfilm mitspielen lassen.«

Eugen ließ den Drehstuhl wieder in seine alte Position rollen.

»Ja. Das war die Geschichte. Rosenbaum, Russell, Roessler, Rosenbaum. Geschichte wiederholt sich. Ich sag's ja. Hübsche Alliteration, nebenbei. Gefällt mir außerordentlich. Oder?«

»Ah.« Marcel guckte unentschlossen, *Alliteration nochmal nachschlagen*. »Und, mit Rosenbaum kommst du so durch, ja?«

»Ach so. Natürlich ist der Name auch kein Glücksbringer. Kurz gefaßt: Ich war nicht mal ein Halbjahr angestellt an der

Musikschule hier, da bat mich der Wittich zum Gespräch. Ernstes Gesicht, apokalyptische Stimmung. Gespräch mit Kunstpausen. Es sei das eingetreten, was er befürchtet habe. Unser Tarnname sei aufgeflogen. ›Unser Tarnname‹! Als sei die Heirat mit Nora etwas, das ich gemeinsam mit Wittich als schlaue Finte ausgeheckt hätte! Es habe einen Anruf gegeben. Ein Meier. Ein Rechercheur. Die Musikschule würde allem Anschein nach einen ›Braunen‹ beschäftigen, das habe ›man‹ herausgefunden. Einen, der sich heute Rosenbaum nenne, der aber unter Roessler eine steil rechte Karriere beschritten habe. Die er unter dem alten Name noch heute fortsetze. Das sei extrem ungünstig. Wittich solle sich überlegen, welche Konsequenzen das nach sich ziehen könne. Wittich habe geantwortet, er stehe hinter mir. ›Rosenbaum ist erstens über jeden Verdacht erhaben. Zweitens ist er einer meiner besten Leute.‹« Eugen verdrehte die Augen, um das Lob zu relativieren. »»Drittens ist er Geigenlehrer, er führt keine politischen Verhandlungen mit seinen Schülern!‹ So hat mir Wittich den Dialog wiedergegeben. Vermutlich hat er ihn selbst sich hinterher so zurechtgelegt, was weiß ich. Der sogenannte Meier am anderen Ende der Leitung sei unerbittlich geblieben. Habe angeführt, immerhin sei auch Reinhard Heydrich ein exzellenter Geiger gewesen. Heydrich! Und ich! In einem Boot! Dann die Drohung: Was er, Wittich, wohl seinen Schülern und deren Eltern sagen wolle, wenn publik würde, daß ein Neonazi ihre Kinder unterrichte?«

»Hat er wirklich ›Neonazi‹ gesagt?«

»Hat er. Gemäß Wittich jedenfalls. Langer Rede kurzer Sinn: Wittich hat sich nach diesem ihn wohl zutiefst aufwühlenden Telephonat mit dem Vorstand beraten.« Eugen stimmte wieder sein Hohnlachen an. »Wow! Sich erstmal beraten! Eine musterdemokratische Heldentat! Statt den Denunziationsversuch souverän abzuhaken! Oder sich mit mir zu ›beraten‹!

Ich sei an diesem Tag nicht erreichbar gewesen. Sagte mir der Wittich. Kann sein. Der Vorstand sei jedenfalls entsetzt gewesen. Nicht über diese unverhohlene Drohung, sondern, du ahnst es, über mein infames Versteckspiel!«

Eugen tippte sich heftig mit dem Zeigefinger gegen die Stirn. »Marsl, du mußt dir vorstellen: Das, der Vorstand, das sind Leute, die sich zum Teil von mir beraten haben lassen! Die die Renovierungsarbeiten an unserer Villa bewundert haben! Die Nora Komplimente gemacht haben, weil Gerhild mal einen mongoliden Jungen aus einer unschönen Straßenszene herausgeprügelt hatte! Stinknormale Bürger! Gute Leute eigentlich! Die Kinderärztin von Gaulitzsch! Der biedere Gebrauchtwagenhändler! Gut. Kurz und bündig: Wittich bat mich zu gehen. Es sei, na klar, entsetzlich, daß die Zeiten so sind, wie sie sind, und so weiter. Am Ende, das rühmte er als zivilcouragierte Großtat, hat er mir zwei Handvoll Privatschüler vermittelt. Sechs Kinder, vier Erwachsene, die ich bis dato hier im Hause unterrichte. Ist nicht nichts. Keine nervtötende Orchesterarbeit mit untalentierten Gören mehr, kein Kollegiumsblabla. Das ist es. Zwei Nachmittage und einen Vormittag geb ich hier im Haus Violinenstunden. Kostet die Leute im einzelnen natürlich mehr, bringt mir unterm Strich die besseren Schüler und die Hälfte meines alten Verdienstes.«

Eugen schenkte sich erneut ein und lehnte sich in den Bürostuhl. »Das ist die kurze Geschichte von Eugen Rosenbaums beruflichem Werdegang.«

»Aber ... aber da gibt es doch so was wie einen Rechtsweg? Ich mein, du, grad du als Familienvater ... Das mußt du dir doch nicht bieten lassen? Da gibt es doch Möglichkeiten, dagegen zu klagen? Und überhaupt, wer ist dieser Meier? Ist das rausgekommen? Dein Bolko etwa?«

Eugen winkte ab, er lachte. Nicht bitter, sondern wie aus freundlicher Nachsicht.

»Bolko? Nein! Da würd ich die Hand für ins Feuer legen. Fast. Der nicht. Bolko ist ein kleiner Hosenscheißer, der um seine eigene Karriere gefürchtet hat. Mich in Zusammenhängen anschwärzen, mit denen er nichts zu tun hat? Nee, das tut der nicht. Der sogenannte Meier: das kann irgendeine Antifa-Kanaille sein. Ich mein, solche Vereine kriegen doch Staatsknete dafür, allen Anfängen zu wehren. Auch den gemutmaßten. Auch den nicht existenten. Euer Benjamin hatte das doch im *Freigeist* grad neulich hübsch aufgelistet, mit welchen Unsummen diese ganzen Antifa-Büros subventioniert werden. Soviele tatsächliche oder potentielle Neonazis gibt es doch im ganzen Land nicht, nicht mal hier im Wilden Osten. Da setzt man halt ein paar Langzeitstudenten oder Schulabbrecher für dreißig Euro die Stunde hin, damit die brav ihre Dossiers über unbescholtene Leute erstellen und Warnanrufe vornehmen. Könnte jedenfalls sein. Aber wer weiß, vielleicht gibt es gar keinen Meier. Und auch keinen, der sich so genannt hat. Wittich selbst ist ein großer Schisser vor dem Herrn. Bezieht den *Freigeist* über die Adresse seiner senilen Schwiegermutter. Hat er mir selbst erzählt, Schweinchen Schlau. Kann sein, der hatte ein paar Monate lang ein heldenhaftes Risiko-Gefühl, weil er als subversiven Akt mich eingestellt hatte. Und hat dann Muffensausen gekriegt, wegen nichts und wieder nichts. Und dafür für Gericht ziehen, ich? Da haben wohl schon einige geklagt. Vergleichbare Fälle. Da ist mal eine verdiente Kindergärtnerin rausgeschmissen worden, nur, weil ihr Mann sich in einer dämlichen Partei engagierte. Hat Recht bekommen, vor Gericht, die Dame. Ist dennoch gescheitert, weil es ein ziviles Bündnis gab, gegen rechte Pädagogik, oder so. Gaulitzsch ist ein Nest. Es würde mir rein gar nichts nützen, offiziell Unschuld attestiert zu bekommen. Dann würde der Autohändler Plakate malen oder die Grundschullehrerin blank ziehen. Nackt gegen Nazis, solche Sachen, was weiß ich. Ist nicht mein Weg, Kämpfe zu führen, die nicht zu gewinnen sind.«

Marcel nickte verständnisvoll. »Klar. Am Ende war's wirklich dein Wittich, dem sein Widerstandsgefühl ohne Anlaß über den Kopf gewachsen ist. Witzig übrigens das mit der Schwiegermutter. Hehe, kannst du dir vorstellen, daß ausgerechnet unser wackerer Hinterow den *Freigeist* auch an seine Eltern liefern läßt? Seine Vermieterin kandidiert für die Linke. Und da will er Mißtönen im Hause lieber entgehen, hehe. Er verkauft das als pragmatische Lebensklugheit ... Es ist eigentlich zum Kaputtlachen. Aber«, Marcel wurde ernst und kniff die Augen zusammen, »ihr ... ihr lebt also sozusagen von einem halben Gehalt? Mit vier, bald fünf Kindern? Eugen, ich kann das nicht glauben. Ich mein, kriegt ihr wenigstens Hilfe? Ich mein, vom Staat?« *Hilfe, was für eine tantenhaft-klägliche Frage!* Eugen lachte trocken auf.

»Für Nora wäre der Strick näher als der Staat, im Ernst. Mach dir da mal keine Sorgen. Wir kommen gut durch. Man muß ja sagen, unser Staat zahlt schon kein schlechtes Kindergeld. Das ist in unserem Fall so, als hätte Nora eine bescheidene Halbtagsstelle. Nebenbei hat Nora tatsächlich immer mal wieder einen Auftrag. Neulich sogar einen größeren. Da hat sie bei einer katholischen Familie ein paar Orte weiter deren Hauskapelle mit Heiligenbilder ausgemalt. Nette Leute, die ihre Kinder auch zu Hause unterrichten. Allerdings mehr aus Angst heraus, oder aufgrund einer inneren Hygiene. War natürlich ein Zufallstreffer, jobmäßig gesehen. Und sonst? Bei uns gibt es halt keine saisonal neue Garderobe und sowas. Die Jüngeren tragen die Sachen der Älteren auf. Klassenfahrten und Schulbücher fallen weg. Urlaub wird, wenn überhaupt, bei Noras Eltern gemacht oder bei meiner Mutter. Und außerdem: No pain, no gain, da halten wir's ganz ähnlich wie unsere Freunde, die Extremchristen.

Wir lieben es insgesamt eher spartanisch.« *Gain nachschlagen, oder Gane?*

»Und die Mädchen, die auch?« Marcel hielt die Luft an. *Wieder so ein schlauer Einwurf von dem, der es ja wissen muß, erziehungstechnisch!*

»Ach, Marsl. Das ist so eine Grundsatzfrage. Da gibt es diesen Spruch, es brauche ein ganzes Dorf, um ein Kind großzuziehen. Völlig überlebter Grundsatz. Du kannst dein Kind zum ordentlichen Mitglied der Gesellschaft erziehen. Die Glotze hilft dir dabei, das ist sozusagen das global erweiterte Dorf. Wenn du aber willst, daß deine Kinder frei, glücklich und fruchtbar werden, fruchtbar meine ich jetzt nicht im biologischen Sinne, mußt du quasi dem Dorf entgegensteuern. Ist eine Gratwanderung. Du willst ja keine notorischen Neinsager. Unsere Kinder haben einen hübschen Trotz entwickelt gegen die Zurichtungen von außerhalb. Die wollen nicht anders. Wir indoktrinieren die nicht. Nora unterrichtet keine Weltanschauungskunde. Kannst du mir glauben. Nora ist eine leidenschaftliche Streiterin, aber sie hat mit Theorien gar nichts am Hut. Nicht mal mit pädagogischen. Und die Mädels haben alles in allem – und trotz allem – keinen schlechten Stand. Ortlind ist unverzichtbar im Handballverein, Gerhild sahnt auf Reitturnieren ab, Sigrun spielt Klarinette in der Schalmeienkapelle. Den Kindern geht's gut.«

In die Gesprächspause fiel Gezeter von unten. Eugen entschuldigte sich. »Die übliche Abendkrise. Gegen acht fällt der Vorhang für Nora. Ich geh mal kurz Waltraud ins Bett bringen. Dauert eine Viertelstunde. Entspann dich solange.« Eugen hob die Cognacflasche kurz an, nickte Marcel zu und packte sich eine Gitarre, die am Regaleck lehnte.

»Kann ich mitkommen?«

»Klar. Machst du die zweite Stimme!«

Unten las eine erboste Nora, Nora Rosenbaum, ihrer jüngsten Tochter die Leviten. Die Kleine hatte ein rotverschmiertes Mäulchen, sie hatte nach dem Zähneputzen Kirschen genascht. Nora hielt eine autoritäre Strafpredigt, ihr langes, blondes Gesicht war ganz hart. Es gab ein besänftigendes Küßchen und Rückenstreicheln von Eugen und im Gegenzug eine spitze Cognac-Bemerkung von Nora, bevor sie durchs Portal verschwand, die weltgrößte und weltblondeste Jüdin.

Waltraud hatte ihre Klebfinger in Marcels Hände gelegt. Machte Anstalten, auf seine Knie zu klettern. Gähnte. Marcel schlug den Weg zum Kinderzimmer ein. Der Gang war gefliest, braunrote und beige Kacheln im Rautenmuster, sicher DDR-Ware. Bis kurz vor der Wende hatte die Villa als Kinderheim gedient. Vor dreißig Jahren hatten in den Zimmern, die rechts und links abgingen, Waisen gewohnt, Sozialwaisen wohl vor allem, womöglich auch entzogene Kinder von Staatsfeinden. Einige Türen waren noch nicht abgebeizt, der alte Weißlack blätterte großflächig ab.

Marcel trat ins Kinderzimmer, Eugen saß schon auf einem rotlackierten Bänkchen, klimpernd. Marcel ließ Waltraud auf ihr Bettchen sinken. Seine Haut am Nacken leistete Widerstand, als Waltraud ihren Griff löste. »Herrje, dein Kragen sieht aus, als hättest du Blut geschwitzt«, sagte Eugen zu Marcel, ließ die Gitarre sinken, verschwand kurz und kam mit einem Waschlappen wieder. Katzenwäsche für Waltrauds Mund und Hände. Die murmelte mit einer von Müdigkeit überlagerten Restaufmüpfigkeit, während sie sich in ihre Decke kuschelte. Alte Bettwäsche, vermutlich DDR-Bestände, geflickt. *Na und! Erfüllt ihren Zweck! Hier wohnt eine Familie, die sich unter allen Umständen zu helfen weiß.*

Eugen sang zwei Gute-Nacht-Lieder, da waren dem Engel mit dem rotbefleckten Schlafanzug schon die Augen zugefallen. Eugen winkte Marcel, leise schloß er die Tür, laut gellte eine Klarinette von gegenüber.

»Und du? Immer noch auf Freiersfüßen? Was macht die Liebe?« Eugen schob Marcel im Flur Richtung Treppenhaus. Sie würden sich am besten noch eine Weile raussetzen, er wolle noch rasch hoch, den Cognac holen. Marcel schloß sich lieber an, er hörte Nora bereits wieder hereinkommen und scheute die Unterhaltung mit ihr.

»Ach, hör mir auf mit den Frauen«, antwortete Marcel beim Treppensteigen. »Das aber bitte nicht falsch verstehen! Das Thema hatte ich grad mit meiner Mutter. Also, sie hatte es damit. Hat mir durch die Blume zu verstehen gegeben, daß sie es gut ertragen könnte, wenn ich mich als schwul offenbarte.«

Eugen drehte sich vor seiner Zimmertür um und prustete. »Jaja, unsere Mütter sind superaufgeklärt. Ich kenn das von mir zu Hause. Im Kern ist meine Mutter ein autoritärer Charakter wie's im Buche steht. Typ CDU vergangener Jahrzehnte. Die sanfte Medienberieselung klopft die alle weich. Zur Zeit ist ihr Thema, daß wir Waltraud in die Kita geben sollten. Ihr die frühe Bildung nicht vorenthalten sollten. Ein Schmarrn. Und wenn wir dann ein paar Stunden zusammengesessen haben, ist sie wieder voll auf Linie. Also auf unserer Seite. So sind sie, die Mütter, wenn die Söhne aus dem Haus sind. Wie Fähnlein im Wind. Ha, ein homosexueller Sohn als Modeschmuck!«

Eugen tat, als wolle er Marcel in den Hintern kneifen. Von unten rief Nora, sie käme nicht mehr dazu, sie habe zu tun. Eugen entschied, daß sie im Arbeitszimmer bleiben würden. Marcel nahm das Frauenthema noch mal auf. Erzählte von Benjamins Pick-up-Erfolgen und von seiner kleinen Affäre mit Doreen.

Benjamin, das sei doch dieser Hüne, kommentierte Eugen, und über Doreen verdrehte er die Augen. Dabei hatte Marcel sie noch etwas attraktiver ausgemalt. Aber klar, für Eugen wäre Doreen keinen zweiten Blick wert. Bei Marcels kurzer, hinter dem Schutzschild der Ironie vorgetragener Einführung in die Pick-up-Strategien winkte Eugen ab: Sondermüll für Versager, zu Büchern geronnene Erbärmlichkeit. Marcel stimmte ins herablassende Gelächter des Freundes ein. Ja, mit Eugen ließ sich gut schwadronieren. Die Zeit verflog nur so.

»Das ist ja was! Du bist heimlicher Krimifan, ja?« Marcel hatte auf dem Nußbaum-Sideboard hinter Eugens Rücken einen Stapel Yael-Schweitzer-Romane entdeckt. Eugen dreht sich um. »Ach, die Schweitzer-Sachen. Na klar, die sind ziemlich gut.«

»Im Ernst? Ihr lest Schwarze Romantik? Und gleich im Doppelpack, hier: *Abendständchen, Feldwacht, Der Gefangene.* Die ganze Eichendorff-Trilogie, ja? Schmökert ihr die im Wettbewerb, du und Nora, oder was?«

»Na, und wenn? Hast du mal was davon gelesen?«

»Sollte ich?« Marcel seufzte, leicht theatralisch. »Mann, du weißt doch, ich und Belletristik. Nur als Pflichtlektüre. Oder zu Bildungszwecken, was aufs gleiche hinausläuft. Bin Banause geblieben. Du wirst aus mir keinen Schöngeist machen. Ich weiß aber, daß die Wackernagel das Zeug ziemlich begeistert gelesen hat und Benjamin es sich von ihr ausgeliehen hat. Und in der Bahnhofsbuchhandlung steht's im Schaufenster.« Er nahm einen der Bände in die Hand.

»Hey, der ist noch ungelesen, oder?« Das Buch steckte noch in der Folie. Marcel las mit betont gewichtiger Stimme von der Titelrückseite ab: »›Strasser kann den Verrat nicht vergessen. In der Uniform der Schließgesellschaft macht er die Nacht zum Tag. Nur so verfügt er über den Vorsprung, die Vergangenheit einzuholen. Was die anderen als Bürgerwehr verspotten, ist für Strasser und seine Leute ein Vordringen in ein ungelöstes Rätsel. Es geht nicht um Rache. Es geht um Gerechtigkeit und die Macht über die Erinnerung‹.«

Marcel lachte ein bißchen. »Klingt ziemlich phantastisch. Und so was liest du, zur Entspannung, ja?«

»So was liest m a n. Den Leuten gefällt's offenbar. Das Ding hier hat sich knapp dreißigtausendmal verkauft, *Abend-*

ständchen sogar noch öfter. Nach allem, was man so hört, jedenfalls.« Leicht gereizt nahm Eugen Marcel das Buch mit dem Caspar-David-Friedrich-Titelbild aus der Hand.

»Ach so, und die Masse irrt nicht? Kann man eigentlich aus romantischen Gedichten einen Krimi formen?«, argwöhnte Marcel. Eugen verzog das Gesicht.

»Ich mein es ernst«, setzte Marcel nach, » hältst du das Zeug also für Literatur im engeren Sinne? Ein Intellektuellenkrimi sozusagen, ja? Keine Stangenware?«

»Ist jedenfalls nicht schlecht. Sprachlich gut durchgeformt und, naja –, nenn's abendländisch. Man muß diese Sachen gewissermaßen zwischen den Zeilen lesen. Das ist wohl des Rätsels Lösung.« Eugen hatte *Die Feldwacht* dem Freund aus der Hand genommen und sie nachlässig auf den Schreibtisch geworfen, jetzt nahm er das Buch wieder auf.

»Nimm's dir halt mit, schau mal rein. Ja, mach! Interessiert mich wirklich, ob es dir gefällt. Aber nimm dir noch den *Gefangenen* mit, das ist der erste Teil. Ist gut für's Vorverständnis.« Eugen drückte Marcel den Roman in die Hand. Der schaute wiederum auf den Rücktitel:

»›Düster, melancholisch, geschichtsträchtig: Yael Schweitzers doppelbödig zwischen Liebesroman und Spionagethriller changierendes Debüt verfolgt den Leser bis in seine Träume‹, sagt die *Ludwigshafener Post*. ›Rätselhaft und tiefgründig, Lektüre für fortgeschrittene Krimi-Fans‹, *Der Wochenblick*. ... Gut, wenn du das sagst und die das sagen, dann tu ich mir's an.« Marcel legte die Bände neben sich auf den Sessel, »wir haben ja sonst nichts zu tun, oder?«

»Lies es oder laß es. Und«, Eugens rechte Hand rangierte jetzt mit der Maus am Rechner, er wartete noch auf eine mail, »wenn du's genau wissen willst, ja, ich halte diese Krimis für genial. Oder fast genial. Also dafür, daß sie im Grunde Unterhaltungsliteratur sind. Na, lies mal. Mach das. Da«, er deutete auf den ersten Band und grinste, »wirst du eventuell auf Anspielungen stoßen, die vielleicht nicht jeder Leser versteht.« Eugen lachte auf, als sei ihm plötzlich ein Gedanke gekommen. »Du schon, bin ich mir sicher.«

»Ach. Du überschätzt mich immer ...«. Marcel gähnte.

Eugen schlug mit beiden Handflächen leicht auf die Tischplatte und stand mit einem Ruck auf. »Basta, für heute.« Marcel tat es ihm nach, *wie ein Clown.* »Sehen wir uns dann zum Frühstück. Nicht zu früh, nicht zu spät, gegen halb neun, ja? Vorher sind noch die Pferde und die Gänse dran. Dein Benjamin kommt sicher erst später, oder?« Marcel nickte.

»Und du hast Schlafsack und so dabei? In deinem Kombi brauchst du wohl nicht mit dem zurückgelegten Fahrersitz vorlieb nehmen. Da ist bestimmt im Kofferraum reichlich Platz. Oder?«

»Ähm, ja. Klar, paßt schon.« *Ich Idiot hab natürlich nicht an einen Schlafsack gedacht!* Marcel lächelte tapfer. »Obwohl ... vielleicht kannst du mir doch aushelfen. Schlafsack hab ich glatt vergessen ...«

»Ach, Marsl.« Eugen schloß die Tür zum Büro und legte seinen Arm um Marcels Schulter. Es roch leicht nach Schweiß, nach frischem, *ehrlichem* Arbeitsschweiß, ein erdiges, keineswegs unangenehmes Aroma. *Und wohin jetzt mit meinen Armen?* »Marsl, du bist echt komisch, mein Freund. Du würdest dich jetzt ohne weiteres ins Auto legen, ja? Ohne anklagenden Gedanken, stimmt's?«

Eugen rüffelte Marcel mit derber Zärtlichkeit am Kopf. »Komm, mein Lieber. Hättest du bei uns je kein Bett bekommen, hm?«

Sie gingen raus in den Park, den Kiesweg entlang. Die Kiesel leuchteten im Schein des Vollmonds. An einigen Stellen verzweigte der Weg sich. Dort ging es nach hinten zum Stall, ein anderer Weg führte einmal um die Villa, ein weiterer zu einer baumlosen Fläche mit einem großen Gewächshaus. Etwas entfernt davon stand ein Gartenhäuschen mit pittoresker Mini-Veranda.

»Ich könnte schwören, daß das vor zwei Jahren noch nicht hier gestanden hatte«, staunte Marcel.

»Gestanden ist auch zuviel gesagt«, erklärte Eugen. »Das war mehr so ein Bretterverschlag. Haben wir neu gedeckt, frisch verlattet und die schönen Holzverzierungen ein wenig aufpoliert. Die Klappläden lagen völlig verwurmt und abgeblättert im hintersten Winkel auf dem Dachboden des Hauptgebäudes. Haben Nora und Gerhild hergerichtet. Ganz hübsch, nicht?«

Hübsch war kein Ausdruck. Das hier war ein Schmuckstück! Die beiden gingen über die Holzstufen und die Veranda in das noch von der Sonne aufgeheizte Häuschen. Eugen machte Licht, stieß nacheinander die Türen auf, die von der Diele abgingen: »Gerätekammer, Gästezimmer, Sommerküche, Bad. Oder Bädchen, aber immerhin. Seit April gibt's hier sogar fließend Wasser, also ein richtiges Closett. Also, hier ist dein Reich.«

Die beiden wünschten sich eine gute Nacht. Marcel sah sich um. Alle sehr ... nein, rustikal war nicht der richtige Ausdruck. Schlicht und ordentlich. Farbige Zementfliesen, teils mit Sprüngen, auf dem Boden, weißgekalkte Wände und Decken. Das Bettzeug Leinen, nicht Baumwolle. Die Gerätekammer gut sortiert, reichlich ausgestattet, die Sommerküche mit dem Gasherd anscheinend aus hundertjährigen Sachen zusammengestellt, sehr geschmackvoll.

Marcel warf die beiden Yael-Schweitzer-Romane aufs Bett. Noch ein bißchen lesen, wahrscheinlich nur eine Minute. Er war müde. Ihm fiel ein, daß er noch mal raus zum Auto mußte, das Köfferchen mit den Schlafklamotten und der Zahnbürste holen. Direkt vor dem Törchen kam, Marcel hatte die Hunde völlig vergessen, Dreck aus dem Dickicht geschossen. Oder Molly? Reflexartig schlüpfte Marcel raus und ließ das Tor hart hinter sich ins Schloß fallen. Ging zum Wagen, nahm den Rucksack, kehrte um. Das Törchen klemmte. Er rüttelte. Nichts tat sich. Das olle Ding hatte sich vermutlich verkantet. Marcel versuchte, das Törchen anzuheben. Drückte mit seinem ganzen Gewicht dagegen. Ohne Erfolg. Eine Schnake summte an seinem Ohr. Marcel war zu beschäftigt, sie wegzuwedeln. Ein ärgerliches Heben und Bewegen der Schulter vertrieb das hartnäckige Ding nicht. Schon hatte es zugestochen. Nicht in die äußere Ohrmuschel, nein, gleich in die Öffnung zum Gehörgang. Der Stich tat richtig weh, Marcel fluchte. Sogleich fing die Stelle an, höllisch zu jucken. *Sich beherrschen!!* Marcel versuchte sich zusammenzureißen. *Leicht gesagt für einen Asthmatiker. Für einen wie mich ist Insektengift ein Kampfmittel.* Marcel benetzte den Zeigefinger mit Spucke und drückte auf die Einstichstelle. Half gar nicht. Besessen fing er an zu reiben, zu jucken. Er fühlte, wie er nervlich dem Limit sich näherte.

Er drückte fest den Klingelklopf, so entschlossen, daß er davon absah, vorsichtig das Grünzeug nach weiterem Viehzeug abzusuchen. Jollolo-he! Hussassa-he! In ungeminderter Tageslautstärke gellte der Klingelruf durch den von sprödem Mondlicht erhellten Park. Marcel drückte rasch abermals, in der blöden Hoffnung, damit den Lärm abstellen zu können. In der Villa ging Licht an. Ein Kind begann zu weinen, Waltraud. *Verdammter Mist, ich setzt mich ins Auto, geb Gas und war nie hiergewesen!*

Marcel blieb tapfer stehen, sein Kopf glühte, sein Ohr pulsierte. Irgendwas stimmte nicht. Das war kein gewöhnliches Stichbläschen. Marcel spürte einen Anflug von Schüttelfrost. Ein Gift mit traubenzuckerähnlicher Wirkung, es ging direkt ins Blut.

Dreimal schrillte der Holländer-Ruf, dann kam Eugen in Unterwäsche und Schlappen durch die peinliche Stille. Nein, keine

Stille. Marcel hörte Waltraud erneut aufjammern. *Nora flucht im Hintergrund, oder? Verflucht den idiotischen Besucher!*

»Tausendmal Entschuldigung! Nenn mich einen Vollpfosten!« rief Marcel mit gedämpfter Stimme Eugen entgegen. Eugen winkte ab und strich sich über die Glatze, die nicht mehr perfekt saß. Im fahlen Licht wurde sichtbar, wo es hervorstoppelte und wo – oberhalb der Stirn und an der Schädelbasis – nicht.

Marcel habe ja nicht wissen können, daß die Tür von außen automatisch verschloß. Marcel setzte zu einer demütigen Asche-auf-mein-Haupt-Rede an. Eugen winkte den Gast ohne weitere Worte durch. Marcel war sich sicher, ein deutliches Kopfschütteln bemerkt zu haben.

Die Nacht begann entsetzlich. Schnaken summten im Raum, ein hochaggressives Kampfgeschwader. Marcel zog sich das Kissen über den Kopf. Durch den Wärmestau verstärkte sich der Juckschmerz in der Ohrmuschel. Leichte Atemnot kam hinzu. Die Sache mit dem Cognac war vermutlich auch keine gute Idee gewesen. Ein Elend! Nach langen Minuten, oder waren es Stunden, schmierte Marcel Zahnpasta auf die Einstichstelle, glorreicher Einfall. Nach neun kam Waltraud zum Wecken. Es ging ihm wieder besser, soweit.

Es gab selbstgebackenes Brot und wenngleich gekauften, so doch selbstgeflockten Hafer zum Gartenfrühstück. Die Kinder leierten mit eifrigen Gesichtern das Getreide durch – unter bissigem Streit, wer die Kurbel drehen dürfe und wer sie angemessen drehe. Marcels Ohrmuschel hatte sich beruhigt.

Es gab einen grünen, beinahe ins bräunliche gehenden Tee. Logisch, Gartenkräuter. Nora bemerkte seinen Widerstand beim Trinken und kommentierte. Nicht bös, eher neckend. Es war Marcel peinlich. Der Tee konnte nicht schlecht sein, die Kinder nahmen sich schon nach. *Verdammt schwierig zu entscheiden, was eine selbstbewußte und gleichzeitig angemessene Haltung wäre: Soll ich um einen Kaffee bitten? Wär das vermes-*

sen und unhöflich? Oder das bittere Zeug mit Todesverachtung runterkippen? Marcel paßte einen günstigen Zeitpunkt ab. Eugen war gerade ins Haus gegangen und Nora hatte Sigrun zu maßregeln. Er kippte die Kräuterbrühe blitzschnell unter dem Tisch aufs Gras. Spürte die Röte steigen. *Gerhild hat's gemerkt. Hundertprozentig.* Gerhild grinste und blinzelte ihm zu, nahm sich eine Brotscheibe. *Im Grunde waren das tolle Kinder.* Marcel imponierte die Erziehungsleistung von Nora und Eugen. Eugen kam wieder, eine Kanne Kaffee in der Hand, Dreck bei Fuß. Dreck rollte sich auf den Grasboden, zwischen Waltraud und Marcel. Marcel saß bewegungslos, es ging ja vorüber.

Dann kam Benjamin, der Bahnhof lag nur einen Steinwurf entfernt. Er trug seine Vergrößerungsschuhe, Jeans und ein T-Shirt mit Bandlogo einer amerikanischen Gruppe, die Marcel nicht kannte. Kein Holländerruf ertönte, er öffnete einfach das Törchen und tätschelte die Hunde. *Schuft. Jetzt bin ich wieder der einzige, der blöd dasteht.*

Zu Eugen sagte er du, Eugen hingegen siezte ihn. Nach dem zweiten Abprall eines »du« vermied Benjamin die Anrede. »Hat man die Hunde vom Züchter geholt?«, später wechselte er ins unverdächtige, aber verbindlichere »ihr« und fand sich am Ende doch in den Sie-Ton ein. Marcel kam es vor, als hätte Eugen das mit Genugtuung registriert. *Blöde Situation, die beiden werden nicht richtig warm miteinander. Gut, müssen sie auch nicht, für die ein, zwei Stunden.*

Marcel fand sich in der Rolle des gutgelaunten Mittelsmannes ein. Flocht ein, daß Benjamin den Traum von einem alten Haus hege. Und daß er auch gerade Yael Schweitzer lese! Eugen ging nicht drauf ein, war andererseits zeige- und erklärfreudig, ganz stolzer Hausherr eben. Die beiden fachsimpelten.

Immerhin schien Benjamin mit seiner Rolle als staunender Zuhörer zufrieden, und so war Marcel es auch. Harmonie war ihm wichtig, in solchen Dingen. Waltraud ging an seiner Hand bei der ausführlichen Haus- und Gartenbesichtigung, und er probte den Gedanken, er hätte ein Kind. Merkwürdige Vorstellung. Er war ja selbst noch grad ein Kind gewesen, *saublöder Gedanke. Verzögerungen im Reifungsprozeß, woran lag's eigentlich? Ich als Familienvater: eine absurde Phantasie. Warum eigentlich? Man würde sich dran gewöhnen, an so ein Kind.* Die Vorstellung, Vater zu sein, lag Marcel, und es kam ihn seltsam an, näher als die, eine Frau zu haben.

Die beiden anderen unterhielten sich kurz über die Schweitzer-Trilogie und warum das eben keine Frauenromane seien. Marcel freute sich über das Einvernehmen, als Nora mit den Großen vom Waldlauf zurückkehrte. Das heißt, Nora kam Minuten nach der Mädchenschar an. Sie hatten sie abgehängt, und Nora war ernsthaft sauer. Sie hielt sich den Bauch, wie hatte Marcel die Schwangerschaft gestern übersehen können! Flach atmend ging sie ins Haus, einfach an Benjamin vorbei. Eugen bot an, man könne das Wetter nutzen und noch schwimmen gehen. Ein hübscher See, fünf Minuten Laufnähe. *Bitte nicht. Kein Gelächter über Algenabneigung, über Nacktbadescheu, keine Körperkommentare.* Minimale Blickverständigung zwischen Benjamin und Marcel, gleichzeitiger Uhrenblick. »Nein, das wird zu knapp, wir müssen los.«

Hommage an Nietzsche

»Geld wie Heu haben die auf jeden Fall.« Das war Benjamins erster Satz, als sie im Auto saßen. Marcel glaubte, sich verhört zu haben. Was für eine Fehleinschätzung! Er, Benjamin, wisse ja nicht, wie das Haus vor ein paar Jahren noch ausgesehen habe! Was die seither hineingesteckt hätten! Und zwar an Arbeitskraft, vor allem.

Benjamin lachte nur knurrig. Marcel sei naiv oder blind. Der unbestrittene Fleiß bilde hier allenfalls ein Sahnehäubchen. Da sei doch alles vom Allerfeinsten! Ob er, Marcel, wisse, wieviel es koste, solche Dachflächen einzudecken? Wie kostspielig allein die Pferde seien, mit dem ganzen Ausrüstungsbrimborium: Futter, Tierarzt, Hufschmied! Ein Luxus! Und die häusliche Inneneinrichtung! Die Zementfliesen, sündhaft teuer! Benjamin nannte die Hersteller von Herd, Kühlschrank und Deckenlampen, die Marcel allesamt nichts sagten. Benjamin verwies darauf, daß selbst in den Kinderzimmern Antiquitäten standen, daß das Gartenmobiliar und das Werkzeug offensichtlich Ware aus dem *Organum*-Katalog sei. »Gutes für Generationen«, Konsumwaren für vermögende Grünwähler. Und allein das gewaltige Gewächshaus! Mit Wetterholzkorpus! Was für eine Investition! Und dann die teuren Rechner in Eugens und Gerhilds Zimmer! Marcel fuhr langsamer und starrte Benjamin an. Das seien ja völlig absurde Vorwürfe!

»Überhaupt keine Vorwürfe, sondern der blanke Neid«, berichtete der Freund und streckte sich im Beifahrersitz.

Denen ginge es einfach bombastisch gut! Man müsse blind sein, das nicht zu merken!

Das nun ging definitiv gegen Marcels Reporterehre. Nicht nur, daß er – anders als Benjamin – bestens über Eugens berufliche Situation unterrichtet war. Er war sehr wohl hellwach und mit offenen Augen dort unterwegs gewesen. Marcel erinnerte an die splitternden Treppenstufen mit dem abgelaufenen Ochsenblut, an die geflickte Bettwäsche, an die beiden Toiletten mit den antiquierten Spülkästen, an die doch eher lumpigen Klamotten, die die Kinder getragen hatten. Das Dach – vermutlich in Eigenregie gedeckt! Eugen war dazu in der Lage, fraglos. Und hatte er ihm nicht einen Resthaufen alter, von Abbruchhäusern gesammelter Biberschwänze gezeigt? Außerdem das Lager mit den alten, mächtigen Holzbalken, ebenfalls aus Ruinen gerettet.

Die schönen Zementfliesen? Ha! Die waren uralt, sahen auch nicht nach Luxuskacheln aus, sondern nach übernommenem Kulturgut, vermutlich unter der Auslegware des Kinderheims vorgefunden.

Die Pferde? Sicher keine rassereinen Edeltiere, sondern von Bauern aus der Umgebung übernommen, samt Zubehör. Eugen sei überdies nicht der Tierarzt- und Hufeisen-Typ. »Du kennst Eugen nicht. Der hatte früher nicht mal eine Krankenversicherung!« Und der Futterbedarf hielte sich sicher in Grenzen, wenn man über ein wenig Weideland verfügte. Und das war ja wohl vorhanden! Das waren Landgäule und keine sensiblen Sportpferde!

Die Gerätschaften, die Gartenmöbel – gut, damit mochten Investitionen verbunden sein, gestand Marcel zu. Wer billig kauft, kauft teuer, ja, so ein Grundsatz passe durchaus zu Eugen. Lieber einmal Geld ausgeben als den Kreislauf aus Kauf, Sperrmüll und Neukauf mitzumachen. Und die Möbel drinnen: Übernommenes oder Billigstkäufe, Eugen habe ein Auge und Nora ein Händchen für Straßenware oder Schnäppchenkäufe. Ob Benjamin nicht die Kinderzimmertüren gesehen hätte? Da klebten Lackschichten vergangener Jahrhunderte dran!

Marcel redete sich in Rage. Die innere Ohrmuschel begann wieder zu glühen, so sehr pulsierte sein Blut. Er empfand es als Unterstellung, bei Eugen und Nora heimlichen Reichtum zu vermuten. Und überhaupt, wenn man wohlhabend wäre in der Gaulitzscher Villa, dann hätte man doch wohl ein Mindestmaß an Personal! Für die brennesselüberwucherten Ekken im Garten, für den Stall, für die gröberen Haushaltsarbeiten! Nein, da war Marcels Standpunkt einmal überhaupt nicht schwankend: Daß die beiden seit Jahren geradezu berserkerhaft an diesem Haus arbeiteten, das sei einzig und allein das Erfolgsrezept. Das Gewächshaus, also gut. Das hätten die sicher nicht in Eigenregie erstellt. Marcel war ja nicht blöd! Vielleicht wäre das ja ein Geschenk. Das hätten die sich eventuell an Stelle von sechs Geburtstags- und sechs Weihnachtsgaben als Großfamilienganzjahresgeschenk von beiden Großelternpaaren gewünscht! So was in der Art. Würde passen! Und durch das Gewächshaus praktizierten die dann so was wie Selbstversorgung und sparten dadurch wieder eine Menge Geld!

»Hätte, wäre, könnte!«, stichelte Benjamin und insistierte. Die Zementfliesen seien eindeutig neuwertig. Einzelne angeschlagene Stellen seien im horrenden Preis inbegriffen. Benjamin kannte sich da aus. Und die Zimmertüren im WG-Look: Er ginge ja nicht davon aus, daß »die Eugens« direkt Multimillionäre wären. Er habe natürlich auch die Schutthaufen im Keller und die salpetrigen Wände dort bemerkt und, klar, die fast unrenovierten Bäder. Die Pferde hätten übrigens alle ein Brandzeichen. Von wegen Gäule! Sättel und Trensen hätten nach frischestem Leder gerochen und nagelneu ausgesehen.

Ob Marcel ein Auge für die Laufschuhmodelle von Nora und den Mädchen gehabt hätte? Das waren keine Armutsgaben von der Caritas-Sammelstelle. Und was wäre mit den Berliner Messinglampen in fast jedem Zimmer? Alles zufällig auf dem Schrotthaufen gefunden, aus Marcels Sicht? Und die Apple-Gerätschaften, die elektrischen Helfer in der Küche? Alles Großgeschenke von zusammenlegenden Großeltern? Der riesige Kirschholztisch in der Küche? Na klar, spottete Benjamin, den haben irgendwelche dusseligen Proletarier zum Sperrmüll auf die Straße gestellt, weil sie was Schickes, Helles von Ikea wollten! Eugen habe das Teil durch Zufall aufgegabelt, Nora habe es bienenfleißig restauriert. Wie sonst!

Benjamin schüttelte lachend den Kopf. Marcel mache sich etwas vor, mit geschlossenen Augen, wenn er annähme, daß das alles auf dem Humus rechtschaffener Armut gewachsen sei. »Daß die beiden enorm fleißig sind, mal ganz unbenommen.« Marcel schwieg. *Soll doch Benjamin demnächst den Reporter machen. Kann er ja anscheinend hervorragend!*

Er hatte ja noch dieses As im Ärmel, die unglaubliche, unverschuldete Abwärts-Karriere von Eugen. Marcel entschied, die Rössler-Rosenbaum-Geschichte noch kurz zurückzuhalten. »Die beiden sind aber sowieso nicht ganz dein Fall, oder? Grad Nora? Oder auch Eugen?«

Benjamin nahm seine Flasche und goß sich das Zeug mit minimalem Abstand zum Mund in die Kehle. Eine Geste, die überzeugend professionell wirkte. »Extrem anstrengende Leute. Extrem von sich überzeugt. Herablassend. Das ist typisch für übergroße Leute, körperlich große, meine ich. Aber – Hut ab. Leistungsträger, das auf jeden Fall. Eugen schreibt brillant, ohne ein Schreibtischhocker zu sein; solche Leute genießt man vielleicht besser aus der Ferne. Und Nora ... meine Fresse!«

»Hot-Babe-Status?«, fragte Marcel grinsend.
Benjamin schüttelte den Kopf. Ab dreißig falle eine Frau aus dem Raster, »außer für einige Spezialisten, die gerade d a s als Kitzel empfinden ...« Er schlug aufs Handschuhfach. Ach! Ganz vergessen vor lauter Armut und Reichtum! Was denn nun bei der Rosenbaum-Frage herausgekommen sei?

Marcel machte eine Kunstpause und schimpfte über einen Drängler. Solche Taktik verfing nicht bei Benjamin. Er bohrte nicht nach, ließ Marcel nicht das Gefühl genießen, hier eindeutig der Besserwisser zu sein. Marcel wollte über Autofahrer in Potenzschlitten reden – also gut. Da konnte er mithalten. Benjamin kannte sich aus mit solchen Männermaskeraden, theoretisch. Musclecars und Einhandraser: Das waren Typen mit unspektakulärem *inner game*. Die hatten's nötig! Benjamin referierte eine Weile.

Marcel kam von allein auf die causa Rosenbaum zurück. Er berichtete ausführlich von Anfang bis Ende und hoffte, Benjamin würde keine Zweifel anmelden. Er selbst hatte keine. Der Freund pfiff zwischendurch durch die Zähne, machte »tss!« und schüttelte den Kopf. Das sei der absolute Klopper! Was für eine Geschichte! Der Oberhammer! Die auf der anderen Seite, »die Linken« würden aus so einer Sache eine medienwirksame Skandalgeschichte machen, falls es je einen von denen träfe. Das sei ja eine Art Berufsverbot! »Ein Polit-Skandal, durch alle Instanzen! Denk dir mal die umgekehrte Sachlage aus: Ein Gelegenheitsautor einer linken Zeitung wie dem *Mittwoch* oder der *Neuen Freiheit* würde aus seinen bürgerlichen Anstellungsverhältnissen gemobbt, nur weil sich herausstellte, daß er hin und wieder für ein Medium links der Mitte schreibt! Absolut undenkbar! Daß er in einem Blatt mit alten Stasibonzen schreibt und daß in manchen Artikeln dort der Kommunismus verherrlicht wird, bis heute – n i e würde man das einem linken Gelegenheitsautor vorwerfen! Zumal einem, der fast ausschließlich Kulturkritiken schreibt! Zumindest nicht soweit, daß daran ein Berufsweg scheitert, oder?«

Benjamin fragte hier und da Details nach, kommentierte schimpfend und schwieg dann, grübelte.

Jäh, Marcel zuckte zusammen, intonierte Benjamin eine Fanfare, von tief unten aufsteigend: Daaa, daaa, daaa, dadaam! Dumdumdumdumdumdum, er benutzte das Armaturenbrett als Pauke. Marcel grinste wissend. *Der triumphale Warsteiner-Jingle, Hommage an Nietzsche oder so.*

»Ich hab's!« Benjamin schaltete auf Sprache um. »Sag mal, daß die einfach ein dickes Polster als Rückhalt haben, das ist doch nicht grad unwahrscheinlich, oder? Die verdienen nur mäßig, können aber von einem gewissen Bestandsreichtum zehren. Auch wenn du diese Sperrmüllvorstellungen hast. Daß diese illustre Urahnin Edith Rosenbaum einigermaßen vermögend war, darf doch wohl vorausgesetzt werden. Und die hatte nur einen Erben, der wohlbehütet durch die dunklen Jahre kam. Wieso sollte der sein Hab und Gut nicht auf Noras Vater übertragen haben? Und Nora und Eugen können nun davon profitieren? Wär das vollkommen abwegig? Meiner Meinung nach wäre das des Rätsels Lösung.«

Marcel dachte nach. Zuckte die Schultern. *So* enorm wichtig erschien ihm die Frage nicht, ob die beiden ziemlich arm oder ziemlich reich waren. Benjamin forschte per Smartphone weiter. Dresden tauchte im Talkessel auf. Marcel schaltete zum zweiten Mal kommentarlos, heimlich eigentlich, die Klimaanlage ab, die Benjamin angestellt hatte. Sie war definitiv nicht nötig, im Gegenteil. Vielleicht war die kurze Nacht schuld, daß er fröstelte.

»Theodor Rosenbaum findet sich gar nicht. Das Netz sagt, daß Edith Rosenbaum kinderlos geblieben sei. Okay, es war eine späte, anscheinend der Öffentlichkeit verheimlichte Geburt. Gut möglich. Alfons Rosenbaum hab ich gefunden, aber nichtssagend ... Warte: Es gibt in Dresden einen Pelzhändler namens Rosenbaum. Kann ich nicht beurteilen, ob der Beruf erstens heute noch für Reichtum steht und zweitens, ob das ausgerechnet unser Alfons ist.«

Benjamin schaltete das Gerät aus und nahm einen großen Schluck Isotonisches aus seiner Flasche, wieder ohne Berührung der Flaschenöffnung.

»Eins fällt mir allerdings ein: Hieß es nicht, die Rössler-Rosenbaums hätten sich in Bayreuth kennengelernt?« Benjamins Stimme wurde jubelnd. Damit hätte man doch ein prächtiges Indiz! Aus welchen Ställen stammten üblicherweise junge Frauen, die sich bei Wagner-Festspiele einfanden? Aus wohlsituierten, gutbürgerlichen! Oder hätte man je Gegenteiliges vernommen? Eugen, okay, Eugen wäre in der Hinsicht vielleicht ein Sonderfall. Ein Aficionado jenseits des Regulären. Ein Wagnerianer ohne familiäre Anlernung, ohne großbürgerlichen Hintergrund, eine Ausnahmeerscheinung. Aber Nora? Würde doch passen, meinte Benjamin. Das Pelzhändlerehepaar Rosenbaum zelebrierte – so ging Benjamins Geschichte – Jahr für Jahr diese sommerliche Wagnertradition, und irgendwann Ende der Neunziger durfte die junge Nora ihre Mutter als Begleitung ersetzen. Und begegnet dort einem langhaarigen, körpergrößenadäquaten Freak namens Eugen. Geld und Begeisterung treffen aufeinander, entflammen sich.

Benjamin zeigte eine kindische Freude bei seiner Ermittlungstätigkeit. Er ließ seine Finger übers Handschuhfach wandern, links und trippelnd Nora, rechts, die Finger zu einem Block, Eugen. So würde es doch passen? Benjamin verschränkte die Finger, rieb sich dann die Hände. Das war doch die passende Vorstellung: Eugen rödelte nach Kräften, unter den gegebenen Umständen mehr schlecht als recht, während

Nora von ihrem wohlhabenden Elternhaus mit einer standesgemäßen Apanage bedacht worden war! So kamen die beiden summa summarum passabel durch!

»Noch Fragen?« Marcel schaltete die Klimaanlage mit einer unauffälligen Bewegung des kleinen Fingers erneut aus. Über Noras Elternhaus, zugegeben, wisse er rein gar nichts. Immerhin kannte er Noras Bayreuthgeschichte in gröbsten Ansätzen aus Eugens früheren Erzählungen: Nora habe sich damals per Anhalter aufgemacht, von Dresden nach Bayreuth, in mehreren Etappen, in Wanderschuhen. Eine Fanatische! Im Rucksack ein Kleid und angemessene Schühchen. Dann habe sie erfolglos um eine Karte angestanden. Habe im Wald geschlafen, sich am andern Morgen auf der Toilette eines Klinikums die Haare gewaschen und ihr Glück abermals versucht. Da – war's der zweite, war's der dritte Tag? – hatte sie jedenfalls doppeltes Glück. Sie kam zu einer Karte und zu Eugen. So ungefähr jedenfalls ging die reizende Aschenputtel-Legende, die ihm Eugen vor fast zwei Jahrzehnten erzählt hatte; das Mädchen mit den nassen Blondhaaren. Kein großbürgerliches Töchterlein, eine Verrückte!

»Okay, das paßt, gefühlsmäßig. Kann man sich genau so vorstellen«, gab Benjamin zu. Beim Pelzladen könne man doch trotzdem mal vorbeifahren, oder? Rein interessehalber. Mal gucken, ob das ein Miniunternehmen sei oder ein gigantischer Umschlagplatz.

Die Adresse führte nach Pieschen und dort zu einem Mehrfamilienhaus. Durchschnittliche Gegend, eine schmale Eichenallee, Kopfsteinpflaster mit tiefen Frostlöchern, durch Asphaltausgießungen notdürftig repariert. Das Haus ein Gründerzeitbau mit Graffiti am Sockel. *Ultras Dresden we will shmash you!*, genau so, und einige Hieroglyphen, die für den Uneingeweihten nicht lesbar waren.

Rosenbaum fand sich auf der Klingelleiste, daneben ein Messingschildchen: A. Rosenbaum, Kürschnermeister. Wenn

Alfons Rosenbaum hier seine Werkstatt hatte, dann war das keine Luxusmanufaktur. Oder doch? Klein, aber fein? Marcel und Benjamin standen unschlüssig auf dem Gehsteig. Die Sonne brannte, geradezu unbarmherzig, hoher Mittag. Hochsommerglut im Juni, normal war das nicht. *Die Sonnenschutzcreme liegt artig im Badezimmerschrank, bravo.*

Benjamin machte ein paar Überbrückungswitze über Pelzhändler, über Rosen an Bäumen, über Wagner. Er frotzelte sich in eine Stimmung, die Marcel nur schwer teilen konnte. Zwei Häuser weiter stand eine Platane, deren Wurzeln die Gehsteigplatten und den Straßenbelag hochschoben. Dort würde man etwas schattiger stehen, schlug Marcel vor.

Nach einigen Minuten öffnete sich die Tür zum Innenhof, ein junger Mann, Typ Student mit verkabelten Ohren, schob sein Fahrrad heraus.

Die Spontaneität lag bei Benjamin: »Sag mal, eine Frage, verkauft der Rosenbaum seine Sachen direkt hier? Wir ... wir hätten Interesse an ... an einem Pelz.« Der Student nahm die Stöpsel aus den Ohren, Benjamin wiederholte seine Frage.

»Pelze? Hier? Jetzt?« Es kam Marcel vor, als musterte der Typ ihn spöttisch. Ihn! Dabei hatte er gar nichts gesagt!

»Nee, die Rosenbaums haben die Werkstatt doch schon lange geschlossen. Mindestens seit zwei Jahren, oder drei, die sind insolvent. Ja ... vor drei Jahren war das. Da war ich gerade eingezogen, da haben die ihre kleine Werkstatt im Hinterhof geräumt.«

Der Kerl, Ringlein in der Augenbraue, grinste. »War vielleicht auch ein anachronistisches Unternehmen, irgendwie. Tierpelze! Heute!«, er schien damit keinesfalls auf die aktuelle Tagestemperatur anzuspielen. »Brauchen sie auch gar nicht zu klingeln, wegen Restbeständen oder so. Die sind gestern weggefahren.« Benjamin, ganz Meisterdetektiv, hakte blitzschnell nach, während der Radfahrer schon wieder einstöpselte:

»Noch eine Frage: die Tochter – die Tochter von Rosenbaums, die lebt wohl nicht mehr hier, oder?«

»Keine Ahnung, hier wohnen nur die beiden Alten. Enkel haben die aber, sogar mehrere. Freche, laute, blonde Gören, um genau zu sein.«

Während Marcel sich höflich bedankte, blickte Benjamin schon zwinkernd zum Freund. Volltreffer! Hier wohnten Noras Eltern. Allerdings – wenn die Insolvenz angemeldet hatten, könne von Reichtum wohl keine Rede sein, oder?

Benjamin guckte skeptisch. Er wußte von einem, der mit einem Start-up das ganz dicke Geld gemacht habe. So richtig dick, also sechsstellig, mindestens! Und wo wohnte der? Bis heute? In Berlin-Moabit, in einer Zweiraumwohung, achter Stock! Verbringe jeden März in Andalusien und jeden Herbst an der Cote d'Azur, und zwar de luxe, derweil seine Wohnungsnachbarn in Moabit davon ausgingen, der sei einer der ihren, halt öfter mal auf Montage. Das hieße: Reichtum müsse nicht sichtbar sein.

Marcel hatte genug. Die Sonne fraß sich in seinen Schädel, er hatte mal von jemandem gelesen, der Hautkrebs auf der Kopfhaut bekommen hatte. Hatte man lange nicht entdeckt, wegen der Haare. Der Mann war fast dran gestorben. Marcel drängte zurück zum Auto. Für heute sei genug mit der Spionagetätigkeit. Das einfachste wäre doch, den geraden Weg zu gehen. Nämlich Eugen anzurufen, sich noch mal zu bedanken und schlicht nachzufragen, ob da nicht neben aller Schufterei doch ein Geldpolster in Reserve läge. *Ich könnte einfach fragen: Kommt Nora eigentlich aus einem begüterten Haus? – Wäre eine einigermaßen normale Frage unter Freunden.*

Marcel hielt vor Benjamins Wohnung zwischen Neustadt und Wilder Mann. Der Freund hatte sich unter strategischen Gesichtspunkten eingemietet. Halb neu, also modern, halb wild, also archaisch. Das waren die Koordinaten, auf die Frauen flogen. Der urbane Ritter! Einer, der wußte, wie der Hase läuft, aber die alten Mannestugenden verinnerlicht hatte. Zwischen Szenebezirk und bürgerlichem Milieu. Benjamin stieg aus, leerte seine Flasche und stellte sie auf den Bürgersteig. »Jeden Tag eine gute Tat! 25 Cent sind ein halbes Bier!« Er winkte Marcel lässig. Von weitem sah man, daß das mit seinen Schuhen ein Fake war.

Es ist ein bürgerliches Elend

Montag war immer der heißeste Tag in der Redaktion, und zwar unabhängig von der Außentemperatur. Volle Postfächer trafen auf müde Gesichter. Hinter Kiedritz, Hartmann und Holsten lagen Ausbrüche – Kneipentouren, FKK-Club, Elbsandsteinklettern –, hinter der Wackernagel die üblichen Einbrüche, hinter Petri ein alleinerziehendes Wochenende, jedenfalls alle vierzehn Tage. Das Leben hatte ja nicht pausiert übers Wochenende.

Es gab enttäuschend wenig Leserpost zur Reibertschen Einlassung, zwei begeisterte Briefe – »der Reibert! Im *Freigeist!* Der Durchbruch!« – und eine halbes Dutzend scharfzüngiger Kommentare – »habt Ihr das nötig? Unübersetzes Kauderwelsch abzudrucken?«, »Ab wieviel Promille ist diese Suada eigentlich lesbar?« – und keinen einzigen Kommentar in anderen Medien zu der Tatsache, daß Hans Reibert sich nun zu den *Freigeist*-Autoren zählte. Kein japsendes »Unerhört!«, schon gar kein nachdenkliches »Interessant ...«. Die schweigen das tot, die anderen, regte sich Kiedritz auf. Benjamin und Marcel tauschten einen Blick. Sie hatten mal eine Woche lang eine Strichliste geführt. Einen Strich für jede Verwendung der Totschweige – Vokabel, es waren am Ende neun Fünferpäckchen gewesen. Das war lange her, seit Jahren hatte das Wort kaum noch Konjunktur.

Völlig normal, fand Jochim. Reiberts knallhart konservatives Bekenntnis nehmen die natürlich zur Kenntnis, alle. Reibert war ja nicht irgendwer. In der Top 100 der einflußreichsten deutschen Intellektuellen hatte der *Epikur* Reibert auf Platz sechs geführt. Und nun wird seine *Freigeist*-Autorschaft ausgesessen, Grabesstille drüber gebreitet. So sind sie halt! Alltags-Schizophrenie!

»Die ignorieren es, weil es peinlich ist und völlig irrelevant«, ätzte die Wackernagel bei einer Zigarette auf dem Balkon. Sie hatte ihr Montagsgesicht mit Flecken. Marcel nahm das genau wahr, den montäglichen Versuch, die Rötungen mit einer homogenisierenden Paste zu übertünchen. Daß Benjamin das nicht bemerken wollte – »wieso, sieht doch total gut aus für ihr Alter?«: kein Problem. Er, Marcel, hatte den Reporterblick!

Das Interview mit Kunz über *Deutschland, deine Migranten* war bei den Lesern hervorragend angekommen. Kein Mißton wegen Kunz' indianischer Frau, die sich wie zufällig am Photorand – »Gespräch am Gartentisch« – wiederfand.

Jochim hatte recht behalten. Daß Kunz, das Infokästchen erwähnte es beiläufig, mit einer Cahita verheiratet war, hatte die Position von Kunz als nüchternem Wissenschaftler nur bestätigt.

Marcel hatte keine Zeit, sich damit aufzuhalten. Nach der Obst- und Rauchpause mußte er recherchieren, zwei, drei Dinge für den erkrankten Tebbo Lorenz erledigen und dann los, außerplanmäßig. Die Sache war einigermaßen dringend. Er haßte es, gedrängt zu werden. Auch noch von äußeren Zwängen! Dabei ließ ihm schon die Sache mit Eugen keine Ruhe. Dinge, die ihm auf der Seele brannten, mußten erledigt werden. Sonst rollten die sich auf, innerlich, zu einer Lawine. Wälzten ihn im Schlaf um und um. Es half wenig, daß er sich sagte, Benjamins materialistisches Mißtrauen sei im Grunde nicht sein, Marcels, Problem. Eugen hatte ihm gegenüber ja keinesfalls den Eindruck vermittelt, als sei die Familie bettelarm. Es war nur klargeworden, daß der monatliche Gehaltszettel nicht opulent war. Falls sie von Noras Erbe oder besser: von Noras vermögenden Eltern lebten, wäre das maximal ein Verschweigen. Ein läßliches Verschweigen! Eugen hatte gesagt: Wir haben Luxus nicht nötig. Wir arbeiten hart. So ungefähr. Und ein ordentlich gedecktes Dach, ordentliche Haushaltsgeräte und gute Laufschuhe, das war ja wohl kein Luxus! Und dennoch, es war eine Art Verdacht, den Benjamin geäußert hatte. Man müßte ihn ausräumen.

»Eugen, ich bin's, Marsl.« Für Eugen nannte sich Marcel Marsl, für seine Mutter sprach er den Namen französisierend aus. Marcels generelle Zugewandtheit drückte sich gern sprachlich aus. Nachdem er bei Stuttgart anderthalb Wochen über die Rußlanddeutschen recherchiert hatte, war er zurück in Dresden mehrmals darauf angesprochen, ob er »aus Schwaben« komme. Benjamin hatte manchmal über diese Angewohnheit, über diesen Wesenszug gespottet. Wenn er im Büro hörte, daß Marcel am Telephon mit Servus und Grüß Gott hantierte, lästerte er: Und, wie ist das Wetter in Bayern? »Sprachlich bist du ja flexibel wie ein Schluck Wasser in der Kurve«, neckte er. Marcel stand dazu. Er nannte es Empathie. Unabdingliche Reportereigenschaft!

Eugen war in Plauderlaune. Sie hätten gerade Holz gemacht in Gaulitzsch, morsche Bäume gefällt, zersägt, gehackt, geschlichtet. Nebenbei habe er ein Kulturstück geschrieben und bei Hartmann eingereicht, ob das schon zur Sprache gekommen sei? Er sei grad in Schreiblaune.

Und, vom Schreiben zum Lesen: Ob sich Marsl schon an Yael Schweitzer gemacht habe? Gut? Hatte Marcel. Ja, ziemlich gut, doch leider bleibe so wenig Zeit für außerberufliche Lektüre. Abends beim Lesen im Bett fehle dann die Disziplin, mehr als ein paar Seiten zu bewältigen. Der innere Schweinehund! Obwohl es wirklich ... spannend sei. *Heute abend beginne ich richtig!*

Sie sprachen eine Weile, auch über Benjamin. Witziger Typ, meinte Eugen, ein Urteil, das es offen hielt, ob er Benjamin für eine Witzfigur oder für einen unterhaltsamen Kerl hielt.

Es sei doch überhaupt so ein ungeklärtes Rätsel, philosophierte Eugen, was wohl das verbindende Glied innerhalb der »Szene« sei, der *Freigeist*-Freunde. So ein bunter Haufen, so wenig lebensweltliche Gemeinsamkeiten, und doch dieser gemeinsame Nenner, dem man Seltenheitswert attestieren dürfte, heutzutage: Sich als rechts zu verstehen, in Zeiten, da diese Positionierung nicht opportun sei. Rechtsliberal, rechtsintellektuell, rechtskonservativ. Oder, zur Not, mit El Jefe gesprochen: kernbürgerlich.

Es sei doch immer wieder seltsam, wie die Leute im einzelnen zu einem solchen unpopulären Standpunkt kämen. Ob das eine Art Geburtsfehler sei? Ein unbekanntes Gen, das sich, oft als Ausreißer zwischen den Generationen, so auspräge? Was verbinde denn ihn, Eugen, lebensweltlich und willensmäßig mit Typen wie Kiedritz? Oder mit Holsten? Marcel lachte.

»Ja, das ist die berüchtigte Frage! Robert Petri hat ja die Theorie, daß es mit der Pockenimpfung zusammenhängt.«

Wer sich, aus welchen Gründen auch immer, der Pockenimpfung entzogen habe, tendiere zum freigeistigen Denken. Der sei nicht immun gegen Pocken, aber vielleicht gegen, naja, gegen irgendwelche geistigen Einflüsse. Was erstaunlich und nach Verschwörung klang, hatte eine gewisse Plausibilität für sich. Bis Mitte oder Ende der Siebziger wurde alle Kinder gegen Pocken geimpft, in Ost- wie in Westdeutschland. Das machte diese markante Narbe am Oberarm. Petri, weil dauerkrank als Kind, hatte sie nicht. Die Wackernagel auch nicht. Hartmann, Hinterow, Backhohl: ebenfalls Fehlanzeige.

Jochim hatte man nicht befragt. Darüber hinausgehend geriet die Theorie allerdings ins Wanken. Kiedritz hatte die Narbe, was allein noch kein Gegenbeweis wäre. Die Damen Nachtweyh und Panusz hatten sie ebenfalls; das war ebenfalls eher irrelevant. Auch Holsten war gegen Pocken geimpft, Tebbo Lorenz ebenfalls. Auch das konnte man noch erklären: Das waren Leute, die man sich ebensogut in einer anderen Redaktion, einer der strikten politischen Mitte, hätte vorstellen können.

Aber, und das machte die These im Grunde hinfällig: Unter den Jüngeren war keiner gegen Pocken geimpft. Und zwar gar keiner, auch die politisch Desinteressierten oder Linken nicht. Ab den achtziger Jahren impfte man nicht mehr gegen Pocken. Ohne, daß das gesellschaftliche Auswirkungen zeitigte!

Petri ließ das nicht als Grund gegen seine Pockenimpftheorie gelten. Es habe stets neue Impfempfehlungen gegeben und damit andere Möglichkeiten, den Leuten das Hirn weichzuimpfen. Marcel lachte ausgiebig, um zu verdeutlichen, für wie überspannt er Petris Welterklärungsformel hielt. Eugen bremste seine Ausgelassenheit.

»Hör zu: Ich bin auch nicht gegen Pocken geimpft! Weiß ich genau, ich hab diese Narbe nicht. Na, wenn das mal keine heiße Spur ist... Sehr erhellend!« Eugen lachte laut. »Und, wie steht's mit Dir? Verseucht oder nicht?«

Marcel seufzte. »Dreimal darfst du raten. Ja, ich bin gegen Pocken geimpft worden. Merkt man, oder?« Marcel ärgerte sich. Er kam von seiner Frage ab.

Marcel hörte eine Kinderstimme auf Eugens Seite. Dann wieder Eugen: »Marsl, tut mir leid, war sehr aufschlußreich, müssen wir ein andermal weiterführen. Ich muß jetzt das Kind seiner Betreuung zuführen, mach's gut, bis nächstesmal!«

Marcel zog eine Grimasse, legte auf und schaute grimmig auf seine to-do-Liste. Die causa Eugen konnte nicht gestrichen werden, er kreiste sie mit temperamentvollen Kringeln ein.

Es paßte nicht in Marcels Arbeitsgewohnheiten, wenn eine Sache brannte. Zumal, wenn es seine Sache war! Er war kein rasender Reporter, keiner, der aus dem Stegreif mit markanten Konturen berichten konnte. Seine Sache war die lange, ausführliche Vorarbeit. Jetzt brannte es, und zwar in einer Angelegenheit, deren Vorbereitung Marcel noch nicht abgeschlossen hatte. Spontaneität war nicht seine Stärke. Nun mußte er durch. Die Zigeunerreportage hatte er im Juli plazieren wollen. Jetzt aber wurden anscheinend Fakten geschaffen, vor Ort, brandaktuell.

Marcel hatte sich in den vergangenen Monaten zweimal mit Alfred getroffen. An Alfred, seinem Gewährsmann, lag es, daß Marcel den Fall bei sich und im Rechner unter der Überschrift »Zigeuner« etikettiert hatte. Auch wenn er wußte, daß er in der gedruckten Form sprachlich sensibler vorgehen würde. Alfred fungierte als inoffizieller und keinesfalls einhellig bestimmter Sprecher der fünfzigköpfigen Gruppe jener Minderheit, der die Stadt ein Asyl am Rande der Neustadt zugewiesen hatte. Asyl, oder noch freundlicher, »vorübergehende Bleibe«, nannten es die Leute von der Stadt, Ghetto nannte es Alfred.

Alfred und seine Leute waren in einem Gründerzeitwohnblock untergekommen, dreistöckig, direkt an der Dresdner Heide. Teilsaniert, alle Anschlüsse vorhanden, Satellitenschüsseln inklusive, moderne Toiletten und ordentliche Zentralheizung. Auch äußerlich intakt, früher Nach-Wende-Zustand, also ohne Berücksichtigung der Denkmaleigenschaften angemalt. Im Innern sah es passabel aus, alle Wände waren frisch verputzt und gestrichen, einfach möbliert, die Herdstellen in den Küchen zwar ohne Ceranfeld, die Betten aus zweiter Hand, aber mit neuen Matratzen. Haushaltsgeräte und Kinderspielzeug stammten aus Gebrauchtbeständen, waren aber tadellos, fast jedenfalls.

Alfred, der schwarzhaarige, schnauzbärtige Mann ohne Paß und ohne Geburtsurkunde, ein Mensch aus balkanischem Zwischenland, hatte Marcel herumgeführt und die Zustände beklagt. Fünf Sippen waren in sechs Wohneinheiten untergebracht, in der Mehrzahl Roma. Alfred war Sinto, er nannte sich Zigeuner. Den anderen war die Benamsung größtenteils gleichgültig, »Flüchtling« war ein Wort, auf das man sich einigen konnte.

Der bereitgestellte Wohnraum war knapp, aber nicht beengend. Rund 500 Quadratmeter standen den Leuten zur Verfügung, wobei Alfred den großen Garten natürlich nicht mitrechnete: Da sei man schnell wieder bei dem Gerücht, daß Zigeuner sich ohnehin lieber im Freien aufhielten, bei der Mär vom fahrenden Volk, bei den Nomaden, den Unansässigen, den ziehenden Gaunern. Alfred war belesen, er hatte studiert, sagte er. Er kannte die Versuche, sein Volk in Mißkredit zu bringen. Bei den Roma, ja! Da gäbe es in der Tat fragwürdige Elemente ...

Marcel war schnell klargeworden, was gemeint war. Alfreds Zwischentöne waren beredt, und seine eigene Recherche hatte ergeben, daß ein gewisser ethnischer Zwist herrschte. Sinti und Roma sind nicht ein Herz und eine Seele. Ihnen gemein war ein gewisser Unwillen, sich mit der sicher nicht luxuriösen Unterkunft abzufinden. Marcel hatte das Haus erstmals im Februar besucht, da war die Gruppe gerade eingezogen.

Eine Stippvisite, Marcel fühlte sich als Störenfried. Es herrschte ein Durcheinander, die Leute richteten sich noch ein. Gut zwanzig Erwachsene, der Rest Kinder, zum Teil sehr erwachsen wirkende Kinder. Die harten Lebensumstände hatte sie womöglich altern lassen.

Wochen später, bei Marcels zweitem Besuch, war der Doppelhausblock in deutlich schlechterem Zustand. In der Lokalpresse hatte es bereits eine Kontroverse dazu gegeben. Ein Autor hatte die erbärmlichen Wohnbedingungen beklagt, die Leser sahen überwiegend eine Mitschuld bei den Bewohnern.

In der einen Haushälfte hatte es erbärmlich gerochen bei Marcels Termin im April. Die Toiletten waren unbenutzbar. Das sei eine Scheißanlage, hatte Alfred erklärt und sich über den doppelten Sinn gefreut. Völlig fehlerhaft konstruiert! Ein jüngerer Typ, klein, drahtig und mit scharf eingeschnittenen Zornfalten über der Nasenwurzel, hatte Marcel und Alfred eskortiert. Alfred hatte den Jüngeren als seinen Neffen vorgestellt.

»Die«, damit meinte der Neffe die Verantwortlichen in der Stadtverwaltung oder eventuell gleich das Kollektiv der einheimischen Deutschen – »die denken, daß es so in Ordnung geht. Scheiße kommt zu Scheiße. Für die ist das klar. Für die sind wir ein beschissenes Volk, das es nicht anders verdient hat!« Der Neffe, herausfordernd Marcels Blick suchend, erregte sich maßlos.

Alfred gebot ihm Einhalt. Er wollte die Klage lieber selbst anführen, etwas weniger konfrontativ – es fehle einfach an allem. Auf Marcels Bitte, das zu konkretisieren, holte Alfred aus: Keine Kleidung, keine ärztliche Betreuung, kein anständiges Essen, kein Übersetzer für die, die der Sprache nicht mächtig seien. Nur ungern führte Alfred Marcel durch die Unterkunft. Nein, ha, zu verbergen gäbe es ganz bestimmt nichts! Aber man müsse bedenken, daß auch diese Leute ein Schamgefühl hätten.

In einem Bad lief damals eine Dusche. Lief und lief, der gekachelte Fußboden war völlig überschwemmt. Kinder spielten in der Riesenpfütze, eine Frau kochte nebenan in der Küche, das Wasser lief bis dorthin. Alfred überblickte die Situation, schickte Marcel streng in den Flur und schloß die Wohnungstür von innen. Geschrei, mehrstimmig. Vermutlich setzte es Ohrfeigen für die Schwimmbadspieler. Die Frau zeterte in fremden Tönen, Alfred dröhnte zurück. Dann trat er aus der Wohnung, kopfschüttelnd.

»Auch so ein Mist, den man kaum glauben kann! Die Dichtungen sind so verkantet und verrostet, daß man sie nur mit roher Gewalt zudrehen kann.« Der Sinto machte ein Hausmeistergesicht. Wie einer, der nur mit Mühe, mit erheblichem Zeit- und Nervenaufwand die Dinge am Auseinanderbrechen hindert. Der junge Kerl kam wieder herbeigeschlendert und fixierte Marcel. Marcel guckte zurück. Er hatte ja nichts zu verbergen! Als es zum Starren wurde, lenkte Marcel seinen Blick seitlich ab. *Alte Kampfhundregel.*

»Für die hier, für deine Leute also, sind wir nur Abschaum,« stieß der Jüngere hervor. »Untermenschen, wenn du verstehst, was ich meine.«

Alfred winkte mit kurzer, offenbar verärgerter Geste ab, Marcel sah es aus den Augenwinkeln. Er rief dem Neffen etwas zu, scharf im Ton. Zu Marcel gewandt beschwichtigte er: Der Neffe übertreibe. Müsse man aber verstehen, die Situation sei eben nicht gut. Es habe Ärger gegeben mit Anwohnern. Beschwerden, die unhaltbar waren. Er, Alfred, lebe seit Jahrzehnten mit solchen Unterstellungen und wisse, wie man damit umgehe. Nämlich ruhig und gelassen. Und höflich! Das sei eine Lektion, die er dem Neffen noch eintrichtern müsse. Kinder halt! Schnell sei die Jugend mit dem Wort, er, Marcel, kenne das doch, oder? Marcel war unsicher. Kind, Jugend: Auf Marcel hatte der Neffe keinesfalls kindlich gewirkt, er mochte fünfundzwanzig sein, mindestens. Wäre er dem Neffen nachts auf menschenleerer Straße begegnet, er hätte sich unwohl gefühlt. *Ein unzulässiger, vorurteilsbehafteter Gedanke, natürlich. Es gab definitiv keinen Grund, schlecht von dem Typen zu denken. Wieso auch? Aufgrund einer Gesichtswissenschaft, oder was? Das war definitiv schlechter Gedankenstil.*

Marcel konnte sich nicht auf Erfahrungen berufen. Er kannte persönlich keine Zigeuner, weder Sinti noch Roma, keinen einzigen. Und Erzählungen aus zweiter Hand? Mochten unzuverlässig sein. Er war hier, um aus erster Hand zu berichten. Sich ein Bild machen, und zwar nicht aus halbfertigen Versatzstücken, einem Gemälde nach Schablonen, sondern als einer, der jedes Vorwissen zurückgedrängt hat und nur das sieht und hört, was hier und jetzt zu sehen und zu hören ist. Wäre Alfreds Neffe zufällig Haus an Haus neben ihm in der Aachener Neubausiedlung aufgewachsen, wer weiß? Vielleicht wäre er, Marcel, mit einem älteren Bruder des Sinto befreundet gewesen. *Klar, weil mein Freundeskreis unbedingt auf Zuwachs angelegt war. Dummes Zeug.*

Nur unwillig machte Alfred den Dolmetscher, als Marcel darum bat, noch mit anderen Leuten zu sprechen. Eine ältere Frau, im Sitzen Kartoffeln schälend und die Schalen auf den Boden fallen lassend, befragt, wie sie hier ihre Zeit verbringe, nahm Marcels Hand, Schraubengriff, tätschelte seinen Arm mit der anderen und gestikulierte wild, nachdem Alfred anscheinend nicht sachgerecht übersetzte.

Alfred wollte Marcel am anderen Arm weiterziehen, doch Marcel hatte sich schon in Hockstellung begeben. *Augenhöhe herstellen, den Eindruck von Autorität vermeiden.* Sie käme aus Bosnien, übersetzte Alfred karg. Sei gelernte Krankenschwester und wolle gern hier Arbeit finden.

Die Frau, interessantes Gesicht, eine ganze Landschaft aus Erlebtem, tätschelte Marcels Wange. Es roch gut, kartoffelig eben. Milka, der Name fiel wiederholt. Alfred lachte erst und schäkerte, wurde dann unwilliger und forderte Marcel auf, sich zu erheben. Der Schraubgriff anderseits verstärkte sich. Marcel lächelte höflich und verzagt in beide Richtungen. Miiilka!, rief die Frau dann in Richtung des geöffneten Fensters.

Marcel fühlte sich kurz wie taub, löste ruckartig seinen Arm und formte eine schützende Höhle über seinem Ohr. Er hörte sein Blut rauschen. *War das normal? So ein Trommelfell reißt schneller als man denkt!* Die Alte hatte ein gewaltiges Organ. Sie lachte über Marcels Empfindlichkeit, kniff ihm in die Wange und pfiff zwei Knaben herbei. Die sollten Milka holen. Derweil drängte Alfred zum Aufbruch, Marcel erhob sich und wurde abermals vom stählernen Griff der Frau niedergezwungen.

Marcel lächelte jovial seitwärts und nach oben. Was die Frau sage? Alfred stöhnte, sehr ungeduldig nun. Die Alte sage, daß sie sich sehnlichst eine gute Zukunft für ihre Kinder wünsche. Daß die Kinder so lieb seien und folgsam und willig, bildungswillig, übersetzte er ins Grobe.

Milka trat in den Raum. Schwer abzuschätzen, ob sie vierzehn war oder zwanzig, oder älter, sie trug Hotpants und eine ärmellose Bluse, ein Schneidezahn fehlte ihr, ansonsten war sie hübsch, sehr hübsch, ein straffer Pferdeschwanz, Haare bis zur Hüfte. Die Frau winkte Milka – Tochter oder Enkelin? – heran, griff ihre Hand und führte mit rigidem Ruck Milkas Finger mit Marcels zusammen. Sie lachte offenherzig, zog Milka, die die Augen verdrehte, nicht genervt, sondern in freundlicher Verlegenheit, herunter.

»Gutes Mädchen für guten Mann!« Alfred schien in seinem abwehrenden Gestus kurz innezuhalten und schaute Marcel aufmerksam an.

»Ich werde jetzt aber nicht verheiratet, oder?«, versuchte sich Marcel mit einem Scherz zu retten und hörte sich lachen. Alfred musterte ihn mit zusammengekniffenen Augen, sagte etwas zu Milka.

»Naja, nee, mach dir keine Sorgen. Du könntest ihr mal die Stadt zeigen, wenn du willst. Das würde ihr gefallen, Milka ist ein liebes Mädchen.« Milka warf einen Satz dazwischen, die anderen lachten. Marcel fühlte sich auf den Arm genommen, löste seine Hand und richtete sich auf. Vielleicht ein andermal, heute habe er keine Zeit. Alfred stieß ihn von der Seite an. Er gefalle Milka ehrlich! Er sei so, wie sie sich die Deutschen in ihren Träumen ausgemalt habe. Alle Blicke ruhten auf Marcel.

Nun tat es ihm wirklich leid. Aber er wollte noch mit der Nachbarschaft sprechen. Ein andermal, also. Milka trat näher und strich ihm scheu übers Haar. Ihre Brüste berührten dabei seinen Oberarm, ein Hauch ihrer Brüste. Marcel zuckte zurück. *Elender Narr, ein Stück Stoff hat dich berührt ... Wir Deutschen mit unserem Distanzgebot, aufgesogen mit der Muttermilch. Das macht, daß wir so unterkühlt wirken, so arrogant.*

Milka hatte ein Handy und schrieb ihm ihre Nummer auf. Dann gingen sie. Das seien halt Roma, seufzte Alfred, bevor sie sich verabschiedeten. Marcel sah beim Gehen die Flüchtlinge im Garten zusammensitzen. Es lag Müll herum, ein kleiner Wall aus Plastikresten und Sachen, die eigentlich in die Biotonne gehörten, des weiteren über die Fläche verteilte Fetzchen. Aber es war ein gutes Bild, wie sie dasaßen, Jung und Alt, gesellig, eigentlich fröhlich.

Unter den Nachbarn herrschte eine uneinheitliche Stimmungslage. Eine Frau in hellen Leinenhosen, mit grauer Kurzhaarfrisur und randloser Brille, ein klobiges Stück Kunsthandwerk an der Halskette, wollte gern auf Marcels Fragen antworten. Er wurde in den Wintergarten gebeten. Eine aromatische, hygienische Pfefferminzaura umgab die Dame. Sie war Küsterin in der evangelischen Stadtteilgemeinde und wohnte direkt neben der Flüchtlingsunterkunft.

Nein, sie hätte keine Klagen, im Gegenteil. Sie habe sich mit zwei, drei Romnifrauen direkt angefreundet. Klar, da seien Sprachbarrieren, aber man lerne voneinander. Sie nannte es eine unglaubliche Lebenserweiterung, sich in deren Schicksal und Alltag hineinzuversetzen! Laut seien sie, klar, manchmal bis nach Mitternacht, die Küsterin lachte glockenhell: Das störe sie nicht im Mindesten.

Das einzige Problem, das sie sehe: Wie mittelfristig eine Teilhabe dieser Leute an der Gesellschaft erreicht werden könne. Die seien hier ja quasi ghettoisiert! Sie, die Küsterin, sehe wenig sozialstaatliche Anstrengungen, daß Integration überhaupt erwünscht sei! Das hier, das sei ein unhaltbarer Zwischenzustand, dem die Menschen ausgesetzt seien! Ein Provisorium! Als gehe man davon aus, daß Dresden nur als Verschiebebahnhof fungiere! Und dann wundere man sich, wenn der eine oder andere aus dem Gleis gerate!

Ja, sagte sie auf Marcels Nachfrage, sie habe natürlich von den Beschwerden aus der Nachbarschaft gehört. Und ja, das sagte sie ruhig und entschieden, auch die könne sie nachvollziehen. Achtzig Prozent Vorurteil, zwanzig Prozent berechtigt, aus deren Sicht jedenfalls berechtigt. Daß mal ein Fahrrad aus einer offenstehenden Hofeinfahrt ausgeliehen werde, die Küsterin lachte mütterlich, das sei natürlich ein Affront für den Deutschen, der Mein und Dein sorgsam unterscheide. Das müsse man verstehen! Das seien Mißverständnisse, die sich ihrer Erfahrung nach mit einem einzigen Wort ausräumen ließen! Auch die Sache mit dem Ruhebedürfnis. Eine Nachbarin sei schwerkrank. Wer wolle ihr nachsehen, daß sie nächtens einmal die Polizei gerufen habe! Wichtig sei, keine Front heranwachsen zu lassen zwischen denen und uns. Die hätten halt ihre kleinbürgerlichen Vorstellungen von Ruhezeiten, von mülltechnischer Vier-Tonnen-Ordnung, das könne man nicht einfach übergehen!

Marcel merkte, daß die Küsterin mit »denen« die kleinbürgerlichen Deutschen meinte, mit »uns« die Gemeinschaft der Sinti, Roma und des Küsterin-Haushalts.

Anscheinend hatte die Frau in den letzten Tagen Übung gewonnen im Verkehr mit Berichterstattern. Sie hatte vermutlich eine Erwartungshaltung, der Marcel als *Freigeist*-Redakteur nicht wirklich entsprach. Sie mußte ihn für einen halten, der drauf und dran war, hier eine fremdenfeindliche Stimmung aufzuspüren! Die Küsterin wollte die deutsche Nachbarschaft behutsam in Schutz nehmen, ohne dabei die Flüchtlinge zu verraten. Sie war hier diejenige, die Ausfallschritte probiert, um das schwankende Schiff im Gleichgewicht zu halten. Marcel spürte einen Anflug von Sympathie.

Die Küsterin sagte, mit ihrem Mann habe sie über die Idee eines Nachbarschaftsfestes nachgedacht. »Mit allem drum und dran, witzigen Kennlernspielen, Hüpfburg und Filzwerkstatt für die Kids, vielleicht die eine oder andere musikalische Darbietung.«

Das hingegen hielt Marcel für gewagt, womöglich für naiv. Er äußerte seine Bedenken nicht.

Ein paar weitere Nachbarn wollten nicht reden. Ihr schreibt sowieso, was euch in den Kram paßt, hieß es hinter gekippten Fensterscheiben oder spaltbreit geöffneten Türen.

Ein junger Mann war in besonderem Maße gesprächsbereit. Und zornig! »Hier«, er zeigte auf den Platz vor seinem Carport, »hier stand das Bobbycar von unserem Sohn vorgestern. Und dort, er deutete zu dem Mehrfamiliendoppelhaus, steht es seit gestern früh.« Wer gäbe es ihm zurück? Er, Marcel, etwa? Seine Frau habe die Neuankömmlinge freundlich gegrüßt, am Anfang. Kam nie was zurück, nur böse Blicke. Die schickten ihre Kinder zum Betteln in die Innenstadt, und zwar unter üblem Zwang. Hätte er nie geglaubt oder hätte es für übertrieben gehalten, wenn er früher so was in der Zeitung gelesen hätte. Jetzt allerdings spiele er mit dem Gedanken, mal heimlich eine Kamera aufstellen, um zu dokumentieren, was sich da vor dem Haus und im Garten abspiele. Aber er denke, genau das sei die Aufgabe der Medien. »Also von euch«, er deutete auf Marcel.

Eine andere Frau, derbes Gesicht, erzählte, sie habe einen kleinen Jungen »von denen« im Waschkeller des Hauses angetroffen. Durch Zufall habe sie ihn ertappt.

»Katze weg!« habe der behauptet und getan, als suche er sein Haustier. Sie habe den Kerl am Wickel gepackt, nicht sehr sanft natürlich, und habe ihn zum »Asylantenheim« geschleppt. »Mein Adrenalin stand bis hier«, sagte die Frau mit dem Waschkeller und hielt die Handkante an die Nasenwurzel. Ohne diesen Schub hätte sie sich das gar nicht getraut. Sie sei mit dem Jungen im Griff direkt durch »die Zigeunerparty marschiert« und habe ihn dann demjenigen übergeben, der sich schon drohend aufgebaut habe. Das Gesicht der Frau färbte sich im Erzählen dunkelrot, es war unübersehbar, daß sie noch immer – der Vorfall war Wochen her – unter dem Eindruck des Geschehens stand, es war ein Ereignis, das in ihrem Leben anscheinend beispiellos war. »Ich guck nur. Die dort: Erst mal nur Schweigen.« Die Waschkücheninhaberin schwieg sich selbst zu einer längeren Pause aus. Mit zusammengepreßten Lippen starrte sie Marcel an, als erwarte sie von ihm entsetzte Besorgnisausrufe. Die blieben aus, er sah die Frau ja unversehrt vor sich stehen. Sie setzte ihren Erlebnisbericht fort: »Dann: Die brüllen los, wie aus tausend Rohren. Eine Frau schießt auf mich zu … die hätten mich glatt gelyncht.« Marcel bemerkte, wie die Veteranin, ihr Erleben mit halbgeschlossenen Augen berichtend, ihn auf unterdrückte Schockreaktionen hin musterte: »Was zählt, ist, keine Angst zu zeigen. Rücken durchdrücken. Ich hatte keine Angst. Wieso? Wieso sollte ich Angst haben?«, sie blickte Marcel herausfordernd an, »ich war ja im Recht! Mein Mann sagt, das sei eine Selbstmordaktion gewesen von mir. Ach was«, die Frau schüttelte resolut den Kopf. »Ich hab ganz laut gefragt: Was sucht der Junge in meinem Waschkeller?«

Dann sei ein Mann gekommen, mittelalt, gutes Deutsch sprechend, einer »von denen« und sei der hysterischen anderen in den Arm gefallen. Der habe dem Jungen eine Ohrfeige versetzt, »aber was für eine!« Der Mann habe um Entschuldigung gebeten und sie zurück auf die Straße begleitet. Sie, die Waschküchenfrau, müsse schon sagen: Das war in Ordnung. Etwas später habe der gleiche Mann geklingelt, mit dem Jungen neben sich und einer Katze auf dem Arm. Der Junge habe sich abermals, nun persönlich, entschuldigen müssen. Die Katze sei wieder da. »Meinen sie, der kleine Kerl hätte mir in die Augen schauen können?« Nein, habe er nicht. Und jetzt habe man ein Vorhängeschloß für den Waschkeller angeschafft. »Die beklagen sich überall, sie seien nirgends erwünscht. Ja, glauben sie denn, das kommt von ungefähr?« Die Frau meinte die Frage nicht rhetorisch. Sie erwartete von Marcel eine Antwort. Der hing immer noch dem »Adrenalin« nach, er studierte in Gedanken das Bild von einer bis zur Stirnhöhe aufwallenden Hormonwoge. Theoretisch, wandte er ein, könnte ja auch ein kleiner blonder Junge mal auf Abwege geraten, wenn er seine Katze suchte ...

Da wurde die ungewollte Zigeunernachbarin ungehalten. »Ja, ja, ich weiß, objektiv! Objektiiiv seid ihr alle!« Die Frau lachte abfällig, wandte sich grummelnd ab und verschwand im Haus. Feierabend.

Im Gehen hatte Marcel ein Fernsehteam gesehen, einen Drei-Mann-Trupp. Sie hatten sich vor einem Zweifamilienhaus im graubraunen DDR-Putz postiert, schräg gegenüber der Flüchtlingsunterkunft gelegen.

Dort wohnten die Leute, die ein Gespräch mit Marcel abgelehnt hatten, durch die Fensterscheiben hindurch. Jägerzaun, ein Dackel hetzte kläffend von rechts nach links und wieder zurück. Betteln und Hausieren unerwünscht, sagte ein Schild neben dem Zeitungsrohr. Die Kamera richtete sich darauf, oder auf die soldatenmäßig aufgereihte Tulpentruppe in der Rabatte hinter dem Zaun.

Das war zwei Wochen her. Oder drei? Marcel kam es manchmal vor, als hätte die Affaire mit Doreen ihn aus der Zeit geworfen. Das gab es doch, eine subjektive Zeit? Man konnte etwa mit Fug und Recht sagen, sie hätten sich letztens bei Doreen zu Hause getroffen. Ein Erbsenzähler könnte entgegnen, daß seither schon ziemlich viele Tage ohne jeglichen Kontakt vergangen seien. Dinge, die sich entwickeln sollten, brauchten die Zeit, die sie eben brauchten, und basta. Marcel hatte drei, vier unverfängliche Kurznachrichten abgesetzt, schlichte Zeichen, daß es ihn gäbe. Wenn er über eine Tugend verfügte, dann wäre es Geduld. Doreen war ja kein Teenager mehr, kein Heißsporn. Und das war auch gut, hatte er entschieden. Sie brauchte Zeit, und sie hatte zu tun.

Marcel hatte die Berichterstattung der beiden Lokalzeitungen verfolgt. Es grummelte in Sachen Armutsmigranten. Zwei Jungs waren bei einem Einbruch erwischt und freigelassen worden, es gab Prostitutionsgerüchte und ein Interview mit Alfred, der die Kindergaunerei glattbog und die andere Sache abstritt.

Das »KinderBürgerfest« der Küsterin war ins Wasser gefallen, und es hatte sich auf der anderen Seite eine Art Bürgerwehr gegründet. Die Kommentare der Lokalblätter schlugen sich deutlich auf die Seite der Flüchtlinge, die Berichte und kleinen Reportagen waren differenziert, sie erwähnten die Klagen der Anwohner. Die Leserbriefe lasen sich im Schnitt zu Ungunsten der Asylsuchenden.

Die Stadt hatte in entschärfender Absicht angekündigt, den Aufenthaltsstatus der Flüchtlinge genauer ins Auge zu fassen. Es gab Unstimmigkeiten bei den Personalien. Zwei Mädchen waren nachts auf einem Parkplatz mit gefälschten Ausweisen angetroffen worden.

Und jetzt, über Nacht, das: Drei Roma würden aus rechtlichen Gründen nach Serbien zurückgeführt werden müssen, darunter ein Vater von fünf Kindern. Im Morgengrauen habe die Obrigkeit plötzlich in Jaros Wohnzimmer gestanden. Jaro habe noch mit seinem jüngsten Sohn im Arm schlafend auf der Matratze gelegen. Er sei unsanft fortgerissen und mit Silvan und Marko, den beiden anderen Roma »auf der Liste der Schergen«, abtransportiert worden. Unter herzzereißendem Weinen von Ramon, Jaros Jüngstem.

So stand es in der mail, die Marcel morgens vorgefunden hatte. Alfred hatte sie abgeschickt. Im Cc standen zahlreiche weitere Redaktionen, Menschenrechtsorganisationen, Parteien und Gewerkschaften. Alfred war kein schlechter PR-Mann! Seine Schlußsätze lauteten: »Es ist ein bürgerliches Elend! Aufstehen, gegenhalten ist die Parole!«

Näheres zur Stoßrichtung des sich flugs generierenden Protests las Marcel bei *wiwi* nach. *wiwi, freies radio dresden* war die Quelle der Wahl in solchen Angelegenheit, eine erstklassige Quelle.

Die Ursprünge des autonomen Senders reichten in die Wendezeit hinein. Da hatten Schüler, Studenten und Arbeiter den *Weißen Kanal Dresden* gegründet. Ein Piratenfunk, enorm engagiert. Marcel kannte diese frühe Geschichte nur vom Hörensagen, im Netz war darüber fast nichts mehr zu finden. Auf der *wiwi*-Netzseite begann die Geschichte des Senders 1997, das Davor war schwammig als graue Suppe formuliert, von »Andersdenkenden« war die Rede, wo es um die eigentliche Gründergeneration ging.

Die Gründer damals waren strikt DDR-kritisch, entstammten der Bürgerbewegung, ein polyphoner Klang, man sendete täglich zwei Stunden lang. Petri hatte gesagt: Damals hörte jeder, der auf sich hielt, den *Weißen Kanal*.

Irgendwann hatten dort die Leute der Richard-Sorge-Stiftung die Oberhand gewonnen, wie auch immer das geschehen sein mochte. Die Sorge-Leute waren eigentlich ein versprengter kleiner Haufen. Die fühlten sich als »inneres Exil« der DDR, als »kritische Marxisten«. Ab 1997 firmierte der Sender, längst als Privatfunk legalisiert, als *Radio Rotfuchs*. Unerwünschter Kollegen hatte man sich entledigt. Man fuhr nun einen stramm linken Kurs, orthodox links.

Irgendwann galt dann die Rotfuchs-Marke als nicht mehr opportun. Gerüchten zufolge hatte es interne Grabenkämpfe gegeben. Alte Betonköpfe, die mit frisch etablierten Rubriken wie »Genderbender« und »Ökofront« verquer lagen, mußten gehen, und *Radio Rotfuchs* hieß nun, lateinisch verbrämt, Radio *Vulpes Vulpes*. Man strahlte aus von acht bis acht, zwölf Stunden täglich, ein ebenso anspruchsvolles wie einseitiges Programm.

Vulpes Vulpes, eine klanglich wenig schmiegsame Marke wiederum, wurde bald abgekürzt zu *VV*. Und weil die Rotfuchsleute auf Zack waren, hieß es nicht VauVau, sondern in angloamerikanischer Lautung, die man als internationalen Ton begreifen wollte, *wiwi*. Nun war man ununterbrochen on Air, eine professionelle online-Präsenz wurde gezüchtet.

Zwei bedeutende Medienpreise waren in den vergangenen Jahren über *wiwi* ausgeschüttet worden, allein der Lale-Rinser-Preis hatte fünfzigtausend Euro erbracht. Das Markenzeichen des Senders, die beiden »V«, wurde fortlaufend ikonographisch erneuert.

Erst war es ein Popart von Richard Sorge gewesen. Sorge, Journalist und Spion, war ein Alpha-Mann, zweifelsohne. Ein Gesicht wie in Stein gemeißelt. Die gängigen Photographien zeigten den Denker und Kämpfer, Träger des Eisernen Kreuzes, mit bedachtsam niedergeschlagenen Augen.

Die Lidspalten einerseits und die außen nach oben weisenden Augenbrauen andererseits ergaben, glasklar, den Buchstaben V. Jeder mußte das erkennen, auch ohne popartige Hervorhebung. Es stach ins Auge, dieses Zeichen: größer als, kleiner als. V V, schräg, gewissermaßen wider die überkommene

Leserichtung stehend, und dabei den Unterbau zu Sorges Denkerstirn darstellend, das war das erste Logo des Radiosenders gewesen. Das Bild hatte Kultpotential. In der Neustadt prangten dieses Sorge-Porträt – roter Schriftzug darunter: *Helden gesucht!* – noch immer in Aufkleberform an Ampelmasten und Stromverteilungskästen.

Danach war die *wiwi*-Ikonographie kurzzeitig punkig geworden. »¡No pasaran!«, lautete die Parole dann, dazu der Abdruck einer Handfläche. Eine Hand, die etwas aufhält. Sowohl kleiner und Ringfinger als auch Daumen und Zeigefinger ergaben je ein V, der Mittelfinger, farblich markiert, stand solitär, als rotziges *Fuck* gewissermaßen. No pasaran, sie werden nicht durchkommen, daß war gegen die Neonazis gerichtet. Es gehörte zum Selbstverständnis der *wiwi*-Leute des Jahres 2010, die Stadt von Neonazis durchsetzt zu sehen.

Zur Zeit hatten sie bei *wiwi* als brandmark zwei ausgestreckte Fingerpaare. Jeweils Mittel- und Zeigefinger, einmal weiß, einmal dunkel – das ubiquitäre Victory-Zeichen.

Neben den Preisausschüttungen und der Bindung an die Sorge-Stiftung wurde der Sender aus Länder- und Bundesmitteln gefördert. Man beschäftigte Arbeitslose und Migranten, man betrieb Initiativen gegen Rechtsextremismus. Das brachte nicht nur eine finanzielle Absicherung, sondern auch einen Professionalisierungsschub. Jetzt war Geld vorhanden, einschlägig beschlagene Leute einzustellen.

Die Wackernagel sagte, privat höre sie fast ausschließlich *radio wiwi*. Das Projekt habe in gewisser Weise Vorbildcharakter – unter seitenverkehrten Vorzeichen natürlich.

Auf *radio-wiwi-online* erfuhr Marcel Näheres zur anberaumten Rückführungsaktion und zu den Gegenmaßnahmen. Die Rede ging von Jaro, Marko und Silvan, als seien es jedermanns Bekannte, Originale der Dresdner Neustadt. Marcel mußte an Doreens Helge und Marit denken. Es gab diese Art, von Leuten so zu reden, als wäre es nachlässig und ein Symptom des *out*-Seins, sie nicht zu kennen.

Jaros Frau sei kollabiert, psychisch, sie befinde sich – instabiler Zustand – in seelsorgerischer Betreuung. Für 16 Uhr sei im Alaunpark eine integrative Kundgebung geplant. Umfängliches Motto: »Hände weg von Jaro, Marko und Silvan! Aufschrei gegen Roma-Diskriminierung jetzt!!! Abschaffung der Lager! Freie Wahl des Wohnortes und der Wohnung! Sofortiger universeller Abschiebestopp!«

Marcel hätte sich gern gleich aufgemacht. Zwei, drei Stunden vor Kundgebungsbeginn am Alaunplatz zu sein, das hätte ihm gut gepaßt: In aller Ruhe beobachten, wie sich die Sache entwickelt, wer zuerst da sei, wie Passanten und Spielplatzbesucher guckten und reagierten.

Nun waren aber erst noch die paar Lorenz-Angelegenheiten zu erledigen, jedenfalls die mit Dringlichkeit. Lorenz fehlte den vierten Tag, und El Jefe hatte sich einigermaßen beunruhigt gezeigt. Es schien eine ernsthaftere Sache zu sein, Verdacht auf Burnout. Lorenz hatte sich bei dem Arzt in Behandlung begeben, der auch die Wackernagel therapierte. Professor Kohlbrenner, *Freigeist*-Leser der ersten Stunde, ein Doktor mit Renommee, ein Hitlisten-Arzt gewissermaßen. Kohlbrenner war ein zarter Mensch mit gemeißelten Zügen. Marcel hatte sich auf einem Redaktionsempfang einmal bei der Begleiterin des Professors ins Fettnäpfchen gesetzt. Er hatte in löblicher Absicht von ihrem Vater gesprochen, dabei war Kohlbrenner der Gatte der Schönen.

Burnoutähnliche Symptome lägen nahe bei genau dieser »will sagen politisch inopportunen« Arbeit, hatte Professor Kohlbrenner Jochim erklärt: Hochidealistische Tätigkeit, dabei zugleich ein dauerndes Schwimmen gegen den Strom. Wenig Anerkennung von außen. Im Gegenteil, Anwürfe und Unterstellungen, auch und gerade im privaten Milieu. Stetiger Rechtfertigungsdruck, warum man für ausgerechnet dieses Blatt arbeite. Daraus resultierten eben jene Gratifikationskrisen und Sinnzweifel, hatte Kohlbrenner erläutert. Gerade wenn man eine Spur sensibler sei als der Rest der Menschheit – und damit schließe sich der Kreis, der in dieser Hinsicht durchaus als Teufelskreis zu bezeichnen sei. Auf Seiten des *Freigeists* fänden sich eben gerade jene Leute, die sich eine Restsensibilität – »einen enormen Wachheitszustand« – bewahrt hätten. Immer die Positionen zu vertreten und zu begründen, die gerade nicht anschlußfähig seien im heutigen Weltbetrieb, das zehre zweifellos an der Substanz.

Tebbo Lorenz war ein feiner Kerl, still und emsig, überaus loyal, Jochim schätzte das sehr. Der ging höchstens mal unter Alkoholeinfluß ein wenig aus sich heraus und machte die Dinge sonst mit sich aus. Sein Vater war kürzlich gestorben, und Lorenz hatte einen Haufen Schulden geerbt. Von einem Vater, den er zuletzt im Kindergartenalter gesehen hatte! Kiedritz hatte von einem Rechtsstreit in dieser Sache erzählt, der den Kollegen in den letzten Wochen anscheinend zusätzlich zermürbt hatte. Lorenz erhielt nun Medikamente und Gespräche, er würde sicher noch zwei, drei Wochen fehlen. Wenn nicht deutlich länger.

Marcel beantwortete dringende Briefe in Vertretung, *einer wie Backhohl hätte dafür eine halbe Stunde gebraucht, bei mir sind's zwei Stunden, und das nur, weil ich mich selbst voranprügele* und war dankbar für die rigide Ordnung, die Lorenz an seinem Arbeitsplatz hinterlassen hatte. Sekundärtugenden! Dann machte er sich auf den Weg.

Der Held mit der Fahne

Der Himmel war bedeckt. Der Alaunpark, im Grunde eine riesige Wiese mit spärlichem Baumbestand und einem Kinderspielplatz am Rande, war mäßig besucht. Drei Polizeiwagen standen entlang des Bischofswegs, jeweils in voller Besetzung. Ein Kiffergrüppchen saß herum, eine Kindergeburtstagsgesellschaft machte Staffelspiele, zwei Freizeitsportler turnten auf einer Slackline, die zwischen zwei Bäumen aufgespannt war. Auf den Bänken hockten Rentner und Studenten, Hunde und Bücher dabei. Zwei Männer mit Plastiktüten sammelten Pfandflaschen.

Die Kundgebungsgruppe bestand bislang aus sechs Mann. Sie hatten eine Fahne dabei und einen meterlangen Fahnenmasten, den sie in den Boden zu rammen versuchten. Megaphone, ein paar Kisten und Spruchbänder lagen herum. Die Installierung des Fahnenmastes stellte sich als schwierig heraus. Die Metallstange war unten zugespitzt, das war vielleicht für lockere Gartenerde gedacht. In den zähen Wiesenboden hier wollte sie sich nicht bohren lassen. Die Männer stellten sich ungeschickt an und kommentierten ihre Fehlschläge ironisch. Ein lockiger Mann mit Ingenieursblick trug in einem stoffenen Sack einen Säugling vor der Brust und gab, Marcel sah es an seinen Gesten, Anweisungen, wie es gehen könnte.

Dabei wippte er. Das sollte dem Kind gefallen, das Wippen. Zwischendurch schlug sich der Ingenieur mit der Hand vor die Stirn, das Tun der willigen Helfershelfer empfand er augenscheinlich als täppisch. Jetzt alberten sie auch noch herum, mit dem Mast! Taten, als sei es eine Kanone – nicht ganz bei Trost! Der Vater winkte einen der anderen Männer heran. Der sollte sich ganz dicht an ihn stellen, Brust an Brust. Der mutmaßliche Ingenieur löste einen Klickverschluß in Höhe des Babypos. Er wollte das Kind, das vielleicht gerade eingeschlummert war, ganz sanft dem anderen übergeben. Das Vorhaben mißlang. Sobald sich das Kind von der wärmenden Vaterbrust entfernt hatte, zuckte es zusammen, bildete hilflos einen Ring mit seinen Ärmchen und fing an zu weinen. Der ausgewählte Behelfsträger stand elend da, den lauten Säugling in den bereitwillig vorgestreckten Armen. Der Vater machte vor, wie der andere es an den Oberkörper zu schmiegen hätte. Der Ingenieur wippte mit übertriebenen Bewegungen, der andere tat es ihm nach. Das Weinen steigerte sich in ein verzweifeltes Geheul. Der Vater bekam sein Kind zurück. Dort wurde es wieder ruhiger, heftig nachschluchzend. Der Ingenieur führte den Verschluß auf Nabelhöhe wieder zusammen, wippte rhythmisch und entfernte sich ein wenig, in Marcels Richtung. Der hockte im Gras und hatte den *Gefangenen* aufgeblättert. Natürlich las er nicht. Tarnung war alles, wenigstens zu diesem Zeitpunkt.

Marcel hörte den Ingenieur leise singen, ein in sanften Wellen ansteigender und wieder abfallender Gesang. Kumbaya, Mylord, kumbaja, oh Lord – Kumbahaja. Der Säugling hatte bereits wieder die Augen geschlossen, der Vater stützte das zarte Köpfchen mit seiner Hand.

Bei den Kombattanten herrschte fröhliches Scheitern. Das Kiffergrüppchen war hinzugetreten, eine Frau mit Filzschopf und einem Dutzend Ringen in Nase, Augenbraue und Lippe sicherte sich ein Protestschild. Die Gruppe sank wieder im Schneidersitz nieder. Drei weitere kamen hinzu, einer trug eine Musikmaschine, ein anderer kleine Lautsprecherboxen.

Zwei Polizisten, ein bierbäuchiger Alter und eine bezopfte Blondine, schlenderten heran und verständigten sich kurz mit den Organisatoren. Sie hatten Fragen zur Fahne, sie wiegten die Köpfe. Klar, dachte Marcel. Die kannten nur Regenbogenfahne, Reichskriegsflagge und solche populären Embleme. Wer kannte schon die Romafahne? Hinter den Zigeunern stand eben keine gut vernetzte Lobby, die dafür sorgte, daß das Anliegen ihrer Leute markentechnisch präsent war.

Lachend, anscheinend beschwichtigend, klärte die Kundgebungsmannschaft die Sachlage. Die Polizisten nickten zögernd, Restskepsis schien vorhanden. Einer der Kiffer-Kumpanen trat mit zwei Flaschen heran und bot sie den Ordnungshütern an. Die beiden lehnten ab, lachten nun auch und zogen sich wieder zurück.

Der Ingenieur kniete nahe an Marcel nieder. Ganz behutsam beugte er sich vor, so weit, daß das Kind auf dem Rasen zum Liegen kam. Marcel hörte ihn weitersingen, oh lohord ... Das Kind schlief. Die Vaterbrust lag horizontal über ihm. Minutenlang verharrte der Mann in dieser Stellung, den Hintern hochgereckt, Richtung liegender Fahne, der geneigte Kopf zeigte zu Marcel. Dann packte er mit einer Hand unter seinen Bauch, so sachte wie resolut, löste den Klipp, wickelte die Arme aus den Tragegurten und erhob sich in Zeitlupe. Oh Lord, kumbahaya, oh Lord, kumbahaya, der Gesang dudelte noch ein paar lastfreie Schritte weiter, mit weicher, beschwörender Stimme.

Hinter dem Ingenieur hatte sich die Herrin der Ringe im Schleichschritt genähert. Sie hatte ihre Strickjacke mit Kuschelkragen ausgezogen und reichte sie mit schräggeneigtem Kopf dem Vater. Zum Zudecken! Der zögerte kurz. *Er tut, als befürchte er, das Kind könne aufwachen, wenn er es zudeckt. In Wahrheit hat er hygienische Bedenken.*

Der Ingenieur brach seine Melodie ab, lächelte wie entschuldigend und legte das Jäckchen mit dem Kunstfell dem Kind über Bauch und Beine. Die beiden kehrten zum Treffpunkt zurück, ein Katzensprung, der Mann zückte ein Messer, taschenmessergroß. Wühlte es in den Boden, schimpfte anscheinend ein bißchen über mangelnde Vorbereitung und fehlendes Werkzeug und ackerte ein beträchtliches Loch heraus. Gras- und Erdfetzen flogen herum, und bald hatte er ellentief gegraben. Ein paar Mithelfer wurden geschickt, um Holz zum Verkeilen zu holen. Zwanzig vor vier stand der Mast, meterhoch, und die Fahne wehte im wolkigen Dresdener Frühsommerhimmel. Grün das untere Feld, blau das obere, darauf ein rotes Speichenrad, die Romafahne.

Der Ingenieur stand neben seinem in Tragesack und Kifferinnenjacke eingewickeltem Sproß und genoß, eine Clubbrause in der Hand, sein Werk. Er wippte wieder oder noch immer, Macht der Gewohnheit.

Inzwischen waren weitere Leute eingetroffen, etwa sechzig insgesamt, vielleicht siebzig, kein ganz mageres Aufgebot. Marcel erkannte einige. Parteifunktionäre, den linken Pfarrer, einen Reporter von der *Dresdner Post*, den Gewerkschafts-Böttcher, den Typ von Bleiberecht e.V.

Direkt an der Fahne stand die freundliche Küsterin, der gerade die eine Hälfte eines Spruchbandes angeboten wurde, und da war Alfred. Wie bei einer Volkstanzchoreographie ging er durch die Reihen und Kreise, links ein Händedruck, drei Schritte, rechts ein Händedruck, drei Schritte, wieder Händedruck links, im Hansdampfmodus schritt Alfred seine Kontakte ab. Nach seiner Tour entdeckte er Marcel, winkte ihn heran, Händedruck rechts.

»Wenn meine Leute es mal pünktlich schaffen, kommen wir auf zweihundert Mann. Was nicht schlecht wäre«, sagte Alfred und blieb neben Marcel stehen. Von hier hatte man einen guten Überblick. Alfred drehte sich eine Zigarette. Neun

Presseleute habe er bislang ausgemacht von dreißig angeschriebenen. Auch nicht schlecht, zumal er weit über Dresden heraus eingeladen habe. Es sei schon klar, daß sich jemand aus Frankfurt nicht spontan in den Flieger setzen könnte. Alfred machte eine professionelle Miene und legte den Kopf in den Nacken.

Der Himmel hatte sich verfinstert. Spärliche Tropfen fielen, als Alfreds Leute anrückten. Der Neffe, Milka und zehn, zwölf andere. Es war kurz nach vier. Die Leute mit der Lautsprecheranlage probten ihr Gerät, es quietschte und summte.

»Eins, zwei, internationale Solidarität«, machte der Techniker, und alle lachten, auch die Polizisten, Marcel sah es am hüpfenden Pferdeschwanz der Blonden. Der Ingenieur war hektisch davongelaufen und kehrte mit einem Regenschirm wieder, den er über den schlafenden Nachwuchs zu installieren suchte. Es klappte nicht, ein leichter Wind war aufgekommen und torpedierte den Versuch.

Ergeben hockte der Vater sich neben das Kind und hielt den Schirm über dem Körperchen fest. Die dunkle Wolke verzog sich bereits, der Ingenieur verharrte gebeugt. Ein einziger Tropfen, mit himmlischer Wucht auf Wange oder Näslein treffend, wäre zuviel.

Marcel empfand Rührung. *Menschlich wäre, sich als Schirmhalter anzubieten. Die Wahrheit ist, das hier ist nicht meine Sache. Diese Demo. Ich bin einer, der diesen Auflauf zwar grundsätzlich neutral, letztlich aber skeptisch, wenn nicht abgeneigt beobachtet. Mehr nicht, erst mal. Das geht gut von dieser Warte aus. Wenn ich den Säugling ein paar Minuten schirme, diene ich keiner falschen Sache, sondern behüte ein Kind, dem kein Mensch dieser Welt abstreiten würde, unschuldig und neutral hier am Platze zu sein.* Marcel entschied sich für die hartherzige Alternative, schluckte sein vorformuliertes Abschirmangebot herunter und folgte Alfred ins Zentrum des Geschehens, wenigstens an dessen inneren Rand.

Zwei Filmteams waren zugegen, gerade hatten sie sich gegenseitig ins Bild genommen, jetzt war Milka als Interviewpartnerin angesprochen worden. Sie trug Jeans und T-Shirt. Sie wirkte wie eine Studentin. Der Fernsehreporter, Regional-TV, stellte gerade seine Frage, als zweierlei gleichzeitig geschah. Beides war als Sinnenreiz so vehement, *so umwerfend*, daß Marcel kurz das Gleichgewicht verlor und strauchelnd gegen Alfred stieß.

Erstens brandete Musik auf, überlaut, krachend. Kollektives Zusammenzucken. Der Techniker dimmte den Ton rasch ab. Zweitens trat die Sonne hervor, gleißend hell, ... nein, wunderbar, warm, strahlend. Und rot, leuchtend rot; rot, obwohl die Sonne noch hoch am Himmel stand. Diese Sonne hatte ein Gesicht. *Wie lange war das her, als die Sonne ein Gesicht hatte, ein gutes, freundliches, wunderschönes Gesicht? So, wie man sie sich nur ausmalen konnte in naivster Phantasie, mit Augen, Mund und Nase? Kindergartenzeit? Grundschule?* Diese Sonne hier hatte ein weibliches Gesicht. Wie warm, ihr Mund, ihr Strahlenkranz!

Marcel fing sich, wollte sich bei Alfred entschuldigen, doch der kam ihm zuvor. Er war ähnlich aufgeregt. Beide atmeten durch. Alfreds Aufregung galt der Musik, die nun über den Platz dröhnte.

»Djelem, djelem«, sang eine weibliche Stimme in tragischer Tonlage. »Djelem, djelem«, stieß Alfred hervor, sehr männlich, sehr aggressiv, er fluchte in einer Sprache, die Marcel nicht kannte, und weiter auf deutsch: Das sei Scheiße! Nicht verabredet worden! Genau die Scheiße, die er nicht wollte! »Djelem, djelem, Kacke! Volltreffer, ha! Ha!« Die Gutdeutschen! Und ihre Sehnsucht nach verheulten Liedern! »Djeeelem, djeeeeelem«, äffte Alfred. Er hatte anscheinend die

Selbstkontrolle verloren. Alfred war Sinto. Das war nicht sein Lied.

Marcel vernahm Alfreds Wüten aus dem Halb-Off. Denn die Sonne blieb, die liebe Sonne! *Das gab es also. Amors Pfeil, mitten ins Herz. Wie im Film. Volltreffer*, wiederholte Marcel still Alfreds Worte. Er meinte es, anders als Alfred, nicht spöttisch. Alles andere als das! Die Sonne hatte ein Gesicht, das war hell, es gleißte wie der Strahlenkranz, von dem es umgeben war. Das Gesicht und seine Strahlen, sie loderten still, da war kein Flackern und kein Flimmern, es war eine ruhige, wärmende Glut. Marcel merkte, daß er dastand wie ein Narr. Er wollte den Mund schließen, doch der war gar nicht offen. Es war nur dieses Gefühl, das Bewußtsein, zu starren.

Das Mädchen trug breite Schnallenschuhe, weinrot, einen Rock in orange, ein lila T-Shirt mit einer feuerroten Blume. Das kupferne Haar wippte ihr als geflochtener Zopf auf der Schulter. Kein Alternativhenna, kein Blutracherot aus dem anarchistischen Chemiekasten.Das Sonnengesicht lachte verlegen. Verlegen deshalb, weil es die Frau an ihrer Seite war, die für Bewegung sorgte.

Sie, die andere, hielt das Sonnengeschöpf um die schmale Hüfte gefaßt und machte sirtakiähnliche Schritte zur Musik. Geige und Gitarre, dazu die wimmernde Frauenstimme. Es war nicht wirklich ein Tanzlied, das hier zu Gehör kam, die Romahymne. Marcel verstand instinktiv Alfreds Einwände. Das war keine Melodie zum aufputschenden Mittun, es war ein einziger Wehlaut. Marcel sah, wie Alfred mit den Technikern gestikulierte und wie dutzende Hüften passende Bewegungen probten.

Die Roma-Hymne hatte keinen Drive. Nichts Demonstratives. Dies war ein Klagelied. Die Trabantin des Sonnenkinds vollführte ungerührt empathische Bewegungen. Die Sonne stand, nur mäßig bewegt. Welche Anmut, welche Würde! *Sol invictus!* *Sie strahlt, weil ihr nichts etwas anhaben kann! Was schert sie die mißglückte Performance!*

Marcel ließ seinen Rucksack vom Rücken gleiten, nahm die Wasserflasche heraus und spülte sich übertrieben gründlich durch. Es galt, einen klaren Kopf zu bewahren. Er las die Spruchbänder und Pappschilder, die nun hochgehalten, photographiert und gefilmt wurden. »Recht auf Bleiberecht!« und »Dulden heißt beleidigen!« stand auf den Papptafeln. Der Gewerkschafts-Böttcher und seine Mannen trugen Kein-Mensch-ist-illegal-Transparente mit deutlichen Gebrauchsspuren. »Abschiebestopp für Marco, Silvan und Jaro! Keine Zwangswaisen in Deutschland« stand auf dem Spruchband, das eine Handvoll Leute, die Küsterin darunter, entrollt hatten und nun hochreckten. Die Djelem-Melodie rollte sachte aus. Marcel schien es, als ob alle erleichtert wären.

Von einer kleinen Gruppe gegenüber, am anderen Ende der Versammlung, brandete Beifall auf. Geradezu wildes Klatschen. Das war ein höhnischer Ton. Einer johlte und reckte beide Daumen. Der Sprecher von Bleiberecht e.V. sprach seine Begrüßungsworte ins Mikrophon, doch die meisten Blicke waren abgelenkt. Das Klatschen der vier Männer verhallte nur langsam.

Marcel stellte sich, noch halb geblendet, auf die Zehenspitzen. Die Typen da drüben kannte er: Max Gans, Devid Schön und Maik Schlimm, eine Abordnung der PP. Die Narren von der Patriotenpartei! Und der Typ mit der Barbapapa-Silhouette? Das war … das war Brambach! Was für ein Haufen!

Eine Gegendemo war nicht angemeldet. Marcel war froh, daß die vier nicht in seiner Nähe standen. Schon gar nicht jetzt, bei diesem Licht! Den Schlimm kannte er. Ein kluger Kopf, Doppeldoktor. Der hatte sich erst nach seiner akademischen Laufbahn so verrannt, mitten in die Patriotenpartei, das Sammelbecken der Toren.

Früher hatte Schlimm für den *Freigeist* geschrieben, eine Handvoll Beiträge, kenntnisreich und anspruchsvoll. Jochim hatte sie vor langem aus dem Archiv entfernt – to keep it clean.

Der Bleiberecht-Typ begann seine Ansprache. Predigerton, vielleicht etwas scharfzüngiger als kirchenüblich. Daß ihm nicht die volle Aufmerkamkeit der Anwesenden zuteil wurde, schien er nicht zu merken. Wo Unrecht geschieht, dürfe »Mensch nicht schweigen«, rief er mit kehliger Stimme. Es sei himmelschreiendes Unrecht geschehen, in den Morgenstunden des heutigen Tages. Deutsches Recht habe gesprochen, sogenanntes deutsches Recht. Was für ein Recht! Und mit welchem Recht herrsche es? Es habe Anisa, Genisa, Lisa und Jemina, Jonny und Ramon zu Halbwaisen gemacht. Sechs Kinder, die an ihrem Vater hingen, wie ...

Die Köpfe der Zuhörer hatten sich jetzt größtenteils abgewandt, sie blickten zu den Störern, die mit verschränkten Armen dastanden. Wie eine Zirkustruppe, die gleich zu ihrer Nummer ansetzen würde. Der Bleiberechtler sprach weiter, ein Kerl aus der Menge reckte die Faust.

»Alerta, alerta, Antifascista!«

Eine Handvoll Demonstranten murmelten es ihm nach, es ergab nicht ganz einen Chor. Der Sprecher brach ab. Der Patriotentrupp grinste herüber. Vier, fünf, sechs Polizisten erhoben sich von den Bänken. Ein Wortgetümmel brandete auf. Der Mikrophonträger nahm seine Rede wieder auf, lauter als zuvor. Er wollte aus seiner Stimme ein Rettungsseil drehen, ein Tau, an das man sich hielt, während die Wogen anbrandeten.

Die filzbezopfte Strickjackenspenderin begann mit schriller, sich überschlagender Stimme zu intonieren: »Schlagt die Faschisten, wo ihr sie trefft!« Der Sprecher dröhnte weiter. Keiner hörte mehr zu. Die Küsterin packte sich, im Willen, den armen Sprecher zu flankieren, beherzt das Megaphon und gellte »Bleiberecht für Jaro, Mario und Silvan!«

In einer weiteren Gruppe wurde voreilig »Deutsche Polizisten schützen die Faschisten!« angestimmt. Eine Brauseflasche flog in Patriotenrichtung. Brambach hob sie im Kullern auf und schrie: »Kumpel, die ist schon leer!«

Die Polizisten setzten sich in Trab, vom Bischofsweg her setzten zwei weitere Uniformierte kühn über die Rosenrabatte. Die Küsterin sprach wie im Rausch weiter, sie hatte das Gegenmegaphon nicht bemerkt, das die Polizei nun einsetzte. Die beiden verstärkten Stimmen wölbten sich zu einem akustischen Dach über der darunter wütenden Kakophonie. Marcel zog sich ein paar Meter zurück.

Der Säugling verschlief das Scharmützel. Während es um ihn tobte, hielt er die Lider geschlossen. Kein Tropfen fiel mehr. Der Ingenieur hatte den Schirm zusammengeknöpft und seinen Wachposten verlassen, ein paar Schritte nur. Für einen Augenblick war die Sonne verschwunden. Marcel ließ seinen Blick schweifen. Der Wind wehte böig. Ein unruhiges Wetter, wie gerufen, um die Demonstranten aufzupeitschen.

Brambach schrie abermals etwas mit schriller Stimme, ein einstimmiger Donner hallte ihm entgegen, die Menge flutete der minimalen Gegendemo entgegen. Der Wind wehte so stark, das es in Marcels Ohren brauste. Seine Trommelfelle schmerzten. *Man kann sich einen Tinnitus einfangen, und zwar einen dauerhaften, wenn so viele Reize gleichzeitig durchs Hirn jagen. Kältereiz, Lärmreiz, die Sonne ...*

Die Sonne hielt sich weiterhin verborgen, wo war sie? Die Polizisten begannen, in Front die PP-Leute abzuschirmen. Die Romafahne flatterte wild, grünrotblau, die Farben verdichteten sich. Sie legten sich über den Tumult, sausten hernieder wie eine ... wie eine Sühnespur, ein Weltengericht.

Schreie ertönte, nein, ein einziger, ein apokalyptischer Schrei, aus tausend, aus hunderttausend, aus Millionen Kehlen! Da lag der Säugling, schlafend, unberührt von Zwist und Unheil, das gute Gewissen der Demonstranten, der Deutschen, der Menschheit, während Grünrotblau sich neigte, sich ihm, dem Unschuldigen, zuneigte, erst zögernd nur, dann schneller, im Sausen pfeifend. Die Fahne stürzte, und mit ihr der Ingenieur. Es sah aus, als verwickelten sich die Ingenieursbeine zu einem Knoten beim Versuch, gleichzeitig rückwärts zu hasten und sich zum Kind umzuwenden. Er fiel auf die Seite, die falsche, nach links. Und rechts schlief der Säugling.

Marcel versuchte in Sekundenbruchteilen, die Fallrichtung abzuschätzen. *Ich bin kein Held. Mir fehlen die Instinkte.* Wenn er sich direkt neben das Kind stellte, würde er die Wucht des Mastes mit ausgestreckten Armen ablenken können. Kein Mensch der Welt könnte so ein Gewicht aufhalten. Auch wenn es so langsam fiel, wie es der Mast jetzt tat. *Ich jedenfalls nicht!* Marcel spürte, wie er die Hände erhob, wie der Jüngling beim Sonnengebet. Nein, wie einer, der sich ergibt, er hörte einen Ruf, der das atemlose Schweigen nach dem Kollektivschrei durchschnitt, einen Ruf aus seinem Mund. Er, Marcel, war der Fahnenmast. Das Gehirn des Mastes. Sie waren eins. Marcels hörte einen Laut, ein unmenschliches Stöhnen, ein Röhren. Es kam aus seiner Kehle.

Der Mast donnerte auf den Boden. Marcel spürte, wie der aus dem Boden gelöste Fuß nachfederte. Links lag die Mastspitze, daneben Marcel, rechts von ihm das Kind. Es wurde rot vor seinen Augen.

Schmerzen, ja, schlimme Schmerzen. Kein Lichttunnel. Kein Dunkel, nur roter Dämmer, es nahm ihm die Luft. Atmen? Ging noch, aber erschwert. Marcel war bei Bewußtsein. Das rote Speichenrad lag direkt über seinem Kopf. Alle Geräusche verschwammen zu einem Ton. *Der Tinnitus, ich hab's geahnt!* Der Ingenieur war als erster bei der Fahne. Er riß das Tuch von den beiden unbewegt daliegenden Körpern.

Das Kind lag wie tot, aber es schlief. Der Ingenieur brauchte länger, das zu verstehen. Nachdem es wachgerüttelt war und weinte, fing der Vater an zu schreien. Der markerschütternde Schrei, wieder und wieder herausgepreßt, lauter werdend statt abzuschwellen, und dazu das Gewimmel, die Stimmen, die Hände, die nach Marcel, dem Ingenieur und dem Fahnentuch griffen ..., – Marcel rang um Fassung. *Eine Gnade, jetzt ohnmächtig zu werden! Abzuschalten, nur für kurz wenigstens!* Die Gnade blieb aus. Es tat weh. Zehntausend Stimmen fragten, wo. Es wurde wieder rot.

Hatten sie ihn zugedeckt, mit dem Fahnentuch? Hielten sie ihn für tot? War er es? Falls ja, dann gab es einen Himmel, ein Paradies. Marcel sah sich auf einer himmlischen Wiese liegen. Das Sonnenkind kniete neben ihm. Ihr kupferner Zopf baumelte vor seinen Augen. Ihr Hals war weiß, von Goldstaub bedeckt, so feine Pünktchen! Mit fester Hand stützte sie seinen Rücken, drehte seinen Körper halb. Stabile Seitenlage, flüsterte das Wesen.

Er wollte folgen, aber es ging nicht. Beim besten Willen nicht. Er versuchte es ihr zu erklären. Sie schlug sich die schmale Hand vor den Mund, erschrocken darüber, daß sie ihm mit ihren Ersthilfsversuchen wehgetan haben könnte. Sie verstand rasch sein Stammeln. Öffnete mit ihren Samtfingern beiden obersten Hemdköpfe. Strich zart, **schwebte** über eine Stelle zwischen Schulter und Brust. Das Schlüsselbein! Bestimmt sei es gebrochen, man könne es sehen! Von mehreren Seiten wurden nun Fragen gestellt. Marcel sah Beine, etliche Paare. Er versuchte, sich aufzurichten, das war er den Anwesenden schuldig, Haltung! Ein, zwei, drei niedergebeugte Gesichter verdunkelten für Sekunden den hellen Tag. Die rote Sonne nahm ihm die Last der Antwort. Marcel bemerkte, wie zwei Männer den Ingenieur umklammerten. Die Küsterin stand da und hielt das Baby, es weinte nicht mehr, ein hübsches Kind.

»Leg dich hin«, sagte das Sonnenmädchen und stopfte etwas unter seinen Rücken. Marcel nahm die vorgeschlagene Stellung ein und ließ sich nieder auf der weichen Unterlage.

»Stell die Beine ruhig auf!« Sie half ihm, seine Beine anzuwinkeln, er ließ es geschehen. Sie wußte alles. Sie konnte helfen. Sie kniete sich neben ihn und schluckte ganz leise. Sie wischte sich übers Gesicht, wischte die Hand dann an ihrem Rock ab. Dann strich sie ihm über die Wangen. Stundenlang, tagelang.

Marcel schloß die Augen. Jeder würde eine Ohnmacht in diesem Fall für plausibel halten. So könnte es eine Weile bleiben, genau so. »Du hast gerade ein Leben gerettet!« flüsterte sie, immer wieder. Marcel wußte, daß das nicht stimmte. Der Mast wäre ohne sein Zutun einen guten Meter neben dem Kind niedergegangen. Hätte er rascher, klüger und umsichtiger reagiert, hätte er einfach einen Schritt über das Kind gemacht und dem Masten beim Poltern zugesehen. Es hätte ausgereicht, wenn er dafür gesorgt hätte, daß der Mast beim Nachfedern nicht zur Seite geruckt wäre.

Von weitem hörte man Martinshörner näherkommen. Fachmännische und aufgeregte Stimmen wechselten durcheinander. »Nicht auszudenken ... Nachspiel haben ... wird immerhin für Aufmerksamkeit sorgen ... abschieben sollte man die Patriotenärsche ... da sieht man mal wieder ... nur ein Wahnsinniger ... wahnsinnig würde ich nicht sagen ...«

Ein Schatten fiel auf Marcel. Vor ihm stand die kurzhaarige Sonnentrabantin.

»Alles klar?«, schnarrte sie. Sie legte wenig Wert auf eine Antwort. Marcel sah anscheinend nicht schwerverletzt genug aus. Marcel blinzelte. Er war wieder da. Er konnte es nicht länger verhehlen.

»Wir kennen uns!« Das klang drohend. Das stämmige Fräulein schaute mit zusammengekniffenen Augen auf ihn herunter. Sie stand breitbeinig, der Wind wühlte in ihrer verwaschenen Pluderhose. Auf ihrem T-Shirt stand »I love my girl«, Schriftzug in pink. »Das ist der Drecksack mit der Container-Geschichte«, schnodderte sie, zum Sonnenkind gewandt. Marcel erkannte sie jetzt. Ja, er war definitiv bei Bewußtsein.

Die Pluderhosige hieß Louis. Marcel hatte im vergangenen Jahr eine Reportage über jene Alternativszene geschrieben, die nachts die Container auf Supermarktparkplätzen öffnete und brauchbare Lebensmittel heraussuchte. Dumpster-Diver, Mülltaucher. Die holen sich nicht Abfälle oder verschimmeltes Zeug, sondern Sachen, deren Mindesthaltbarkeit abgelaufen war und die nach Lage des Gesetzes nicht mehr verkauft werden durften. Marcel hatte die Mülltaucher und ihre Freunde auf einem solchen Fischzug begleiten dürfen, und er war bei einem Jungen namens Florian zu Hause gewesen, bei einer Containerparty. Ein opulentes Buffet war dort aufgefahren worden, sieben, acht Leute waren da, Louis darunter.

Damals hatte sie die Haare frisch geschoren, das Gestoppel war für die anderen neu gewesen. Dauernd war ihr einer über den Schädel gefahren und hatte geseufzt »voll weich, echt kraß«. Soweit Marcel die Sachlage richtig verstanden hatte, hatte Louis sich ihre anscheinend berüchtigten Dreads abgeschnitten und zu einem stupenden Preis verkauft. Echthaar-Dreads, ultra lang, ungefärbtes Blond. Das selbstgezüchtete Zeug hatte Louis anscheinend zu einer wohlhabenden Frau gemacht, relativ wohlhabend natürlich.

Es hatte jedenfalls drei Kilo Nordseekrabben gegeben an diesem Abend, unter anderem, Gurkensalat, Aufbackbaguette, zwei gigantische Schüsseln voller Erdbeerquark, ein Käsebuffet, das sich sehen lassen konnte, lauter feine Sachen. Alles aus Wegwerfware, nichts davon auch nur angeranzt! Ein Königsmahl aus einwandfreien, weggeworfenen und geretteten Lebensmitteln!

Leute wie Florian, sein Kontaktmann damals, verstanden sich als »Freeganer«, sie ernährten sich hauptsächlich von Lebensmitteln, die von Supermärkten ausgesondert worden waren. Freeganer war man nicht aus Armut, sondern aus ethischer Überzeugung. Die Dresdener Gruppe hatte ein paar feste Anlaufplätze. Bei den *Live!*-Supermärkten waren die Container leicht zugänglich, und es lag die größte Auswahl drin. Die Aktionisten mußten sich allerdings mitunter durch graupelzige Brühe wühlen, um an all die abgepackten und ausgesonderten Leckereien zu gelangen. *Biotopia* stellte alle vorgestrigen Backwaren sowie Obst und Gemüse mit Alterspuren in zwei sauberen Behältern auf. Da konnte man bedenkenlos zugreifen, allabendlich.

Florian hatte Marcel damals ein paar Margarinepackungen, Schnellkochgnocchi und Erbsensuppe zugesteckt. Von den Gnocchi waren es dreißig Packungen gewesen, zu viel, um sie unter den Dumpstern zu verteilen, die Margarine wurde wegen der gehärteten Fette abgelehnt, die Erbsensuppendosen wegen des Schweinefleischanteils. Marcel hatte die Gnocchi gegessen – vortrefflich –, die Erbsensuppe hatte ihm Blähungen verursacht, er hatte sie an Benjamin verschenkt und die Margarinen in den Hausmüll gegeben.

Die Sache an sich fand er großartig. Seine Reportage spiegelte das wider, diese Begeisterung. Er hatte kein einziges zweideutiges Wort gefunden für die Freeganer, nicht mal einen ambivalenten Unterton! Warum auch? In der Redaktion hatten sie hingegen die Stirn gerunzelt, und es hatte, neben Bravo-Rufen, unflätige Leserbriefe gegeben. Hygienehysterie und Stimmen, die die sittliche Unwürdigkeit des Dumpster-Vorgehens betrafen. Logisch, die Sache war nicht eben *freigeist*typisch. Marcel hatte mit solchem Gegenwind gerechnet und ihn gut ausgehalten.

Was aber hatte nun Louis auszusetzen? Warum »Drecksack«?

»Wir kennen uns, leider«, betonte Louis erneut. »Jetzt übt er die Heldenpose, unser Nazi in Nadelstreifen!«

Marcel zuckte zusammen und spürte beschwichtigend die Sonnenhand auf seiner Schulter. Er war weder Nazi noch trug er Nadelstreifen, und doch war ihm, als ob dieser Schlag saß. Er wendete den Kopf *die andere Wange hinhalten, ja, es mußte raus, anscheinend mußte es raus! Aus diesem Weib!*

»Das ist der Typ von damals, von der Reportage! Der uns im Glauben ließ, es käme von der *Freien Welt!* Das hast du doch mitbekommen, damals! Der sich eingeschlichen hat wie ein Parasit!«

Marcel sah die Pluderbeine wehen und hörte die Stimme keifen. Er versuchte sich aufzurichten. *Dieser Schmerz ist unbeschreiblich. Schultertrümmerbruch, vermutlich. Oder ein zerhäckseltes Schlüsselbein.* Marcel hörte sich stöhnen. Die warme Hand, ihm mittlerweile vertraut, richtete mit kundigen Griffen unter seinem Rücken erneut die Unterlage. Zu Klangfetzen zerrieben erreichte ein Dialog sein Ohr.

Neue Rechte, Opfer, Täter, Helden spielen, bescheuert, wahnsinnig, abregen, runterfahren, mal abstrahieren, abartig, menschlich, nicht mit mir. *Vielleicht ist das ein Beziehungsstreit, auf meinem Rücken, besser: auf meinem schutzlos dargebotenem Oberkörper?* Louis trug die Botschaft plakativ: »I love my girl«.

Ihr Mädchen, das girl: das war das Sonnenkind, die Gnadenreiche, die über die Maßen Schöne. Die beiden sind ein Paar!

Marcel verzog das Gesicht. Vor Schmerzen, ja, aber auch aus Absicht. Er spürte die gute Hand des Sonnengeschöpfs unter seinem Rücken, er ließ sich sinken. Pietà, diese Haltung behagte ihm – wenn von Behagen in dieser Situation die Rede sein konnte. Die Martinshörner waren lauter geworden und verstummten jetzt.

Den Bischofsweg entlang flackerte es blau. Louis hatte ihre Fäuste in die Hüften gestemmt. Sie preßte die Lippen aufeinander, Augen zu Schlitzen, drehte ruckartig den Kopf und ließ dann ihren Körper der Wendung folgen. Das war eine großartige Geste, extrem resolut. Cowboyartig, mafiaboßmäßig. Marcel war sicher, Louis hatte das von einem Film abgeguckt, eventuell vor dem Spiegel eingeübt. Es saß. Die Hand unter seinem Rückgrat wurde sanft fortgezogen. Die Sonne verzog sich.

Der Ingenieur wurde nicht mehr gestützt. Er kauerte nun still in der Haltung eines Fußballers, der gerade einen Elfmeter vergeigt hatte. Oder wie ein Moslem zum Gebet. Die beiden Männer, die den Ingenieur vorhin gehalten hatten, hockten nun abwartend links und rechts neben ihm, wie zwei Coaches. Oder wie Mitbeter in Individualhaltung. Nicht intervenieren, dasein war alles.

Zwei Sanitäter widmeten sich dem Ingenieur, zwei Marcel. Die Krankentrage wurde leer wieder weggetragen. Marcel wurde unsanft aufgerichtet. Ein klagender Laut entfuhr ihm. *Berserker.* Er solle zum Wagen laufen. Doch!, das könne er, nur Mut! Man werde ihn stützen. Die Beine seien doch in Ordnung? Oder nicht?

Als Marcel sich erhob, brandete Applaus auf, ein kurzes Klatschen. Der Alaunplatz war nun voller Menschen. *Hohn? Anerkennung?* Eine Filmkamera war auf ihn gerichtet. Marcel entschloß sich, ausdruckslos zu gucken, geradeaus, Blick mehr nach unten.

Habe acht!

Benjamin saß auf dem Besucherstuhl und wühlte in einem Stoffbeutel. »Mensch, Marcel, kühl dich ab, das hier ist irgendwelches Räucherzeug! Harmloses Esoterik-Brimborium! Von wegen Drogen! Ts, manchmal bist du echt ...« Er holte eins der Päckchen heraus. Marcel blickte besorgt zur Zimmertür. Sein Bettnachbar links war draußen, der jüngere rechts hatte die Ohren verstöpselt und schaute einen Film. Benjamin zog den Verschluß des Plastikbeutelchens an einer kleinen Schiene entlang auf und steckte seine Nase in das harzige Gemisch. Es war geruchlos.

»Keine Ahnung. Koks sieht anders aus«, er warf das Päckchen achtlos auf den Nachttisch und holte einen weiteren Beutel heraus, schob ihn auf. »Hier. Das ist doch so spirituelles Aromadings. Moschus, Patchouly, was weiß ich. So riecht es doch in so typischen linken Wohnungen. Genau –! So riecht es immer aus dem Headshop in der Louisenstraße, klar!«

»Ah. Wo immer der Typ mit den hühnereigroßen Ohrläppchenklunkern davor steht und raucht, oder? Und dieser Laden ist meilenweit entfernt von irgendeiner Kifferszene, ja?« Marcel blieb mißtrauisch. »Okay, Blödsinn, ich denke nicht, daß sie enger in die Rauschgiftszene verstrickt ist. Und ... aber Haschisch sieht schon so ähnlich aus, oder?« Marcel flüsterte.

Benjamin verdrehte die Augen, sein ganzer Kopf vollzog die Bewegung nach. »Nein, Marcel, mein Ehrenwort: Ich kann dir dieses Zeug zwar nicht benennen. Aber es ist hundertprozentig weder Haschisch noch Kokain noch Heroin. Das sind Kräutermischungen, Räucherharze, so was. Ich nehm den Beutel mit, damit du in der nächsten Nacht gut schlafen kannst.«

Das wollte Marcel wiederum nicht. Die Stofftasche war Eigentum des Sonnenmädchens. Sie hatte ihm damit den Rücken gestärkt, als er dalag. *Ich werde den Beutel als Talisman behandeln. Und als Pfand ...*

Benjamin nutzte die Frühstückspause, um Marcel zu besuchen, er hatte nicht viel Zeit. Keine Zeit für Räuberpistolen aus möglichen Drogenküchen. Ein Schlüsselbeinbruch war schmerzhaft und hinderlich, aber doch «kein Drama im eigentlichen Sinn«, meinte Benjamin. Warum mußte Marcel eine weitere Nacht, mindestens, im Krankenhaus verbringen? Marcel schluckte. Das war die Sache mit der Schmerzskala. Lächerlich, vielleicht. Na und! Das Röntgenbild hatte einen Schlüsselbeinbruch ergeben, glatte Fraktur, Rucksackverband.

Marcel hatte aber Kopfschmerzen, und zwar heftigste. Heute früh jedenfalls noch, bei der Visite. Er sollte den Schmerz auf einer Skala von eins bis zehn angeben. Marcel hatte die neun gewählt. Das war vielleicht etwas hochgegriffen. Aber man sollte ja nichts unter den Teppich kehren, oder? Die Ärzte zogen eine gestauchte Wirbelsäule oder ein Schädeltrauma in Betracht.

»Naja. Sicher ist sicher. Jetzt bin ich also noch einen weiteren Tag unter Beobachtung. Die wollen sehen, ob ich das Essen bei mir behalte, und ob ich einigermaßen sicher auf den Füßen stehe. Bestimmt nicht verkehrt, daß die mich mal rundum durchchecken, oder?«

Benjamin grinste. Klar! Sicher sei sicher! Und vielleicht käme ja noch die holde Jungfrau vorbei auf der Suche nach den verlorenen Kräutlein!

»HB 8, oder was?« Für Benjamin war ein Hot Babe der Klasse 8 das höchste der Gefühle. Was darüber kam, war irreal oder Photoshop.

»HB 8, aber dicke«, sagte Marcel und grinste. Benjamin hatte ja keine Ahnung, definitiv nicht.

Marcel hatte eine dringende Bitte. Eine etwas peinliche. »Meine Mutter hat natürlich prompt gestern abend angerufen.« Was so nicht stimmte. Marcel hatte Maman angerufen, in einem unbeherrschten Moment. Das war nach dem ersten, verzweifelten Einschlafversuch gewesen. Die Schmerzen waren unbeschreiblich. Nach dem Telephonat hatte die Nachtschwester hereingeschaut, ihm das Rückenteil höhergestellt und eine weitere Schmerztablette gegeben. Marcel hatte dann etappenweise in den Schlaf gefunden. Seine eigenen Schmerzenslaute hatten ihn drei-, viermal geweckt.

»Maman tut jetzt natürlich so, als sei ich dem Tod knapp von der Schippe gesprungen. Die steigt gerade jetzt in den Zug. Das Söhnchen besuchen und gesundpflegen, wenn du verstehst, was ich meine ...« Marcel färbte seine Stimme ironisch. »Ich hab keine Ahnung, ob sie gleich hier im Krankenhaus anrückt oder erst in meiner Wohnung. Sie hat einen Schlüssel. Du mußt mir bitte bis heute nachmittag einen Gefallen tun ...«

Maman war eine talentierte Zeichnerin. Das war sie wirklich, keine Frage. Nicht hochbegabt, nein, aber mit Spaß und Ehrgeiz bei der Sache. Zum letzten Geburtstag hatte sie Marcel eine Reihe von Aquarellzeichnungen beschert. Vögel, seine Lieblingsvögel, mit elegantem Witz verfremdet. Das Rotkehlchen, die kleine Brust stolz vorgereckt, trug Zylinder. Der Specht kam als Gelehrter daher und rauchte Pfeife. Die Schwalbe trug ein Hochzeitskleid, und der Falke hatte Ferngläser umgehängt. Keine schlechten Bilder, wirklich nicht. Naturgetreu, und als überraschender Kontrast diese Anthropomorphismen. Das alles hatte Maman in rahmenlose Halter plaziert. Fügte sich eigentlich gut in seinen Haushalt. Also: störte jedenfalls nicht.

Marcel war in den vergangenen Monaten nicht dazu gekommen, die Bilder aufzuhängen. Ob Benjamin das jetzt erledigen könne? Bitte! Am besten gleich im Flur. Oder an der Wand überm Bett. Solle er, Benjamin, selbst entscheiden, nach Gutdünken.

Benjamin wollte und konnte. Wozu hatte man Freunde? Marcel war beruhigt. Nun packte Benjamin aus. Eine Prospekthülle, leicht zerknittert, darin ein paar Seiten Computerausdrucke. Einmal *Freigeist-online*, dann das Dresdner Lokalblatt, *Mittwoch-online* und *radio wiwi*.

»Eine Sachlage, vier unterschiedliche Berichte. Fast unterschiedlich!«

Die Dresdener Postille hatte nur einen Anriß zu bieten, ein ausführlicher Bericht wurde für die morgige Ausgabe angekündigt. Es hieß, einer der Demonstranten habe möglicherweise verhindert, daß der Fahnenmast auf ein Kleinkind stürzte. »Der Schwerverletzte wurde notärztlich versorgt. Es bestünde keine Lebensgefahr, sagte ein Sprecher.« Benjamin wedelte mit dem Blatt. »Hier, kannst du dir einrahmen und neben die Vögel hängen. Der schwerverletzte Demonstrant bist nämlich du.«

Der *Mittwoch* titelte »Neonazis randalieren auf Roma-Kundgebung: Mindestens ein Schwerverletzter«. In der Reportage wurde wenn auch nicht konkret behauptet, so doch insinuiert, daß die vier PP-Männer die eigentliche Schuld an dem Vorfall trugen, der »tödlich hätte enden können«. Die Schreiberin ließ es offen, ob die »Patrioten-Rüpel« den Mast umgestoßen oder ob sie Sabotage betrieben hätten, aber sie legte beide Versionen nahe. Unterm Strich waren die »Patrioten« mindestens schuld daran, daß die Demonstranten – »rund dreihundert«, las Marcel – abgelenkt waren, als der Fahnenmast fiel.

Der *Freigeist* schrieb, was zu schreiben war, eine knappe Meldung, Überschrift: Zwischenfall unterbricht Sinti- und-Roma-Kundgebung. Letzter Satz: »Unser Reporter Marcel Martin lenkte die Fallrichtung des anscheinend ungenügend befestigten Fahnenmastes ab. Martin verhinderte dadurch, daß die Stange auf einen im Gras schlafenden Säugling fiel. Der Vater des Kindes erlitt einen Nervenzusammenbruch. Unser Mitarbeiter wird derzeit mit Knochenbrüchen im Krankenhaus behandelt, Lebensgefahr besteht nicht.«

Marcel grinste, sagte »Brüche!« und reichte Benjamin den Ausdruck zurück. Der Freund zückte den letzten Artikel, eine halbe Druckseite, *radio wiwi*.

»Daaa-daaa-daaa- -- dadamm!« *Die Warsteiner-Hymne*, Benjamin zog das Blatt wimpelartig flatternd durch die Luft. Marcel grinste weiter und las.

»Drei Opfer. Ein Held.« So ging die Überschrift. Der Rest war eine knappe Zusammenfassung der Hörversion, im Stakkato-Ton geschrieben. Zivilcourage sei nicht, den Mund aufzureißen. Das sei billig. In der Masse seien alle groß. Der Mut begänne dort, wo es gelte, mit dem eigenen Leben einzutreten. Einer habe es getan, ohne Wenn und Aber. Ohne Parole, ohne Ansage von oben. Der Anriß-Text auf *wiwi-online* wörtlich: »Die geplante Abschiebung von Jaro, Silvan und Marko ist ein Skandal. Der Auftritt der PP-Patriarchen war kein Skandal. Er war absehbar. Er war harmlos. Die Masse ersehnt aber den Skandal. Skandalös war, daß das Org-Team nicht in der Lage war, eine Fahne zu hissen. Skandalös war, daß hundertfünfzig Leute aus Skandalgier nicht merkten, daß sich der Fahnenmast aus seiner Verankerung löste. Einer hat hingeschaut. Er hat sich in die Bresche geworfen. Das Schicksal von Jaro, Silvan und Marko ist ungewiß. Ja. Aber Carl lebt. Keine Selbstverständlichkeit! Zum Anhören des gesamten Beitrags von Agnes Raether klick hier.«

Benjamin hatte Marcel lesende Augenbewegungen mitverfolgt. »Ja, schade, kannst du dir jetzt nicht anhören. Das ist der Hammer! Diese Tante muß dermaßen auf dich abfahren. Hübsche Stimme. Vom Sprachgestus her natürlich der übliche *wiwi*-Ton. Aber ... mein Lieber, die ist echt drauf! ›Marcel Martin war nicht als Demonstrant am Platze. Mag sein, daß er mit dem Anliegen der Kundgebung nicht konform ging. Mag sein, daß Marcel Martin ...‹ blabla, und so weiter.« Benjamin japste vor Freude.

»Sie nennt deinen Namen, woher auch immer sie den hat! Sie hält dich für einen Helden! Und das auf *radio wiwi!* Das ist so was von schräg! Fehlt nur, daß sie dich für's Bundesverdienstkreuz vorschlägt!«

Benjamin war außer sich. Er boxte Marcel an die Hüfte, vor Begeisterung, vor Skandallust. Marcel stöhnte. Das gebrochene Schlüsselbein war schließlich mit dem übrigen Körper verbunden. Der Grobian war anscheinend noch nie schwerer verletzt gewesen!

»Und ... erwähnt sie den *Freigeist?* Ich mein, komm ich vor als *Freigeist*-Reporter?«

»Nö, eben nicht. Sie nennt deinen Namen, hundertmal, als handele es sich um eine Seligsprechung, aber von *Freigeist* ist keine Rede. Mußt du dir anhören! Die werden doch hier irgendwo einen Internetzugang mit Lautsprecher haben.«

Benjamin schaute auf seine Uhr. Er mußte los. In der Redaktion sei die Hölle los. Marcel grinste. »Das sind halt auch Skandalnudeln. Dabei geht's mir doch gut. Du bist Zeuge!« Seine Kopfschmerzen waren mittlerweile zwei Punkte wert. Drei ... vier maximal.

Benjamin winkte ab. »Nee, das ist es nicht. Jochim hat noch keinen Altar für dich in Auftrag gegeben, denk das bloß nicht. Aber du fehlst eben, Tebbo Lorenz fehlt und Petri hat ein Sonderproblem. Der hat sich beim Pfeil-und-Bogen-Spielen was zugezogen am Wochenende. Schußverletzung sozusagen, aber völlig unheldisch. Dem ist eine Carbonfaser in die Hand gefahren. Pure Nachlässigkeit. Ein billiger Anfängerfehler, sagt er selbst. Und das bei Petri, unserm Bogensportprofi! Hat er ein paar Tage eitern lassen, die Stelle, tapferer Indianer, der er ist. Heute operieren sie ihm den Splitter raus. Deshalb fehlen jetzt gleich drei Leute, Lorenz, Petri und du.«

Später am Tag gab Marcel seinen Kopfschmerzen die Ziffer sieben, *ist etwas hochgegriffen, aber sicher ist sicher,* er wurde in die Röhre geschickt. Der Tomograph hämmerte, ratterte und keuchte. Glückgefühle durchjagten Marcel. Das war nach seinem Geschmack. Bei Panikgefühlen (»häufig auftretend«) solle man sich an die medizinischen Fachkräfte wenden, hatte im Aufklärungsbogen gestanden. *Panik? Wer denn, weshalb denn?* Das Gerät war sündhaft teuer, höchste Ingenieurskunst, die Elite der Forschung stand hinter solchen Maschinen. Das war materialisierter Geist, ein Pfad des Fortschritts, den man sich gefallen ließ, den man ausnahmsweise widerspruchslos goutieren konnte. Und wie! Marcel lag mit geschlossenen Augen, lauschte dem Hämmern und genoß die schweren Arbeitsgeräusche des Apparats. Er wurde vermessen, wenigstens ein Achtel weit. Mit ungeheurer Präzison. Hier wurde Maß genommen, aus neutraler, deshalb gerechter Warte, ohne Ansehen seiner Person. Hier wurde wahr gesprochen, hier wurde hochauflösend gearbeitet. Hier zählte das, was ist. Objektpunkte wurden im Submillimeterbereich definiert, und dabei war es dem Apparathirn einerlei, ob man den Bauch einzog, frisch geduscht hatte, ein dummes Gesicht machte, geilen Phantasien nachhing oder still Heidegger zitierte.

Marcel gefiel es unsagbar in dieser Kunststoffhöhle. Er hätte mit schrägen Lauten ein Kinderlied summen, Gebete sprechen oder fluchen können. Hier hörte es keiner, das Klopfen bot einen gnädigen Schirm, und es spielte keine Rolle für die gültige Vermessung seines Schädelinnern.

»Alles im grünen Bereich«, sagte die Schwester später, Entlassung morgen.

»Gar keine Auffälligkeiten?«

Die Schwester schüttelte den Kopf. Marcel war ehrlich erstaunt. Nicht unbedingt wegen der aktuellen, nun wieder mäßigen Schmerzen. Nein, überhaupt. Nicht, daß er mit sensationellen Hirnbildern gerechnet hätte, Blödsinn! Aber mit Irritationen, einem irgendwie außerordentlichen Befund mit der Notwendigkeit weiterer Abklärung – das dann doch.

»Alles völlig normgerecht«, sagte die Schwester in einem Ton, den man aus Besänftigungsgründen gegenüber sehr jungen und sehr alten Patienten anschlägt. So, als hätte es eben doch einen winzigen Befund gegeben, der eine minimale Abartigkeit nachwies.

Sag nicht das Wort!

Am frühen Abend wurde es turbulent. Der Ingenieur kam mit einem Blumenstrauß, rot geäderten Augen und mit Carl und Karla. Nette Familie, ein typisches Dresdner-Neustadt-Pärchen mit spät erfülltem Kinderwunsch. Der Ingenieur war in Wahrheit Notarassessor und hatte Carl erst im Tragesack. Dann mußte er gewickelt werden, Carl.

Die Windel wanderte in den Mülleimer unterm Waschbecken, dort blieb sie bis zum nächsten Morgen. Marcel verspürte eine Scheu, der Schwester erneut mit Befindlichkeiten zu kommen.

Karla gab Carl am Krankenbett die Brust, sie hatte ein faltiges Gesicht, *vielleicht ausgesaugt,* beide Erwachsenen waren höflich, dankbar und wirkten etwas angespannt, *kein Wunder, bei dem, was die grad durchgemacht haben.* Marcel nahm den Dank entgegen, verwies auf die Selbstverständlichkeit seines Tuns und verschwieg, daß Carl auch ohne seinen, Marcels, Sprung in die Fallrichtung des Mastes so munter nuckeln würde.

Die kleine Familie gab einer älteren Frau die Klinke in die Hand. Das war die Atemtherapeutin. Sie kam wegen Marcels Kopfschmerzen. Ein Chädeltrauma sei bei solchen Unfällen *als hielte man für fallende Fahnenmasten eine eigene Kategorie bereit* nicht unwahrcheinlich.

Marcel lauschte fasziniert auf die Sch-Laute in Kombination mit breitestem sächsisch. Marcels Rücken wurde abgeklopft, *die Frau hat kein Gefühl, alte DDR-Schule, wenn jetzt noch eine Rippe bricht, dann wunder ich mich nicht,* dann atmeten sie gemeinsam. Marcel sollte geräuchvoll ausatmen, die Therapeutin machte es vor, ihre Lippen vibrierten dabei, ein hauchfeiner, eher nur erahnbarer Nieselregen entstand. Der Bauch müsse sich bewegen, forderte sie. Ob er was am Bauch habe, ob das abgeklärt sei? So flach atme doch kein gesunder Mench! Ob das mal vorher diagnostiziert wurden sei, das er so komich atme? Sie stöhnte ausgiebig und wies Marcel an, es ausatmend nachzutun. Es hatte etwas Unwürdiges, aber er bemühte sich. Er merkte, daß etwas nicht stimmte.

Gleich nach der Therapiesitzung brachte die Schwester das Abendessen. Marcel bedankte sich und äußerte Zweifel, ob er etwas davon herunterbekommen würde. Ein gewisser Druckschmerz in der Magengegend sei vorhanden. Vielleicht sollte man da noch mal draufschauen? Die Schwester winkte ab und fragte nach dem Stuhlgang. Marcel beschloß, bezüglich der möglichen Bauchgeschichte nicht weiter nachzubohren. Dieser Körperteil hatte vom Fahnenmast definitiv nichts abbekommen. Er aß ein wenig, tauschte mit dem linken Bettnachbarn die Wurst in Käse – Tauchgechäft, sagte der andere – und atmete dann, verhalten und geräuscharm, aber es ging.

Auch das Aufstehen klappte gut, warum auch nicht, der Kreislauf war natürlich nicht ganz stabil. Im Bad gab er sich kleine Ohrfeigen. Daß er unglaublich blaß sei, das sollte nicht der erste Satz von Maman sein. Falls Maman direkt hierher käme, würde es kurz vor sieben oder kurz vor neun sein, je nach Zug. Er hatte die Verbindungen recherchiert. Er hatte auch bei *radio wiwi* nachgeschaut, online. Den Artikel über Marcel Martin hatte er nicht gefunden. Er hatte chronologisch geblättert, verschiedene Suchbegriffe eingegeben: kein Treffer.

Von der Krankenschwester hatte er sich Kopfhörer bringen lassen. Im Fernsehen lief eine tragische Geschichte über einen Mann, der sich aus existentiellen Gründen als Frau verkleidet und innerlich zwischen den Identitäten zu zerreißen drohte. Marcels rechter Nachbar schaute gebannt zum Bildschirm, der Linke tat etwas mit seinem Tablet, ließ sich aber immer wieder von den Bildern ablenken. Eine Chipstüte kreiste, Marcel lehnte dankend ab, machte aber gern den Tütenboten. Der junge Typ rechts hatte eine kleine OP am Zehengelenk hinter sich, der ältere rechts hatte bloß eine Metallplatte am Handgelenk entfernt bekommen. *Was wußten die schon von acromialen Klavikulafrakturen? Nichts, rein gar nichts.* Marcel gefiel sich in der Rolle des tapferen Dulders. Mit mühsamen Armbewegungen zog er sich die Station zum Einstellen der Radio- und TV-Sender heran. Stellte die *radio wiwi*-Frequenz ein. Es kamen die Nachrichten. Sie ließen einen Ausländer lesen, das gehörte zum Programm. Der Sprecher war der deutschen Sprache nicht wirklich kundig, er sagte »Kos-Normen« statt CO_2-Normen und »Beleitigung« statt »Beteiligung«, mehrmals las er ganze Zeilen doppelt.

Marcel empfand das als miesen Trick. Nicht, weil man als Hörer nur mit erhöhter Aufmerksamkeit verstand, was eigentlich vermeldet werden sollte. Das ginge ja noch und hätte durchaus Gründe für sich, sondern weil dem Migranten offenkundig jeder Text unterjubelt werden konnte. Der Nachrichtenausländer las Buchstabenketten ab, die ihm rein gar nichts sagten. Ein zwanzigköpfiger, mit Übermacht gegendemonstrierter Neonazi-Aufmarsch in Mecklenburg kam zur Sprache, ein Asylantendrama vor der spanischen Küste, eine Legehennenbefreiungsaktion und ein Zwischenfall bei einem Verkleidungsseminar für Intersexuelle. Von Jaro und den anderen war keine Rede. Von ihm, Marcel, erst recht nicht.

Es klopfte. Sehr höflich, damenhaft. Marcel imaginierte Mamans Eintreten, mit Hut und unifarben. Weiß wäre typisch, würde sich aber schlecht von der Schwesterntracht abheben. Also blau. Sein Tip.

Herein trat rot: die Sonne. Roter Rock, knapp knielang, ein Faltenrock wie zuletzt vor fünfundzwanzig Jahren gesehen, rote Doc Martens, schwarzes T-Shirt mit leichtem V-Ausschnitt, die Ärmel mit wellig-verspielten Säumen. Es war phantastisch. Wie in ihrem Gesicht, die Sonne in der Sonne, die Abendröte fiel! Nein, stieg! Sie trat einen Schitt vor und errötete.

»Herr Martin?« Gestern hatte sie ihn noch geduzt. Zärtlich geduzt. Das war wohl die Aufregung. Eigentlich beides, das Duzen wie das Siezen. Kurz wirkte es, als würde sie knicksen vor seinem Bett. Sie reichte ihm Gummibärchen, eine Tüte, Krankengeschenk, gelatinefrei, halal.

»Nur eine kleine Aufmerksamkeit, bißchen blöd, ich weiß ...« Wie es ihm ginge? Das Sonnenkind war nähergetreten. Marcel konnte sie riechen. Sie roch gut. Himmlisch, lavendelig, veilchenartig, rosig ... und ein bißchen wild. Gepflegt wild, keine Frage. Das Flammenhaar hat sie zu einem hohen Zopf streng aus dem Gesicht gebunden. Das wirkte resolut und kontrastierte mit dem Rest.

Der Rest ... war weich, kein Schwellen wie zum Einsinken, sondern mädchenhaft weich. Wangen wie Blütenknospen, zart gewölbte Arme, sie reichte ihm die Hand, warm und filigran. Er traute sich erst nicht, sie zu drücken, *der Händedruck ist eine Art point-of-no-return, hatte Benjamin gesagt, fest, aber nicht klammernd, keine Schraubhand!, hatte Benjamin doziert, die Männerhand packt kurz und entschlossen zu* und drückte dann doch fest, ganz kurz nur. Dann entzog er sich ihr rasch. Marcel schien es, als sei die Geste an sich fehl am Platz. *Hier stand ja kein Geschäftspartner am Bett!*

Er dankte und antwortete, daß er lieber heute als morgen das Krankenhaus verlasse. Ihm fehle ja nichts, eigentlich!

Das Sonnenmädchen lächelte. Sie hatte ein Grübchen in der Wange links und ein ganz kleines rechts neben dem Mundwinkel. Beide schwiegen lächelnd. Sie setzte sich. Marcel wartete, bis das Rotseingefühl schwand. *Bloß keinen Überbrückungsquatsch reden.* Sein Smartphone surrte in neutralem Ton. Er winkte lässig ab. *Maman! Irgendwas mit den Vogel-Bildern? Die Wohnung war sauber, hundertprozentig kein Grund für ein schlechtes Gewissen. Außer, Benjamin hätte Späne vom Bohren hinterlassen.*

Marcel griff sich das Gerät und schaltete es aus, mit übertrieben energischem Druck. Sie lächelte und schlug verlegen die Beine übereinander.

»Die halten einen hier fest, als sei man schwerverletzt«, sagte Marcel. Was er lese, fragte sie und griff nach dem Schweitzer-Roman. Marcel war auf Seite einundzwanzig stehengeblieben. Er hätte gern mehr gelesen, aber es war ja ständig was los gewesen.

»Ja, der *Gefangene*, Teil eins dieser Yael-Schweitzer-Sachen. Ist gut, ziemlich gut sogar. Dafür, daß es eigentlich Unterhaltungsliteratur ist. Man muß ein bißchen zwischen den Zeilen lesen.«

Marcel wand sich, er tat, als müsse er den Rucksackverband zurechtrücken. *Dieses langsam plätschernde Gespräch, es paßt nicht. Was wäre aber passend, adäquat? Ich kann doch nicht fragen: Wie heißt du denn eigentlich? Oder: Ich hab Sie noch gar nicht gar Ihrem Namen gefragt! Sie haben mir so freundlich geholfen! Oder: Ist diese Louis eigentlich ihre Freundin? Also, Ihre Lebenspartnerin?*

»Mein Beutel mit dem Räucherwerk, der ist bestimmt verloren gegangen während der ganzen Aktion. Macht ja nichts«, sagte sie. Marcel langte an den Rollwagen und öffnete das Türchen, angelte die Tasche hervor.

»Der hier?« Sie freute sich und nahm das Säckchen entgegen. Sie schwiegen. *Ergriffen. Sie ist so schön!* Wieder brach sie das Schweigen:

»Den *wiwi*-Bericht haben sie bestimmt nicht gehört? *Radio wiwi?* Vulpes Vulpes, Radio Rotfuchs? Weiß ja nicht, ob sie so'nen Nischenfunk kennen ...?«

Jetzt fiel sie aber mit der Tür ins Haus! Marcel spürte erneut die Flammen in seinem Gesicht lodern.

»Äh, doch, ja. Naja. *Radio wiwi* kennt man schon, klar.« *Man!* Marcel wühlte in den Blättern auf seinem Nachttisch. »Ein Bekannter hat mir das ausgedruckt. Anhören konnte ich's mir nicht. Ich hab die Sache im Netz später auch gar nicht mehr gefunden. Ich war vermutlich zu blöd für die *wiwi*-Suchmaske. Das war ja ein ... ein ziemlich netter Text. Also ... ziemlich ungewöhnlich. Oder?«

Die beiden trafen sich auf einem Farbniveau, venezianischrot.

»Ich war's«, flüsterte sie heiser, räusperte sich und zog den Zopfgummi nach. Die gestrafften Stirnhaare machten ihr Gesicht noch klarer.

Das war keine Gesichtshaut, kein Fleisch, das war Inkarnat. In höchster Kunstform! Hier saß keine junge Frau, noch weniger eine *wiwi*-Reporterin, hier saß ein Geschöpf, das der Phantasie eines spätmittelalterlichen Malers entsprungen war. Gut, der Faltenrock sprach dagegen. Aber alles andere ... diese Handgelenkknöchel, wie aus edelstem Obstholz gedrechselt, nicht mager, nicht sehnig, nur zierlich ... und dieser göttliche Hautton über allem ... Sie war kein Mensch im eigentlichen Sinne, sie war ein Gemälde.

Um auszuschließen, daß er sich in einem Traum befand, konzentrierte sich Marcel auf die feine Webstruktur ihres Schottenrocks. Das war sein Trick: Erkannte man winzigste Details, etwa ein Webmuster oder Holzmaserungen oder Hautporen, dann war man wach. Das war eine zuverlässigere Probe auf Traum oder Wirklichkeit als das sprichwörtliche Sich-Zwicken. Marcel sah die kleinen Wollknötchenfussel, die am Gewebe hafteten. Es war also kein Traum, und ihre Stimme klang als Normalton, sehr gegenwärtig.

»Ja, das war ich. Die Reportage. Na, dann hat's ja wenigstens dir gefallen, also ihnen. Meinen Bericht können sie übrigens mittlerweile nicht mehr hören, noch nicht mal lesen. Der ist rausgenommen worden. Wie ich.«

Marcel setzte sich ruckartig auf. Der Schmerz in der Schulter tat gut. Ein gerechtes Gefühl! Sie sei ... sie sei also Agnes Raether? *Geahnt, aber nicht geglaubt.* Und inwiefern rausgenommen: der Bericht und – und sie? Wie dürfe das verstanden werden?

Agnes rollte ihr Zopfende zwischen den Fingern. Der Haargummi lockerte sich wieder. Ihr Gesicht wurde weicher. Nicht entspannter, nein, es wurde freier für emotionale Mimik. Agnes' Erzählung von dem, was vorgefallen war, glich dem Rhythmus einer Wippe: einerseits, andererseits.

Sie referierte ihren Bericht und unterzog ihn zugleich einer Bewertung: Ja, sie sei natürlich mitgerissen gewesen, von Marcels Tat. Sie sei ja anscheinend die Einzige am Platz gewesen, die den Vorgang gleichsam live beobachtet habe! Wie der Mast sich neigte! Wie Marcel tollkühn direkt in die Fallrichtung sprang! Das schlafende Baby! Die Dramatik der Situation hätten die anderen Anwesenden ja gar nicht wahrgenommen. Aber, übte Agnes Selbstkritik:

»Okay, ich war natürlich nicht wegen eines schlummernden Säuglings vor Ort. Es ging ja im Kern um etwas anderes. Das hätte die Hauptsache für mich sein müssen. Jaro, Silvan und Marco. Ich hab den Focus verschoben, in meiner Berichterstattung. Das war nicht professionell. Ja, meinetwegen.« Die Wippe neigte sich wieder.

»Aber das war doch eine total entstellte Situation! Es sollte um die von Abschiebung bedrohten Roma gehen! Und auf einmal glotzten alle nur geifernd auf die PP-Idioten! Total randalesüchtig! Da ging's dann nicht mehr um die Sache, sondern darum, sich abzureagieren. Da sind die einen nicht besser als die andern! Immer muß ein Feindbild her! Sonst geht gar nichts! Ohne Feind keine Dynamik, so ist es doch! Die einen, die PP-ler, die sehen rot, wenn sie Roma sehen und projizieren da ihren Frust rein. Die anderen drehen auf, sobald ein Rechter auf den Plan tritt, und sei's nur am Rande. Wie kindisch, wie berechenbar, wie festgefahren ist das!«

Erneut hatte die Wippe ihren Scheitelpunkt erreicht. Nun war wieder Selbstkritik an der Reihe.

»Gut: Als ich, zugegeben noch wie im Rausch, meine Reportage schrieb und einsprach, da wußte ich schon ... Da wußte ich natürlich bereits, daß du ... daß sie einer vom *Freigeist* sind. Sie haben ja mitbekommen, wie Louis ausgetickt ist! Gut. Den Schuh zieh ich mir an: Ich hab voller Trotz geschrieben und gesprochen. Im Affekt gewissermaßen. Das war nicht richtig. Das war ... überspannt. Das war eine emotionale Überreaktion. Vielleicht sogar direkt gegen Louis gerichtet. Aber«, und jetzt wippte es wieder aufwärts, »ich hab eben auch ein gewisses Gerechtigkeitsgefühl. Warum sollte ich verschweigen, daß ein *Freigeist*-Reporter als einziger in der Lage war, beherzt einzugreifen? Im Ernst!«

Agnes schaute Marcel mit großen, sehr hellen Augen an. Er sah, wie sie immer noch bemüht war, die Sachlage auszubalancieren. Er verstand sie so gut! Er begriff ihre Gewissensnot, verstand sie aus innerster Seele. Er wagte nicht, etwas Bestärkendes zu sagen. Die Wippe hätte gegen ihn ausschlagen können. *Wehe!*

Er schwieg. Schaute schuldbewußt, leichter, heller Rotton. Agnes atmete durch. Es pendelte sich ein. Mit einem resoluten, wie befreiendem Schnaufer: »Und jetzt ist der Artikel also gecancelt. Und ich bin suspendiert.«

Suspendiert? Freigestellt? Da gab's doch nur bei Beamten und bei Pfarrern? Wollte Agnes sagen, daß sie eine Art Verwarnung erhalten hatte, Strafminuten, wahrscheinlich eher Straftage, in denen sie zu Hause bleiben sollte? Um sich eines Besseren zu besinnen? »Suspendiert? Sie? Also ... nicht gekündigt, das nicht, oder? Wegen eines ... unbequemen Beitrags? Nein, oder?«

Agnes stellte einen Fuß auf die Sitzfläche ihres Stuhls, zog ihn am Knöchel heran und setzte ihr Kinn auf das Knie: »Doch. Gekündigt! Vor die Tür gesetzt! Stante pede! Und zwar ganz exakt von heute auf morgen. Den *wiwi*-Job bin ich los.«

»Aber ... wie ..., ich mein, wie kann man ...? Geht ja gar nicht ... ich mein, es gibt ja doch so was wie Gesetze, also Kündigungsschutz ...«

»Doch, doch. Geht alles. Bei *wiwi* schon. Das sind ja Anarchisten, im Grunde. Das mußt du quasi akzeptieren, wenn du bei denen ins Boot steigst. Und ich werd den Teufel tun, da jetzt anwaltlich gegen vorzugehen. Dazu fehlt mir alles: Geld, Nerven und Stolz.«

Sie hielt inne und lachte hell. »Das war Freud! Typisch. Ich wollte sagen, ich bin zu stolz, um da jetzt gegen anzurennen. Die wollen mich nicht, dann kriegen sie mich auch nicht!«

Oh ja, stolz war sie. Das strahlte sie aus. Und auch nicht. So viel Demut lag in ihrer Art! Diese Frau war ein Vexierbild, eine Kippfigur, eine, die alle Gegensätze in sich vereinte. Stolz und Demut, Furie und Magd, Widerstand und Gehorsam. *Eine konservative Revolutionärin!*

Das, was schwankend wirkte, war in Wahrheit ihre Festigkeit. Wie sie schillerte! Ein Spektakel der Farbskala zwischen abgetöntem Weiß und Rot. Und doch war nichts Grelles an ihr. Im Gegenteil. Nein! Das Gegenteil wäre: blaß.

Agnes war alles andere als das. Der ganze Raum, das öde Krankenzimmer, strahlte ja durch ihre Anwesenheit! Marcel bemerkte, wie sein Denken stockte, wie sein Hirn an der Verarbeitung der Sinneseindrücke laborierte.

Überaus vernünftig hörte er seine Stimme klingen, die ihr riet, sich das doch vorzubehalten: eine arbeitsrechtliche Klage. Einen Anwalt heranzuziehen.

»Ich meine, dein Beitrag war vielleicht gegen die *wiwi*-Blattlinie. Aber ... da gibt es doch erstmal andere Maßnahmen. Eine Abmahnung oder so. Ein Chef kann doch nicht einfach so kündigen!«

Agnes schüttelte energisch den Kopf. »Da kennst du unsere Bosse schlecht. Ordentlich abmahnen hieße, sich mit bundesdeutschem Recht zu identifizieren. Ist nicht. Nicht bei *radio wiwi*. Und, glaub mir, den Geßlerhut zieh ich mir nicht an, da jetzt das große Geheul anzustimmen.«

Marcel gefiel es, wie sie die Geßlerhut-Redewendung modifizierte. Vielleicht sagte man das in ihrer Szene so. Ihm gefiel auch, wie ihnen der gleitende Übergang ins Du gelungen war. Logisch, sie hatte ihn erst krampfhaft gesiezt, weil sie ihn für stockkonservativ hielt. Die Gute! Sie kannte ja seine Biegsamkeit nicht. Daß sie sich so klaglos mit der fristlosen Kündigung abfinden wollte, behagte ihm dennoch nicht. Es war ja, bei Lichte besehen, s e i n e Schuld.

»Und deine ... Freundin? Louis? Was sagt die?« Das Freundin-Wort ging Marcel schwer über die Lippen. Es hatte was Anzügliches in seinen Ohren. *I love my girl*, hatte Louis auf der Brust getragen. *Das war doch wohl keine Rockband? Mit diesem Namen? Das war doch wohl eher ein Bekenntnis?*

Agnes achtete nicht auf Marcels rote Wangenflecken. »Louis? Die steht natürlich hinter mir. Treue Seele! Will ich aber gar nicht, daß sie sich da jetzt einmischt. Die ist gleich immer furchtbar undiplomatisch. Cui bono? Ich mein, soll Louis auch ihre Stelle bei *wiwi* verlieren? Wer hätte was davon?«

»Aber ... ich mein ... deine Freundin war doch richtig sauer, gestern auf dem Alaunplatz. Die fand es doch unmöglich, daß du ... Daß du dich mit mir abgegeben hast? *Das war höflich ausgedrückt. Louis hatte getobt! Agnes fortgerissen!* Aber sie steht trotzdem hinter dir, ja?«

»Ja. Jetzt wird's kompliziert. Insofern ist das eine komplizierte Beziehung, ja.« *Beziehung. Sie lieben sich. Sind zusammen. Die schönste Lesbe der Welt mit diesem Rumpelstilzchen. Na klar. So ist die Welt!*
»Louis ist eine hoffnungslose Cholerikerin. Aber im Kern – im Kern eine Gute. Ich mein, wir sind doch alle irgendwie in diesem Schwarzweiß-Denken gefangen, oder nicht? Ich mein, schwarzweiß, das war schon wieder daneben, bei *wiwi* gäb's jetzt einen dicken Rüffel dafür ... Worauf ich hinauswill: Dieses Freund-Feind-Denken. Diese klaren Muster. Das dient der Entlastung. Kennst du das nicht? Sind die Leute an deiner Front etwa anders? Du arbeitest für den *Freigeist*. Der *Freigeist* ist scheiße, weil rechts. Das ist halt die Pauschalregel bei *wiwi*. Keine Ahnung, ob deine *Freigeist*-Kollegen da differenzierter sind in unsere Richtung ... oder? Louis – und nicht nur Louis – war damals bei dieser Containergeschichte davon ausgegangen, daß du einer von der *Freien Welt* bist von diesem anarcholibertären Minimagazin eben. Das kannst du ruhig zum Lachen finden! Ist es auch, vermutlich. Sie fühlte sich also von dir getäuscht. Also: ein Rechter, der außerdem ein Trickser ist. Und ein Scheißtyp wird nicht besser dadurch, daß er mal eben ein Leben rettet. Im Gegenteil. Das wird als perfide Taktik ausgelegt. Du hättest dich feiern lassen, gestern, meint Louis. Den Helden gespielt. Typisch rechte Todessehnsucht, Fixiertheit auf Untergangsphänomene.«

Agnes stupste Marcel an, an seinem gesundem Arm und lachte. »Guck nicht so! Ich kann nichts dafür! So denken meine Leute halt!«

Dieses Sonnenkind, dachte Marcel. *Ist gerade auf die Straße gesetzt worden und lacht. Denkt klar, analysiert scharf, strahlt dabei – ist das Galgenhumor?*

»Aber ... *radio wiwi*, das ist doch kein ... kein anonymer Apparat. Der eine Mitarbeiterin aussondert, eben mal so.

Tagessoll nicht erfüllt, weg damit! Sind die wiwis wirklich so drauf?«

Agnes streckte sich *Brüste wie Blutorangen, mittelgroß und kugelrund* und seufzte. Draußen, Marcel hatte den Blick rasch zum Fenster gewandt, draußen setzte die Dämmerung ein.

»Ach ja. Wie sind die drauf ...«, sagte Agnes ausatmend. Die ganze Roma-Geschichte sei ein einziger Fallstrick gewesen. Selbst für eine, die die Fallstricke der *wiwi*-Klientel nicht nur kannte, sondern achtete. Da habe es eine Ansprechperson gegeben, namens Alfred. Wahnsinnig charismatischer Typ, belesen, ein bißchen schlitzohrig, aber letztlich vertrauenswürdig. Marcel nickte: »Kenne ich.«

Agnes sprach weiter. Dieser Alfred habe sich Zigeuner genannt und so getan, als sei die Rede von »den Roma« die eigentliche Zuweisung, die despektierliche Blick- und Sprachzurichtung von außen. Roma, hatte Alfred erklärt, das sei mitteleuropäischer Akademiesprech, der die Vielfalt der Stämme negiere. Roma sei ein Stigma. »Zigeuner« entspräche erstens der Tradition und sei zweitens viel weniger schlecht beleumundet als Roma. Mit Zigeuner assoziiere man wenn auch nicht die Wahrheit, so doch romantische Bilder. Alexandras Zigeunerjunge, die wildhübsche Zigeunerin auf Wohnzimmerbildern, von deutschen Hausfrauen handgeknüpft. Kesselschmiede, weise Frauen, traurige Lieder, Lagerfeuer. Hingegen Roma: Sie, Agnes, könne ja mal googlen, habe Alfred sie aufgefordert. Unter Roma fände sie ausschließlich Stichworte wie Kriminalität, Verwahrlosung, Dreck. Marcel hörte im rechten Nebenbett ein unterdrücktes Prusten. Er war froh, daß Agnes es nicht bemerkte.

Sie habe gegooglet. Alfred hatte recht. Roma war kein gutes Wort. »Sinti und Roma« war, zumal als Stammesbezeichnung, erst recht mies, weil exkludierend. Es schloß die Manusch aus, die Kale und zahlreiche andere Stämme. Agnes verbesserte sich.

»Stämme ist natürlich bullshit, das geht fast genauso wenig wie Rassen. Die Rede von Gesellschaften wäre korrekt. Dann ist es – du siehst, der Schwierigkeitsgrad steigt – aber schwierig, zu präzisieren, welche Gesellschaften gemeint sind. Zigane Gesellschaften, das geht halt auch nicht«, erläuterte sie. Jetzt wisse sie das. Agnes zog die Augenbrauen hoch, und Marcel war sich unsicher, ob sie selbstironisch über Sprachregeln ihres ehemaligen Arbeitgebers sprach oder ob sie diesen Wissenszuwachs ernsthaft begrüßte.

Als Agnes in der *wiwi*-Redaktion damals ankündigte, den Termin »bei den Zigeunern« wahrzunehmen, »da hätten sie mich fast gesteinigt«.

Das war gemein. Agnes hatte ja nicht gedankenlos dahergeplappert, sondern sich nach bestem Gewissen informiert. Sie zwirbelte weiter an ihren Haaren.

»Schau, ich bin ja nicht naiv. Naivität kann sich dort keine leisten.«

Die Fallstricke und Tretminen ausgrenzender Sprache seien ein Dauerthema bei *wiwi*. Es gäbe dort für solche Fragen ein personifiziertes Maß der Dinge, Feli Fischer-Sembene, effeffes genannt. Frau Doktor effeffes saß an ihrer Habilitation und im *wiwi*-Beirat. Sie war die Meisterin in punkto Rassismen, Sexismen und wußte, wie man von Menschen mit besonderen Bedürfnissen sprach, ohne deren Würde zu verletzen. Down-Kind, Albino, Querschnittsgelähmter – so ging es nicht, so durfte man nicht reden und schreiben. Das waren Bezeichnun die Menschen bei ihrem Mangel benannten.

»Oder, ganz korrekt ausgedrückt: bei dem, was die Normgesellschaft als mangelhaft unterstellte«, verbesserte Agnes sich und hob abermals angestrengt die Augenbrauen.

Marcel lachte beifällig auf: »Aha, also Beauftragte für pc-Sprech, ja? Eine Sprachpolizistin, eine Art Grenzbeamte?«
Agnes stockte und sah ihn scharf an. Sie schnippte ihren

Zopf über die Schulter nach hinten und setzte sich kerzengerade.

So war es nicht gedacht! Daß hier der Eindruck einstand, sie würde sich das Maul zerreißen über ihren Arbeitgeber, nur, weil es sich nun eben um ein vergangenes Verhältnis handelte! Sie sähe keinen Anlaß für ihn, Marcel, davon auszugehen, daß sie, Agnes, jetzt flugs zur Überläuferin geworden sei! Aus gekränkter Eitelkeit oder so! Agnes zischte. *Sie war wunderschön, auch im ... Erregungszustand.* Das wolle sie hier mal klarstellen: Sie fände es gut, richtig und angebracht, und zwar aus vollem Herzen, grundsätzlich Sorge zu tragen dafür, daß Menschen, über die gesprochen oder geschrieben werde, nicht durch herabwürdigende Bezeichnungen verletzt würden.

Wo wäre ihr Gewinn, was hätte sie, Agnes, davon, wenn sie jemanden so titulierte, wie er das nicht wollte? Wenn sie genau das in den Vordergrund stellte, woran der andere möglicherweise litt? Ihre Leidenschaft faszinierte Marcel.

»Und wenn du mir jetzt mit dem Terminus Gutmensch kommen willst – ja, bitte! Nur zu! Bin ich. Wär ich gern. Du nicht?«

Marcel duckte sich vor Agnes' Zornrede. Dieser Ausbruch kam überraschend. Eben noch braves Lämmchen, dann spielend und freudig buckelnd, und plötzlich zeigte sich, daß das Lamm Hörner trug! Sie einsetzte! Aber Agnes hatte ja recht. Was gab es da zu entgegnen? Ihm war, als sei durch das Du ein distanzierender Damm gebrochen. Es war in Ordnung. *Und sie ist doch am Überlaufen! Fort von ihrer Szene! Was sonst bringt sie dazu, mir das alles zu erzählen? Sie kann nicht wissen, daß ich im Grunde neutral bin, oder liberal. Oder fast. Sie muß doch davon ausgehen, daß ich strikt von der wiwi-Gegenseite bin! Fand sie meinen Container-Artikel so toll? Einen Artikel, der in ihren Kreisen umstritten war? Oder kommt die Zutraulichkeit wegen dieser Pseudo-Lebensrettung? Oder – sie sieht mir ins Herz. Sie ... erkennt mich. Wahrscheinlich tut sie das.*

Agnes nahm Marcels wortlose Defensive zur Kenntnis und wurde versöhnlich. »Ist ja gut. Und natürlich stimmt das: Es war zum Teil ein Höllenritt bei *wiwi*. Effeffes hatte die üblichen Sprachpolitiken so durchgesetzt und eingepaukt, daß das bei allen Mitarbeitern fest verankert war. Keiner sprach mehr von Lehrern oder nuschelte Lehrerinnen, jeder Sprecher betonte den *gender-gap* unwillkürlich: Lehrer pause innen. Ja, lach! Das ist gar kein so großes Ding, solche Sachen internalisiert man schnell. Das tut keinem weh, bricht keiner die Zunge und schärft das Bewußtsein. Warum also nicht.«

Zigeuner_innen ging jedenfalls nicht, da brauchte es nicht mal die Intervention von effefffes. Das war nachvollziehbar für Agnes. Im Grunde war das Zigeuner-Wort gegen ihr Bauchgefühl gewesen. Aber die aktualisierte Erkenntnis bedeutete zugleich, daß sie Alfreds Selbstbezeichnung ignorieren mußte. Sie hatte darum bei effeffes nachgefragt, pflichtbewußt und mit Sprechstundentermin. Das sei kein einfaches Gespräch gewesen.

»Effeffes, das ist die Frau mit der Goldwaage«, sagte Agnes, und es klang mehr ehrfürchtig denn sarkastisch. Marcel lauschte gespannt. Sein Schlüsselbein pochte. Er versuchte, das Pochen mit dem Takt von Agnes' Rede zu koordinieren, den Rhythmus gleichzuschalten. Gelang ganz gut. Ihre Stimme überformte den Schmerz wie ein seidiges Tuch aus Goldlamé, hüllte die Nervenenden ein, dämpfte das Pochen. Der Schmerz wurde zur Nebensache.

Effeffes habe sofort verstanden, was Agnes meinte. Vice versa allerdings nicht ganz, es blieb unklar für sie. Warum durfte man jemanden, der sich Zigeuner nennt und auf dieser Bezeichnung besteht, nicht Zigeuner nennen? Es sei, erklärte effeffes, als kämpferischer Ausdruck eines komplexen und inhomogen marginalisierten Bereiches von Eigenpositionierungen zu begreifen, wenn sich People of Colour oder Angehörige anderer ausgegrenzter Gruppen rassistische Termini zu eigen machten. Wenn ein Man of Colour rappend von »Niggaz« sprach, sei das im Kontext der Selbstbezeichnung in Ordnung. Dies sei als agonales Selbstbild zu verstehen und zu akzeptieren. Das dürfe aber keinesfalls in der Sprache der Weißen, also durch Weiße reproduziert werden! Als siegreiche Ausnahme von der Regel gelte allein das Attribut schwul. Hier sei eine Selbstbezichtigung erfolgreich in den akzeptablen Sprachgebrauch übergegangen. Die Schwulen hätten sich eben auf einem langen, steinigen Weg mittlerweile emanzipiert, daher sei schwul auch aus dem Mund eines Nichtschwulen kein Schimpfwort.

Bei den Roma, Sinti und den anderen einstmals fahrenden Völker aus dem indischen Subkontinent sei es aber aus unterschiedlichen Gründen nicht so, daß ein Außenstehender sie als Zigeuner titulieren dürfe.

Effeffes habe betont, daß sie ganz bewußt die Roma vor den Sinti genannt habe. Auch das sei ein Weg, *en miniature* die weißen Hörgewohnheiten zu durchbrechen. Nein, es sei eben keine Wertung! Effeffes nannte keinesfalls in hierarchisierender Absicht die Roma zuerst. Nur: Jeder sage eben gedankenlos »Sinti und Roma«. So wie gewisse Menschen »Vater unser« sagten statt »Unser Vater«. Wie eine dumme, überkommene, nachgeplapperte Formel also.

Effeffes habe über Agnes' Frage gelacht, wie sie die unterschiedlichen Gesellschaften also titulieren solle, zumal es sich de facto, also aktuell in Dresden, nicht ausschließlich um Angehörige der Roma und Sinti handle? Das sei simpelstes Reporterhandwerk, habe die Doktorin gemeint. Sie solle halt nachfragen! Und dann von den Roma, Sinti und Kalderasch sprechen! Oder von den Ursari! Je nachdem! Sehr simpel!

Auf Agnes' Einwand, was aber sei, wenn Ursari sich als Fremdbezeichnung herausstelle und als falsche Fährte, weil die Ursari schon sei Ewigkeiten keine Tanzbären mehr mit sich führten, habe effeffes unwirsch reagiert. Ob sie, Agnes, jetzt rabulistisch werden wolle?

»Naja«, beendete Agnes ihr Referat über den Sprachberatungstermin, »das war harter Tobak, alles in allem. Aber die effeffes ist schon eine Autorität. Ich mag sie. Beeindruckende Frau. Zwei Kinder, dreisprachig erzogen, deutsch, französisch, mandinka. Tolle, spannende Kinder! Die hat einen vierzehn-Stunden-Tag, das erklärt manches. Also, diese gewisse Anspannung. Wahnsinn, was die leistet. Das ist pure Selbstaufopferung. Ich fand das trotzdem erdrückend. Dieses Sprachregulatorium. Ein richtiges Labyrinth.«

Darum habe Agnes, mit Einverständnis des Redakteurs, einen kleinen Essay eingesprochen. Über Sinti, Roma und das Z-Wort. Z-Wort als Analogbildung zum N-Wort. Der Essay hangelte sich an der Schwierigkeit entlang, über Rassismus zu sprechen, ohne ihn selbst zu reproduzieren. Sprache übe Macht aus, klar. Darum gebe es Alternativen: etwa von Armen und Entrechteten zu sprechen, ohne die Betonschublade der »Hartzvierler« zu öffnen. Manche Wörter glichen Stromstößen, so stark sei ihr Verletzungspotential. Mit dem N-Wort verhalte es sich so. Man müsse es nicht aussprechen, es nicht nennen und ausbuchstabieren, um seine Ablehnung gegen diese Bezeichnung kundzutun. Das N-Wort müsse als tabu gelten. Es müsse unaussprechbar sein, zumal es mit People of Colour eine taugliche und allseits akzeptierte Alternative gäbe. Marcel begriff mit Verzögerung. *Ah, N-Wort meint »Neger«.*

Die Sache mit dem Z-Wort, so hatte es Agnes in ihrem Radioessay formuliert, sei eine Spur heikler. Während das N-Wort heute nurmehr in einschlägig menschenverachtenden Zusammenhängen auftauche, in randständigen Kreisen Rechtsextremer, und aus der Sprache der weißen Mehrheit getilgt sei, zumindest hierzulande, sei das Z-Wort umstritten.

Und so weiter. Agnes hatte das Z-Wort als Vehikel genutzt, ohne »Zigeuner« auszusprechen. Sie hatte beschrieben, wie Antiziganismus allein durch die Verwendung des Z-Wortes beflügelt werde, und zwar selbst in Beiträgen, die durch- und – durch proziganistisch seien.

»Das, meinen ganzen Beitrag eigentlich, hatte ich auch als einen Tribut an Feli verstanden, an effeffes. Ich bin ja lernfähig, ich wollte zeigen, daß ich ihre Lektion begriffen hatte. Dieser Essay – ein Ministück war das nur, es wurde wochentags um halb elf abends gesendet – hätte mich dann schon damals fast den Kopf gekostet. Meinen und den des Redakteurs, der meinen Beitrag ja durchgewunken hatte. Ein Typ, angeblich eine ganze Gruppe aus Leipzig, hatte zugehört. Stramme Antifa-Leute. Die haben sich tierisch aufgeregt.«

Weil Agnes ihre Rede unterbrach und ihn wie auffordernd ansah, wagte Marcel einen Tip. Er bemühte sich, jede Polemik aus seiner Stimme zu tilgen:

»... weil du von proziganistischen Beiträgen gesprochen hast? Weil es die aus deren Sicht gar nicht gibt? Weil es eine Lüge sei, zu behaupten, die Z-Leute hätten Freunde oder Wohlgesinnte unter Journalisten?«

Agnes gluckste, *zum Glück.* »Ja, das hätte auch kommen können. Nein, es ging um Z. Den Buchstaben. Die Nazis haben diese Menschen, also die Gesellschaften, von denen wir reden, mit ›Z‹ markiert. Darum sei ›Z-Wort‹ Nazislang. Oder knüpfe daran an. Zi-Wort wäre korrekt gewesen.«

Agnes quittierte Marcels ungläubigen Blick mit einem Lachen.

»Ja, ist so! Im Ernst! So sind die drauf! Und die hatten sogar recht. Also insofern, daß ›Z‹ wirklich Nazisprache reproduziert. Wußte ich nicht, dumm gelaufen. Das war aber nur das eine. Der andere Vorwurf ging dahin, daß ich von Anti- und Proziganismus gesprochen habe. Selbst die kritische Erwähnung von Antiziganismus würde das rassistische Unwort ins

Zentrum stellen. Das würde suggerieren, daß es diese Menschen, also Zi, überhaupt als eigene und abzugrenzende Kategorie gäbe.«

Marcel preßte die Lippen aufeinander und schüttelte den Kopf. Der tja-was-soll-man-sagen-Blick. Agnes würde es nicht gefallen, wenn er jetzt spotten würde. Sie war wie ein Kind, das sich mit bitteren Worten über seine Eltern beschwert, es aber nicht hören will, daß die Freundin sagt: Ja, deine Mutter kam mir schon immer total daneben vor.

Es war schwierig. *Irgendwas sollte ich wohl sagen. Sie muß eigentlich wissen, daß mir das dermaßen finster und unglaublich erscheint. Was erwartet sie?*

»Und dein Redakteur, ich meine, die wiwi-Redakteure überhaupt, die sind wohl fest angestellt, ja? Und wie rekrutieren die sich? Sind das Leute, die die Sorge-Stiftung einsetzt? Ich mein, das Inhaltliche mal außen vor gelassen, der Ton an sich ist ja ganz erfrischend, das ist ein unkonventionelles Konzept«, Marcel wurde rot, er hatte nicht seine eigene Meinung, sondern den Wortlaut der Wackernagel wiedergegeben, »das sind wohl keine ausgebildeten Journalisten, oder? Werden diese Leute, deine Ex-Kollegen, nur so angelernt, oder hat da auch jemand einen professionellen Hintergrund?«

Agnes warf den Kopf zurück und lachte. »Ha! Das ist dein Eindruck, ja? Interessant, sehr vielsagend! Logisch, auf die Idee könnte man kommen! Daß bei *wiwi* irgendwelche Punktypen mit abgebrochenem Studium ihr Dasein fristen! Ihren anarchistischen Rotz mühsam zu Worten und Beiträgen bündeln! Nein, nein: Alle Redakteure bei uns, guck, ich sag noch ›uns‹, obwohl ich nicht mehr dazugehöre, sind ausgebildete Journalisten. Seriös ausgebildet, wenn man so will. Einige haben ein Volontariat bei der *Statz* hinter sich. Die Arbeit bei der *Stadtzeitung* gilt als gute Schule. Von den beiden anderen weiß ich es nicht genau. Die haben alle ihr Handwerk sehr

ordentlich gelernt, abgeschlossenes Studium und so weiter.«
Marcel nickte. Klar, die *Stadtzeitung* war links, aber doch eher linksliberal. Die linke Mitte der Gesellschaft, Grünwählerblatt, *mainstream*. Hätte er nicht gedacht, daß bei *wiwi* Profis am Werk waren.

»Naja, jetzt steh ich also auf der Straße«, schloß Agnes und straffte den Zopf. Marcel mußte wegschauen. Sie war so schön, daß es wehtat.

»Louis hält eisern zu mir. Das ist gut. Die ist drauf und dran, ihren Job ebenfalls hinzuschmeißen, rein aus Solidarität. Das soll sie natürlich nicht. Dann stehen wir nämlich wirklich auf der Straße! Einer muß die Miete ja zahlen.«

Natürlich, die beiden wohnten zusammen. Wie Paare das so tun. She's her baby. She loves her baby.

Es gab Geräusche auf dem Flur, Stimmengewirr. Die spitze Stimme kannte Marcel. Jetzt hörte er durch die Tür, wörtlich: »Gute Frau. Sie werden mich bei allem Respekt vor ihrem Dienstschluß n i c h t davon abhalten, nach meinem Sohn zu sehen!« Dazwischen unsicheres und unscharfes Gebrummel der Schwester. Dann wieder Maman, klackklack, näherkommend und mit heller, lauter Stimme nach hinten rufend: »Ja, bitte! Rufen sie selbstverständlich gern ihre Chefin oder den diensthabenden Arzt, gern auch die Polizei oder die Staatssicherheit. Ich habe vor, exakt fünf Minuten zu bleiben, und das werde ich tun.«

Marcel mußte zusammengezuckt sein, jedenfalls reagierte auch Agnes wie aufgeschreckt. Sie nahm den Drogenbeutel, stand auf, ignorierte Marcels rasch ausgestreckte Hand, strich ihm mit der Hand über die Wange, im Gehen schon, ließ Marcels gedanklich gefaßte Frage nach einem eventuellen Telefonnummernaustausch in seinem Mund ersterben, und war – »bis später!« – an der Tür. Die wurde bereits von außen geöffnet. Ein kurzes Aufleuchten von schwarzweißrot vor dem nur durch sprödes Nachtlicht erhelltem Krankenhausgang. Marcel fand es bizarr, auch das Farbenspiel. Er war froh, nicht beide Frauen hier am Bett sitzen zu haben, auch nicht für kurz. Die Vorstellung einer umständlichen Vorstellung der beiden schreckte ihn ab. Mamans vornehmtuende, halb interessierte, halb pikierte Fragen an das »Fräulein«, lieber nicht. *Zum Glück umschifft!* Heute war sein Glückstag.

Hasardeure

Die seltsamen Magenschmerzen waren auch am Morgen noch da. Maman hatte gesagt, er solle ein Abführmittel verlangen. Und sich nicht abweisen lassen! Koliken könnten schlimmer sein als der Geburtsschmerz!

Marcel entschied sich, um kein Mittel zu bitten. Mamans Pragmatismus war ihm in diesem Fall suspekt. Dieses Bauchgefühl war wirklich eigentümlich und rührte sicher nicht von einem aus dem Takt gebrachten Verdauungsvorgang.

Wenigstens hinweisen wollte er darauf, der Vollständigkeit halber. Nun war er ja einmal hier! Die Schwester reagierte wie ihre Kollegin am Vorabend. Schwester Uta habe »das Problem« gestern notiert. Ob sich »was getan« habe seither. »Kein Problem«, wich Marcel aus und griff nach seinem Buch, um seine Gesichtsfarbe zu verbergen. *Ist bekannt, daß in Krankenhäusern oft sehr eindimensional gedacht wird. Daher auch die vielen Kunstfehler.*

Die Schwester sagte, er solle die Beschwerden der Visite noch mal mitteilen. Ansonsten käme gleich noch mal die Atemtherapeutin, und dann solle er ja wohl entlassen werden. Wenn die Magengeschichte abgeklärt sei. Marcel kam es vor, als verkniffe sie sich ein Grinsen. Er tat, als sei er bereits in die Lektüre versunken und gab sich wie abwesend.

Es fiel ihm schwer, sich auf den *Gefangenen* zu konzentrieren. Er hatte ja kaum Gelegenheit gehabt, die Erlebnisse der vergangenen Tage gedanklich durchzuarbeiten.

Im freudigen Überschwang wegen Agnes' Besuch durfte er Doreen nicht vergessen. Im Grunde war das ja der fatale Beginn einer Dreierkonstellation. Zum jetzigen Zeitpunkt natürlich gab es noch keinen schwerwiegenden Anlaß für Gewissensnöte, er war beziehungstechnisch in einer Art Zwischenraum: Die Sache mit Doreen hatte noch kein letztes Wort gefunden, die mit Agnes noch kaum richtig begonnen. Falls es überhaupt Hoffnung auf einen Beginn gab. Vielleicht lohnte sich es nicht, auch nur einen weiteren Gedanken an Agnes dranzugeben, einen hoffnungsvollen, zukunftsgerichteten Gedanken.

Nicht, daß er unentschieden wäre, zwischen den beiden Frauen, *ach wo!* Aber Doreen hätte es definitiv nicht verdient, verletzt zu werden. Hintergangen. Es war an ihm, ein klares Wort zu sprechen, zu Doreen.

Oder? Am Ende war das mit Marcel für sie nur eine Art onenight-stand gewesen, und sie hatte ihn innerlich längst abgehakt. Das wäre nur deshalb unschön, weil es kein allzu gutes Licht auf Doreen werfen würde. Am Ende würde er als naiver Narr dastehen, und zwar in doppelter Hinsicht: Doreen hatte die halbe Nacht mit ihm längst abgehakt, und Agnes war fest verbandelt – mit Louis.

Marcel wies diese komplizierten Gedanken zurück und widmete sich dem Schweitzer-Roman. Doch, der war gut zu lesen. Wenn man von »gut« reden wollte angesichts der Schwierigkeit, eine einigermaßen schmerzfreie Haltung einzunehmen. Mit aufgestelltem Rückenteil ging es gerade so, doch selbst das Umblättern verursachte stechende Schmerzen. Und zwar im ganzen Thorax – strahlte das dermaßen aus, das gebrochene Schlüsselbein? Oder stach da ein Knochenende in Richtung Herzgegend? Kein Problem, falls das normal sein sollte, dieser Schmerz. Würde er aushalten, gar kein Frage. *Nicht klagen, kämpfen!* Aber was, wenn hier eine seltene Komplikation ihren Anfang nahm? Nachher, dann auf der Intensivstation womöglich, würde man ihm vorwerfen, die Beschwerden verschwiegen zu haben.

Marcel beschloß, seinen Körper zu ignorieren. Er widmete sich mit eiserner Konzentration der Lektüre. Keine Trivialsprache, aber auch nicht so abgehoben, daß Marcel – zumal in seinem Zustand – nicht hätte folgen können. Kein reiner Krimi, kein Verschwörungsroman, aber doch mit Elementen daraus.

Ein Mann, den sie Strasser nannten, saß eine Strafe ab, zu Unrecht, aber mit stoischer Gelassenheit. Er war nur der Doppelgänger des wahren Strassers, einer Art Stellvertreter. Noch war unklar, wie die beiden zusammenhingen, ob sie sich freundlich oder feindlich gesinnt waren. Der Gefangene stand jedenfalls in der Schuld des wahren Strassers, und zwar mehrfach. Innerhalb des Gefängnisses hatte der falsche Strasser einen schweren Stand. Er war ein Außenseiter, der sich den üblichen Knastritualen entzog. Einmal wollten ihn Mithäftlinge zwingen, eine widrige Substanz zu essen. Es blieb unklar, um was es sich handelte, Drogen, Fäkalien? Die Autorin schilderte die Beklemmung des Alibi-Strassers packend. Marcel fühlte sich in die Szenerie hineingerissen. Wie der eine ihm den Kiefer aufsperrte, der andere ihm das Knie gegen den Unterleib preßte – Marcel konnte die Pein des Opfers gut nachfühlen. Es glich dem Ochsenaugenvorfall aus seiner Schulzeit. Als ein weiterer Inhaftierter hinzutrat und erlösend eingriff, erhielt der bis dahin anonyme Rädelsführer einen Namen. »Klauser! Klauser!! *Sofort* lassen sie ab von Strasser!« So stand es hier.

Klauser! Das war ja aberwitzig! Klauser, fast wie – wie Glauser damals! Der Porsche-Glauser! Der Klassenkrösus mit den Barbourjacken in drei verschiedenen Farben! Es war völlig verrückt: Damals hatte ihn, Marcel, Glauser nötigen wollen, ein Ochsenauge zu verzehren, und hier spielt ein Klauser eine ähnliche Rolle! Verdammt ähnlich! Klauser, Marcel erkannte es jetzt, war schon in den vorherigen Szenen ziemlich exakt dem Glauser von damals nachgezeichnet worden. Die Maschen des Emporkömmlings, des eitlen, brutalen Prahlers, der das Sagen hatte in der Häftlingshierarchie! Die Art, wie er beim Hofgang Steinchen vor sich herkickte, dabei bewußt größere Kiesel heraussuchte und sie wie zufällig möglichst hoch gegen jene zielte, die ihm, dem Häuptling, nicht huldigten! Genau das, die Steinchenflanken, war damals auch Glausers Macke gewesen! Sogar die Klauser-Frisur, mittellang nach hinten gegelt, glich der von Glauser aufs Haar!

Ein leises Schwindelgefühl ergriff Marcel. Wer hatte ihm den Roman nicht nur empfohlen, sondern direkt zur Lektüre überlassen? Und zwar als eingeschweißtes Exemplar, das er in doppelter Ausführung zu Hause liegen hatte? Wer war an der Ochsenaugenszene damals unmittelbar beteiligt gewesen? Eugen! Marcel ließ das Buch auf die Decke sinken.

»Eugen, ich bin's wieder, Marsl. Unverhofft kommt oft, so ist ...« – »Marsl! Der Held der fallenden Fahne!« Eugen wußte also Bescheid, und Marcel errötete mit dem Telephon am Ohr. Er beschloß, mit der Tür ins Haus zu fallen.

»Jaja, man tut, was man tun muß. Ich bin noch im Krankenhaus. Keine Sorge, mir fehlt nichts wirklich. Alles im grünen Bereich. Aber ich hatte jetzt Zeit für den *Gefangenen*, umständehalber quasi. Eugen. Du bist Yael Schweitzer. Stimmt's?«

Pause. Hatte es noch nie gegeben. Daß Eugen zögert.

»Boah. Du bist kraß. Wieso ich? Gefällt dir das Buch?« –

»Eugen, die Sache mit Glauser ... » –

»Ha, ja. Hm. Du weißt, ich bin manchmal ein wenig paranoid ... Besser nicht am Telephon, solche Sachen. Außerdem hab ich gerade Handwerker hier ... Ich bin heute nachmittag sowieso in Dresden. Wo liegst du?« *Yael Schweitzer war Eugen!*

Sie verabredeten sich für den Abend. Marcel würde anrufen, falls er wider Erwarten doch nicht entlassen würde. Dieser Magendruck, der sich nun mit den Brustkorbbeschwerden vereinigt zu haben schien – das verschwieg er Eugen –, erschien ihm doch bedenklich.

Marcel war pünktlich. Das war gar nicht einfach gewesen. Fahrrad und Auto waren für die nächste Zeit gestrichen, und Maman weigerte sich, in der fremden Stadt Auto zu fahren. Uneskortiert mochte sie Marcel hingegen nicht gehen lassen. Daß das unverantwortlich – »Hasardeursstück!« – sei, hatte sie ihm so lange eingeredet, bis er fast überzeugt war. Eine Klavikulafraktur war ja nicht gerade eine leichte Verletzung. Nichts, was man auf die »leichte Schulter« nehmen konnte, sie mußten beide lachen bei dieser Redewendung. Dann hatte Mamans Telephon geklingelt, Matthieu war dran, und Marcel setzte sich eigenmächtig ab.

Die Leute unterwegs, in den öffentlichen Verkehrsmitteln: Sie waren ja so rücksichtslos! Das war ihm so noch nie aufgefallen. Im Geiste plante er eine Reportage, über Schwerbehinderte im Öffentlichen Raum. Hatten sie noch nie gehabt, im *Freigeist,* warum eigentlich nicht? *Würde Agnes gefallen. Menschen mit besonderen Bedürfnissen. Man mußte wohl erst in ihrer Haut stecken, um zu ahnen, wie sich das anfühlt.* Die Ibuprofen-Packung war schon halbleer, Marcel steckte sie zurück in die Hosentasche. Nahm sich vor, frühestens bei Erreichen von Grad sieben auf der Schmerzskala eine weitere einzunehmen. Zur Zeit schwelte der Schmerz bei fünf, halb sechs. Marcel bestellte in der Bar ein Glas Wein. Eugen kam deutlich zu spät.

Er winkte von weitem, ging zur Theke, lässig gekleidet, städtischer look. Da war keine Spur von Schuldbewußtsein in seinen Gesten. Hatte der Eindruck am Telephon getäuscht?

Er sprach mit der blonden Kellnerin, als sei sie eine alte Bekannte. War sie sicher auch. Er schäkerte, beide lachten laut, er deutete zu Marcel. Der wurde kleiner. *Warum sollten sie schon über mich lachen? Die kennt mich ja erst seit einer Viertelstunde. Ich habe völlig normal bestellt.* Eugen kam zu Marcels Tisch, stellte zwei Weinschorlen ab, zog einen Stuhl heran. Er überragte Marcel sogar im Sitzen. War ihm früher nie aufgefallen.

»Jetzt! Erzähl! Wie war es wirklich?« Marcel hatte sich verschätzt. Heute früh war ihm gewesen, als hätte er Eugen ertappt. Er hatte den *Gefangenen* weitergelesen, und zwar unter der Prämisse, daß nicht Yael Schweitzer, sondern Eugen der Schöpfer des Romans sei. Was unglaublich wäre! Aber extrem plausibel. Marcel hatte keinen Grund gefunden, warum der Roman nicht Eugens Handschrift tragen könnte. Einmal davon abgesehen, daß er kein speziell ausgeprägtes Gefühl für Schreibstile hatte. Und daß er ja eigentlich nur Eugens journalistische Feder kannte.

Aber nun tat Eugen so, als sei diese Aufdeckung nebensächlich. Wenn es eine Aufdeckung war! Wenn er, Marcel, sich in seinem detektivischen Aufdeckungswahn nicht vollends vergaloppiert hätte! Er beschloß, die Sache zurückzustellen, vorerst.

Er berichtete ausführlich vom Quartier der Gesellschaften, von Alfred und Milka, von der Kundgebung, vom Ingenieur und dem Fahnenmast. Eugen wirkte heiter, keinesfalls angespannt.

Vielleicht würde Marcel die Yael-Schweitzer-Sache ganz unter den Tisch fallen lassen. *War vermutlich auch albern, der Verdacht.* Er hatte Maman nach den Glausers gefragt, nur so. Die Sache von damals sollte ja kein Trauma darstellen, in die Tabuzone des Unaussprechlichen geschoben. Etwas, woran man den Rest des Daseins laborierte, eine tragische Weichenstellung. Bloß nicht! Er war ja keine Memme! Kein lebenslanges Opfer eines Pausenhofvorfalles! Unsinn, es war eine Anekdote, die im Rückblick beinahe komisch erschien.

Glausers, wußte Maman, lebten noch immer in dem Ortsteil, der damals als Neureichen-Gegend gegolten hatte. Mittlerweile sei das »ein sehr durchmischter Bezirk«, halb von den Alteingesessenes, halb von »der Plebs« bewohnt. Marcel lächelte vielsagend. »Die Plebs«, das war Mamans vornehmer Ausdruck für Gesindel, für Nichtseßhafte, für Menschen, die halb planlos dahergewandert gekommen waren, oft mit fadenscheinigen Motiven, gemischtes Proletariat eben. Der junge Glauser sei ihres Wissens erfolgreich und verzogen, da mußten sie beide lachen.

Als Eugen kurz austrat, sammelte Marcel die Indizien und seinen Mut. Er trank das Glas fast bis zur Neige. Das tat gut, vor allem wirkte es gegen den Schmerz. Er war auf Stärke sieben angewachsen, nach dem Glas sank er ab, auf drei vielleicht.

»Apropos Klauser«, begann er ungelenk, »Eugen, du bist Yael Schweitzer? Ja oder ja?« Die Redewendung, neulich in Gaulitzsch von Eugen selbst ins Spiel gebracht, hatte Marcel gefallen. Eugen setze sich fest in den Barstuhl. Faltete die Hände, sah Marcel fest an und lächelte.

»Jawollja. Bin ich. Und? Te le gusta? Gefällt's dem Herrn?«

»Ja ..., also, na klar. Bin ja kein Literaturkritiker! Hat mir natürlich gefallen. Sehr ... also richtig spannend. Gut! Einfach gut, ja!« Marcel hatte sich die Lage im Vorfeld ein wenig anders imaginiert. Mit einem sich ungewohnt windenden Eugen, mit ihm, Marcel, als bohrendem Nachfrager, der die Indizien präsentierte. *Bescheuerte Vorstellung. Wieso sollte er davon ausgegangen sein, daß ich die Sache nicht durchschaue? War doch klar, daß er wußte, daß ich das Pseudonym entschlüsseln würde. Was sonst sollte das Gezwinkere und die Andeutung, als er mir den eingeschweißten Band übergeben hat?* Marcel lächelte, Eugen lächelte.

»Also gut. Du verdienst dein Geld mit Romanschriftstellerei, ja?«

Eugen nickte. »Wenn man's so nennen will – ja. Hat nicht schlecht begonnen und wird immer besser.«

»Ah. Irgendwie dachten wir uns das, Benjamin und ich. Im Nachgang zu unserem Besuch. Also, daß ihr nicht grad am Hungertuch nagt. Sondern im Gegenteil ...«

»Mal langsam! Ich habe ein Einkommen. Ein immer besseres, ja, zum Glück. Zum Millionär hat mich die Eichendorff-Trilogie noch nicht gemacht. Bei weitem nicht! Aber – es läuft gut.«

»Aha. Aha! Und wie ... wie muß ich mir das im Detail vorstellen? Du hast da beim Verlag was eingereicht. Ein Manuskript. Bei einem völlig normalen, großen Publikumsverlag. Und hast dazu geschrieben: Ich bitte darum, für mich im Fall der Veröffentlichung ein unverfängliches Pseudonym zu wählen. Mein Name ist nämlich einigermaßen verbrannt, und zwar einerlei, ob sie unter Eugen Rössler oder Rosenbaum nachschlagen. Sie werden schon merken, ich bin einschlägig übel beleumundet. Mir ist wegen böser Verdächtigungen sogar meine letzte Stelle gekündigt worden. Die Romanschreiberei ist also mein letzter Grashalm, ich bitte sie um gnädige Beurteilung und um ein Eingehen auf meinen Pseudonym-Vorschlag.«

Marcel war in Fahrt. Eugen lachte schallend. Marcel fuhr, von Eugens anerkennendem Gelächter befeuert, fort: »Und dann hat die Verlagstante gesagt: Oh ja, ich sehe, daß sie ungerechterweise in Schwierigkeiten sind. Das ist ja furchtbar! Ja, sie haben Recht, Rössler oder Rosenbaum lassen wir lieber weg, das gibt nur Ärger. Ich könnte ihnen anbieten: Yael Schweitzer. Das klingt auch einigermaßen verkaufsfördernd, Yael hat so was Geheimnisvolles, was Alttestamentarisches. Das könnte sich gut machen. Und sie schreiben ja wirklich ganz hübsch, wär doch schade, so was zu verschenken. Bingo, so machen wir's. Und der Deal bleibt unter uns, klar?« Marcel spürte, wie der

Wein ihn beflügelt hatte. Er war gut! »Sag! War's so? So ähnlich?«

Nein, es war ganz anders. Yael Schweitzer hatte das Manuskript bei einer Agentur eingereicht, Yael Schweitzer hatte die Zusage eines Verlags bekommen. Es gab weder auf der Agentur- noch auf der Verlagsseite einen Mitwisser und in den vergangenen anderthalb Jahren auch keinen Anlaß, an der Urheberschaft durch Yael Schweitzer zu zweifeln, sagte Eugen. Marcel kniff skeptisch Augen und Mund zusammen.

»Ah, ja. Klingt äußerst nachvollziehbar Und die Frau Schweitzer hat denen mitgeteilt, den Damen und Herren von Agentur und Verlag: Bitte richten sie ihre Post an Schweitzer bei Rosenbaum in Gaulitzsch, da bin ich nämlich untergekommen. Autorenhonorar bitte auch an Rosenbaum. Und falls sie mal mit mir telephonieren wollen, das geht nicht so richtig, ich habe nämlich leider eine Sprachstörung. Ein gewisser Herr Rosenbaum ist mein Fürsprecher und Stellvertreter. Diesen Herrn Rosenbaum brauchen sie bitte nicht zu googlen, der ist nämlich unmaßgeblich und tut nichts zur Sache. Ihre Yael Schweitzer. – Muß ich mir das so vorstellen?«

Marcel spürte, wie er ein wenig zu triumphierend guckte. Er verwarf diesen Reflexionsblick und winkte nach der Kellnerin. Er war ja quasi schmerzfrei im Moment, das mußte am Wein liegen. Es war ein befreiendes Winken, und zwar mit dem versehrten Arm.

Eugen beugte sich vor und bat Marcel, ein wenig die Stimme zu dämpfen. Und überhaupt: Daß er ihm, Marcel, vertraue, sei klar. Er möge bitte auch fortan die Klappe halten über diese Angelegenheit. Erstmal. Ja?

Die schriftliche Kommunikation mit dem Verlag sei naturgemäß kein Problem gewesen. Yael Schweitzer hat eine mail-Adresse und eine Postanschrift in Dresden. Und sie hatte sich bald auch ein mobiles Telephon, eigens für die Verlags-

kommunikation, angeschafft, »mit Prepaid-Karte«, Eugen kicherte über das ausgewachsene Schelmenstück.
Insofern sei das gar nicht hochkompliziert, bis heute nicht. Oder fast nicht. Mails und Briefpost beantworte Eugen alias Yael, Anrufe, erst selten, mittlerweile zunehmend und dadurch etwas belastend, Nora.
»Natürlich ist das in den letzten Wochen etwas diffizil geworden. Weiß nicht, ob du das mitbekommen hast. Auf franziska.com steht das Abendständchen in dieser Woche auf Platz zweiundzwanzig unter den belletristischen Titeln. Also haarscharf an der Top Twenty. Die Geschichte, daß Yael Schweitzer publikumsscheu ist und öffentliche Auftritte ablehnt, war nicht von Anfang an problematisch. So was gibt's ja immer mal. Und ich mein, natürlich hab ich auf einen gewissen Verkaufserfolg gehofft, aber mit so was hab ich doch nie gerechnet! Fünfte Auflage! Und die beiden Vorgängertitel ziehen natürlich kräftig nach!«
Marcel verstand.
»Ich verstehe. Und ... aber die Namenswahl ... also dein Pseudonym, hm? Also ... du nennst dich ausgerechnet Yael Schweitzer und nicht Hans Müller ...«
Marcel wollte Eugen nicht an den Karren fahren, aber das erschien ihm schon – in moralischer Hinsicht etwas gewagt. *Durfte man das Chuzpe nennen? War das nicht allzu keß, sozusagen die ... die Judennummer zu fahren? Obwohl ... Konnte man das so sagen? Yael Schweitzer war letztlich ein ... ein Name unter vielen. Warum sollte man, sollte Eugen ausgerechnet keinen jüdisch klingenden Namen wählen? Weshalb sollte das überhaupt eine Rolle spielen? Ob Hans, ob Yael?*
Marcel konnte seinen eigenen Gedanken nicht mehr vollends folgen. Er schluckte. Und noch einmal. Nahm das Weinglas, um dem Geschlucke einen Sinn zugeben.
»Wenn ich es richtig sehe, Eugen, hast du einen weiblichen

Namen gewählt, weil vielleicht ein Frauenname heute besser läuft, oder?« Marcel sah, wie sich Eugens Mund spöttisch verzog. »Und diesen, hm, ich will jetzt nichts Falsches sagen, mosaischen Beiklang ... ich mein ... Ach, es ist eben einfach ulkig!«

Eugen schwieg abwartend und grinste, weit zurückgelehnt in seinen Stuhl.

»Aber wie soll das mit der Post gelaufen sein? Und mit dem Konto? Braucht man da nicht einen Ausweis, um ein Konto einzurichten? Oder ein Postfach? Oder kann man da heute online so was türken?« Eugen lehnte sich zurück. Seine Glatze spiegelte, seine Augen blitzten.

»Nö. War nicht nötig. Ist nicht nötig. Yael Schweitzer ist keine Erfindung. Das ist Noras Großmutter. Opa Theo, pardon, wenn ich dich abermals mit dieser Familiengeschichte konfrontiere, hatte anno 1952 Yael geheiratet. Das war sie zwanzig, er anderthalb Jahrzehnte älter. Im Jahr darauf kam Alfons zur Welt, mein Schwiegervater, und später zwei weitere Söhne. Mitte der sechziger Jahre ließ sie sich scheiden. Muß ein heißer Feger gewesen sein, die gute Yael. Die hat dann wieder ihren Mädchennamen angenommen, den sie bis heute trägt: Schweitzer eben. Oma Yael wird zweiundachtzig und ist in Striesen wohnhaft. Hat von Natur aus eine Anschrift, jetzt eben noch ein Postfach dazu, und ein Konto hat sie auch. Das ist mein Alibi. Meine Pseudo-Identität als Romancier.«

»Und die spielt mit? Eure, Noras Großmutter? Einfach so? Oder – ist die schon seehr alt, geistig? Dement?«

»Gar nicht dement. Quietschfidel und putzmunter. Der sitzt einerseits der Schalk im Nacken, andererseits bekommt sie die Tragweite vermutlich nicht so wirklich mit. Was rechts und links angeht, ist Yael ziemlich farbenblind. Die bezieht eine kleine Rente. Und das, was jetzt darüber hinaus eingeht, versteuert sie artig. Bekommt sie von mir bar auf die Hand, die Steuerschuld.«

Marcel hatte ein schlechtes Gewissen. Eugen war Eugen. Große Klappe, kühne Aktionen, aber wie hatte er, Marcel, denken können, das Eugen ein mieser Trickser war, der gewissenlos die »jüdische Karte« spielte? Wie konnte er abermals diesen Verdacht hegen! Dabei war diese Geschichte so.... so genial, so hübsch ausgefuchst. Er hatte »denen« die lange Nase gezeigt und gewonnen. Das war ein unschuldiger Coup, zweifellos. Eine weitere Weinschorle kam, die beiden stießen an.

Aber – das sollte wirklich funktionieren? So glatt, so reibungslos: unter falscher Fahne zum Bestsellerautor? Ohne auch nur einen face-to-face-Kontakt mit dem Verlag? Gab es da nicht Autorenportraits in Verlagsbroschüren? Mit Bild? Pflichtgemäß, sozusagen? Lesereisen? Interviews? Wie sollte das vonstatten gehen?

Eugen hatte schillernde Anekdoten parat. Na klar. Die Leute von F. Angler hatten schon vor zwei Jahren einen Photographen geschickt, um die Autorin abzulichten. Ein Autorenphoto sei ein *must*. Darauf verzichte man gegebenenfalls nur, wenn es sich um anonyme Aufdeckungsstories handle. Aber nicht, never, in der Belletristiksparte. Auf eine generelle Öffentlichkeitsscheu könne in diesem Punkt keine Rücksicht genommen werden.

Eugen erzählte, wie sie im Internet eine kastanienbraune Langhaarperücke erworben hatten. Wie schrill das wirkte, und wie sie beide vor Lachen nicht mehr konnten, als Nora das Haarteil aufzog. Mitnichten verrucht, sondern debil habe das ausgesehen! Nora habe ihre dunkelblonden Augenbrauen nachgezogen.

»Wie eine völlig verkrachte Existenz! Wie Gisela Elsner im Film, kurz vor ihrem Tod! Nora konnte diese fraglos schöne Perücke nicht tragen und dabei gleichzeitig eine seriöse Miene machen. Wir haben es tagelang ausprobiert und sind immer wieder vor Lachen schier zusammengebrochen. Jetzt gehört das Haardings zum Kinderzimmeraccessoir. Waltraud mit dieser Perücke – das ist dermaßen scharf, ich schick dir mal Photos.«

Eugen lachte prustend. Letztlich habe sich Nora für das Verlagsphoto dezent geschminkt, Kajal, Wimperntusche, leicht dunkleres Make-up und eine Art Turban um den Kopf gewickelt. Nichts ganz Exaltiertes, sondern so, daß man sich als Außenstehender dezent die Frage verkniff, ob die Frau eine Chemotherapie hinter sich hatte oder ob sie einer religiösen Gruppe angehörte. Könne Marcel sich mal anschauen, auf der F. Angler-Seite könne man ein PDF mit dem aktuellen Verlagsprospekt herunterladen. Es sei herzzereißend.

Die Photo-Session sei aber noch das geringste gewesen. Leserreisen habe man bislang abweisen können. Yael Schweitzer sei ja nun schwanger, eine großartige und fast ungelogene Entschuldigung. Härtere Brocken seien das Interview mit dem *Epikur* und mit der *Druckzeit* gewesen. Das *Epikur*-Gespräch hatte sich Marcel bereits im Netz durchgelesen. Da war es um Schwarze Romantik gegangen, um die Abgrenzung zur Spionageliteratur, um Gegenwartsbezüge und um die Schwierigkeit, mit zwei Schulkindern Zeit zum Schreiben auszuhandeln. Eugen erklärte: »Zwei Kinder und ein drittes unterwegs, das erschien uns einigermaßen angemessen. Mit beinahe fünf Kindern, so haben wir uns das gedacht, wäre die ganze Romantrilogie und vor allem ihre Autorin zu sehr in die Nähe des Sensationellen gerutscht. Und zwar nicht aus literarischen, sondern aus privaten Gründen. Da hätten sie dann vielleicht hinterhergeschnüffelt, unter dem Motto powerfrau at work.«

Nora seien die öffentlichen Auftritte ohnehin zu viel. Sie habe sich jetzt entschlossen, solche Anfragen zu bestreiken. Gerade vorige Woche, das *Abendständchen* hatte gerade noch mal Fahrt aufgenommen, verkaufszahlenmäßig, habe Nora alias Yael einen Fernsehauftritt zu absolvieren gehabt.

In der *Lesestunde* auf Kultursat. Mit Morris Bleck als Moderator und Interviewpartner. Das sei der reine Horror gewesen. Nicht wegen Bleck, der sei extrem freundlich gewesen. Die Unbill habe in der Maske begonnen. Die Damen wollten ihr Make-up nicht akzeptieren. Das sei ja eine handfeste Inkognito-Schminke, dabei sei sie doch eine Naturschönheit. Ob diese schwarzen Balken am unteren Lidrand zu ihrem Selbstkonzept gehörten? Ob man das nicht ändern könne? Die Kameras, so hätten die Damen kaltherzig formuliert, leuchteten das gnadenlos aus! Die Zuschauer vor ihren HD-Bildschirmen würden sich kopfschüttelnd fragen, was das bezwecken solle, diese selbstgemalten Augenringe. Als wäre Fasching! Auch die Kopfwickelung wurde in Frage gestellt, als Albernheit tituliert. Da hätten Noras Nerven schon geflackert! Sie habe sich in eine unmögliche Rolle gedrängt gefühlt, eine kapriziöse Schriftstellerzicke!

Marcel grinste. Nora war kapriziös!

Und dann, erzählte Eugen weiter, sei Morris Bleck, hinter den Kulissen fast ein Kumpeltyp, ihr vor laufender Kamera auf einem intellektuellen Niveau begegnet, das Nora fremd sei. Zu filmischen Parallelen, zu Bonaventura habe er sie befragt. Nora habe sich wie eine analphabetische Putzfrau mit Lumpen auf dem Kopf gefühlt und nur stockend antworten können. »Nora kennt meine Bücher natürlich wie ihre Rocktasche, sie kann Motive benennen und erklären. Das hatten wir vorher trainiert. Sie hat ganze Szenerien über ihre vorgebliche Schreibsituation parat. Wann sie schreibt, wie sie das mit den Kindern handhabt, solche Fragen. Daß Bleck gründlicher, vor allem tiefer in die Lektüre eingestiegen ist als sie – klar, Nora hat nun mal kein geisteswissenschaftliches Studium. Bleck hat sie völlig konfus gemacht. Kam aber genial rüber, im Fernsehen, irre genial, sozusagen. Auch wenn Nora sagt, sie sei schier gestorben, vor laufender Kamera.« Eugen riet Marcel, sich das *Lesestunde*-Video online im Kultursat-Archiv anzuschauen. Es sei herrlich.

Eugen beugte sich vor und referierte, deutlich immer noch begeistert: »Bleck fragt so, kenntnisreich andeutend und durchaus zugeneigt: ›Daß Strasser gewissermaßen *Die Elixiere des Teufels* schluckt oder zumindest Anleihen bei Hoffmann nimmt – das ist schon richtig gelesen?‹ Nora macht eine lange Pause. Schaut Bleck erst wie herausfordernd an, senkt dann den Blick. Meine Liebe weiß nicht soo viel über E.T.A. Hoffmann. Ist ja auch nicht nötig. Das war eben eine Blecksche Bildungshuberei. Nora also schaut so unter sich und sagt nach längerer Pause: ›Hoffmann?‹, lacht leise und dann, weiter lächelnd: ›wenn sie das sagen …‹«

Eugen hatte Freude an der Imitation der Gesprächssituation. Nora habe da einfach entrückt gewirkt, weise und absolut geheimnisvoll. Jeder Leser oder potentielle Leser mußte davon einfach begeistert sein! Eine Rezension in irgendwelchen Druckmedien sei nicht schlecht, erklärte Eugen, aber ein Fernsehauftritt sei »schlichtweg Gold.« Seit Tagen, exakt seit dem noraseits so empfundenen TV-Menetekel liefe nicht nur das Abendständchen, sondern die gesamte Reihe einfach grandios.

»Am Ende wollen die das noch verfilmen …!«

Nora weigere sich nun aber, auch nur einmal noch diesen Stoffwickel anzulegen. Oder überhaupt jenseits von formalen Telephongesprächen die Yael Schweitzer zu geben.

»Meine Liebste kann da ziemlich resolut sein«, seufzte Eugen in gespielter Verzweiflung. »Jetzt aber die Schotten dicht machen in punkto Öffentlichkeitsarbeit, das geht halt nicht.« Der Verlag dränge. Und im Grunde habe auch Nora Gefallen an der Prominenz, auch wenn es eine anonyme sei.

Ob Marcel *Lo(o)k* kenne? Das Buchhandelsmagazin, das im öffentlichen Fernverkehr ausliege? Die *Lo(o)k*-Leute planten für August einen Vierseiter über die Eichendorff-Trilogie. Natürlich schön bebildert, eine Art Homestory über die Romane und ihre zurückgezogen lebende Autorin.

»Die F. Angler-Pressefrau sagt, allein eine Erwähnung in diesem Magazin werde die Verkaufszahlen in ungeahnte Höhen treiben, erst recht ein solcher Riesenartikel. Da könne man schon vor Drucklegung der Reportage neue Auflagen in Arbeit geben, und zwar von allen drei Bänden. Tja«, Eugens Augen funkelten, er griff zum Glas, als sei es der Pokal eines Siegers, »da muß Nora dann anscheinend doch noch mal ran. Sträubt sich natürlich, die Gute. Das weiß ich aber zu nehmen. Natürlich wird sie es tun! Die Mischung aus Ehrgeiz, Trickster-Freude und dem ins Haus stehenden Geldsegen wird dafür sorgen.Und die Gattenliebe natürlich. Die zuerst!« Eugen grinste triumphal.

»Darauf noch einen, ja?« Eugen winkte die Blonde heran. Nicht gebieterisch, sondern – vielleicht doch gebieterisch, aber so, daß die Kellnerin gern kam, ohne Augenverdrehen, sondern mit zuvorkommendem, fast neckischem Lächeln. *Gesten, die man nicht lernen kann.* Eugen orderte zwei Averna, zwinkerte Marcel zu – »paßt haarscharf zu den Elixieren!« – und machte der Bedienung ein lässiges Kompliment. Die Blonde lachte herzlich und gab Eugen einen Klaps gegen den Nacken.

Für Marcel war das ein Rätsel, die Szene. Er hätte schwören können: Wenn er, in derselben Stimmlage, im gleichen Sprechtempo den gleichen Spruch gewagt hätte – die Blonde hätte ihm eine geknallt oder ihn wenigstens mitleidig angeschaut. Er überlegte ein paar Sekunden lang, ob er sich auch die Haare rasieren sollte. Oder wenigstens überdeutlich kürzen. Im Grunde trug er seine Haare seit der Grundschulzeit so, wie er sie heute trug. Ein völlig normaler Schnitt, keine spezielle Scheitelung oder dergleichen. Einfach rechtschaffen mittelkurz. Eine Langweilerfrisur! Plötzlich, der Kräuterschnaps kam, wurde ihm das klar. Es war eine Offenbarung! Marcel lachte in sich hinein und stellte das

Gläschen ab. Benjamin hatte wenigstens diese markanten Koteletten. *Morgen zum Friseur gehen und fordern: vier Millimeter! Das wär's!* Marcel versuchte sich zu sammeln. Ging gut, er war ja nicht betrunken! Nicht am frühen Abend, nicht von zwei Weinschorlen, oder drei, und einem Likörchen!

Marcel schüttelte den Kopf, schon seit längerem. Jetzt trat die Bewegung in sein Bewußtsein. »Kompliment, Mann. Das klingt dermaßen irrwitzig! Und genial! Aber – ich meine, die Lesestunde auf Kultursat: Wer guckt sich das an? Obwohl, hm, es werden ein paar tausend sein. Zehntausende? Wenn du sagst, daß es sich gleich in den Verkäufen abgebildet hat. Ich hab mir das noch nie angeschaut. Vom *Freigeist* vielleicht Cornelia. Könnte ich mir vorstellen, maximal sie. Deine Nachbarn aus Gaulitzsch wohl kaum, dein Musikschulchef und dein Bolko vielleicht auch nicht. Oder es wäre ein Zufall. Die Lok liest aber jeder. Jedenfalls jeder, der mit der Bahn fährt. Wenigstens zum Durchblättern. Ich kenne ja nicht Nora in ihrer entstellten, dramatisch geschminkten Version, aber – ich mein … Wo hast du denn überhaupt vor, diese *homestory* stattfinden zu lassen? In der Mietwohnung deiner achtzigjährigen Schwiegeroma? Die dann kurzerhand für einen Tag hinauskomplimentiert wird, damit Nora, die laut Legende zwei Kinder hat, mit Stoffetzen auf dem Kopf in Oma-Räumlichkeiten abgelichtet wird? Oder bewohnt deine Schwiegergroßmutter ein weitläufiges Loft, das man mal kurz umdekorieren kann? Auf junge Familienatmosphäre hin?«

Marcel kam es vor, als gucke Eugen einigermaßen gequält. Als bereiteten ihm diese Fragen auch Kopfzerbrechen. Marcel ahnte, daß er eine Art wunden Punkt getroffen hatte und beeilte sich nachzuhaken: »Und es wäre dann doch nicht unwahrscheinlich, eher im Gegenteil, also ziemlich wahrscheinlich, daß jemand Nora erkennt. Ich mein, Nora ist eine markante Figur. Und sie tritt, nach allem, was du erzählt hast, ja nicht vollverhüllt auf. Keine Sonnenbrille oder so. Da wird es doch unter hunderttausend Lok-Lesern, oder sind es mehr, den einen oder anderen geben, der eins und eins zusammenzählen kann. Ja. Oder?«

Eugen hatte die Hände hinter dem Kopf verschränkt und saß tief im Stuhl. *Die El-Jefe-Geste. Nur ungleich viriler. Woher kam's? Der Unterschied? Vom jüngeren Alter? Von der sexuellen Orientierung? Vom – vom Sternzeichen? Sternzeichen! Apropos! Doreen! Agnes! Er mußte die Sache mit Doreen zu einem Abschluß bringen. Alles andere wäre unmännlich. Nicht wegen Agnes. Sondern wegen Doreen. Agnes war ein Stern am Himmel, einstweilen, der hellste, vorerst in unerreichbarer Ferne. Mußte man nicht allen Ballast kappen, bevor man sich zu neuen Höhen aufschwingt? Doreen war natürlich kein Ballast. Egal, ich muß es für mich tun, reinen Tisch machen. Manche können tricksen und doppelgleisig fahren, Eugen, Nora, ich kann es nicht.* Marcel merkte, daß es ihm schwer fiel, seine Gedanken zu konzentrieren. Die Sachen gerieten durcheinander.

Eugen setzte die Hände wieder auf den Tisch, beugte sich vor, *als müsse er einem Begriffstutzigen etwas erklären. Ich habe sicher gerade ein Idiotengesicht gemacht.* Marcel sammelte sich.

»Ja, klar. Die Wahrscheinlichkeit einer Enttarnung liegt offen dar. Daß Nora nicht erkannt wird, von keinem einzigen Leser, wäre Variante eins. Ich sag mal, falls man das überhaupt irgendwie abschätzen kann: Daß a l l e *Lok*-Leser die portraitierte Yael Schweitzer als Frau Schweitzer und sonst niemandem wahrnehmen – unwahrscheinlich. Womöglich wird Nora erkannt. Die eher wahrscheinliche Zukunftsversion, du sagst es, Variante Nummer zwei.« Eugen formte mit den Händen unsichtbare Anteilsklötzchen auf dem Tisch.

»Dann geht entweder die Gerüchteküche los, das Geraune, an irgendwelchen Küchentischen. Das kann mir als solches erst mal nichts anhaben. Sollen sie reden und munkeln! Das wäre gewissermaßen Variante zwei a: folgenlose Mutmaßungen. Der Sachverhalt bliebe vorerst in der Schwebe. Ein paar Leute tuscheln. Vielleicht alte Klassenkameradinnen von Nora, vielleicht der Fleischer in Gaulitzsch, falls der je Zug fährt. Völlig egal, so lange denen keiner zuhört. Oder, auch möglich: Einer, meinetwegen aus der Bolko-Ecke, meint, das ganze Theater aufdecken zu müssen. Der wendet sich klagend an den Verlag. Schreibt eine scharfe mail dorthin, Ton: Die portraitierte Schriftstellerin hört keinesfalls auf den Namen Yael Schweitzer. Es handelt sich offenkundig um Nora Rosenbaum, die wiederum mit dem rechten Publizisten Eugen Rössler – oder Rosenbaum – verheiratet ist, blabla. Die F. Angler-Leute geben die Frage an mich weiter. Ich, alias Yael Schweitzer, könnte empört leugnen, je nach Indizienlage. Wen interessiert ein denunziatorischer Hinweis von Bolko irgendwer? Das wäre zwei b.« Eugen zerteilte das Variantenpäckchen zwei mit der Handkante in Scheiben.

»Oder, jetzt kommt Variante zwei c, ich lege die Karten auf den Tisch, und zwar mit Punkt und Komma, und bitte um Verständnis. Dann wird die gute Frau Luft, meine Pressedame, mich beschwören, die Wahrheit unterm Teppich zu halten. Und gut ist, falls mein Denunziant sich mit einer souveränen Antwort der Pressestelle zufriedengäbe. Das also wäre zwei c. Oder, die wahrscheinlichste und am Ende vielleicht beste Variante, ich sage: Ja, stimmt. Haargenau. Ich habe meine Identität verschleiert, und zwar aus folgenden Gründen. Und dann tische ich alles auf, von A bis Zett, und zwar nicht nur gegenüber Frau Luft, sondern offensiv, hochöffentlich. F. Angler wird in diesem Fall den Teufel tun und mir sagen: Lieber Herr Rosenbaum, dann ist unsere Zusammenarbeit ab sofort beendet, suchen sie sich bitte einen anderen Verlag. Wenn doch, immer noch zwei d, wäre es ein leichtes, das zu tun. Mit offenen Karten, mit flankierenden Sensationsmeldungen. Ich bin ein Geldsegen für jeden Verlag, die Leute werden mich im Zweifelsfall erst recht lesen. Aber, Vision zwei e, e wie Eugen: Mein Verlag wird sich nicht von mir distanzieren. Jemandem mit Hunderttausender-Auflage, die Trilogie zusammengerechnet, weist man nicht die Tür, nicht ohne gute, ohne allerbeste Gründe vorweisen zu können. Die F.Angler-Leute werden eine Story daraus machen, die den Verkauf zusätzlich beflügelt. Und eine Debatte entfacht, zum Thema Meinungsfreiheit, *Freigeist*, Berufsverbote ... Und wenn die Verlagsmenschen doch kneifen sollten, dann zurück zu zwei d, dann werden mir wie gesagt andere Türen offenstehen. Weil die Romane gut sind, erstens, und weil mir de facto in politischer Hinsicht niemand ans Bein pinkeln kann, zweitens.«

Eugen sah siegessicher aus. Und wahnsinnig attraktiv, soweit Marcel das als heterosexueller Mann beurteilen konnte. Die Glatzköpfigkeit, gepaart mit einem nicht zu schmächtigen Körper und einem klugen Gesicht, das war's. Marcel imaginierte sich mit raspelkurzen Haaren. Sein Gang würde sich automatisch verändern, sein Blick auch, seine Sprache. Fordernder, herrischer.

Eugens Blick schweifte ab. »Sag mal, ist Emmanuel eigentlich noch mal Vater geworden in letzter Zeit?«

»Backhohl? Ja, eine Tochter, vor einem Jahr ungefähr. Wieso?«

»Weil er dann gerade draußen vorbeigeht.« Marcel drehte sich um. Ja, das war Backhohl. Die gläsernen Flügeltüren des Cafés standen offen. Marcel trug bereits einen virilen Extremkurzschnitt, zumindest gedanklich, das machte ihn übermütig.

»Backhohl!«, rief er, »Backhohl!!« Die Kellnerin staunte, Backhohl, mit Kind auf dem Arm, stockte und schaute durch die spiegelnden Fensterscheiben. Marcel winkte, etwas zu wild vielleicht, Eugen hielt das schwankende Glas fest.

Backhohl ging ein paar Schritte zurück und äugte durch die Türöffnung. Erkennen, eintreten, herzliche Begrüßung. Die Männer mochten sich. Backhohl nahm sich einen Stuhl, bestellte Getränke. Das Mädchen, gerade noch schlaff über seiner Schulter hängend, richtete sich erstaunt auf.

»Das war unser Schlafgang«, erklärte Backhohl mit tiefem Seufzen. Die Kleine sei abends immer furchtbar aufgedreht, wenn die Mutter heimkäme. Dann sei an Schlaf nicht zu denken, teils bis Mitternacht nicht. Rhythmisches Tragen helfe, sei aber erstens schwierig, wenn noch zwei hellwache Jungs samt Mutter in den Zimmern unterwegs seien, zweitens schrecklich öde, direkt demütigend.

»Die alte Säugetiernummer«, meinte Backhohl, »oder besser, auf modern gedreht, die Pinguinnummer. Der Mann wird zum Mitbrüter.« Kein Wunder, daß die Leute heute keine Kinder mehr haben wollten! Oder nur ein, zwei, maximal.

Marcel staunte, wie redselig Backhohl, sonst wortkarg in Privatangelegenheiten, heute war. Womöglich sah er sich unter Rechtfertigungsdruck, daß er zur Feierabendzeit mit einem Kind auf dem Arm durch die Straßen zog. Oder es war schlichter Frust. Hier saßen zwei Männer, tranken und hatte offenkundig heitere Gesprächsthemen, während er, Backhohl, noch immer das tat, was er den Großteil des Tages über getan hatte.

Backhohl philosophierte weiter: Kinder großzuziehen sei ein tierischer Akt, mittelalterlich gewissermaßen. Eine Leistung, die überhaupt nicht in eine Zeit passe, in der buchstäblich alles extrem vereinfacht sei, im Vergleich auch nur zu zwei Generationen vorher. Das ganze Leben heute sei, wenn auch komplexer, so doch in seinen Grundvollzügen wesentlich simpler. Das Wäschewaschen, das Kochen, die Mobilität, die Kommunikation, die Bildungschancen, die Bindungsmöglichkeiten. Nichts davon sei mehr langwierig und anstrengend.

Für jedes Problem gäbe es hundert Lösungsmöglichkeiten, für jedes Ziel hundert Wege. Sex ohne Fortpflanzung, Fortpflanzung ohne Geburtsschmerz – alles machbar. Geblieben sei der Schaff mit dem Nachwuchs, wenn er mal in der Welt sei. Da habe sich wenig verändert. Es gebe ja keine Geräte, die einem all das abnähmen, das Einschläfern – alle lachten –, das nächtliche Aufwachen und Getröstetwerdenmüssen, das morgens um halb fünf Gewecktwerden, das Erziehen und Maßregeln, das Hausaufgabenbetreuen, all das Zeug.

»Ich sag euch«, meinte Backhohl, »gäbe es Wochenkrippen wie in der DDR, und zwar als Regel und Gesetz, und zwar ab dem frühstmöglichen Alter: Die Leute hier würden wieder zeugen und gebären, dafür lege ich die Hand ins Feuer. Warum haben französische Familien so viele Kinder, vergleichsweise? Keine Frage: weil es einen common sense gibt, das Kinder im Alter von ein paar Monaten in die Krippe sollen und weil sogar die Ferienbetreuung gelöst ist. Weil die Welschen nicht zögern, den Kleinen pharmazeutische Schlafmittelchen zu geben oder später eine ordentliche Handvoll Prügel. So ist der Mensch! So funktioniert's!«

»Klingt plausibel«, Eugen klang heiter, »und ziemlich cool. Und du? Also ihr? Keine Knete für Krippe oder Schlafmittel?«

»Tja. Die Zeit ist danach, die Umstände nicht ...«

Eugen stichelte, er durfte das, er war ja zeugungserfolgsmäßig auf Augenhöhe: »Deine Liebste kommt doch aus Rumänien? Da hatten sie's doch wunderbar gelöst, oder? Standen da nicht sogar richtige Kinderheime parat, nicht nur wochentags?«

Backhohl wiegelte lachend ab.

»Klar. Kam für uns aber nicht in Frage. Siehst du ja, bei uns kommt das Säugetier-Gen voll durch!«

Die Kleine war wach und artig. Vielleicht hielt sie das für die bessere Alternative, kluges Kind. Backhohls Blick blieb auf Eugen gerichtet, prüfend. Schalk glitzerte in seinen Augen.

»Wie geht's eigentlich Nora? Gesund und munter?«

Eugen schaute kurz irritiert. Daß nun die Männer die unausgesprochene Konkurrenz der beiden Ehefrauen austragen sollten, erschien Marcel unwahrscheinlich, auch wenn das Thema danach war. Eugen mochte Backhohl.

»Na klar, wieso?«

»Hm. Ich dachte nur, ich hätte sie kürzlich gesehen. Sie wirkte so ...«, Backhohl grinste, »... so verändert. Kam mir so vor. Vielleicht war sie's ja gar nicht. Ich dachte nur kurz, huch, hat Nora keine Haare mehr? Und wenn: aus Willkür oder wegen einer Erkrankung? Hat sie ... hat sie irgendwelche ... Elixiere geschluckt – wenn du weißt, was ich meine?«

Backkohl guckte vielsagend und ließ die Tochter am Saft nippen. Alle lachten, Marcel am lautesten. Hier saßen sie also, die Verschwörer, und er war einer von ihnen!

Der Eichendorff-Coup wurde für Backkohl in Kürze abermals wiedergegeben, inklusive des vorgelagerten Bolko-und-Wittich-Dramas. Die drei Männer kamen darin überein, daß es das Beste wäre, wenn Nora den *Lo(o)k*-Reportern überraschend völlig unverhüllt – Gelächter, die Kleine lachte am lautesten – gegenübertrete.

Offensive, ja! Das wär's! Was gab es schon zu verlieren? Gar nichts. Den Erfolg konnte Eugen keiner mehr nehmen. Die Bücher liefen großartig. Im Gegenteil, die Sache würde ein geniales Spektakel werden. Ein Fest der Freiheit, letztlich! Nora würde schon mitmachen, bestimmt. Zumal ihre Hilfe – in diesem Fall – dann definitiv das letzte Mal gefragt wäre. Oder, noch besser: Eugen *himself* würde zum *Lo(o)k*-Termin auftreten. Überschrift: Der Mann, der Yael Schweitzer ist! Warum eigentlich nicht? Es war ein herrliches Planen und Schwadronieren.

Das Mädchen war unterdessen eingeschlafen. Es lag mit dem Bauch auf Backhohls Oberschenkeln, knapp unter der Tischkante. Wenn der Vater lachte, wippte der kleine Körper mit. Backhohl gab eine Runde, die nächste – »da laß ich mich nicht lumpen« – Marcel. Herrlich! dachte Marcel, und der Wortwitz mit »dämlich« fiel ihm ein, kurzes Nachdenken darüber, ob er den Spruch bringen sollte. Ihm fehlte die günstige Situation, der Anknüpfungspunkt, vielleicht war der Witz ohnehin zu banal. *Eigentlich paradox: Ich hab von Natur aus wenig Humor, dabei lach ich so gern!* Es genügte, dabeizusitzen und den hin- und herfliegenden Pointen und Bonmots Beifall zu spenden, mitzulachen.

Eugen war ein großartiger Parodist. El Jefe war eine seiner besten Nummern. Er ahmte nach, wie Jochim sich mit mediokren Aphorismen selbst zitierte: »Alter Spruch: wenn sie uns blöde kommen, müssen wir denen noch blöder kommen, hahaha!«, und wie Jochim dann mit selbstgefällig gespreizter Grimasse den Applaus einholte, sich dann, als notorischer Abbinder seiner Scherze, das Weiße aus den Mundwinkeln wischte, wie er das Sekret dem gebrauchten Stofftaschentuch übergab. Wie Jochim in Pfauenhaltung im Bürostuhl dynamische federnde Minimaldrehungen ausführte, von links nach rechts, von rechts nach links, während er zu einem typischen Schuß ausholte: »Ich sag immer: Die gefährlichste Kavallerie ist die Garde der Prinzipienreiter!«, und wie er das Redaktionsgelächter mit einer nachlässig gehobenen Augenbraue quittierte, die ganzen Boss-Posen eben, verbunden mit den geistreich sein wollenden Aperçus, über die Marcel stets eher aus Höflichkeit und Corpsgeist mitgelacht hatte.

In Zukunft würde er natürlich weiterlachen, allerdings mit Hintersinn. Eugen war brillant. Ein extrem scharfer Beobachter! Daß Jochim in den Ohren popelte und sich die Krüstchen und Krümelchen hernach anschaute und mit den Fingern zerbröselte: Na klar! Wie abscheulich war das eigentlich! Marcel hat das tausendmal gesehen und nie wirklich wahrgenommen. Eugen überzog die Geste in seiner Parodie exzessiv, und doch wurde El Jefe kenntlich.

Eugen entging nicht Backhohls Blick auf die Uhr. Die Liebste erwarte ihn sicher seit mindestens anderthalb Stunden zurück, oder?

Kurzes unwillkürliches Zwinkern von Backhohl, ein Flattern nur, dann Rückgewinn der Souveränität als Einschläferungsbevollmächtigter: So sei das wohl. Liebe lebe aber von Vertrauen, wovon sonst?

Eugen grinste wissend. »Nur wenige werden am Ende nicht am Halfter in den Stall geführt, hm?« So isses, brummte Backhohl und rüttelte mit den Händen sanft den gewindelten Hintern auf seinen Beinen.

Emilia darf nicht sterben

Agnes hatte gemailt. Marcel nicht. Wohin auch? a.raether@vv.de: Die Adresse existierte zwar noch, aber das wäre nicht nur aussichtslos, es würde Öl in Feuer gießen, bei den Rotfüchsen. Im Telefonbuch hatte Marcel keine Agnes Raether gefunden. Ihm blieb abzuwarten.

»Hi/Hallöchen/Guten Tag, lieber Marcel!!«, schon diese dreifache Anrede, gerichtet an Martin@freigeist.de entzückte den Gegrüßten. Das las sich keck und verspielt und verdeckte dabei wohl eine gewisse Unsicherheit. Marcel fand es sehr liebenswürdig. Es paßte: zu ihr, zu ihm.

»Hoffe, es geht Dir gut und das Schüsselbein tut nicht mehr dolle weh! Hier mal der Vollständigkeit halber *so süß!* meine Daten«, es folgten Adresse und Telephonnummer. Wenn er »irgendwann mal Lust auf einen lustigen, (un)politischen Abend« habe, solle er sich doch melden, »Tschüssi/Ciaociao/ liebe Grüße, die Agnes.«

So sonnig! Mit *Liebes*grüßen, durch die vorgeschaltete Tschüssi-Floskelei nur gelinde abgemildert!

Agnes hatte die Nachricht vor drei Tagen geschickt. Marcel war krankgeschrieben, und sein @freigeist-Postfach konnte er nur vom Büro aus abrufen. El Jefe legte Wert darauf, daß Dienst Dienst und Schnaps Schnaps sei. Das gebot seine Fürsorgepflicht, und darum gab es keine Mailumleitungen auf Privatadressen.

Dem Himmel sei Dank, daß Marcel es sich nicht hatte

nehmen lassen, dennoch in der Redaktion »nach den Rechten zu schauen«; die Kollegen hatten über das Bonmot herzlich lachen müssen.

Marcel hatte sich gebührend feiern lassen. Petri und Hartmann hatten ihm eine e-card als Urkunde erstellt, sehr witzig, »Dem Helden vom Alaunplatz! Für Zivilcourage, todesmutiges Tat und Lebensrettung! Es lebe hoch-hoch-hoch: Marcel Martin!« Sie hatten das Dokument mit einem Superman und einem Eisernen Kreuz verziert. Marcel hatte es ausgedruckt und mit Reißzwecken, rot, gelb und blau, die Supermanfarben, an die Pinnwand im Rücken seines Arbeitsplatzes geheftet. Natürlich war die Ehrenurkunde nur halbernst gemeint, doch ihm war, als begegneten die anderen ihm verändert. Respektvoller. Vielleicht lag es an den Erfahrungen der letzten beiden Wochen, vielleicht hatten die sich auf seine Ausstrahlung ausgewirkt. Nicht nur der Fahnenmastvorfall, sondern auch die ... die Frauengeschichten. Oder war es sein verändertes Äußeres? Der Rucksackverband verlieh ihm vielleicht etwas Veteranenhaftes. Und dann die neue Frisur. Marcel selbst staunte jedesmal neu, wenn er in den Spiegel blickte. Das war ein anderer Mann. Hagerer, älter, forscher. Überhaupt, ein Mann. Er hatte nicht gewußt, daß er ein paar Zentimeter über der Stirn eine Narbe hatte. Er erinnerte sich noch an den Unfall, von dem sie herrührte, eine dämliche Tolpatschgeschichte aus der Grundschulzeit. Eine eminent peinliche Sache, eine Szene wie aus einem Dick-und-Doof-Film. Jetzt wirkte die Narbe so, daß sie theoretisch auch von einer Schlägerei herrühren könnte. Ein viriles Mal!

Maman war den Tränen nahe gewesen, als Marcel vom Friseur gekommen war. Das war ein unabgesprochenes Vorpreschen gewesen. »Ent-setz-lich!« Rowdyhaft fand sie es. Er sähe aus wie ein Rechter. Naja, dann paßt es ja, unkte Marcel. Genau das wollte Maman nicht hören. Zwischen rechts und konservativ bestünde ja wohl ein Unterschied wie zwischen Tag und Nacht! Er habe überdies gar nicht die geeignete Kopfform für »diesen Kahlschlag«! Sie vermutete Einflüsterungen des »roten Fräuleins« aus dem Krankenhaus dahinter, sie ärgerte sich, daß Marcel so mundfaul über die furchtbar gekleidete Krankenhausbesucherin Auskunft gab. Mamans Besuch war nicht unanstrengend. Doch Marcel war dankbar, daß sie da war. Nämlich: Ohne ihre Anwesenheit hätte er den Teufel getan, nach dreitägiger Pause täglich die Redaktion aufzusuchen.

Erstens wollte er Maman gegenüber so tun, als sei er am Arbeitsplatz mindestens ebenso unverzichtbar wie Maurice auf seinem Managerposten, zweitens war »die Pflicht!« eine willkommene Ausrede, sich Mamans resolutem Zugriff stundenweise zu entziehen. Gut, daß sie da war. Sonst hätte er die Nachricht von Agnes erst Wochen später empfangen, nicht auszudenken.

Räther/Globowski, als zweitoberste unter acht Mietparteien in schwungvoller Kreativschrift mit ausladenden Unter- und Oberlängen auf Karopapier geschrieben und in die schmale Plexiglasvorrichtung geschoben, leicht geknittert. War das ihre Handschrift? Solcher Ausruckswillen? Paßte nicht. Er hätte zartere, scheu und artig sich nach links neigende Buchstaben passend für Agnes gefunden. Oder besser noch ein gedrucktes Etikett mit einer Stilschrift in Goldlettern.

Marcel drückte die Klingel. Wartete. Wartete eine Minute, *nur nicht drängeln.* Ist sie nicht da? Störte er? Hatten sie die Verabredung vergessen? Funktionierte die Klingel nicht? Hatte er zu zaghaft gedrückt? Hier unten hörte man keinen Klingelton. Beherzt drückte er abermals, zweimal hintereinander. Wartete. Was, wenn sie gerade im Bett lagen, intim, und den Störenfried ignorierten? *Sich glucksend zuflüsterten:*

Ach, das ist dieser Spasti. Der Freizeit-Depp. Machen wir nicht auf, oder? – Oder es gab einen ernsten Streit, wegen dieser Verabredung. Agnes sagte: Ach, das ist doch ein harmloser Idiot. Ich will den einfach mal aus dem Nähkästchen plaudern lassen. Mal hören, wie die wirklich ticken, diese debilen Freigeist-Leute. Louis hingegen machte eine Szene, bezichtigte Agnes, heimlich bisexuell zu sein.

Marcel wartete geduldig. Endlich ging der Drücker. Marcel stieß die schwere Tür auf, wollte sie hinter sich schließen. Die Tür leistete Widerstand, wollte selbst schließen, ganz langsam. Als Marcel die Treppe betrat, fiel die Tür krachend ins Schloß, das Treppenhaus hallte wider. »Tschuldigung!«, rief er mit belegter Stimme, *Mist, wie im Stimmbruch,* vermutlich hatte sie es bis oben gar nicht gehört.

Im zweiten Stock stand die Wohnungstür einen Spalt offen, Marcel klopfte behutsam. Wartete wieder. *Die müssen sich erst anziehen. Die Haare richten.*

»Marcel? Du, komm rein, Tür bitte leise schließen! Nächste Tür links!«, hauchte es gedämpft, ein rötlicher Wind wehte und legte sich wieder.

Marcel trat in den Flur, zog vorsichtig die Tür an, sie schloß nicht richtig, er legte die Hand auf Türblatt und Rahmen, um seine Aufgabe geräuscharm zu beenden. Der Zylinder klinkte nicht ins Schloß.

Da kam Agnes aus der linken der drei vom Flur abgehenden Türen, nein, sie schwebte, elfengleich, feenähnlich, nein, wie ein Engel. Ihre Haare waren nachlässig zu einem Knoten auf den Hinterkopf gefaßt, daraus hatten sich mehrere üppige Strähnen gelöst, als kupferne Ströme flossen sie über ihre Schläfen. Ihre Wangen waren gerötet, die Augen flackerten aufgeregt: »Komm rein, aber pssst, hier ist Land unter, absolut! Emilia tickt gerade aus! Die Arme ist völlig durch den Wind! Wir verzweifeln hier vor uns hin! Warte –«, sie drehte den innensteckenden Schlüssel so, daß die Eingangstür endlich zuschnappte. Beschwörend legte sie einen Finger auf die Lippen, «sei bitte ganz leise!«, wandte sich um und wehte wieder durch den schwarz bemalten Türrahmen, auf Zehenspitzen. Die zierlichen Füße steckten in Nylonstrümpfen, darüber ein knielanger Rock, wehend mit ihren Bewegungen. Sie sah so aufgelöst aus. So blühend zugleich! Marcel hätte schluchzen wollen noch auf der Türschwelle, wenn die Situation nicht nach Tat geschrien hätte.

Ein Kind, das sie Emilia nennen, »tickt aus« und macht dabei keinen Mucks, es wird eine furchtbare Atemnot sein, gleich bin ich gefragt, ich kenn mich nicht aus mit Kleinkindern, die mit Atemnot kämpfen, ich kann keinen Luftröhrenschnitt, ich weiß nichts über epileptische Krämpfe, ich werde alles tun, was sie von mir erwartet.

Marcel trat ins Zimmer, Parkett wie im Flur, die Wände waren ochsenblutrot gestrichen. Judith und Holofernes hingen als Comicfiguren und Riesenposter an der Wand über einer gewaltigen Sofa-und-Kissen-Apparatur. Judith mit dem Schwert in der Hand, eine Mitverschwörerin ihr zur Seite, das bärtige, entkörperlichte Haupt des Holofernes auf ihrem Oberschenkel ruhend.

An der anderen Wand, dem Fenster gegenüber, zwei große *wiwi*-Plakate. Das mit Richard Sorge und dem Augenbrauen-Lid-V und eines, das Marcel noch nicht kannte. Ein schönes Bild. Ein brachliegendes Feld, oder ein abgeerntetes, darüber Himmel. In den Wolkenfetzen zwei Wildgänse-Keile, in der Formation, wie sie im Herbst gen Norden ziehn. Zweimal V, sehr atmosphärisch, ein Sehnsuchtsmotiv. Ja, das war ein gutes Bild. Eins zum ... zum Durchatmen. Marcel atmete durch. Das Baby, das von Louis geliebte, ihr T-Shirt-Botschafts-Baby, es war nicht Agnes. Es war Emilia. Emilia war das Baby. Er war kein Einbrecher. Keiner, der sich in eine Beziehung drängte.

Es war gespenstisch still im Raum. Die Jalousien waren halb heruntergelassen, auf dem sperrhölzernen Schreibtisch am Fenster flimmerte der Bildschirmschoner eines Notebooks, von links drang Neonlicht in die Szenerie. Dort stand, in konzentrierter Bückhaltung, Louis, Shirt über bloßen Beinen, barfuß in Badeschlappen.

Louis, mit einem Schwert in der Hand! Marcel griff instinktiv in seine Hosentasche. Wenn eine Situation extrem beklemmend wurde, mußte er sprühen. Den Spasmus der Lungenflügel lösen. Psyche und Soma, sie waren unheilbar verflochten, da half kein fester Wille.

Nein, es war ein dünner Stock, den Louis hielt. Sie stand abgekehrt, flüsterte kosend: »Mausi, was ist mit dir? Mein liebes Biest, bist du krank?« Emilia lag im neonlichtern gefluteten Terrarium, säuglingslang und räkelte sich träge. Agnes stand vorgebeugt neben Louis. Sie wandte ihr Gesicht nur halb Marcel zu, ihre Augen fixierten Emilia: »Wir wissen nicht, was los ist. Emilia frißt nicht, seit Ewigkeiten nicht, und sie ist seit heute so ... so extrem komisch. Komm bitte nicht näher, ich hab das Gefühl, auf ein fremdes Gesicht würde Emi panisch reagieren!«

Eine tote Maus lag auf der Einstreu des Glaskäfigs. Louis hatte das Terrarium oben geöffnet und schleifte das Kadaver mit dem Stock durch die Holzspäne.

»Wir wollen Emilia ein bißchen animieren, weißt du, als ob die Maus noch lebendig wäre. Den Jagdtrieb wecken.« Agnes wisperte. Ihr Atem kitzelte Marcel an der Schläfe. Die tote Maus wurde weiterbewegt, die Schlange folgte ihr züngelnd, stieß dazwischen mit dem Kopf gegen die Glaswand, bäumte sich auf.

»Sie hat jetzt seit drei Wochen keinen Bissen zu sich genommen, das ist ein bißchen kraß, die verhungert uns noch.« Agnes flüsterte, die Freundin stocherte weiter, begrub nun den Mäuseleichnam unwillentlich halb mit den Spänen.

»Fuck! Fuck!« brüllte Louis und feuerte den Holzstab auf den Boden. Er tanzte kurz und rollte dann Marcel vor die Füße. Er hob ihn auf, eine schüchtern-hilflose Geste. Louis drehte sich zu Marcel um, »und Glotzen kostet extra! Mann, das hier ist keine Vorführung!« Sie starrte ihn wütend an, dann wanderte ihr Blick nach unten: »Hallo?! Du steigst wohl auch mit Straßenklamotten ins Bett?!« Ihre Augen hefteten sich auf Marcels Schuhe. »Danke im voraus fürs Bodenwischen. Agnes zeigt dir, wo die Putzsachen sind. Ey, als hätten wir hier nicht genug trouble ...«.

Betroffen schaute Marcel unter seine Schuhsohlen. Louis wandte sich wieder dem Terrarium zu. Der Schlangenkopf hämmerte erneut. »Mistvieh, verreck doch!« Im Gehen riß sie Marcel den Holzstab aus der Hand, um ihn in die Sofaecke zu feuern. Agnes versuchte Louis aufzuhalten. Die stieß die Freundin weg und stampfte aus dem Zimmer. Agnes trat ans Terrarium und schob die Glasdecke zu. »Das mußt du verstehen, bitte«, sie wandte den Blick entschuldigend zu Marcel, »Louis hängt wahnsinnig an Emilia, und die verweigert einfach die Nahrungsaufnahme. Irgendwas stimmt nicht mit ihr.«

Die Schlange kroch behende durch das Kunstgrün, schmiegte sich dann an die Vorderwand des Terrariums, schob ihren Kopf an den Winkel zwischen Wand und Decke. Fing nun an, mit dem Kopf nach oben zu pochern.

Verzweifelt blickte Agnes Marcel an und ließ sich auf dem Sofa nieder. Bettete den Kopf auf die Knie, verschränkte die Arme vor der versenkten Stirn. Wie das Rot, sich aus den Spangen lösend, dahinfloß! Ein Rosenbeet, ein Meer von Blut! Das Zwielicht, gefiltert und gebrochen durch die Stäbe der Jalousie, umgab Agnes' Haupt mit einer Gloriole. Marcel schaute eine Weile nur. Es war überwältigend.

Dann fühlte er sich in die Pflicht genommen. Als sei er der Handwerker, der Mann vom Fach, den ein Frauenhaushalt

gerufen hatte, um eines technischen Problems Herr zu werden.
»Was ist das denn für eine – Rasse? Also, welche, hm, Art?«

Emilia klopfte weiter gegen die Glaswand. »Kornnatter, die sind eigentlich voll lieb und pflegeleicht. Scheiße, dieses Geklopfe ist neu, das hat sie früher nie gemacht! Nie so voll dauernd. Louis!!« Die Herbeigerufene stürzte erneut ins Zimmer, sie hatte geweint, wischte sich mit dem nackten Arm Rotz von der Lippe und hockte sich breitbeinig vor das Terrarium. Ihre Schenkel, durch die Hockstellung breit gestaucht, schimmerten grünlichblass im Neonlicht. Marcel spürte einen Hauch aufsteigen, einen animalischen.

»Mein Gott, sie blutet! Ich glaub, Emilia blutet!« Resolut sprang Louis auf, ihr Kopf versetzte der vorgebeugten Agnes dabei einen Kinnhaken.

»Wir müssen sie rausnehmen. Sofort. Runterkühlen. Hol mal eine Sacktasche.« Agnes hielt sich nur kurz den Kopf, dann blieb sie mit halb nach unten gespreizten Händen stehen.

»Was meinst Du mit – mit Sacktasche?«, fragte sie, so sprungbereit wie ängstlich.

»Du Arsch«, fauchte Louis hysterisch und meinte offenkundig Marcel, eigentlich Marcels schlichte Anwesenheit »einen Jutebeutel halt, ein Einkaufsding aus Baumwolle! Haben wir doch, die Dinger liegen doch überall rum!«

Louis schob den Deckel des Terrariums auf. Ihr T-Shirt hob sich dabei, Marcel sah einen weißen Schlüpfer hervorblitzen. Unterzeug, das Frauen vor Jahrhunderten trugen. Marcel spürte Rührung.

»Aggressionsverhalten«, diagnostizierte Louis mit ärgerlichem Ton, während sie von oben ins Terrarium schaute, »danke schön auch! Das hatte sie noch nie, noch nie, noch nie! Das ist d e i n e geile Ausstrahlung, super, wirklich.« Louis drehte sich zu Marcel um. Agnes kam mit einer Hand voll Stoffbeuteln aus der Küche, völlig aufgelösten Blicks.

»Jetzt kannste dich wenigstens nützlich machen, mein Herr. Ich pack Emilia, du hältst den Beutel auf. Ganz breit aufhalten, und nicht rumzucken, bis sie ganz drin ist. Okay?« Louis' Ton war zum Ende hin sanfter geworden, kollegial, fast bittend.

Befehl war Befehl, Marcel stand parat, die Stofftasche aufgespannt in den Händen. *Und was, wenn ich doch rumzucke? Zu früh oder zu spät den Beutel schließe? Ist das Vieh sehr giftig? Gibt es ein Gegengift? Nein, frag ich nicht. Ich tu's für Agnes. Eventuelle Schmerzen inklusive. Eventuell Schlimmeres auch. No pain, no gain.* Marcel berührte, freilich ungewollt, mit seinem Hemd Louis' nackten Oberarm. Etwas speckig, undefiniert, aber nicht dick. Da war ein centgroßes Muttermal über der Ellbeuge, ein dunkles Härchen wuchs daraus.

»Emilia ist übrigens nicht giftig. Aber wenn sie beißt, tut es ziemlich weh. Heißt, aufpassen, aber auch nicht so zaghaft sein.« Das klang vernünftig. Marcel merkte, wie Louis die Luft anhielt, als sie die Schlange packte, mit der Linken am Kopf, mit der Rechten in der Mitte des Leibs. Emilia wehrte sich kurz, Louis griff fester zu und bugsierte das Tier über die Glaswand in die aufgehaltene Tasche. Marcel atmete ein und verschloß mit beiden Händen den Stoffsack. »Zubinden! Schnell! Mit den ... den Griffen!«

Marcel schnürte einen Doppelknoten aus den Henkeln der Stofftasche, die Luft immer noch einhaltend. Kein Biß, nichtmal der Versuch. Die Schlange wühlte zwar im Beutel, es schien mehr als ein geruhsames Räkeln. Er atmete aus, ließ den Beutel sehr sachte an zwei Fingern baumeln. »Wohin damit?« Agnes warf einen zögernden Blick auf Louis, die grünbleich am Terrarium lehnte.

»Ich würde fast sagen – ein paar Minuten Kühlschrank würden Emilia guttun ... Auf dem Balkon ist es einfach viel zu warm. Da kriegt sie sich auch nicht ein ...«

Louis stieß sich mit dem muttermaligen Ellbogen leicht ab.

Das Grün wich, sie gewann Fassung. Das hieß nicht, daß sie sich wirklich faßte. Sie fand einfach zur Form zurück, die Marcel mittlerweile bekannt war.

»Hm, Kühlschrank. Hübsche Idee, um sie schön langsam zu ersticken, sehr geil«, ätzte sie trocken. Louis schaute sich um, als könnte sich im Zimmer noch eine Stelle befinden, die deutlich kühler war als das Umfeld.

»Okay, Kühlschrank. Schalter auf fünf drehen und Tür leicht offen lassen.« Agnes deutete Marcel an mitzukommen. Die Küche war bunt, rot, gelb und grün, die panafrikanischen Farben. Bis zur Kinn- oder Brusthöhe waren die Wände rot gestrichen, darüber, inklusive Decke, gelb, kein frühlingshaftes, sondern ein saharaartiges, trocknes, erdiges Gelb. Das Grün kam von der Fensterbank und vom Boden darunter. Hier wucherte es, ein stattlicher Dschungel blühte hier, dutzenderlei Töpfchen und ein paar Pflanzkübel.

Globowski/Räther verfügten über einen opulenten Kühlschrank im Retrostil, braun, erdenbeetbraun mit abgerundeten Ecken. An der Leiste neben der Tür war ein Ice-Crusher angebracht. Agnes bemerkte Marcels forschenden Blick und erklärte: »Ist kaputt, das Eiswürfelding. Wir brauchen so was nicht, mußt dich bitte nicht wundern. Haben das Ding dafür superbillig gekriegt.« Sie öffnete die Kühlschranktür. Von außen war mit Magneten ein Plakat in doppelter Postkartengröße befestigt. Ein rotgewandeter Komsomolze mit Schnurrbart, einen Besen wie eine Waffe in der Hand, darunter die Anweisung: »Auch du hältst die Küche sauber, Genosse!« Marcel erinnerte sich beschämt seiner Straßenschuhe.

Das Gerät war proppenvoll. Mit raschen Handgriffen nahm Agnes vier, fünf, sechs, sieben Viertelliterdosen Zaziki heraus und stapelte sie auf der Arbeitsfläche neben dem Kühlschrank. Das Zeug halte sich auch ungekühlt mindestens bis übermorgen. Desgleichen die Flaschen Direktsaft aus Himbeere, Cranberry und Trauben und der Cidre. Agnes packte flink ein paar Brokkolibäumchen mit einigen leicht angegilbten Röschen sowie Räucherlachspackungen in die nun freigewordenen oberen Etagen. Dazu eine Bananenstaude sowie eine Plastikpackung Erdbeeren, Eco Fresa. Das geräumige Gemüsefach unten war jetzt frei. Agnes machte eine einladende Handbewegung, »voilà!«.

Mit möglichst lässiger Geste, dabei behutsam genug, bugsierte Marcel den Schlangenbeutel ins Gemüsefach. Agnes' Hand berührte seine Hüfte, als sie sich vorbeugte, um das Thermostat auf die oberste, also kühlste Stufe zu drehen. Marcel fühlte sich, als sei das eine Art Initiationsritual. Man könnte gemeinsam einen Baum pflanzen. Oder den Grundstein zu einem Haus legen. Hier wurde eine Schlange ins Gemüsefach gelegt. Na und? So waren die Zeiten. Man pflanze keine Bäumchen, errichtete keine Häuser. Man hielt und heilte Schlangen.

Marcel beschloß, die Schlange als günstiges Symboltier aufzufassen. Warum auch nicht? Ein erdhaftes Wesen, bodenständig gewissermaßen. Wehrhaft. Sich häutend, auch das war ja kein schlechtes Zeichen. Neuanfang, Ausbruch aus der steifen und trockenen alten Haut. Ein sympathisches Tier, eigentlich. Ach nein, eigentlich doch nicht. Für Sympathie war der Miniatur-Drachen symbolisch zu arg vorbelastet. Man kann diese Sachen nicht nach Belieben drehen, wenden und umdeuten. Sagen wir's so, dachte Marcel, wir haben das höllische Tier eben auf Eis gelegt. Nicht bewältigt, doch gebannt.

Die Kühlschranktür weigerte sich, leicht geöffnet zu verharren. Für sie gab es nur ganz oder gar nicht, Agnes entschied zugunsten des gar nicht. Die Tür klaffte weit offen. Im Gemüsefach, im Sack, wurde das Geräkel zusehends ruhiger.

Agnes und Marcel betrachteten die Szenerie eine zeitlang, beide mit in den Hüften aufgestützten Händen. Während Agnes dann ihre verrutschten Haarklemmen löste und ihr

Rosenbeet vorgebeugt gen Boden fluten ließ, damit es per Schwerkraft zu einer strömenden Ordnung fand, musterte Marcel das Küchengrün. Den Inhalt von vier der sechs größeren Pflanzkübel meinte er identifizieren zu können. Diese gelappten grünen Blätter, das müßte eine Haschanpflanzung sein. Schockte ihn nicht. Es paßte ins Bild, er wußte um die unscharfe Trennlinie zwischen legalen und illegalen Rauschmitteln.

»Eigenbedarf, ja?«, folgerte er kühn und wies auf die knapp meterhohen Pflanzen. Agnes folgte seinem Blick und Zeigefinger. Sie runzelte leicht ihre Stirn, *wie zarte Risse auf Alabaster, wie verletzlich ihr feines Gesicht doch ist!*

»Wie meinst du das?« Marcel errötete. *Ich werde es nie kapieren, was smalltalk ist, was Diskretion, was Besserwissertum und was Anteilnahme. Agnes und Louis haben hier eine minikleine und höchst private Marihuanazucht, und drüber zu reden ist, als würde ich auf den vollen Hygieneartikeleimer im Bad hinweisen, ich Extremtrottel!*

Agnes' fragender Blick ruhte weiter auf ihm. »Kennst du dich etwa aus mit Giftpflanzen? Das hier ist Louis' Revier. Ich bin hier nur unterstützend tätig und paß auf, daß das Zeug nicht eingeht. Passiert leider dauernd, jedenfalls ohne mein Zutun. Louis hängt total an diesen Dingern, hat aber wenig Muße, sich einzufühlen in die Pflänzchen. Das hier«, Agnes zeigte auf die mutmaßliche Haschischplantage,»das ist Wunderbaum. Kennst du das etwa?«

Marcel schoß Doreens Wunderbaum der Sorte *passion* durch den Kopf. Ha, und ob er das kannte! Er nickte zögernd mit rotem Kopf.

»Klar, kennst du, Rizinus, im Volksmund. Kennt man. Wenn die blühen, bekommen die so'ne pinke Frucht, so leicht stachelig. Und die Samen daraus, die sind irre giftig. Tod durch Herzstillstand. Klingt drastisch, stimmt's? Haben aber echt viele Leute im Garten rumstehen. Die Töpfe hier sollten längst raus auf den Balkon. Frostgefahr ist ja längst vorbei. Sind wir noch nicht dazu gekommen, die umzuziehen. Oder besser: Die Dinger sind so schwer, da bräuchte man einen Kran. Wenn du mir hilfst, schleppen wir die gleich mal raus.«

Marcel nickte dienstbeflissen. Schaffte er, sogar mit Handicap. *Vielleicht auch nicht, dann würde es peinlich. Dann hieve ich mit Mühe und Not dieses Riesenteil, schaffe es nicht ganz, muß absetzen, weil das Schlüsselbein komplett durchbricht. Dabei kippt der Kübel. Der ganze Küchenboden nicht nur inflitriert von Straßenschuhkeimen, sondern erdbedeckt. Der magische Wunderbaum an der Sollblühstelle abgeknickt. Lieber doch zusammen tragen. Stiftet außerdem Gemeinschaft.* Marcel sah auf Agnes' zarte, ätherisch wirkende Hände, mit denen sie sich elegant an der Arbeitsplatte abstützte. Feine Adern schimmerten an den Unterarmen durch die Haut. Schlanke Finger, kurze Fingernägel mit geraden, sehr weißen Enden. Kaum vorstellbar, daß diese Hände in Abfallcontainern wühlen!

Marcel hätte gern gleich zugepackt. Er stand dem offenen Kühlschrank, ein Stilleben jetzt, näher als sie. Er fröstelte. Agnes fuhr fort mit der Botanikstunde, ein wenig Stolz auf diese außerordentliche Giftküche schwang mit.

»Die hier«, Agnes wies auf die beiden anderen Kübel aus Plastikterracotta , »das ist die Ruhmeskrone, die Gloriosa. Bei Verzehr Tod durch Atemlähmung. Die muß eigentlich auch raus, soll sich an der Balkonbrüstung ranken. Ist Louis' dritter Versuch, die braucht eigentlich subtropisches Klima. Ich hab sie hochgepäppelt. Obwohl ich die eigentlich häßlich finde. Sieht aus wie ein Filmstar aus den fünfziger Jahren, wenn sie blüht. So schwach und eitel zugleich.«

Marcel schaute etwas ratlos, versuchte ein wissendes Lächeln. Er schüttelte sich, das war ein Reflex auf die Kälte, die ihn aus dem Kühlschrank ankroch. Agnes interpretierte seine Reaktion falsch.

»Du findest das ziemlich schräg und gruselig, stimmt's? Ja, gewöhnt man sich dran. Louis ist«, sie senkte die Stimme, stieß sich leicht von der Arbeitsfläche ab und näherte ihren Kopf seinem, »in mancher Hinsicht gewöhnungsbedürftig. Eine Wahnsinnige. Eine wahnsinnig Liebe aber. Du darfst ihr das nicht übel nehmen. Ich erzähl dir das andermal genauer. Also, warum Louis so ist, wie sie ist.« Agnes sah ihn bittend an, ihr schneeweißes Rosenrotgesicht ganz nah an seinem. Was für ein feines Gesicht sie doch hatte! Porzellanhaut, helles Porzellan mit rotbraunen Einsprengseln, auf der feinen Nase, den Wangen bis hin zu den edel und kühn sich leicht unter der Haut hervordrückenden Jochbeinen! Alles in diesem Gesicht war zart, zierlich und vornehm, das winzige, flache Grübchen im Kinn und das in der Wange, die feine Rinne, die von den rosigen Lippen zur runden, aber keineswegs niedlich runden Nasenspitze führte. Alles fein gesproßt, die Sprossen zu den Schläfen und zum Haaransatz hin zusammenlaufend, gesproßt auch die hohe, glatte Stirn über den Augenbrauen, die Brauen selbst wie Flügel eines Engels, der barmend über einem anvertrauten Gut wacht.

Ja, sollte sie ihm seinetwegen erzählen von Louis und ihren Macken, sollte sie ihm alles berichten über dieses Menschenweib. Wenn sie es im zugeneigten Flüsterton täte wie jetzt, er würde es als Offenbarung aufnehmen, würde jeden Hinweis auf Louis' Innerstes aufnehmen wie Atemluft.

»Ach!«, jäh drehte Agnes ihr süßes Antlitz weg und tat einen Schritt in Richtung Kühlschrank, beugte sich und schaute ins Gemüsefach. Lächelte fein. Wie eine Mutter, die sich über die Wiege beugt.

»Ich glaub, Emilia schläft. Der geht's jedenfalls ganz gut.« Als wär diese Meldung ein Signal, begann es zu wummern, in der Küche, in der ganzen Wohnung. Agnes, wieder aufgerichtet, das Rosenhaar hinter ihre Schultern bugsierend, lächelte mütterlich.

»Das ist Louis' Krisenmusik. Tut ihr gut und ist kein schlechtes Zeichen. Damit fängt sie sich. Dauert nur ein paar Stücke lang, dann haben wir unsere alte Louis wieder.« Marcel war unsicher. Was sollte er antworten? Louis' Launen war ihm herzlich egal. Er stierte in Richtung Boden. Agnes neigte sich, um seinen Blick freundlich aufzufangen.

»Was ist?«, fragte sie mit lieber, apfelroter Stimme, »sollen wir beide es wagen? Zusammen?« Wieder dieses Gefühl, das unwirkliche. Wie damals, nach der MRT-Session. Diese Pseudo-Ohnmacht, das Gefühl zwischen Traum und Wachzustand. Marcel richtete seinen Blick auf die Blumenerde in dem Wunderbaumkübel. Ja, er konnte es genau sehen, die Krümelstruktur, konnte alle Erdfarben differenzieren, er nahm schwarze Bröckchen wahr und braune Gespinstfäden, ein Tierchen holperte über ein Erdkorn. Es war kein Traum, definitiv nicht. Zaghaft richtete er den Blick auf. Agnes war zum Wunderbaum getreten, hatte ihre Alabasterhände an den Kübelrand gelegt: »Wollen wir?«

Sie schleppten die Pflanze auf die Terrasse. Marcel einhändig. Marcel spürte seine Schädelnarbe pulsieren. Das war seltsam. Er spürte die Narbe deutlich, dabei hatte er erst vor Tagen ihre Existenz wiederentdeckt. Seine Lunge wurde eng. Der Kübel stand an der Balkonbrüstung. Marcel entschuldigte sich.

Auf der Toilette klang Louis Höllenlärm noch beängstigender. Direkt terroristisch. Marcel fühlte sich unwohl. Ein Sprühstoß sollte langen.

Agnes auf dem Balkon seufzte. Louis brauche wohl eine Auszeit. Wenn kein Adressat für ihre Aggressionen in der Nähe sei, dann fange sie sich normalerweise rasch wieder. Und Emilia ginge es ja anscheinend prächtig.

»Auf, wir räumen das Feld, ja?« Ob das okay wäre für ihn? Vielleicht an den Ellritz-Weiher zu fahren? Ob er den kenne?

Sei total schön dort, grad im Frühsommer! Kannte Marcel nicht. Er war einverstanden. Agnes packte Cidre, Direktsaft und Erdbeeren in den Korb, griff sich eine verwaschene Tischdecke aus einem Küchenschränkchen, ging ins Bad und packte ein großes Badetuch dazu. Marcel zuckte zusammen. Ein leichter Ruck nur, er spürte dabei deutlich das Schlüsselbein und war im gleichen Atemzug dankbar für die Verletzung. Sie bot ihm eine passable Ausrede. Agnes würde nicht erwarten, daß er mit Rucksackverband in einen Weiher stieg! Oder mit abgelegtem Korsett und dadurch jäh auseinanderklaffendem Knochen! Würde sie nicht, keinesfalls! *Sie wird die Tischdecke für die Flaschen und die Beeren gedacht haben und das Badetuch für uns beide als Sitzunterlage. Oder zum gemütlichen Liegen, gemütlich jedenfalls für sie, mit abgewinkeltem Arm, den Kopf in die Handfläche gelegt, abwechselnd zu den Sternen und zu ihm schauend!*

Agnes, den Korb am Arm, blickte ihn an. Er schaute rasch weg, wie ertappt. Sie verließen die Wohnung.

Stichwege, links, rechts

Unten schaute Agnes suchend nach seinem Auto. Und Marcel nach ihrem. »Ich dachte, du ...?« sagten sie aus einem Mund. Agnes besaß kein Auto, hatte nie eines besessen. Marcel deutete entschuldigend mit dem Kinn auf seine verbreiterten Schultern.

Agnes schlug sich die Hand vor die Stirn. Eine planlose Idiotin sei sie! Daß sie das dauernd vergaß! »Mensch, und ich hab dich grad den schweren Kübel schleppen lassen, und du hast nichts gesagt!« Er, Marcel, würde ihr »verpeiltes Durcheinander« noch kennenlernen, da könne er sich schon mal drauf einstellen. Die mit finsterem Unterton ausgesprochene Prophezeiung läutete in Marcels Ohren wie Glocken. Agnes hatte, sehr indirekt, in banalem Zusammenhang, aber deutlich von einer gemeinsamen Zukunft gesprochen!

»Fahrrad geht logisch auch nicht ... wie bist du zu Fuß? Ich mein, wegen der Erschütterungen, beim Gehen? Tut schlimm weh, oder?«

Gar nicht, log Marcel. Zum Ellritz seien es drei, vier Kilometer, folglich etwa eine Dreiviertelstunde, überlegte Agnes. »Wär nicht soo gut, hm?«, fragte sie mit halb skeptischem, überwiegend mitleidigem Blick.

»Quatsch«, machte Marcel, er laufe ja nicht auf dem Schlüsselbein. Bei einer solchen Entfernung wäre es sowieso blödsinnig gewesen, ein Auto zu starten, oder?, behauptete er mit einem Anflug von Tollkühnheit.

Sie marschierten los. Marcel gab das Tempo vor, Agnes sollte nicht glauben, sie habe es mit einem Schwächling zu tun. Hier ging einer, der wußte, wie man die Zähne zusammenbiß! Nein, einer, der Schmerzen in Wahrheit nicht, oder kaum, kannte!

Es war windig geworden, ein fast warmer Wind. Marcel marschierte anfangs so rasch, daß eine Unterhaltung kaum möglich war. Der Wind in den Ohren und *an den Nebenhöhlen, es wird gleich besser, bestimmt,* dazu der abendliche Verkehrslärm und das eigene, für andere Ohren kaum hörbare Atemgeräusch – man mußte auch nicht immer reden. Ein Ohrwurm schlich sich ein, nicht fortzukriegen. *Allerfrüheste Kindheitserinnerung. Mit Maman in der Küche, das Radio laut gedreht, durch Maman, die sonst nie die Haltung verlor. Das Lied wurde gesungen von einer Frau mit männlicher Begleitstimme: Wir beide! Gegen den Wind! Auf einer Straße, wo die andern nicht sind! Und wir gehen eine Spur, die nicht jeder finden kann! Wir beide! Gegen den Strom! Ein bißchen vorwärts, ein bißchen davon, wir laufen nicht so schnell, doch wir kehren nie mehr um!* Marcel hörte das Orchester tosen. Das Lied zog Schleifen in seinem Gehirn, er summte leise mit. *Ein Schlager, klar. Gar nicht mal so peinlich. Poetisch eigentlich, eine Sehnsuchtsmelodie. Wer war's? Lena Valaitis? Mireille Matthieu? Müßte man herausfinden können. Es drängte sich halt auf, es hatte seinen Sinn.* Marcel paßte unwillkürlich seinen Schritt dem Rhythmus der Melodie an, er wurde etwas langsamer. Agnes gab an Kreuzungen die Richtung vor.

Benjamin hatte dieser Verabredung mit gehöriger Skepsis gegenübergestanden. Da sei also eine Frau, die durch und durch links sei, hatte der Freund seine Date-Analyse begonnen, man dürfe wohl sagen: in linksextremem Zusammenhängen verortet. »Ist sie!«, hatte Benjamin Marcels Relativierungsversuche unterbrochen, »sonst wäre sie nicht bei *wiwi!* *Wiwi* ist kein ›offener Kanal‹, sondern ein stramm linkes Medium, basta. Da gerät man nicht aus Naivität oder reinem Zufall hinein.«

Und nun sei dieser Agnes also gekündigt worden. Nicht sie habe *von sich aus* den Laden verlassen! Gut, machte Benjamin weiter, sie habe sich schon länger mit Glaubenszweifeln an der orthodoxen Richtung getragen. Das gäbe es. Klänge noch glaubhaft, gerade noch so. Aber dann – dann sollte dieses naturwüchsig linke Gewächs ausgerechnet und ehrlichen Herzens die Nähe zu einem vom genau gegenüberliegenden Ufer suchen? Wieso das denn? Benjamin hatte sich mit dem Zeigefinger an die Stirn gehämmert.

»Mein Freund, du bist ein bißchen zu leicht um den Finger zu wickeln! Warum sollte die gute Frau plötzlich eine hundertachtzig-Grad-Wendung vollziehen?« Weil sie so beeindruckt war – von Marcels Hechtsprung in Richtung Fahnenmast? Weil das ausreichte, alle Absteckungen des einstigen Weltbilds umzureißen und flugs die Seite zu wechseln? Ha! Ein Narr, wer das glaubte!

Die Sache war: Benjamin hatte keine Ahnung. Ja, er hatte Erfahrung, Weltwissen, Frauenkenntnis im generellen. Nur: Er hatte Agnes nie gesehen. Das entschuldigte vieles. Marcel konnte aus dem Mund des Freundes auf keine realistische Einschätzung der Lage hoffen.

Die wolle Einblick nehmen in das, was sie für die rechte Szene hält, hatte Benjamin gewarnt: »Laß dich nicht verarschen! Und halte dich bedeckt!« Da hatte er selbst prusten müssen. Marcel auch. Erstens, weil: klar, der Wortwitz, zweitens: Was gäbe es schon zu verheimlichen? Rund um den *Freigeist?* Die paar Pseudonyme? Es würde keinen Anlaß geben für Marcel, die auszuplaudern. Und sonst? Was denn? Daß Jochim schwul war? Na und? Es g a b keine *Freigeist*-Interna, die vor der Öffentlichkeit, und erst recht nicht welche, die vor Agnes zu hüten wären.

Wir gehen eine Spur, die nicht jeder finden kann! Marcel war gedanklich mitten in der Strophe, als er merkte, daß Agnes sprach. Er habe ja richtig Farbe bekommen!

»Stimmt's, dein Schlüsselbein spielt dir dauernd das Lied vom Tod, und du bist am Kämpfen? Oder? Ich seh's dir doch an! Hand aufs Herz: dir tut's richtig weh, hm?« Marcel schüttelte heftig den Kopf, übertrieben heftig, er war noch ganz ins Lied versunken.

Sie stellte den Korb ab. »Ich hör doch, wie du atmest. Das muß höllisch anstrengend sein für dich. Tut mir leid. War vielleicht eine blöde Idee von mir, das mit dem Weiher ...« Wenn es stimmte, daß Marcels Gesicht »Farbe« aufwies, dann nahm die jetzt zu. Marcel fühlte es tiefrot aufsteigen. Er fühlte sich ertappt. Er hatte seine Atemgeräusche mit dem erinnerten Lied synchronisiert. Sie hatte es gehört, sein Atmen, weil sie so nah an ihm war, eine Herzensnähe. Sie hatte es fehlinterpretiert! Er konnte noch, gut sogar. Agnes schlug vor, daß man ebenso gut gleich hier campieren könne. An einem Abend wie diesem sei es eigentlich überall schön. Warum nicht einfach den nächsten Weg rein in die Heide, und dort an die nächste Lichtung? Außerdem, sie müsse eingestehen, daß ihre Streckeneinschätzung wohl eine klassische *klassische!* Fehleinschätzung gewesen sei. Sie hätten in Wahrheit nicht mal den halben Weg hinter sich. *Sich nicht lumpen lassen!* Marcel nahm den Korb an sich, das waren ein paar Kilo. Beschämend, daß er Agnes das Gewicht hatte tragen lassen. *Als wäre ich schwerbehindert!*

»Der Ellritz liegt ein paar hundert Meter von der Langebrücker ab, sagst du. Ja? Können wir dann nicht vielleicht uns hier schon in den Wald schlagen? Ich mein... nur so wegen der Gemütlichkeit.«

Marcel war Soldat. Gewesen, zehn Monate lang, als Wehrpflichtiger. Orientierung war kein Problem. Wenn die von Agnes genannte Lage einigermaßen stimmte, ging es mitten in Klotzsche ab von der Königsbrücker auf die Langebrücker, dann nach einem Kilometer einen Weg entlang zum Weiher. Kein Problem, es gäbe einen guten Waldweg, Marcel war grob orientiert.

Würde deutlich kürzer sein – sekundärer Vorteil –, würde vor allem nicht entlang der Straße führen. Agnes war einverstanden, *sie vertraut mir*. Marcel übernahm die Marschroute. Das Wir-beide-Lied wollte sich nicht mehr einstellen. Sie ließen die waldnahen Häuser von Klotzsche hinter sich und bogen in den Wald. Agnes erzählte Kindheitsanekdoten vom Waldbad. Der Kiefernadelduft, die Wippe von damals stand noch da, da hatte sie sich mal eine blutige Lippe geholt. Dort der Eiskiosk, der den Betrieb längst eingestellt hatte. Agnes wurde nostalgisch. Beklagte die Überzahl der Dinge, die vergangen seien. Daß nichts Vergleichbares komme, als Neues, als Schönes. Als hätte man einen Zenit überschritten. Ob ihm, Marcel, wenigstens eine Handvoll Dinge einfielen, die deutlich besser geworden wären, in den letzten zehn Jahren? Niente, oder? Marcel stimmte zu, von Herzen. Ein weiteres Bindeglied von rechts nach links: Daß es bergab gehe, tendenziell. Kulturell. Was die Herzensangelegenheiten angeht. Das Schöne wird Ruine, das Neue ist kalt und unpersönlich. Daß nichts bleibt, wie es war, daß es häßlicher wird, schon in den Konturen, erst recht im Detail. Heute ging man in Spaßbäder mit künstlichem Wellengang. Und damals: Flußgespeistes Waldbadwasser, Badetemperatur im Hochsommer knapp 20 Grad, ein Schreckensrelikt für die Spaßbadfreunde.

Marcel nickte zustimmend. Ja, man lebe in einer Warmduschergesellschaft. Agnes sah göttlich aus. Dieser nach innengekehrte Retroblick, diese Wehmut im Halblicht unterm

Baumkronendach! *Soviele grüne Zweige zwischen ihr und mir. Es gibt hunderterlei Anknüpfungspunkte. Links und rechts, gefaßt ins berühmte Modell des Hufeisens: An den gegenüberliegenden Punkten, also je am äußeren Rand, berührte man sich beinahe, zwangsläufig geradezu! Zivilisationskritik, Kultur- und Konsumskepsis, Gegen-den-Strom-Schwimmen, das Nichteinverstandensein mit der gegenwärtigen Lage – was sollte da die überkommene Gesäßgeographie, dieses dumpfe Rechtslinks-Schisma? Im Grunde könnten sie sich einig sein! Eins sein!*

Marcel spürte, daß sein Schlüsselbein unter der Korbbelastung litt. Es war ein Gefühl, als würde der Knochen bei jedem vierten, fünften Schritt aus seiner Verankerung hüpfen wollen. Eine leichte Übelkeit stieg in ihm auf, vor allem, wenn er sich den anatomischen Vorgang vorstellte.

Marcel stellte den Korb ab und unterdrückte das Schnaufen, das seinem Brustkorb entsteigen wollte. *Kurze Pause, nur wegen der Orientierung. Ohne Navi unterwegs zu sein, diene der Maskulinisierung, Benjamins Worte. Hier die nächste Stufe: He who has his own paths needs no map!* Das hier, das war s e i n Pfad! Sein eigener, und das Licht war mit ihm, das Licht höchstpersönlich. Es konnte folglich gar kein Orientierungsproblem geben. Sie mußten gen Norden wandern, soviel war klar. Die Langebrücker lag fast direkt nördlich von hier, vielleicht anderthalb Kilometer entfernt, höchstens. Nord-nordöstliche Richtung, also eigentlich geradeaus. Nur: es gab keinen Weg geradeaus, nicht mal einen Trampelpfad, sie mußten nach rechts gehen und auf den nächsten Abzweig nach links hoffen, gen Norden. Die Dresdner Heide war ja kein Urwald! Marcel zögerte seine Orientierungstätigkeit ein wenig hinaus und rotierte sachte mit den Schultern. Es fühlte sich nicht wirklich gut an. Er meinte ein leises Knacken zu spüren, als er den Korb wieder aufnahm. Oder war es ein Ast gewesen?

Nein, anscheinend hatte Agnes das Geräusch ebenfalls vernommen – *was andererseits peinlich war: Körpergeräusche vor Frauenohren: ein Tabu* – und korrekt lokalisiert. Resolut nahm sie ihm das Gepäck ab.

»Das trag ab jetzt ich!« So entschieden ihr Zugriff war, so sanft war ihr Blick. Marcel zierte sich nicht. Es wäre nicht tapfer, sondern töricht, den Korb weiterzuschleppen. Unerschrokken hatte ein Soldat zu sein, ja, aber nicht unvernünftig. Der Waldboden federte unter Marcels Schritten. Unwillig ergab er sich dem sich neu einstellenden Ohrwurm. Ausgerechnet dieses Popstück von... La Stoya? Mimette? *It's just a kiss apart, just a lie apart* ... Marcel verlangsamte sein Tempo, beschleunigte es dann unauffällig, um den lästigen, peinlichen akustischen Verfolger abzuschütteln. Der Kehrreim blieb hartnäckig in seinen Hirnwindungen. Ein Glück, daß Agnes es nicht hören konnte. Marcel kniff die Lippen zusammen, um jeden eventuellen Summton zu vermeiden. Er hangelte nach einem Gesprächsthema, einem unverfänglichen, er mußte sich ja nebenher auf den Weg konzentrieren.

Sie waren eine Viertelstunde gegangen seit dem Abzweig, strikt östlich, strikt rechts, der Ellritz mußte längst hinter ihnen liegen, nordwestlich, es fehlte ein Stichweg nach links! Ein Glück, Agnes war nicht genervt von der verlängerten Wegstrecke.

»Ich mag den Sommer total. Schon wie er riecht! Und dann die Farben! Allein diese hundert Schattierungen Grün, das ist so ... so einzigartig. Als Kind taten mir die Kinder immer total leid, die im Winter Geburtstag hatten. Ich hab mir immer gedacht, wie trist das wohl wäre, Geburtstagsfeier in der Stube, draußen nur kahle Bäume und eisiger Wind ... Louis ist ja so ein Winterkind. Ha!«, Agnes wurde übermütig und ein wenig illoyal, »vielleicht erklärt das ihre Wesensart. Das Trübe, zur Verzweiflung neigende. Wer weiß.« Marcel nahm den Faden dankbar auf. Dann seien sie ja anscheinend beide Sommerkinder! Und jetzt wurde er tollkühn: »Laß mich raten ... Du bist ... Krebs? Ja? Sternzeichenmäßig?« *Theoretisch stand die Trefferwahrscheinlichkeit eins zu drei, keine Ahnung, was der Sommer an Zeichen noch so zu bieten hat.*

Agnes machte einen Hüpfer. *Bingo!* »Hey!! Bist du Hellseher? Krebs, haargenau, und zwar durch und durch! Wie bist du darauf gekommen? Wegen der Haarfarbe, hm?« Agnes drehte spielerisch eine Pirouette und faßte sich an den Zopf. Durch das Zwielicht wirkte es auf Marcel wie ein Flammenwirbel, eine sprühende Funkenflut. *Mein leuchtender Pfad!*

»Nö«, sagte Marcel, »so trivial liegen die Dinge nicht! Krebs ist: ein Schritt vor, zwei Schritte zurück. Ein Zaudern, aber nicht aus Feigheit, sondern aus Empfindsamkeit. Aus mangelnder Fähigkeit, sich selbst zu belügen. Krebse sind sensibel, sie halten das nicht aus – also das wahre Leben im falschen.« Marcel staunte über sich selbst. Da hatte er sich vorgewagt! Doreens Charakterisierung frei interpretiert, auf gut Glück! Gemünzt auf das Ende von Agnes' *wiwi*-Karriere! Agnes staunte auch. Er hatte sie beeindruckt! Mit einem Trick, eigentlich! Sehr unkrebsisch! Einerlei! Ein weiteres Verbindungsstück, eine weitere Gemeinsamkeit: Krebssein! Agnes schlenkerte mit dem Korb. Das mußte heißen: sie war glücklich.

Unterdessen schlängelte sich der Weg günstig, gen Nord! Und während sie ihre Geburtsdaten austauschten, sie fast Löwe, er Vollkrebs – diese Bildungslücke schloß Agnes –, kam ein Abzweig nach links, strikt in nördliche Richtung.

Sie waren auf einem guten Weg! Der Pfad mäanderte abermals, dann eine Kreuzung, man könnte strikt links abbiegen. Marcel war instinktiv dagegen. Er hielt Agnes auf, mehr mit einem Wink als mit einer Berührung. Agnes, drauf und dran, den überwucherten Pfad einzuschlagen, guckte unschlüssig und stellte den Korb ab. Griff den Saft, legte den Kopf zurück und ließ die Flüssigkeit in ihre Kehle rinnen. Wie hypnotisiert betrachtete Marcel ihren Hals. Agnes Gestus war derb, und doch wirkte es zierlich und fein, wie sich ihr heller Kehlkopf bewegte. Feinnervig, verletzlich, dabei muskulös und geschmeidig. Sie schluckte gierig, dennoch war es ein zutiefst femininer Akt, dieses durstige Schlucken. Ein rötlicher Tropfen zog eine Spur an ihren Mundwinkeln entlang Richtung Kinn. Marcel zwang sich, den Blick abzuwenden. Er zuckte zusammen, als Agnes ihm die Hartplastikflasche reichte. Daraus zu trinken, das war wie ein vermittelter Kuß, er schmeckte ihren Rosenblütenatem, ihren Tauspeichel. Eine tiefe Erregung ergriff ihn. Nur kurz, da schoß es heran.

Zwei Radler, sie fuhren ein Höllentempo. Agnes hielt sie an, spontan winkend, noch wie erschöpft von der Sättigung des Durstes. Die Männer bremsten, beide professionell gekleidet, bei beiden blitzte silbriges Weiß unter den Helmen hervor. Jeder ihrer Oberschenkel war so kräftig wie Marcels beide Schenkel zusammengenommen.

Agnes entschuldigte süß, fast unterwürfig, die Unterbrechung des Trainings. Daß die beiden nicht zum Spaß fuhren, war deutlich. Ob die Herren wüßten, welcher Weg zum Ellritz-Weiher führte? Der Tempomacher lüftete knapp seinen Helm, wischte den rinnenden Schweiß ab und schnickte ihn, von beträchtlichem Volumen, gen Boden. Stahlblaue Augen, mindestens sechzigjährig, musterten Agnes wohlgefällig von Kopf bis Fuß. Wegwerfender Blick in Richtung Marcel. Ellritz sei da, tausendfünfhundert Meter Luftlinie, des Radlers Daumen wies nach hinten.

»Kurz rechts, dann links, dann always straight on.« Er nickt knapp *mit spöttischen Blick auf mich*. Die beiden Männer traten wieder in die Pedalen, stehend, geäderte Muskelbeulen an den Waden, um Fahrt aufzunehmen. Marcel überlegte, ob er die Kränkung thematisieren sollte. Vertraute Agnes ihm nicht? Sie hatte ihn bloßgestellt. Sich von Dahergeradelten den Weg weisen lassen, den er einzuschlagen gerade vorschlagen wollte! *No! Never! Beleidigtsein ist das denkbar glitschigste Fettnäpfchen! Benjamins Spielregeln, die Pick-up-Schule! Schlecht: Eine Frau in Rechtfertigungsnot bringen. Gut: Die Frau zum Lachen bringen! Hast du ihr Lachen, hast du gewonnen!* Marcel grübelte über einen guten Witz, der zu Lasten der angejahrten Radprofis gehen könnte. Ihm fiel keiner ein.

»Meine Rede«, sagte Marcel und griff nach dem Korb, ein etwas zu heftig ausfallendes An-sich-reißen, und weiter ging es. Es mochte an Marcels angespannten Nerven liegen, daß es ohne Musik anscheinend nicht lief. Als wäre ein permanenter Überbrückungssound notwendig. Jetzt war die Roma-Hymne dran. Es war Marcel nachgerade peinlich. Göttliche Gnade, daß Ohrwürmer nicht hörbar waren für die Außenwelt! Marcel schlug einen schnelleren Gang ein, um dem getragenen Rhythmus des Liedes zu entkommen, zwecklos. *Djelem, djelem ... maladinem ... romenza* .

Das Lied hing, hing auf den zwei Zeilen fest, immer wieder. Agnes war ahnungslos, gottlob. Sie habe die Begegnung gerade eben faszinierend gefunden, sagte sie. Natur trifft auf Hightech, gewissermaßen. Zwei Männer, die »bekleidet wie in einem Science-Fiction-Film« ihrem Alter davonradelten. Was »irgendwie« doch zu funktionieren schien. Hier die Natur, dort die Kultur, die Schaffens-, die Willenskraft, die menschliche. *Hatte sie menschliche oder männliche gesagt?*

Agnes schritt tüchtig voran. Als hätte sie bereits den Libellengeruch vom See in der Nase, sie tänzelte wie ein munteres Tierchen. Dann waren sie am Ziel. Der Ellritz glitzerte hinter einem Saum von Buchen und Linden. Agnes bremste ihren hüpfenden Gang und schaute erst wie triumphierend zu Marcel, dann suchend in die Richtung des Sees.

Von dieser Richtung habe sie sich dem See noch nie genähert. Marcel war es recht. Er hatte keinen Bedarf, auf einem Platz zu lagern, an dem Agnes schon mit anderen glückliche Stunden verbracht hatte. Sie kämpften sich durchs Unterholz an den Rand des Weihers durch. Die Langebrücker führte an der anderen Seite des Gewässers vorbei. Dort vergnügten sich ein paar Ausflügler. Agnes schaute hinüber.

»Naja, da wollen wir wohl eher nicht hin«, sagte Marcel in entschlossenem Ton, als sei es die abwegigste Vorstellung, dort zu lagern, wo die Gestade weniger sumpfig, die Mücken weniger zahlreich waren und die Sonne länger schien. Seine Entschiedenheit wirkte.

»Nee, klar«, machte Agnes und sondierte das Ufer nach heimeligen Stellen. Ein Schwarzspecht lachte traurig, wieder und wieder, eine abfallende, klagende Tonleiter. Marcel fiel leise in das Seufzen ein, *Schicksalsvogel*. Agnes hörte es auch: »Total genial!« Sie hielt es für den Brunftruf eines Rehbocks, Marcel war froh, aufklären zu können. Die Unterschiede waren überdeutlich. Rehbock konnte er nicht, dafür Grün- und Schwarzspecht. Er ahmte beider Rufe mehrmals nach, die Differenz gelang ihm gut. Agnes lauschte und grinste. *Wie sie lächelt! Von solchen feinen, aber sprechenden Unterschieden wissen ihre wiwi- Leute nichts. Da haben sie nur grobe Schubladen zur Verfügung, wenn überhaupt. Paßt zu diesen Leuten.*

Unter anhaltendem Spechtgelächter zogen sie weiter, am Uferrand entlang. Das war kein Weg für Prinzessinnen mit feinen Schühchen! Marcel mochte es, wie tapfer und zielstrebig Agnes durch das Dickicht aus Brennesseln und Weißdornschößlingen stieg. *Unsere Pfade sind nicht ausgekleidet mit Samt und Seide, sie sind dornig und verwachsen, und es ist gut so. Es ist eine Bewährungsprobe.*

Das Röhricht gab einen Zugang zum Wasser frei. Und was für einen! Die Abendsonne erreichte gerade diesen Flecken.

Zum Wald hin eröffnete sich eine Lichtung, niedriges Gras wuchs hier, eine Wiese, leicht bemoost, Farne schirmten die Stelle zum Dickicht hin ab. *Utopie, hier ist dein Ort!* Agnes strahlte Marcel an.

Sie ließ den Korb plumpsen und räumte Überreste vergangener Feierlichkeiten fort, Chipstüten, Zigarettenschachteln, Flaschen. Das Tischtuch wurde ausgebreitet, der Korbinhalt flüchtig darauf angerichtet. Ein blaßrotes Kondom verscharrte Agnes notdürftig mit ihren flachen Absätzen.

Marcel schaute derweil etwas hilflos im Farngebiet nach Fetenresten, mit strengem Blick, als müsse er das Hinterland absichern. Er fand eine Bierflasche und legte sie zu ihren Genossen in den Korb.

Der Cidre perlte, sie tranken die erste Flasche rasch aus. Dezent ließ Marcel die Kohlensäure entweichen. Ein angenehmes, mutiges Gefühl breitete sich aus.

»An Emilia!«, antwortete Agnes spontan auf Marcels Frage, woran sie denke, während sie die leere Flasche zwischen ihre zum Schneidersitz gekreuzten Beine abstellte. Marcel empfand es als Bruch. Als Hürde, die es zu nehmen galt.

»In Wahrheit machst du dir aber nicht über die Schlange Gedanken, sondern über Louis, oder?«, fragte er weiter und hörte, daß seine Stimme volltönend und selbstbewußt klang. Psychologenton, behutsam, aber wissend. Also angemessen. Agnes schwieg, lehnte sich zurück und griff nach den Erdbeeren. Naschte zwei, drei, vier, reichte ihm das Plastikschälchen. Er nahm und aß, sie schmeckten zuckersüß. Agnes schleuderte die grünen Außenkelche einzeln von sich, sie sanken ins Gras, wurden unsichtbar.

»Louis ist ... Louis ist gegen *uns, das wäre gewagt,* mich, so ist es doch, oder? Deine Freundin hält mich für einen verkappten Nazi. Oder so was Ähnliches. Was Gefährliches. Für jemanden, der ... dir nicht guttut!« Marcel sog scharf den Atem ein und achtete darauf, daß dabei kein Geräusch entstand. Das war weit und hoch gegriffen. Erstens, die Annahme, daß ihn jemand für gefährlich halten mochte. Zweitens, die indirekte Vorwegnahme, daß er Agnes guttun wollte.

Marcel schaute Agnes abwartend an. Sie zuckte wie gequält mit den Schultern. Schwieg. *Verfahrene Situation. Schnell weiterreden, ablenken, versachlichen.*

»Okay. Dann also ... schau dir an, was ich so schreibe, was ich geschrieben habe. Auch über Louis, ich mein, über die Container-Geschichte.« Agnes schwieg. Er mußte weiterakkern. »Also, wenn ich es richtig verstehe, hast du, hat Louis Angst, daß ich ... daß ich eine falsche Seite vertrete.« *Das war die völlig falsche Wortwahl. Davon auszugehen, daß Angst herrsche. Vorauszusetzen, daß ich irgend jemanden auf der Welt einzuschüchtern vermöge. Größenwahnsinn!* Agnes zupfte Knötchen von ihrem Rock.

»Oder, ich sag's mal so rum: Ja, ich schreibe für den *Freigeist*. Wie du weißt. Der *Freigeist* gilt als sehr konservativ. Du wirst sagen: rechts. Gut. Einverstanden. Nenn es, wie du willst. Und jetzt: Sag mir, wo, in meinen Artikeln, gibt es etwas, das ... also etwas, wofür ich dir Rede und Antwort stehen soll. Dir. Oder meinetwegen eben Louis.«

Meine Güte ... sehr daneben ... ich bin klein, mein Herz ist rein ... was kann ich für mein Umfeld ... Marcel spürte, wie er schwächelte. *Unnötiges Vorpreschen, unnötige Zurücknahme. Extrem unmännlich, definitiv.*

»Ach ...«, machte Agnes und ließ ihren Blick unsicher wandern, als ginge die Sache ihr an die Nieren, als wollte sie lieber gar nicht drüber reden, als wüßte sie aber: Es mußte sein. Die rechts-links-Frage mußte auf den Tisch, auf die Sommerwiese zwischen ihnen. Sie rupfte ziellos im Gras herum, riß kleine Stengel aus und versuchte, einen Grashalm mit dem Fingernagel in hauchfeine Segmente zu zergliedern.

»Ach, du mit deinen Argumenten. Louis sagt, Leute wie du sind extrem manipulativ. Ich hab ein paar Artikel von dir gelesen, auch ältere, im Netz, jetzt, in der letzten Woche. Sind ja meistens total interessante Themen, die du aufmachst. Die Geschichte mit den beiden Prostituierten zum Beispiel. Also: Hut ab. Hat mir wahnsinnig gefallen. So was würde es bei *wiwi* nie geben. Da heißt es Sexarbeit, das wird letztlich als Emanzipationserfolg gefeiert. Nee, fand ich richtig gut, deine Reportage. Vom Ton, vom ganzen Zugriff her.« Marcel dachte an den Hohn, den er für jenen Artikel kassiert hatte. Sogar Benjamin hatte ihm den Vogel gezeigt. »Aber, großes Aber, wie soll ich's sagen ... Die ganze Grundperspektive stimmt halt nicht. Das ganze unausgesprochene Zeug eben, das sich durch dein Blatt zieht ... wie soll ich's sagen ... Vielleicht ist es nur ein Gefühl, aber ... ?« Agnes' Stimme wurde lauter und bestimmter, sie setzte sich gerade auf. »Als wäre ein Bauchgefühl kein Argument! Deine Zeitung steht halt für dieses ganzes Zeug, Elitenbewußtsein, Anti-Egalität, Heteronormativität, Demokratieskepsis, Ausländerfeindlichkeit! So ist es doch! Das laß ich mir nicht ausreden! Louis sagt, euer Zeug, dieses Umfeld, das sei ein Sumpf, den man ausrotten müsse. Und ich weiß ehrlich gesagt nicht, mit welchen Argumenten ich ihr begegnen könnte.« Wieder stieg die Glut in ihrem Gesicht. *Sumpf! Ausrotten!* Das verunglückte Bild machte Marcel froh. Ihre Blicke trafen sich. Marcel griff – fragender Blick, sie nickte heftig – zur zweiten Cidreflasche.

»Ich glaub dir schon und ich kann das auch rational nachvollziehen, daß du nullkommanull ein Rassist bist oder so, aber es ist alles ... halt so ... hölzern irgendwo ..., nee, hölzern ist falsch, ... so überzeugt, so einseitig überzeugt ..., so gestrickt, daß man schwer dagegen ..., ich mein, das ist doch Manipulation, wenn man so liest und einem erst mal kein Gegenargument ... und –«.

Marcel setzte die Flasche nach einem großzügigen Schluck ab und nutzte Agnes' hinreißende, sichtbar ringende Suche nach den richtigen Worten, um einzuhaken.

»Moment mal: ich und manipulativ? Wie ist denn das bitte gemeint? Findest du, findet Louis denn, daß ich eine Gehirnwäsche betreibe? Das ist doch, ... das ist doch verrückt! Ich und Propaganda! Ha, dreimal laut gelacht! Wenn ich je argumentiere, in meinen Reportagen, dann ist das rein defensiv! So bin ich! Schon allein, weil ich gar nicht anders kann! Wo, bitte!, wo findest du bei mir was ... was Angriffiges? Nirgends, bei Lichte besehen, oder? Meine Position ist die Verteidigung! Ich führe nie jemanden vor! Grundsätzlich nicht! Ich bin auch nicht so ein Dialektiker, der dem Gegenüber die Worte im Mund rumdreht. Nee, genau das ist eben nicht meine Art! Was ich schreibe, ist was ich sehe. Für alles andere, sorry, bin ich viel zu einfältig. Wenn deine Freundin das anders sieht, bitte, soll sie. Da verkennt sie mich. Vollkommen! Was ihr Problem ist und nicht meins. Und bitte auch nicht deines!«

Woher kam ihm die Kraft zu? Marcel genoß seinen ungewohnten Furor. Ja, das war eine gute Rede gewesen! *Kämpfen wie ein Mann!*

Agnes hatte den Kopf gesenkt, sie schaute ihn von unten her an, fast flehend. Marcel war in Laune. Er nahm ein paar weitere Schlucke und drückte Agnes die Flasche in die Hand, beinahe zu dominant.

»Ich und manipulativ, ja? Manipulativ, ich? Hier wäre mal meine Gegenversion, wenn ich das so direkt sagen darf: Aus meiner Sicht ist deine Louis vielleicht ein bißchen manipulativ! Bißchen! Ha! Sie ist es doch, die –«.

Agnes unterbrach ihn und legte ihre Hand beschwichtigend auf seinen Schuh. *Hätte ich ihr nur zehn Zentimeter näher gesessen, wäre es mein Arm gewesen.*

»So war's doch vielleicht gar nicht gemeint. Marcel, bitte, ich wollte dich nicht verletzen. Bitte, wirklich nicht. Was ich sagen wollte, oder eher, was Louis meint ist ... deine Lovialität. Mir gefällt diese Art gut, wirklich. Das sag ich nicht, um dir schöne Augen zu machen ... –«. Agnes schaute vom Himmel zum Boden und dann wieder in die Weite. Ihre huschenden Augen blieben an Marcels Blick hängen. Beide schauten rasch weg, beide verlegen. Sie wandte sich wieder der selbstgestellten Grasrupfaufgabe zu und fuhr mit ihrer Erklärung fort:

»Du muß nicht glauben, ich sei irgendwie abhängig von Louis' Einschätzungen. Klar, sie hat es rasend gemacht, als ich ihr erzählte, wie gut wir uns im Krankenhaus unterhalten haben. Sie fand's abartig, um genau zu sein. Was sie halt meint ist, daß Leute, die so lovial tun wie du, es in Wahrheit nicht sind. Verstehst du? Sie zweifelt daran, daß du authentisch bist. Meint, daß deine Lovialität nur gespielt ist. Eine Art Trick, um über irgendetwas wegzutäuschen.«

Marcel lächelte. Ein eminent authentisches Lächeln. Seine *Lovialität*, auch wenn sie angezweifelt wurde ... hatte ihm je eine Frau ein liebenswürdigeres Kompliment gemacht? *Hatte mir je eine Frau ein Kompliment gemacht?* Wie gern hätte er sie dazu gebracht, noch dutzende Mal und immer wieder von seiner *Lovialität* zu reden! Ein Wort, das einem geheimnisvoll verpackten Geschenk glich. Love! Was sonst! Ein klassischer Freud!

Marcel überlegte, ob er diese diffuse Zuschreibung auf sich beruhen lassen sollte. Für »lovial« zu gelten war nicht das schlechteste. Obskur war es doch. Es war nicht wirklich klar, was sie meinte. »Also gut. Das sind ja eher solche ... solche soft skills, die du ansprichst, oder? Wenn dir – oder euch- mein Ton zu lovial ist«, Marcel bemühte sich, in seiner Aussprache die Laute in Richtung »jovial« zu verwischen, er wollte sie weder hochnehmen noch auf ihren Wortfehler hinweisen, »wie nennst du dann den *wiwi*-Ton? Ausgewogen?

Unverbrämt? Hat *wiwi* nicht erst recht Schlagseite? Oder versteht ihr euch als eine Art Ausgeburt der Neutralität innerhalb des bundesrepublikanischen Meinungsspektrums? Oder gibt es vielleicht gar kein Spektrum? Sondern nur eine Wahrheit, eure? Prawda?« Ja, er war gut.

Agnes machte eine wegwerfende Handbewegung. »Übrigens, das ist mir relativ wichtig: Du solltest nicht glauben, daß meine Arbeit bei *Radio wiwi* mein Traumjob ist. Nee, ist es ganz bestimmt nicht. Ich meine: war. War es nicht.« Agnes nahm einen tiefen Schluck aus der Flasche. Sie legte den Kopf dazu weit nach hinten, dann gab sie Marcel die Flasche. Den Füllstand konnte er nicht mehr erkennen, es war bereits zu dunkel. Wie ihr heller Hals, Schwanenhals, in der Dämmerung leuchtete! Wie fragil das alles war!

»Ich muß gestehen, daß es wenigstens zum Teil deine Leistung ist, daß ich das immer klarer erkenne. Im Grunde ist die *wiwi*-Linie nicht meine. War sie bei Lichte besehen nie. Louis ist seit Ewigkeiten bei *wiwi*. Sie macht da technischen Support. Das war schon eine gewisse Dankbarkeit von meiner Seite, daß sie mir nach meinem Fortgang bei *kapruhms* dort die Tore geöffnet hat.« *Fortgang bei kapruhms? Agnes war bei kapruhms gewesen? Bei kapruhms?* Dazu hatte Marcel nichts im Netz gefunden.

»Okay, die Sorge-Stiftung hat mich ohne viel Federlesens eingestellt. Dank Louis' Fürsprache eben. Sie hat da halt Veteranenstatus. Ich habe mich aber ehrlich direkt verkrampft, um da mitzuschwimmen, bei *wiwi*. Ich hab richtig Theorie gebüffelt, um meine Beiträge immer schön *wiwi*mäßig durchkomponieren zu können! Echt, du kannst dir das nicht vorstellen! Das war ...wie ein Studium nach dem Studium! Meinst du, ich hätte vorher von Marx, von Bebel oder von der Zetkin mehr als eine blasse Ahnung gehabt? Oder allein Ernst Bloch. Bloch hab ich, Asche auf mein Haupt, bis vor ein paar

Jahren nur dem Namen nach gekannt. Grad Bloch ist meinen Chef übelst wichtig. Also, war. Bloch hier, Bloch da, so ist Axel. Ich also, artig und gelehrig, wie wir Mädchen nun mal sind, Ernst Bloch gelesen. Nächtelang, drei Bücher, Exzerpte verfertigt, damit es noch mal in eigenen Worten festgehalten ist, was ich da so abarbeite. Oder, noch so ein Steckenpferd meiner Redaktion, *critical-legal-studies*, ich weiß nicht, ob dir das was sagt.«

Agnes sah Marcel kurz an, beide grinsten, sie leerte die Flasche. »Ich also: *critical-legal-studies* gelesen. Einführungen, Aufsätze. Hab unterstrichen, textgemarkert, mir das wesentliche eingebläut. Hübsche Interviews dazu geführt, da gab's sogar dickes Lob von Axel. Dann Slavoj Žižek. Auf den fuhren sie bei *wiwi* ab, bevor der so richtig populär wurde. Mittlerweile ist Žižek-bashing angesagt, das nebenbei. Weil das Populäre immer verdächtig ist, bei *wiwi*. Bei *wiwi* fühlen sie sich nur dann richtig wohl, wenn sie die Außenseiterposition inne haben. Wenn sie lamentieren können, über Ausgrenzung, Nichtteilhabe am Diskurs und so. Egal. Ich also, damals, aufgemacht zum Žižek-Trip. Studiert, Lesungen besucht, versucht, in Debatten mitzuhalten, als Zuhörerin jedenfalls. Oder der ganze Gender-Kram, inklusive Patriarchatstheorie und Kritischer-Weißseins-Forschung.«

Agnes lachte und machte eine Handbewegung, die aufsteigend wegwerfend, im Absteigen beschwichtigend war.

»Okay, ich muß sagen: Ich hab, seit ich bei *wiwi* bin, war, mehr gelernt als in meinem ganzen Studium. Würd mal sagen: locker doppelt so viel. Und, das ist schon so: Mein ganzer Lektürekanon der letzten Jahre, da ist schon unglaublich kluges Zeug dabei. Meine Güte, das sind alles Gedanken, auf die ich selbst nie gekommen wäre! So doof, wie sich das anhört! Mal ganz im Ernst: Ich kann das alles, diesen Theoriekram, nicht so freihändig argumentativ vertreten.

Schriftlich, ja. Ich habe *close readings* verfaßt und verlesen, auf die ich noch heute stolz bin. Aber im Diskurs standhalten: nein, niemals. Ich nicht. Vielleicht liegt das daran, daß ich in Wahrheit keine Intellektuelle bin. So ganz grundsätzlich nicht, vom Naturell her. Wenn du jetzt sagst: Ich sei wohl mehr die Oberflächendenkerin, quasi jemand, der die Dinge vom Gefühl her und von der Intuition her angeht, dann liegst du richtig.«

Marcel neigte den Kopf und lächelte ihr freundlich zu. Hilflose, aufmunternd-sein-sollende Geste, leicht beduselt. Natürlich hatte die Frau, die ihm hier gegenüber saß, kein intellektuelles Format. Sie war ja ein Engel, ein sehr körperlicher sogar!

»Aber«, schlug Agnes vor, »das könnten wir ja echt mal machen: Ich les dir mal ein paar Passagen Bloch vor oder meinetwegen Marcuse oder Butler, und du entkräftest mir das!« Marcel schluckte und nickte halbentschlossen. *Ich, Marcel, Entkräfter!*

»Das würde mich echt interessieren! Obwohl«, Agnes zögerte, »dann sind wir wieder bei dem, was Louis meint. Daß deine Argumente hölzern sind, oder eher stählern, ich mein, so starr und unflexibel und so ... naja, so schwer zu widerlegen. Nicht, weil du recht hättest, aber weil ... vielleicht, weil einfach deine Voraussetzungen so anders sind ...«. *Ich! Stählerne Argumente! Schwer zu entkräften! Diese Frau bereitet mir einen Thron! Den ich nie erklimmen kann!*

Agnes hielt inne mit ihrer Meditation. Ein Schweigen, das nicht beklemmend war, sondern angefüllt von Gedanken und Gefühl. Sie setzte nach: »Ich wollte damit nur sagen: Ich merk schon, daß ich mir durch die Arbeit bei *wiwi* eine Art Schablone angelegt habe. Nicht, daß ich das jetzt als verkehrt empfinde. Nee, gar nicht. So eine Schablone ist ja auch immer ein Halt. Und wer haltlos argumentiert, hat doch in einem Medienjob nichts zu suchen. Ich mein, was soll das Gerede von wegen objektiver Berichterstattung? Das Gerede von der Objektivität, das ist doch die eigentliche Hohlphrase. Vielleicht können wir uns ja da treffen?«

Agnes schaute ihn an. Wieder dieser bittende Blick. Zum Gotterbarmen! »Oder?«

Marcel versuchte sich zu sammeln. Agnes saß ihm hier gegenüber als kluge Frau, als Belesene *ich habe nie eine Zeile Bloch gelesen, nie Zetkin, nie Žižek,* als eine, die nach Antworten dürstete. Agnes hatte sich, devot zwar, als geistige Sparringspartnerin erhoben. Und zwar nicht als Fliegengewicht! Marcel haßte solche Diskussionen. Sie mußten schiefgehen. *Was hatte Backhohl gerade gesagt, als Begründung, warum er nicht an Redaktionskonferenzen teilnehmen wollte, vor allem nicht an dem üblichen Debatten-Hin-und-Her? »Sinnlos, überzeugen zu wollen, wo eine Andeutung nicht genügt.«*

Marcel entschloß sich auszuweichen. Das mußte Agnes im Grunde doch auch lieber sein. Sie hatte den Bloch und die Butler ja gar nicht dabei zum Vorlesen und Entkräftetwerden.

»Wenn ich es richtig verstanden hab, ist dein Einstieg bei den *wiwis* eher halbfreiwillig gewesen. Warum bist du nicht einfach bei *kapruhms* geblieben? Ich mein, andere würden Gott weiß was tun, um dort an eine Stelle zu kommen. Oder haben die deinen Job – weggekürzt?« Einfühlsamer Blick. Agnes' Wangen flammten auf, Marcel bemerkte es noch im Zwielicht. Sie war wie er. Ein Mädchen, das noch erröten kann! Agnes lachte trocken, ein verächtliches Lächeln, selbstverachtend.

»Weggekürzt, ja, das hab ich immer mal vorgegeben. Oder noch schärfer, noch verlogener: so getan, als sei ich aus freien Stücken gegangen. Es war ein kleines bißchen anders.« Agnes hatte ihrer Stimme einen selbstironischen Ton gegeben.

»Und es ist, es war, das sag ich ohne Koketterie, sie hatten bei *kapruhms* ja recht, mir zu kündigen. Ich war völlig unterqualifiziert für den Job, unerfahren und …, ja, dumm.«

Marcel hatte den Impuls, sie zu streicheln, an der rosigen Wange, über den Kopf. Agnes schien es zu spüren und schüttelte seine weder ausgeführte noch angedeutete Bewegung ab. »Ehrlich, da hab ich kein Mitleid verdient. Das war so ziemlich die größte Blamage meines Lebens.«

Agnes war als Lektorin nicht eigentlich für *kapruhms* tätig gewesen, sondern für ein Imprint, ein kleines Segment des großen Verlags. Dieser Imprint, *Women in Action,* verlegte in verhältnismäßig kleiner Stückzahl Biographien und Studien zu Frauen, die weltgeschichtliche oder zumindest regionale oder fachspezifische Meriten erworben hatten, ohne dadurch zum verdienten Ruhm gekommen zu sein. Agnes hatte Arbeiten über die Tänzerin und Schriftstellerin Zelda Fitzgerald und über die expressionistische Lyrikerin Sylvia von Harden auf den Weg gebracht, hatte Werke über die Malerin Constance Mayer und über Meret Oppenheim betreut. Eine Biographie Unica Zürns, die sie verehrte, hatte ihr einiges Lob beschert. Die meisten Bücher der *Women in Action*-Reihe, erzählte Agnes, seien allenfalls in zweistelliger Stückzahl an den Normalkunden gelangt. Der Rest, jeweils vielleicht achtzig Exemplare, ging an Universitätsbibliotheken.

Die Zürn-Biographie allerdings, »Dunkler Frühling«, verkaufte sich tausendvierhundertmal, sie wurde weit und breit besprochen und gewürdigt. Das war nicht zuletzt Agnes' Verdienst!

»Das Ausgangs-Manuskript war ziemlicher Schrott. Ich hab mich da richtig reingekniet, erfolgreich. Und das wurde vom Verlag auch gewürdigt. Leider.« Als nämlich eine Lektorin in Babypause ging, durfte sie, Agnes, einen großen Auftrag übernehmen, direkt bei *kapruhms.* Ihr werde jetzt noch speiübel, wenn sie daran denke. Ihr wurde ein Manuskript von Randolf Brück zum Lektorieren anvertraut, »Im Zwischenreich.«. Hochverdienter Autor, lukrativ für den Verlag.

Marcel nickte, ja, den Brück kannte er, ein halbwegs prominenter Mainstream-Historiker. Es ging um ein empfindliches Thema, Kulturpolitik im Dritten Reich. Vermutlich, so mutmaßte Agnes, habe man sie, abgesehen von der Babypausen-Notlage, damit betraut, weil in Brücks Wälzer die systeminterne Funktion der Frau zwischen Schöpferin, Arbeitskraft und »Kulturträgerin«, also ihre Aufgabe als kulturvermittelnde Mutter, eine gewisse Rolle spielte. Ein Feld, auf dem Agnes theoretisch nicht ganz schlecht war. Ihre Masterarbeit hatte die »sozialethischen Implikationen des weiblichen Rollenverständnisses von der frühen Neuzeit bis zur Aufklärung« behandelt.

Randolf Brück war ein Kenner seiner Materie. Das stand außer Zweifel. Seine Thesen galten als stichfest. Oder doch wenigstens als solche, die sich gut verkaufen ließen. Inhaltlich sollte Agnes nicht eingreifen. Ihre Aufgabe war es, neben dem Korrektorat auf Tippfehler und Zeichensetzung unter anderem Funktionen zu überprüfen und Vornamen zu ergänzen. Brück galt in diesem Punkt als fahrig. Frick war, zumal bei dessen erster Erwähnung im Text, durch Agnes als Wilhelm Frick zu ergänzen. Scholtz-Klink als Gertrud Scholtz-Klink, und so weiter. Es mußte überprüft werden, ob Gustav Pauli im Spätherbst 1933 noch als Leiter der Hamburger Kunsthalle fungierte, und ob dieser und jener Gauleiter tatsächlich dann und dort noch Gauleiter war. Solche Sachen. Agnes habe Stunden und Tage nachgeschlagen, verbessert oder bestätigt, eine reichlich monotone Arbeit. Manches mußte sie nicht nachschlagen. Daß »Streicher« Julius Streicher war, bedurfte keiner Vergewisserung. Desgleichen bei Röhm gleich Ernst Röhm, wer sonst? Da konnte sie sich das Recherchieren ersparen. Aber dann! Agnes hatte, ganz definitiv, auch von Schacht gehört, dem Leiter der Reichsbank und Wirtschaftsminister. Sie ergänzte den Nazi-Funktionär um seinen ihr geläufigen Vornamen: Ulrich. Ulrich Schacht trat nun mehrmals in der korrigierten und letztlich gedruckten Fassung auf. Ulrich Schacht, der sechs Jahre nach Kriegsende geborene Dichter, wurde hiermit zu einem führenden Nationalsozialisten und, was die Nachkriegszeit betraf, zum Mitglied der rechtsextremen Gesellschaft für freie Publizistik. Das war das eine. Das andere war die Sache mit Evelyn Waugh. Randolf Brück war in manchen Passagen nachlässig, fast durchgängig hatte er etwa »Univesrität« statt »Universität« geschrieben. Und diese Evelyn kam nun als Schriftsteller vor, in zwei Passagen. Eine Frau in einer Aufzählung unter das generische Maskulinum zu subsumieren: Agnes hätte da nicht interveniert. So eng sah sie die Dinge nicht. »Ich bin ja nicht soo gender-affiziert, weißt du. Wenn da steht: Schriftsteller wie Friedrich Griese, Werner Beumelburg und Agnes Miegel, da kann ich es gut tolerieren, daß nicht explizit von ›Schriftstellern und Schriftstellerinnen‹ geredet wird. Ich bin da generös, jedenfalls bis zu einem gewissen Maß. Dann aber nicht mehr. Und hier hat sich genau dieses Unrechtsbewußtsein gerächt. Ich dachte mir, und jetzt kannst du gern denken, daß ich naiv bin und ungebildet: ›Der Autor Evelyn Waugh ...‹, das ist ein bißchen kraß. Natürlich hab ich das umgeändert in ›die Autorin Evelyn Waugh‹. Und später noch mal ›auch Schriftstellerinnen wie Waugh ...‹ Dumm wie ich bin, war mir doch klar, daß der Brück hier von einer Frau spricht!«

Marcel schüttelte verständnislos den Kopf. »Jetzt komm ich nicht mehr mit. War dieser Mensch, diese Evelyn, ... ein Hermaphrodit? Ein Transsexueller? Wo, bitte, wäre das Fettnäpfchen?« Agnes beugte sich vor und boxte ihm gegen den Oberarm.

»Du gefällst mir! Ich dachte bisher, jeder außer mir, der einem geistigen, ha, naja«, Agnes lachte glockenhell, »jeder, der einem un-praktischen Beruf nachgeht, der kennt Evelyn Waugh! Mensch! Und gerade du! Waugh ist ein Mann, und zwar zweifellos, noch dazu war der so eine Art publizistische Speerspitze der Konservativen! Möchte fast sagen, ein verspäteter konservativer Revolutionär!« Agnes ließ sich zurückfallen. Auf die zarten, hellen Ellbogen gestützt, lachte sie weiter. Nicht verächtlich, nein, einladend. Da hatten sie eine Sache gemeinsam! Das war wie eine heimliche Kumpanei, zwei Geisteswissenschaftler mit Bildungslücken. Marcel schlug sich solidarisch die Hand gegen die Stirn und vergrub seinen Kopf lachend zwischen die aufgestellten Knie. Agnes stützte sich wieder auf die Hände und wischte eine Lachträne aus dem Gesicht.

»Also, jetzt kommt's. Meine Hinrichtung sozusagen. Die erste Rezension von Brücks »Im Zwischenreich« war noch nicht im Briefkasten der Leser, da hatte ich am frühen Morgen den Brück am Telephon. Du mußt wissen, wir hatten schon öfter gesprochen. Da war der immer total freundlich gewesen, fast anbiedernd. Meine liebe, hochgeschätzte Frau Raether, so in dem Ton ging das immer. Der hat mich auf mein ›erfreuliches‹ Photo auf der Verlagshomepage angesprochen. So ein Typ ist das, ein Schürzenjäger. Seine mails haben oft in der Art geendet: in der Hoffung, sie bald persönlich kennenzulernen, solche Wendungen. Und nun war also die erste Besprechung online, im *Wochenblick*. Hatte ich noch nicht gelesen. Der Brück, so: ›Mein liebes Fräulein Raether. Eines begehrt mein Herz zu wissen: Welche Bücher dieser britischen Schriftstellerin namens Evelyn haben sie denn bereits gelesen?‹ Ich, durch den säuselnden Tonfall leicht alarmiert, so: ›Evelyn ... Evelyn Wau, ja?‹ Ich hab wirklich gesagt ›Wau‹. Jetzt guck halt nicht so! Ich bin eine geborene Ossi!«

Agnes kicherte, hob leicht ihren nackten Fuß und stupste Marcel, als spielte sie ein trotzendes Kind, an die Wade. Marcel guckte gar nicht. Agnes hatte vorher von »Evelyn Wohu« gesprochen. Jetzt eben »Wau«. Er hatte nicht die geringste Vorstellung, wie Evelyns Nachname verschriftlicht aussähe.

»Kein Problem«, machte Marcel hilflos, und das klang in seinen Ohren nach gönnerhafter Nachsicht. Agnes schien es nicht krumm zu nehmen, falls sie einen solchen Ton überhaupt wahrnahm. Fast war es, als suhlte sie sich - dank der zeitlichen Distanz zu dem Vorfall - in der peinlichen Situation. Sie badete sie jedenfalls gehörig aus. Warf sich vor dem Weitererzählen die Haare über die Schulter. *Ein Bild wie aus einem Traum. Oder wie ein romantisches Photo, das man mit Farbeffekten bearbeitet hatte.*

Der Flor der Dämmerung hatte sich herabgesenkt. Alles, die Bäume, der See, der Sandweg, war in samtenes Blau getaucht, bald in Grautöne. Nur Agnes' Haar hielt der einsetzenden Dunkelheit stand, ein kupferroter Schimmer auf der farblosen Szenerie. Ihre bloßen Füße leuchteten hell, ein stummer Duft. *Himmlisches Kind!*

»Randolf Brück also am anderen Ende der Leitung: ›Wau!‹, machte er. ›Wau, wau!‹ Lachte dröhnend und begann dann zu bellen wie ein tollwütiger Hund. Dann so, er: ›Agnes, mein liebes Kind, sie haben mir köstliche Stunden beschert. Wauwau!‹ Und klack.«

Agnes habe sofort die Besprechung im Netz aufgerufen. Ein langes Stück, »von oben herab geschrieben, und zwar von einem *no-name*-Redakteur. Das hat den Brück natürlich grundsätzlich geärgert. Wer als Autor Rang und Namen hat, empfindet es als Schmach, wenn er in den großen Blättern nicht von den Edelfedern rezensiert wird. Der *Wochenblick*-Schreiberling hat generös die Generallinie von Brücks Werk gelobt und dann Kritik im Detail angebracht. Brück würde die Härte der nationalsozialistischen Zensurmaßnahmen relativieren. Er bewege sich auf einem schmalen Grat. Wofür ich, als kleine Korrekturleserin, nun überhaupt nichts konnte. Mein Auftrag war nicht, Brücks Thesen und seine Beweisführung anzuzweifeln! Und dann ließ der *Wochenblick*-Kerl sich in einem einzigen Satz über meinen Lapsus aus. Natürlich, als wenn es Brücks Fehler wäre. Das war der Schlußpart dieser drei minus-Rezension, aus dem Gedächtnis zitiert: ›Inwiefern der Urteilsfähigkeit eines Wissenschaftlers zu trauen ist, der aus dem hinreißend zynischen Arthur Evelyn Waugh eine Schriftsteller*in* macht, das freilich bleibt dahingestellt.‹«

Auf Ulrich alias Hjalmar Schacht war der Jungredakteur der Wochenschau nicht mal gestoßen. Das wurde schadenfreudig in den nächsten Rezensionen aufgetischt.

»Summa summarum war es eine eher traurige Bilanz: Siebenundzwanzig Rezensionen, unwichtige blogs inklusive, in den ersten Wochen. Fast alle erwähnten das Schacht- und Waugh-Drama. Bei franzisca.com haben ungefähr dreißig Leser das Buch beurteilt, im Durchschnitt mit dreieinhalb Sternen. Die paar, die nur einen oder zwei Sterne vergaben, haben sich besonders auf meine Idiotie gestürzt und sie, logisch, Brück in die Schuhe geschoben. Ohne Ulrich und Evelyn wäre es vermutlich ein Vier-Sterne-Schnitt geworden ...«

Agnes seufzte theatralisch und zog eine Grimasse. »So einen Bockmist hat sich in der gesamten *kapruhms*-Geschichte noch keiner geleistet. Der Verlag hat's überlebt. Für mich war's vorbei.«

Marcel schüttelte heftig den Kopf. »Wie? Sie haben dir gekündigt? Oder was? Wegen zwei Lektoratsfehlern auf – auf wieviel Seiten nochmal?«

Agnes winkte ab. »Knapp fünfhundert Seiten. Aber hör auf! Du argumentierst ja schon wie Louis! Ich habe einen, das heißt zwei, schwerwiegende Fehler gemacht! Ich war's, und nicht die Leute von *kapruhms!* Weißt du was? Die haben die Restauflage dann eingestampft, ein paar hundert noch nicht verkaufte Exemplare! Ich sag dir: Ich bin heilfroh, daß es nur diese fristlose Kündigung gab. Die hätten mich haftbar machen können!«

Marcel schüttelte verärgert den Kopf: »Nee, das ist doch Quatsch. Bei allen Verlagen, und ganz sicher bei *kapruhms*, gehört es zum Standard, daß der Autor vor Druck die Fahnen absegnet. Und? Hat der Brück das getan?« Agnes nickte. Ihr Haar leuchtete noch immer. *Du Meer-Blut, du Höherzwielicht!* Eine kleine Spinne kletterte auf ihrem Arm hoch, der sich hell gegen die einsetzende Dunkelheit abgrenzte. Marcel hätte sie gern sanft fortgewischt. Nichts paßte weniger auf dieses zarte Körperglied als eine Spinne. *Dilemma: sie könnte es als übergriffig empfinden. Oder sie mag vielleicht den sanften Kitzel des Tierchens. Oder, am wahrscheinlichsten, sie mag nicht, daß dem Spinnchen ein Leid getan wird.* Agnes nickte weiterhin sinnend und strich ohne Blick rasch an ihrem Arm herunter.

»Na also! Dann hat er doch seinen Segen gegeben für die Wau und den Ulrich! Warum wäre das Problem bei dir zu suchen?«

»Echt, du redest genau wie Louis. Nee, so ist es aber nicht. So zu argumentieren ist nicht verhältnismäßig. Ich mein, der Brück hatte fast fünfhundert Seiten durchzugehen. Das macht *jeder* Autor nur kursorisch und nicht Wort für Wort. Nein, um es mal grob zu sagen: Die Rote Karte hab ich mir schon verdient.«

Randolf Brück habe ihr noch wochenlang, bis ihre *kapruhms*-Adresse erloschen war, fuchsteufelswilde emails geschickt. Immer mit »wau!wau!« in der Betreffzeile. Zynische Botschaften, auch welche, die unter die Gürtellinie gingen. Marcel machte eine Geste des Sich-die-Ohren-Zuhaltens.

»Ich kann das gar nicht hören! Diesen Mensch müßte man mal aufsuchen! Was bildet der sich ein, dieses gekränkte Schwein, sorry!« *Müßte! Man! Aufsuchen! Sorry! Volldepp!* Agnes lächelte.

»Du bist wirklich wie Louis! Die hatte auch gleich Rachebedürfnisse. Die hat ihm«, Agnes legte verschwörerisch einen

Zeigefinger über ihre Lippen und blinzelte, »pssst, nicht weitersagen, ja? Die hat ihm über einen Seniorenversand ein paar Windelpackungen für Erwachsene zukommen lassen. Fünfhundert Stück, per Nachnahme. Hat sie mir erst später erzählt.«

Agnes fand Brücks Zorn »relativ gerechtfertigt«. Seine Reputation habe immerhin einen deutlichen Kratzer davongetragen. Einer, der im Netz nach Randolf Brück suche, stoße mit hoher Wahrscheinlichkeit auf Ulrich und Frau Evelyn. Wer hingegen Agnes Raether eingebe, fände keinen Hinweis auf diesen Lapsus. Sie war fein raus.

Erst als ein Schnakengeschwader sturzkampfartig zum Angriff ansetzte, kam es Marcel in den Sinn, auf die Uhr zu blicken. Es war spät. Er war direkt erschrocken. Agnes war nicht müde. Sie machte sich aber langsam Sorgen um ihre beiden Lieben daheim. Sie brachen auf. Kamen überein, auf dem Rückweg die Haupstraße zu nehmen. Sie gingen links und hintereinander, das gebot die Sicherheit.

Marcel übernahm die Führung. Er genoß das leise Verantwortungsgefühl. *Wortlos glücklich*, dachte er während des weitgehend schweigenden Nachtmarschs. Er atmete frei, alles war gut. Kurz vor der Straßenbahnbrücke, noch im Wald, die Straßenbeleuchtung von Klotzsche war gerade zu erahnen, gab es einen Zwischenfall, der beide straucheln ließ in ihrem Trott. Etwas jaulte. Urplötzlich, aus dem Nichts, heulte es erbärmlich.

Marcel griff sich ans Herz, faßte im zweiten Augenblick hinter sich, nahm *völlig instinktiv* Agnes' Hand. Sie äugten ins Gebüsch am Wegrand. Dort saß jemand und jammerte. Marcel wollte Agnes noch zurückhalten, aber die hatte sich schon entzogen. Raffte ihren Rock und trat in die Böschung, hockte sich nieder. Da kauerte winselnd ein Hund, mit einem Strick an einem Baumstamm befestigt. Agnes blieb in der Hocke, murmelte leise und löste den Knoten. Blieb noch eine Weile

in der Haltung, ließ sich vom Hund die Hände ablecken. Als sie sich aufrichtete, sah Marcel, daß sie geweint hatte. »Warum tut jemand so was?«, fragte sie ihn leise und so eindringlich, als könne nur Marcel eine Antwort geben.
»Schweine«, sagte er.
Es war ein junger Mops. Sein faltiges Gesicht war ungewöhnlich gefärbt. Die bei Artgenossen dunkle Schnauze war eher hell, nach oben hin wuchs der Farbton zu einer hellen Blesse aus. Die Augen hingegen waren dunkel umrandet. Dieser Mops war unorthodox, er war eine Fehlfarbe. Marcel empfand, daß das arme Tiere durch diese seltame Kariertheit etwas Bösartiges ausstrahlte. *Ein rein äußerlicher Eindruck. Kann er ja nichts für, natürlich nicht.* Er beugte sich und machte Streichelübungen. Agnes zog am Strick. Der Mops folgte ihnen.

Show me your hands

Viktor Jochim hatte eine bescheidene Frage. Es sei ja so, daß er sich der Verantwortung gegenüber seinen Angestellten bewußt sei. Es sei nur eine Frage, und wenn Marcel zögere, habe er sie nie gestellt. Ob er, Marcel, gewillt sei, seine Krankheitsdauer abzukürzen? Er, Jochim, habe sich umgehört und wisse, das solche Schlüsselbeinaffären extrem lästig und schmerzhaft seien. *Hatte er nicht, sich umgehört. Übliches Chef-als-treusorgender-Vater-Gerede.* Wenn Marcel also der Schonung bedürfe: kein Problem, kein weiteres Wort nötig. Das wiederum war ernstgemeint: Jochim setzte Leute, an denen er festhalten wollte, nicht unter Druck. Die Redaktion arbeite derzeit quasi per Notaggregat, erklärte El Jefe. Tebbo Lorenz war ernsthaft krank, Robert Petri mit indianermäßigen Komplikationen und nun zweiter OP immer noch im Krankenhaus, Anselm Kiedritz durch Hexenschuß schachmatt gesetzt, Emmanuel Backhohl nicht bereit, von seinem *home-office*-Privileg auch nur für ein paar Wochen abzurücken. Kurz: Ob Marcel vorzeitig wieder einsteigen könne? Zum einen aus genanntem Personalnotstand, zum anderen: Er, Marcel habe ja die Zigeunersache weiterverfolgt, und Jochim wolle da nur ungern einen freien Mitarbeiter hinschicken oder jemanden aus der Redaktion, der sich nicht halb so gut auskannte »vor Ort« wie Marcel.

»Da muß ich dir ja nichts erzählen, daß hier in der Redaktion keiner wirklich in der Lage ist, Reportagen zu schreiben.«

Marcel hatte die Zigeunersache keinesfalls weiterverfolgt.

El Jefes Seufzen darüber, das es ohnehin ein großes Problem sei, auch nur halbwegs tüchtige Reporter wie Marcel zu finden, schmeichelte ihm.

»Unseren Leuten, der ganzen konservativen Publizistik, fehlt halt eines ganz grundsätzlich: Empathiefähigkeit. Die Fähigkeit, sich in Menschen hineinzuversetzen. Auch in Sachlagen, die nicht die ureigensten Interessen berühren. Manchmal glaub ich, gerade in sozialen Dingen ist der konservative Horizont doch eng. Das ist ein Riesenproblem, eigentlich ein Malheur. Marcel, mal unter uns, aber bitte wirklich: Petri und Kiedritz kann ich gut ersetzen. Die machen solide Arbeit, da will ich nichts gesagt haben. Einen Ersatzreporter, der es nur halbwegs mit deinem Blick und deinem Ton aufnehmen könnte, hab ich nicht. Ich muß es so sagen.«

Jochim sah Marcel direkt in die Augen. Eine monströse Hautschuppe hing ihm zwischen Braue und Wimpernrand, sie tat seiner Autorität keinen Abbruch. Als Chef war er in einer einigermaßen verzweifelten Lage.

Wer wäre Marcel, ihm in dieser Situation die kalte, noch nicht komplett verheilte Schulter zu zeigen? Wenn es hier zwei widerstreitende Autoritäten gab – den ärztlichen Rat auf der einen, Jochims zurückhaltende Anfrage auf der anderen Seite –, so wog die Pflicht schwerer, eindeutig.

Marcel brach den Blickkontakt ab, halb verlegen, halb übereifrig. Er machte eine ungelenke Grußbewegung zur Stirn hin.

»Ay ay, Käpt'n, melde mich gehorsamst zurück!« Beim Abtreten blieb er mit dem Schenkel an der Tischplatte hängen. Das verursachte kein größeres Gerumpel, war aber peinlich. Jochim übersah den kleinen Unfall generös.

Draußen auf dem Gang spürte Marcel einen pochenden Schmerz. Das war mindestens eine saftige Prellung. Er schloß sich auf der Toilette ein und sah nach: Ritzerot, die Stelle. Würde ein ordentliches Hämatom werden. *Wenn es kommt, dann richtig: Erst das Schlüsselbein, jetzt der Oberschenkel. Was soll's. Ich nehm es an als Male innerhalb eines Initiationsritus.*

Marcel nahm die Recherche auf. Für morgen vormittag hatte das neugegründete Aktionsbündnis »Roma bleiben – Abschiebung abschaffen« eine Menschenkette um den Zigeunerwohnblock geplant. Eine »friedliche Feier des Menschheitsgedankens«, ein »humanes Bollwerk gegen unmenschliche Gesetze«, so hieß es in den Berichten der Lokalpostillen. Dagmar Nooske-Reinboth werde eine kurze ökumenische Friedensandacht halten *die Küsterin!*, sobald der Kreis um die Notunterkunft geschlossen sei. Dann werde Manfred Hültzsch vom Aktionsbündnis einen Aufruf verlesen. Anschließend solle es ein »freudvolles, hoffnungsfrohes Beisammensein« geben mit Bedrohten und Beschützern. Der Eine-Welt-Laden werde für das leibliche Wohl sorgen, die junge Rockband *roister!* werde aufspielen.

In den Leserforen war ein kleiner Streit darüber ausgebrochen, ob die Schüler für diese Aktion vom Unterricht freizustellen seien. Es stand fifty-fifty. Nein, meinten manche, man dürfe das »Gutmenschentum nicht den Kinder aufoktroyieren«, andere beriefen sich auf die Schulpflicht und auf das Neutralitätsgebot staatlicher Institutionen. Doch!, wurde von anderer Seite dagegengehalten, es gehe ja im Kern um die Mitschülerinnen, um Lisa und Jemina. Wo, wenn nicht hier, könne Zivilcourage eingeübt werden?

Auf der *wiwi*-Seite las sich der Aufruf energischer. Von Solidarität, Widerstand, staatlichem Rassismus und der Notwendigkeit zivilen Ungehorsams war hier die Rede. »Lisa und Jemina bleiben hier. Wir werden dafür sorgen.« Punkt, so lautete die Überschrift.

Marcel schrieb rasch eine to-do-Liste für die nächsten zwanzig Stunden zusammen. Manchmal mußte man auf Zack sein. Es tat gut, gebraucht zu werden.

Marcel radelte ohne Agnes zum Menschenkettenschauplatz. Ein paradoxes Gefühl: daß er deshalb so beschwingt in die Pedale trat, weil sie *nicht* dabei war. Verrückt, daß es Stunden gab, die ohne ihre Gegenwart leichter waren. Nicht auszudenken, die beiderseitigen Positionierungsschwierigkeiten, wenn sie gemeinsam zur Menschenkette gefahren wären! Sie hätte geguckt, wie er gucke, ob kritisch und sympathetisch, er hätte geguckt, wie die sicher zahlreich anwesenden *wiwi*-Leute gucken, und so weiter.

Agnes mochte die Gemengelage ähnlich eingeschätzt haben, als Grund für Ihre Nichtteilnahme hatte sie aber Ernst angeführt. Ernst hieß jetzt der Mops, nachdem sie sich überzeugt hatte, daß es keine Möpsin war. Das hatte Agnes so frank und frei und lachend erzählt, als handelte es sich nicht um eine genitale Untersuchung, sondern um eine alltägliche Tätigkeit. Marcel war es frivol vorgekommen, gleichzeitig hatte er sich verklemmt gefühlt. Die Namensgebung? Sei zu Ehren des Dichters erfolgt, hatte Agnes gesagt und gegrinst. Marcel hatte »ah!« gesagt und gelacht. Er empfand es als neckischen Seitenhieb gegen ihn und die literarischen Bezugsgrößen des *Freigeists*. Frauen haben manchmal so einen herausfordernden Spieltrieb, hatte Benjamin gesagt, den müsse man hegen. Man müsse Grenzen aufzeigen, innerhalb derer solle man aber tolerant sein. Einen zu Unrecht aggressiv wirkenden Mops nach Ernst Jünger zu benennen, das dürfe man gnädig durchwinken. Innerlich könne man ja die Augen verdrehen. Es sei ja kein Kind, sondern ein Hund!

Daß ihn die Netzrecherche später von der Suche nach »Jünger Ernst Mops« auf Ernst Jandl geführt hatte, hatte Marcel Benjamin verschwiegen.

Ernst jedenfalls mußte gehütet und zur Generaluntersuchung dem Veterinär zugeführt werden. Der Termin fiel exakt auf den Predigtbeginn durch Frau Nooske-Reinboth. Als Streßfaktor kam für Agnes hinzu, daß Emilia das möpsische Interesse nicht erwiderte und wieder in ihr anorektisches Verhalten zurückzufallen schien. Probleme, wohin man auch schaute!

Marcel radelte also wie befreit, in kerzengerader Haltung. Es ging gut und fühlte sich ein bißchen heldenmäßig an. Er kam sich wie ein Paralympics-Teilnehmer vor. Wie einer, der Leistung zeigt, wo sie keiner erwarten darf, ein kriegsähnliches Gefühl.

Er kam reichlich früh, wie immer. Noch war wenig los am Häuserblock. Die *roister!*-Jungs luden ihre Technik ab. Mit der Küsterin hatte Marcel bereits gestern gesprochen. Sie hatte direkt spirituell beflügelt gewirkt, wie jemand, der nach langem Suchen, Verharren und Schwanken endlich seine Aufgabe gefunden hatte.

Manfred Hültzsch hatte am Telephon monoton und mit ritualisiertem Eifer mehr oder weniger die Presseerklärung des Aktionsbündnisses erneuert. Er war erst auf Marcels dringliche Nachfragen – »Sie stellen ja eigentlich die Systemfrage, indem sie eine rechtmäßige Rückführung für unbotmäßig erklären!« – hellwach geworden. Hültzsch hatte sich »das auftraggebende Medium« von Marcel noch mal nennen lassen und das Gespräch mit dem Hinweis beendet, mit dem *Freigeist* gebe es keinen Redebedarf.

Hültzsch war bereits vor Ort. Marcel klopfte sich gedanklich für seine synästhetischen Sensibilitäten auf die Schulter. Er hatte sich während des gestrigen Telephonats einen zierlichen Mann mit einem neonfarbenen Brillengestell imaginiert, mit kleinem Gesicht und grauem Resthaar, mit Fliege. Hier stand einer, an die sonnengewärmte Hauswand gelehnt, ein neongrüner Brillenmensch mit Fliegengesicht und spärlichem Kopfbewuchs und plauderte mit Röntzsch von der *Dresdner Post* und mit Dienemann von der *Sächsischen Volkszeitung*.

Kurz wandten die drei ihre Köpfe nach Marcel um. Der fuhr sich durch die Stoppeln, als bliebe dort nach einer rasanten Fahrradfahrt gelegentlich was hängen, und tat geschäftig.

Neben dem Wohnblock, direkt am Waldsaum, schien einmal eine Gartenlaube gestanden zu haben, vielleicht auch ein Plumpsklo mit mehreren Kabinen. Jedenfalls war der frühere Bau abgerissen, geblieben war ein Betonfundament, eine rechteckige Erhöhung auf der Rasenfläche von der Umrißgröße zweier Wohnwägen. Dort bauten *roister!* ihr Equipment auf. Marcel widmete sich den Musikern. Im *real life* hätte er Probleme gehabt mit solchen Typen. Sie taten extrem cool und abgeklärt, genau die Sorte Jungs, die ihm früher das Bein gestellt hatten.

Als Reporter trug Marcel eine professionelle Rüstung, ihm war selbst nicht immer klar, woher sie ihm zuflog. Pierre, Friedrich und Shorty waren in unterschiedlichem Maße wortkarg. Friedrich, mit Renaissancefürstengesicht, Kinnbart, Falkenaugen und einer Haut wie heller Marmor, spulte knapp und mit wohltönend kehliger Stime die Leitbegriffe des Demonstrationszwecks herunter. Unsere Pflicht – sollte zum nationalen Selbstverständnis gehören – gerade als Deutsche – aufrechter Gang – in den Spiegel schauen können, notierte Marcel in seine Kladde.

Alabasterfriedrich, Marcel um einen halben Kopf überragend, würdigte den Reporter während der Unterredung kaum eines Blicks, seine Konzentration galt Kabeln und Dioden. Und doch sprach er druckreif. Marcel war beeindruckt.

Pierre, der jüngste, noch Schüler, brachte neben den artigen Antworten (»ich seh nicht den Punkt, warum ein reiches Land wie unseres ...«) ein paar ironische Brechungen ein – »mobile ethnische Minderheit« –, und Shorty, kettenrauchend und mit einem tätowierten Totenkopf ungefähr dort, wo ein Kragenrevers sitzen könnte, antwortete: »Spaß haben. Karriere vorantreiben.« Von seinem Bandkollegen Friedrich kassierte er dafür eine Kopfnuß, zart und hart zugleich, jedenfalls lässig. Marcel schrieb Shortys Aussage nicht mit. Er blieb bei seinem Grundsatz, die Leute nicht vorführen zu wollen.

Krachend sprangen die Lautsprecher an. Es quietschte entsetzlich, bevor der Techniker aussteuerte, *roister!* probten ein paar Akkorde, ein bekanntes Lied, welches?

Alfred trug einen schlechtsitzenden Anzug und Brille, ein staatstragendes Flair umgab ihn, dazu ein paar Presseleute. Der Neffe, rasiert, in ostzonenblauem Jacket und schwarzer Stoffhose, stand mit verschränkten Armen daneben, eine Art Leibwächter. Marcel fühlte sich wie aufgespießt von seinem Blick. Das war keine Einbildung. Der Kerl machte Augen wie gewetzte Dolche, und es war keineswegs so, daß der Typ diesen scharfen Blick rundum sandte. Er zielte auf Marcel.

Marcel zuckte die Schultern, merkte, daß die Bewegung asymmetrisch war, dadurch unbeabsichtigt fast lässig wirkte und wandte sich ab. Mit Alfred schien ohnehin kein ruhiges Gespräch möglich.

Von der Heide her trommelte ein Specht. Marcel reckte den Kopf und neigte ihn. Es war zu laut hier. Er konnte das Trommeln nur in unterbrochenen Sequenzen wahrnehmen. Viel zu ungenau, um eine Art auszumachen. *Oder doch? Hartnäckig und laut, fast wild – das war ... war es der Schwarze? Könnte auch, könnte ... ja, warum nicht, warum nicht der Buntspecht. Andererseits, hier rührte einer seine Trommel extrem massiv. Also wohl doch, Schwarzspecht.* Marcel merkte, daß sein Mund leicht offen stand, wie zur Verstärkung der Resonanz. Er straffte sich, fuhr sich durch's Haar. Die Stoppeln kratzten borstig über seine Handfläche. Er war noch nach Tagen freudig erstaunt über seine neue Frisur. Sie wirkte, auf ihn selbst, sein Selbstkonzept.

Nun kamen sie in Schüben und massenhaft: Vor allem Schüler, die die Anstrengung einer Menschenkettenbildung womöglich dem Schulunterricht vorzogen. Jugendträge Gesichter, zu großen Teilen gesenkten Blicks, nicht aufgrund des ernsten Anlasses, sondern der Displays ihrer Smartphones wegen. Eine Art Wandertag also. Marcel bewegte sich in die Nähe des Hauseingangs und stellte sich dort auf die Reihe aus Holzpfählen, die die Müllcontainer einfaßten. Von hier konnte er gut die Anzahl der Menschenkettler abschätzen. Kleiner Trick, hatte er bei der Armee gelernt. Etwas schwieriger war es, wenn es sich wie hier um eine bewegte, unregelmäßig verteilte Masse handelte. Marcel wählte ein repräsentatives Menschenquadrat aus, schätzte ab, wie viele solcher Quadrate sich rund um den Wohnblock bewegten und multiplizierte. Mindestens zweihundertfünfzig, höchstens dreihundert dürften es sein. Von der Straße her kamen sie immer noch tröpfchenweise. Die hier Versammelten würden zweimal um den Häuserblock reichen, wenn sie die Arme etwas ausstreckten. Marcel entdeckte nur wenige Spruchbanner oder Plakate. »Laßt Jemina & Lisa bleiben!!!«, in roter, rundlicher Schrift, hinter der Bitte ein Herzchen, das war bislang die markanteste Verlautbarung. Es war eine Schülerdemo. Hier würde nichts eskalieren.

Marcel stand daneben, als das Tuch entrollt wurde. Eine starkknochige Frau schwer schätzbaren Alters, silberner Peace-Stecker im Nasenflügel, die Haare schwarz-lila gesträhnt, dirigierte den Vorgang. Die Schüler und Schülerinnen hatten sich erkennbar Mühe gemacht. Marcel sah, daß es sich um aneinander genähte, an den Rändern ordentlich gesäumte Leintücher handelte. Hier hatte jemand private Bettware zur Verfügung gestellt für einen Akt der Mitmenschlichkeit. Drei Jungs neben Marcel amüsierten sich über die Schweißflecken unter den Armen der Lehrerin, rissen unflätige Witze. Marcel schaltete sich ein. Fragen war immer besser als tadeln! Was ihre persönliche Einstellung zur Demonstration sei? Die Jungs lachten, halb im Kicherton, halb bemüht überlegen, Pubertätsgehabe. Einer griff zu seinen Zigaretten.

»Nu ja«, machte er, »die Lisa geht doch in unsere Parallelklasse, vermut...«

»Angeblich!« fiel sein pickliger Freund ein, und der dritte, mit fahlem Kartoffelgesicht verbesserte:

»Nee, die Jemina ist diejenige, für die wir hier stehen!« – »...eintreten!« – »Kämpfen! Bis zum letzten Mann!« Die großen Kinder fanden sich lustig. Der Reporter vermochte ihnen keinen Respekt einzuflößen.

»Blut und Schweiß gab ich für Jemina«, ätzte der Picklige mit bemüht tiefer Stimme, setzte seinen Rucksack ab, zog den Reißverschluß auf und holte ein sixpack hervor. »Wollnse eins?« Marcel lehnte dankend ab. Einer, etwas abseits, hatte mit Blockbuchstaben ein Din-A-2 Blatt beschriftet und es etwas ungeschickt an einem Stock befestigt. Nieder mit dem Polizeistaat! World without barriers! stand da.

Der schmale Kerl, schwarze Haare und ein melancholisch langes Gesicht, stützte sich auf das armselige Flatterding und diskutierte mit einer mütterlich wirkenden Frau in Jeans. Marcel näherte sich und lauschte dem breiten Sächsisch des weiblichen Lehrkörpers: »... daneben!«, hörte er es aus den hautfarbenen Lippen der Frau schimpfen, »so was von daneben!« Offensichtlich bemängelte die Lehrerin, daß der Schüler das bundesrepublikanische System mit der DDR-Diktatur gleichsetzte. Das Wort Polizeistaat schien bei ihr einen Alarm auszulösen.

Die Schüler sollten sich empören über das staatliche Vorgehen, darum waren sie hier, eskortiert von ihren Lehrern, unter anderem von der Mütterlichen. Aber die Empörung sollte im Rahmen bleiben, im engen Rahmen. Man wollte ein Fensterchen öffnen, sich aber nicht hinauslehnen. Marcel mochte die Lehrerin mit ihrem bundesrepublikanischen

Bürgermut, und er mochte den schmächtigen Jungen. Die Szene rührte ihn.

Der Schwarzgefärbte gab halb schüchterne, halb patzige Widerworte, die Lehrerin hielt forsch dagegen und gewann. Der Streiter für Barrierefreiheit stützte sich niedergeschlagen auf seinen Ast. Marcel sah Trotz in seinen Augen. Die Lehrerin wandte sich ab und ging in Richtung improvisierter Bühne, ein paarmal drehte sie sich noch um, kontrollierend, ob ihr Zögling folgsam blieb. Blieb er, verlegener Wechsel von Stand- und Spielbein.

Wo sind eigentlich die ... die, um die es hier im Kern ging?
Marcel hatte außer Alfred und dem Neffen niemanden von den hier ansässig gewordenen Gesellschaften gesehen. Vielleicht war eine raffinierte Choreographie vorgesehen, und nach der Ansprache der Küsterin würden sich alle Fenster der Vorderfront öffnen, und alle Hausbewohner würden schweigend und aufrecht sich der versammelten Menge präsentieren? Wäre möglich, wäre ein emotionaler Knüller.

Einer kichernden Mädchengruppe *es geht um meine Schädelform* wich Marcel mit arrogantem Reporterblick aus und trat auf eine alleinstehende Hübsche zu. Ob er fragen dürfe, was sie hierher gebracht habe?

»Puuh, ooch«, machte sie und wischte sich eine Strähne aus dem Gesicht. »Ich mein, frei ist frei, also schulfrei. *roister!* sind halt immer ziemlich geil. Wenn sie ein ehrliches Statement hören wollen.«

Ziemlich geil, klar, und da wohl vor allem Fürst Friedrich. Okay, machte Marcel verständnisvoll und versuchte eine lässige Haltung einzunehmen. Aber irgendwie müsse sie sich doch zur Sache an sich positioniert haben, oder? Die *roister!*-Jungs hätten ja wohl gelegentlich auch andernorts Auftritte, und nun sei hier und heute ...

»Ah? Bitte wo denn? Bei *Elbe rockt*, oder was?«, schnitt ihm die Schöne das Wort ab, das sei aber erst Ende Juli. Die Band habe ja eine total unterbelichtete homepage. Da gäbe es nicht mal eine ordentliche Rubrik mit Terminen. Das sei ja ein grundsätzliches Problem, daß gerade Gruppen, die noch kein professionelles Label gefunden hätten, ziemlich planlos durch die Gegend tourten. Die Schülerin sprach mit Marcel, als sei er ein wichtiger Redakteur eines Musikmagazins, ein Bandscout.

Marcel versuchte klarzustellen, daß es ihm um die politische »oder, wenn sie so wollen, gesellschaftliche« Stoßrichtung der Versammlung hier ging. Das sei ihr ehrlich gesagt egal, antwortete das Fräulein, dabei nicht unwirsch, eher kopfschüttelnd. Marcel hakte nach. *roister!* schien ja immerhin ein Anhaltspunkt zu sein.

»Und ... wie verortet sich die Band so? Für jemanden wie mich, der das *roister!*-Portfolio nicht im Detail kennt – gibt es da Berührungspunkte mit dem Anliegen dieser ... Versammlung hier?«

Das Mädchen machte große Augen, strähnenverhangen.

»Ja, inwiefern denn?«

»Ob *roister!* sich halt menschenrechtlerisch engagiert. Oder so. Was ... singen die so? Sind die genuin links?«

Das Fräulein knetete mit den Zähnen ihre Unterlippe und legte sinnend den Kopf schräg. Marcel half abermals nach:

»Machen die Musik gegen rechts? Oder ... oder halt mehr so Spaßrock?«

»Naja, links ..., wohl eher schon, was denn sonst? Ich weiß ehrlich gesagt nicht, worauf du hinauswillst!«

»Ich nenn' ihnen jetzt mal zwei Namen. Lisa. Jemina. Was sagt ihnen das?«

»Kenn ich nicht. Kennt keiner hier, glaub ich. Aber bescheuert, wenn die abgeschoben werden müssen. Sowas ist doch immer bescheuert. Als würde das ein reiches Land wie unseres stören, wenn hier zwei dunkelhäutigere Lisas und Jeminas rumhockten. Ich mein, wem tun die was? Im Ernst!«

Marcel bedankte sich und sprach einen bärtigen Herrn an, der lehrermäßig aussah. Ob er ihm sagen könnte, wo die für Lisa und Jemina zuständigen Lehrer anzutreffen seien? Volltreffer, Jemina sei in seiner Klasse. Wenigstens formell, »gut, daß sie fragen!«

Jemina sei der fünften, Lisa einer achten Klasse zugeordnet. Was nicht viel heißen müsse. Das Alter der »betroffenen Kinder« werde oft getürkt –, der Lehrer unterbrach sich und entschuldigte sich für seinen »peinlichen Sprachlapsus« – vielmehr gefälscht, weil man den Nachwuchs möglichst lange als Kind durchgehen lassen wolle. Und das sei keine böse Absicht.

»Wir leben in einem System, das Neuankömmlinge förmlich zur Lüge zwingt!«, deklamierte der Pädagoge. Er kenne Jemina kaum, leider, habe sie nur selten gesehen. Ein nettes Mädchen mit wachen Augen, ganz intelligent.

»Sehr, sehr schade um diese Kinder«, sagte der Lehrer. Es gäbe da zwei Kulturen – die familiäre und die staatliche. Die staatliche fordere den Schulbesuch, die betroffenen Familien hingegen hätten vielleicht ihre ganz eigenen Gründe, dem Staat und seinen Schulen zu mißtrauen. Wer dürfe wagen, die eine Sphäre über die andere zu stellen? Wer dürfe sich da zum Richter aufspielen? Marcel nickte und warf exemplarisch die Rolle der Homeschooler auf.

Der Bärtige legte sein Gesicht in Falten und entgegnete, das eben träfe es nicht. Diese Homeschool-Familien seien christlich verrannte Sippschaften. Etwas völlig anderes! Leute, die bei vollem Bewußtsein ihre Kinder der Vergesellschaftung entzögen! »Im Falle Jemina« verhalte es sich anders. Diese Leute seien »aufgrund ihrer lebensgeschichtlichen Erfahrung« in einer Art mit Zurücksetzungen und

Diskriminierungen vertraut, daß es niemanden wundern dürfte, wenn die »Zurückhaltung« wahrten in Bezug auf die Schulpflicht. Bei Lisa und Jemina sei der Fall ja ohnehin anders gelagert. Die d ü r f t e n zur Schule gehen, weil die Stadt es zugunsten der Fälle mit ungeklärtem Bleiberecht so entschieden hatte, m ü ß t e n aber nicht.

»Immer schön redlich bleiben!«, gab der Lehrer Marcel mit erhobenem Zeigefinger und gütigem Schmunzeln mit. Marcel zwinkerte zurück.

Dann hielt er Ausschau nach dem depressiven Schwarzhaarigen mit dem verbotenenen Plakat. Den könnte er doch noch befragen. Er fand ihn an den Apfelbaum gelehnt, einsam, das zerknitterte Plakätchen vor sich auf dem Boden. Er hatte den Kopf nach hinten überstreckt und schien die Zweige zu zählen. Der Junge hatte dünne rote Striemen auf den Unterarmen. Allergie oder depressive Ritzungen, eher letzteres, ein Verzweifelter. Marcel überwand seine Scheu und sprach ihn an. Ob er ...

Dann gab es ein apokalyptisches Knallgeräusch, ein Quietschen eher. Marcel riss die Hände zu seinen Ohmuscheln, viel zu spät. Er hatte seine Trommelfelle schier bersten gefühlt und schaute rasch auf seine Handflächen. Kein Blut daran, zum Glück nicht, aber mußte ein Trommelfellriß notwendig bluten? Er tastete behutsam in den Gehörgang. Nichts, keine Flüssigkeit. An ein Gespräch aber war nicht mehr zu denken. Ein schräger E-Gitarren-Akkord erklang. Dann eine männliche Stimme, sonor und bauchtönend:

»Hallo. Hallo! Das hier!«, ein verzerrter Akkord jubelte, »das hier ist ROISTER!« Wieder elektronisches Saitengezirpe, gellend nach oben kippend.

»Ich bin Friedrich.« Verhaltener Jubel. »Wir sind hier für Jemina und Lisa. Sie werden bleiben. Hier. In Dresden. Dafür sorgen wir. Abschiebungs sucks! ABSCHIEBUNG SUCKS!«

Sucks, sucks, sucks, tönte es durch den Garten, durch die Straße und über die Heide. Der Techniker hatte die Echotaste bedient. Ein paar dutzend Hände gingen in die Höhe. Lehrerhände, Schülerhände. Friedrich gab mit einer zackigen Geste dem Techniker den Befehl, die Echofunktion abzubrechen.

»Show me yor hands, yeah«, sprach er leise und sehr selbstironisch, den Ton eines Popsängers karikierend. »Das sind eure Hände. Die werden gleich einander fassen und eine Kette bilden, einen Ring, UNDESTROYABLE; eine Mauer, ein Bollwerk.« Friedrich setzte mit bedachtsamen Sprechpausen Akzente. »Um diesen Wohnblock, um dieses Haus. Um Jemina und Lisa. Unter anderen.« Bravorufe brandeten auf, befeuerndes Jubeln.

Der Schwarze hatte sich vom Baumstamm abgestoßen, mit unwilligen Bewegungen. »Friedrich von Bredow ist ein Poser«, rief er Marcel ins Ohr. Er schrie es, nicht, weil er vor Eifer übergeschnappt war, sondern weil er sich im Lärm Gehör verschaffen wollte. Es war ausgerechnet das Ohr, auf dem Marcel das Trommelfellrißgefühl hatte. Melancholische Spuckefetzchen sprühten gegen den Gehörgang, Marcel kam es vor, als rieselte die Feuchtigkeit durch das versehrte Häutchen direkt ins Hirninnere.

roister! intonierten ein paar schnelle Akkorde, rasant, direkt hämmernd, mitreißend. Marcel erkannte die Grundmelodie. *Djelem, djelem,* in einer Hardrock-, nein, in einer Deathmetalversion. Marcel waren diese Zwischengenres fremd, das hier erschien ihm jedenfalls reichlich infernalisch. Friedrich hielt das Mikrophon mit beiden Händen umklammert, er griff danach wie nach dem rettenden Gral, er stand nach hinten gebeugt und hatte den Kopf in den Nacken gelegt.

»Djelem, djelem«, dröhnte er. Seine Stimme war ein höllentiefer Schlund, er sang die Hymne nicht als Klagelied, sondern als hämmernde Attacke. Pierre peitschte Gitarrenakkorde, Shorty tobte als Derwisch hinter dem Schlagzeug, Friedrich ergab sich singend und fingerte, wenn es seine Mikrophonperformance zuließ, am Baß.

Jäh brach der treibende Beat dann ab, um einem balladenartig vorgetragenen Refrain zu weichen. Friedrichs Kellerstimme hatte sich erhoben, womöglich hatte der Kerl eine professionelle Gesangausbildung. Er sang nun beinahe Falsett, und das klang nicht schrill, sondern sehr zart, samten.

»Ahaj, Romale! Ahaj, Chevalle!« Die Menge stand gebannt. Dieser Wechsel von brachial auf sanft war erotisierend, keine Frage. Gegen seinen Willen fühlte Marcel einen Schauder seine Wibelsäule hochjagen, Gänsehaut breitete sich auf seinen Armen aus. Dann setzten wieder harte Gitarrenriffs ein.

Der schwarze Unterarmritzer hatte sich wieder Marcels lädiertem Ohr entgegengebeugt: »Scheiß Romantik!«, schrie er, seine Stimme brach kläglich. Nur Marcel hörte diesen Aufschrei, er rauschte in seinem Ohr, hallte wider in seinem Schädel. Sein Kopf dröhnte, das war nicht normal. Marcel biß die Zähne zusammen. *Ein Hörsturz, auch das noch. Und durchhalten müssen!* Er ließ seine Hand in die Hosentasche gleiten, da knisterte es noch, er fühlte das Knistern nur, er war ja taub für solche kleinen Geräusche. Da war noch der Blister mit den Schmerztabletten, *gut zu wissen.*

Die Menge tobte und wogte. Von weitem, im Ganzen gesehen, wirkte sie wie ein rhythmisch sich bewegender Block, im Detail waren es vorwiegend schüchterne Hin-und-her-Schritte. Es war faszinierend, dieser Blickwechsel. Oder bestürzend, je nach Perspektive. Marcel probierte es ein paarmal aus. Alles, was dazu diente, den Hörsturz zu verdrängen, war jetzt hilfreich: Fernblick-Nahblick. Nahblick-Fernblick. Vom Kollektiv zum Individuum, und zurück. Marcel sah die propere Pädagogin mit dem Nasenstecker, sie machte einen tapsigen Discoschritt, achtzigerjahremäßig. Ihre Unterarme schwangen so gelöst und engagiert zugleich, als tanzte sie zu Abba.

Er machte die hübsche Schülerin aus, sie stand nah an der improvisierten Bühne und schlenkerte müde, wie gelangweilt ihren dünnen Körper. Die *roister!*-Jungs waren keine Popstars, die auf wippende Brüste und geil aufgerissene Münder stünden. Hier würde man mit sympathisierender, aber verhaltener Zuneigung ankommen, falls die Jungs nicht ohnehin treu vergeben oder schwul waren.

Der Vollbartpädagoge stand weiter hinten, mit verschränkten Armen nickte er wie bestätigend zum Rhythmus, gleichzeitig schaute er nach rechts und links, wie ein Hirte, der seine Schafe im Blick behalten muß. Marcel schaltete auf Fernblick, und das Publikum wurde wieder eine homogene Flummimasse, eine einzige, formatierte Bewegung, ein artiger Tanz. Das Beobachten und Nachdenken half gegen den Trommelfellschmerz.

Hier stand einer, er, Marcel, mit mindestens angerissener Membran, und die Welt drehte sich, wallte und wogte, als wäre alles heil und gut. Nicht, daß ihn das verwunderte. Es konnte ja keiner sehen oder auch nur ahnen, wie es in seinem linken Ohr rauschte und seltsam hallte, wie auch. Aber es erschien ihm paradigmatisch: Man sieht nur das Leid, das großgemacht wird, das ausgesprochen wird, dessen Klage unter den Leuten vervielfältigt wird. Das Leid der Welt rauschte durch sein beeinträchtigtes Ohr in Marcels Hirn: Wieviele Menschen im Erdenrund starben und litten in dieser Minute? Durch Krieg, durch Hunger! Durch Abtreibung, an Krankheiten! Wo wäre die Waage, das zu gewichten, dieses Elend der Welt? Vielleicht litt der düstere Typ mit den Armmalen viel tiefer als Lisa und Jemina. Vielleicht würde er heute wieder an seinen Pulsadern ritzen. Vielleicht scherten sich Lisa und Jemina gar nicht, ob sie in Dresden beschult würden oder an der

EU-Grenze Ziegen hüteten? Vielleicht wäre ersteres ein größeres Leid?

Hier rockten ein paar Hundert satter Teenager für das mutmaßliche Wohlergehen und Bleiberecht zweier Mädchen, deren Namen zwar bekannt waren, von denen aber keiner etwas Genaueres wußte. Wie leicht es ist, eine Masse in Formation zu bringen, dachte Marcel, während er die bewegten Schüler sah, Blick geradeaus, ein gutgelaunter und mit lockerer Hand geordneter Haufen.

Ahai, Romale, ahai Chavalle,
Ahai, Romale, ahai Chavalle!

roister! gaben den Kehrreim wiederholt, nun nicht balladesk, sondern reichlich hart gerockt. Shorty hatte sich, den Gepflogenheiten seines Standes entsprechend, seines T-Shirts entledigt. Seine leicht feisten Lenden rotierten, sein Oberkörper war tätowiert, litfaßsäulenartig. Das Shirt schaffte es fliegend nicht bis zum Publikum, es landete halb auf Friedrich von Bredow, der es so lässig wie gutmütig auffing, es eine Weile um seinen Zeigefinger wirbelte, sich dabei abgewandt mit Shorty zugrinste und es dann den hochgereckten Händen entgegenschleuderte. Nicht endenwollender Jubel. Friedrich beendete den Applaus mit einem gebieterischen Handstreich:

»Zur Sache, Kinder.« Pause.

»Das hier war die Begleitmusik.« Pause.

»Die vorgeholte Kür.« Pause.

»Gewissermaßen.« Pause.

»Jetzt geht's an die Pflicht.« Pause.

»Jemina und Lisa – – – bleiben!« Kleiner Beifall wollte aufbranden. Der Sänger unterbrach ihn, indem er wiederholte, sehr laut und mit Nachdruck:

»Jemina und Lisa:«, Friedrich streckte das Mikrophon der Menge entgegen und drehte seinen Kopf wie lauschend zur Seite.

»BLEIBEN!«, antwortete aus einem Mund das Heer der Schülerschaft. Friedrich wieder, aufpeitschend: »SIE BLEIBEN! CAUSE: ABSCHIEBUNG SUCKS!« SUCKS, SUCKS, SUCKS!
Der Typ von der Technik hatte sowohl die Echofunktion als auch den Verstärker aufgedreht. Marcel fühlte sich, als wäre er mit einer Rakete in die Weiten des Alls katapultiert worden. Da, war das nicht der Schwarzspecht, der neben ihm aufflatterte? Er sah, wie sich die Birken am Waldsaum bogen, eine heftige Brise hatte den Ort des Geschehens ergriffen. Kurz war ihm, als schwänden ihm die Sinne, er machte einen taumelnden Schritt. Alle anderen standen fest, vielmehr entspannt. Es schien, als sei hier jedermann mit überlauten Rockkonzerten und Kundgebungen bestens vertraut. Selbst die Kleinsten, die Fünftkläßler, taten ungerührt.

roister! waren für's Erste fertig. Sie drehten sich um und begannen miteinander zu plaudern. Es ähnelte der Studioszene nach der Tagesschau.

Frau Nooske-Reinboth ergriff das Mikro. Sie war solche Auftritte nicht gewohnt, sie hatte Probleme mit der Distanz zum Gerät. Die Lautsprecher übertrugen ihre Stimme fetzenweise, berstend laut, dann wieder, wenn sie erschrak über den Lärm, den sie verursachte, wie aus weiter Ferne. Die Küsterin wollte, daß nun jeder seinen Nachbarn an den Händen faßte und daß derart ein Kreis sich schließen sollte um den Wohnblock. Die Lehrer begriffen schnell und machten koordinierende Bewegungen, auch ein paar Mädchen faßten sich an den Händen und bewegten sich in Richtung Doppelhaus. Die Bewegung erlahmte, weil die meisten ungerührt standen und zu plaudern begonnen hatten. Den händchenhaltenden Schülerinnen erschien ihr Eifer peinlich. Sie ließen einander los, fuhren sich durch's Haar und zückten ihre Apparate. Lässige Partystimmung wollte sich ausbreiten. Der Wind hatte sich gelegt, es war nur eine Bö gewesen, die Sonne schien. Es hätte ein Sommerfest sein können.

Marcel sah, wie Friedrich der Küsterin das Mikro abnahm und mit Verschwörergeste den Arm um Frau Nooske-Reinboths Schultern legte: »Jetzt, Mädels!«, tönte sein Baß mit einleuchtender Strenge, »jetzt gilt es. Jungs mitgemeint!« Vereinzelte Lacher ertönten.

»Jetzt heißt es, Angriff und Verteidigung zu vereinen! Was zählt«, Pause, »das seid ihr!« Friedrich löste die Umarmung mit der Küsterin, stieg vom Betonfundament und griff die Hand des Nächstbesten, die Hand eines verhalten erschrokkenen Rucksackträgers. Er drehte den Jungen zum Publikum und reckte den gemeinsamen Handknoten in die Luft. Auf dem Pullover des Knaben war ein Maskenmann mit Lichtschwert aufgedruckt, Marcel las *Puppy Army* und die Ziffern 90/108. Friedrich und der kleine Soldat 90/108 der *Puppy Army* bildeten das erste Glied der nun sich artig formierenden Menschenkette.

Die Schüler und Lehrer reihten sich ein. Unter Friedrichs Herrschaft ging es wie am Schnürchen. Das Knäuel, das sich anfangs gebildet hatte, löste sich zügig auf, Friedrich und der Puppy-Soldat bildeten die Tête. Bald war das Haus umzingelt, einzelne Widerstandsnester wurden rasch aufgelöst. Da blieb kein Mensch, der abseits stehen sollte oder wollte. Marcel linste nach einem Pressegrüppchen, zu dem er sich gesellen könnte. Er sah niemanden, hier war, soweit er das überblicken konnte, keiner ohne Handanschluß. Rechts hielt er die rauhe Hand einer giraffenartigen Abiturientin mit Unterbiß, die sich ein wenig zu schämen schien, links die warme Faust einer Kleinen, die noch Ranzen trug. *Gut, es ist immerhin besser als mit einer Lehrkraft und einem Zwölftkläßler Händchen zu halten.*

Und doch, es ging nicht. Die Scham, sich an diesem Ringelpiez zu beteiligen, ballte sich zu einem physischen Schmerz zusammen. Es ging nicht. Das Schlüsselbein streikte.

Das Giraffenmädchen ließ auf Marcels angedeuteten Widerstand hin sofort seine Hand los, die Ranzenträgerin hielt ihn fest. Marcel beugte sich herunter und erklärte ihr die Sache mit dem Schlüsselbein. »Oh!«, machte das Mädchen und löste ihre Hand, »Entschuldigung! Man merkt, daß das wehtut, sie sind ganz rot.«

Unschlüssig darüber, wohin er sich verdrücken sollte, griff Marcel nach seinem Telephon und kontrollierte die Nachrichteneingänge. Ein herzliches Hallo ertönte, als der Kreis sich schloß und Friedrich von Bredows Hände sich mit denen einer Lehrerin vereinigten. Ein paar Kinder machten Faxen und zerrten sich an den Armen, insgesamt senkte sich aber eine feierliche Stimmung über die Versammelten. Der Küsterin war zwischenzeitlich der angemessene Gebrauch des Mikrophons erklärt worden. Mit vor Erregung und Ergriffenheit zitternder Stimme setzte sie zu ihren Andachtsworten an. Jeder Satz begann mit einem »Wir«, das auf ihrem Redemanuskript in fetten Großbuchstaben stand. WIR haben uns hier versammelt ... WIR leben in einem Land, das ... Nach einem Dutzend WIR-Sätze bemühte sich Frau Nooske-Reinboth um einen drängenderen, ja schneidenden Ton, das WIR des ersten Redeteils wurde jetzt fragend zerpflückt. WER hat das Recht, zu entscheiden ...? WARUM ist es in unserer freiheitlichen Gesellschaft ...

Marcel war froh, nun doch ein paar abseits stehende Leute zu bemerken. Shorty friemelte am Equipment, auf der Straße standen ein paar Nachbarn mit verschränkten Armen, ein Bildreporter kniete im Gras und machte Photos. Und da wieselte einer um die Kette herum, etwas geduckt. Marcel mußte grinsen, *der Plumpsack geht um!* Es war Alfred, sein Hosensaum war grau vor Schmutz, er schleifte auf dem Boden.

Alfred winkte ihm, Marcel, und winkte in Richtung des Nachbargrundstücks. Dort hatte sich eine Frau in die Büsche gedrückt, Marcel kannte sie vom Sehen, eine blonde Pressedame mit randloser Brille, eine nur leicht welke Schönheit. Alfred ruderte geschäftig mit den Armen. »Pressefrühstück ist oben!« Die Frau nickte freundlich, auch zu Marcel, beide folgten Alfred ins Haus. Die Menschenkette mußte ihretwegen nicht reißen, sie watschelten im geduckten Entengang durch eigens zum Durchlaß erhobene Arme.

»So!«, machte Alfred, laut ausatmend, als sie im Treppenhaus waren. Es roch nach Maiglöckchen- und Lilienimitat, die Stufen spiegelten. Auch der schwarze Handlauf glänzte. Marcel erinnerte sich, wie er damals fast klebengeblieben war. Eine der beiden Türen im Hochparterre öffnete sich einen Spalt, ein dunkler Kinderschopf schaute heraus. Alfred zischte etwas, die Tür schloß sich wieder. In der Etage darüber stand die Tür offen, leise spielte klassische Musik. Marcel erkannte die Vogelfänger-Arie, instrumental. Man hatte gründlichst aufgeräumt seit seinem letzten Besuch. Es roch nach Bohnerwachs, sehr angenehm, ein stumpfer Glanz lag auf dem Parkettboden des großen Raums, den Marcel bereits kannte. Auf Tischen waren belegte Brötchen angerichtet, es wurde Sekt und Orangensaft gereicht.

Marcel sah, wie die Blonde spöttisch die Stirn runzelte. »Wie auf einer Vernissage ...« murmelte sie nahe an seinem weniger versehrten Ohr. Sie nahm sich ein Glas, Sekt pur, und lehnte die Brötchen ab. An den Wänden hingen Bilder. Die waren neu. Von Kindern gemalte Bilder, mit Reißzwekken in die Rauhfasertapete gepinnt. Ein Pressemensch photographierte sie gerade der Reihe nach. Fröhliche und düstere Gemälde wechselten ab. Auf einigen strahlten lachende Sonnen und glückliche Mondgesichter neben Bäumen und Häusern, andere waren mit dunklen Stiften gemalt. Dort wein-

ten die Mondgesichter, und ein großer, böser Mann hatte eine Sprechblase am Mund hängen, darin stand: Haut ab, ihr habt hier nix zu suchen. Die Schrift wirkte nicht perfekt kindlich.
Die junge Frau, die Marcel mit angedeutetem Knicksen ein Sektglas reichte, war Milka. Milka trug einen knielangen Rock und flache Schnallenschuhe, ihr Haar hatte sie zu einem geflochtenen Kranz gewunden, ein pechschwarzer Heiligenschein, unzählige Klämmerchen und Nadeln hielten die Frisur, es war ein Kunstwerk. In ihrem Gesicht war kein Zeichen des Wiedererkennens, als Marcel das Glas nahm.
Er stürzte das Getränk, es war nicht nur Verlegenheit, sondern echter Durst. Er sondierte die Lage. Zehn Presseleute außer ihm, Frauenquote unter zehn Prozent. Die Brillenfrau war sympathisch, er folgte ihr ans Fenster. Er hatte gesehen, wie Dienemann bei seinem Eintreten abfällig die Lippen gekräuselt hatte und wie Röntzsch, ebenfalls mit Blick auf ihn, mit einem breitschultrigen Glatzkopf zu tuscheln angefangen hatte.
Der kleine CD-Spieler dudelte jetzt den Gefangenenchor. Die Blonde fragte laut in die Runde, ob etwas dagegen spräche, die Fenster zu öffnen? Die Klausur hier sei vielleicht doch etwas hermetisch. Ihre Stimme klang selbstbewußt. Sie betätigte die Gründerzeitoliven, ohne eine Antwort abzuwarten.
Alfred stellte den Gefangenenchor etwas leiser. Die Journalistin steckte sich eine Zigarette an. Marcel schwankte zwischen Bewunderung und Sorge um seine Bronchien. Mit einer jungen, lässigen Bewegung schwang sich die Frau aufs breite Fensterbrett und machte eine einladende Bewegung zu Marcel. Der stand unschlüssig, nahm sich ein Brötchen und kehrte ans Fenster zurück. Drei Meter weiter unten war die Menschenkette halbwegs in Auflösung, die Lautsprecher rauschten, Marcel sah den Bartlehrer maßregeln.
Manfred Hültzsch ergriff das Wort. »*roister!* stehen parat für ihr musikalisches Schlußwort. Wir alle können es kaum

erwarten, ich nehme mich nicht aus«, heiteres Gelächter quittierte die Hültzsche Gutgelauntheit, dann wurde es ruhiger.

»Wir, vom Aktionsbündnis ...«, begann Hültzsch, drinnen wurde *ausgerechnet!* die Warsteiner-Hymne intoniert, Marcel mußte grinsen. Die Blonde schüttelte leicht den Kopf und spitzte die Lippen. »Soll wohl für eine bürgerlich-professionelle Atmosphäre sorgen, das Klassik-Gedudel«, flüsterte sie.

Zu Röntzsch und dem Glatzkopf war der Neffe getreten. Marcel setzte sich mit einem schmerzhaften Hüpfer neben die Raucherin. Ihre offene Art gefiel ihm, er stellte sich vor. »Klar, der Held vom Alaunplatz«, sie lächelte. »Vom *Freigeist*, ich weiß. Gefällt mir, was sie schreiben.« Sie hieß Nicola Löbig und schrieb als Freie für den Nahostdienst. Marcel nickte anerkennend. Der NOD war zu Unrecht eine kleine, wenig beachtete Klitsche. Das waren Leute, denen es ungerecht vorkam, daß die Mainstreamnachrichten vierundzwanzig Jahre nach dem Mauerfall immer noch westdominiert berichteten. »Naher Osten« meinte hier die Neuen Bundesländer. Beim *Freigeist* rief man die NOD-Meldungen bevorzugt ab; sie waren normalerweise erstklassig aufbereitet.

»Die da«, Frau Löbig blies den Rauch an Marcel vorbei in Richtung Röntzsch und Konsorten, »die haben sie auf dem Kieker, ich hab das schon unten gemerkt.« Marcel fühlte ein rötliches Schuld- und Versäumnisgefühl aufsteigen. Vor lauter Schülergequatsche war ihm das entgangen. *Wie, auf dem Kieker?*

Alfreds Neffe stand jetzt bei Röntzsch und dem Bulligen, er hatte die Daumen in die Hosentaschen gehängt und führte die Rede. Den Glatzkopf kenne er nicht, sagte Marcel fragend.

»Benny Kohl, Radio Rotfuchs«, machte Frau Löbig abfällig, »ErrErr wie error. Oder, korrekt, wiwi, Willi Wichtig«, sie verdrehte die Augen und aschte aus dem Fenster. »Das sind so Leute, die vor jeder Veranstaltung schon genau wissen, was sie schreiben werden. Benny!«, stieß sie hervor, »das sagt schon viel, daß einer unter seinem Teddybärchennamen fungiert. Wird wohl Benedikt heißen oder Benjamin. Benny war ja selbst zu DDR-Zeiten nicht geläufig.«

Milka kam mit einem Tablett in der Hand vorbei. Während Marcel zu einer ablehnenden Handbewegung ansetzte, hatte Frau Löbig bereits zwei Sektgläser genommen, reichte eines Marcel.

»Sie ist erst sechzehn. Ein Skandal«, flüsterte die Löbig Marcel ins Ohr. Ihr Atem drang warm in seine Nase, Traubenmaische, Kindheitsduft, dazu frisches Zigarettenaroma.

Unten appellierte Hültzsch. Er bemühte sich, eindringlich zu sprechen, spontaneistisch, was nicht vollends glückte. Unüberhörbar, daß er Zeile für Zeile von einem Manuskript ablas. Marcels Gedanken begannen zu sprudeln, ein angenehmes, erleichterndes Gefühl. Frau Löbigs Kompliment *gefällt mir, was sie schreiben* tanzte Walzer.

Frau Löbig *Nicola* war gescheit, eine erfahrene Frau, eine Vollblutjournalistin. Ihr herbes Gesicht *herb und elegant, eine kühne Intelligenz, kühn und kühl, aber nicht kalt,* gefiel ihm. Frau Löbig stieß Marcel behutsam an. Unten erhob Hültzsch seine Stimme. Eine Art ultimatives Manifest wurde verlesen, staatstragende Sätze. Drinnen setzte ein weiterer Opernchor ein, »Wir winden dir den Jungfernkranz«. Frau Löbigs *Nicolas* Ellbogen berührte ihn abermals. *Wenn das ein Annäherungsversuch war, na bitte.* Marcel spürte sich übermütig werden und erwiderte leicht den Druck. Ein Schatten fiel über sein Gesicht.

»Jetzt zu dir!«, hörte er. Kurz war Marcel verwirrt. Das war definitiv nicht Frau Löbigs Stimme. Das war keine Einladung. Vor ihm standen Benny Kohl und der Neffe.

»Marcel Martin!«, setzte Kohl seinen Anruf fort. Marcel saß stramm. Ganz kurz nur drehte sich der Raum. Frau Löbig hielt Tuchfühlung, Marcel spürte ihre angespannten Unterarmmuskeln.

»Du bist ein falscher Fuffziger!«, stieß der Neffe hervor.

»Ja? Wieso? Bin ich? Wieso falsch, wieso fuffzig?«, machte Marcel, er fand sich einigermaßen schlagfertig.

»Wieso falsch, wieso fuffzisch?«, äffte der Glatzkopf ihn mit hoher Stimme nach und setzte hinterher: »Weil *Freigeist!* Weil fehl am Platz!« Die steile Zornfalte an der Nasenwurzel des Neffen wurde noch schärfer, er rückte dichter an Marcel ran. Marcel roch seine Fahne. Kein Alkohol, das war Knoblauch und ein paar andere Gewürze, die sich beim Ausatmen ins Unerträgliche wandeln.

»Der liebe Marcel verpißt sich mal besser von hier, das sagt das Hausrecht, und wenn er nicht will, dann machen wir dem Marcel Beine!«, zischte Benny Kohl. Er hatte sich aufgebaut vor Marcel und der Fensterbank, die Hände in die Hüften gestützt, ein leicht schwammiges Muskelgewölbe. Marcel sah, daß Kohls Zähne schief standen, eine einstürzende Ruinenlandschaft. Eine Sache, die sicher schwierig zu beheben war.

Eugen hatte immer gesagt, bei den strammen Antifa-Typen läge genau wie bei Neonazis immer eine Art Kindheitstrauma zugrunde. Eine Krippenkindheit, Scheidungseltern, Gewalterfahrung, körperliche oder auch nur kosmetische Makel; kleine Tragödien, die ein Lebenlang kompensiert werden mußten.

Nicola Löbig sprang vom Fensterbrett, das machte sie zwar kleiner, wirkte aber entschieden. Sie verschränkte die Arme und gebot mit scharfer Stimme Einhalt: »Bitte! Was sind d a s für Töne! Mein Kollege ist hier genauso ...«

Die beiden Männer ignorierten sie, der Neffe versetzte ihr einen leichten Schubs in die Seite. Frau Löbig erhob ihre Stimme zum Alarmton. Das verbäte sie sich! Marcel sah die Haare in Benny Kohl Nasenlöchern, einige davon lugten frech hervor, der Neffe ließ seinen Zeigefinger, oder war es die Faust, vorschnellen, er traf Marcels Brust, Marcel suchte Halt im Fensterrahmen, es war ja kein harter Schlag, kein Problem, unten sprach Manfred Hültzsch langatmige Dankesworte, weiß gar nicht, woher sie ihren Mut nehmen, ächzte die Löbig, Arschgesicht, sagte der Neffe und fuhr erneut mit dem Finger, wie um zu verdeutlichen, daß nicht Frau Löbig gemeint war, gegen Marcels Brust, nicht hart, aber empfindlich, Marcel spannte die Arme aus, für den Fensterrahmen langte es dicke, kein Problem, Benny Kohl faßte den Neffen von hinten an den Hüften, es reicht, rief er, brüllte er, das machte den Neffen aggressiv, Freiheit ist Zigeunerehre, er senkte den Kopf, El Toro, und rammte gegen Marcels Brustkorb. Marcel wollte sich an den Thorax fassen, ging ja nicht, er konnte nicht loslassen, der Thorax an sich war auch nicht das Problem, es war ein anderes, ein zweierlei anderes Problem, die Atemmuskulatur einerseits, die von Natur empfindliche, sie setzte schier aus, er rang nach Luft, zum anderen war es das Problem mit der rechten Seite, das Schlüsselbein, der nur ansatzweise zusammengewachsene Knochen. Marcel klammerte die Finger um die Innenseite des Fensterrahmens. Der Schmerz auf der rechten Seite, in der Schulter, war unerträglich. *Das kann kein Mensch aushalten. Ich bin ja ... kein Übermensch! Noch ... noch ... gleich bricht es erneut, die vorgestanzte Klavikula-Sollbruchstelle, nein, das nicht! Durchhalten, ja, nein, ja! Nein!*

Nein, es ging nicht. Er spürte Frau Löbigs Hand, sehr fest, auf seinem Oberschenkel. Sie klammerte sich um ihn, in Hodennähe, das war peinlich. *Eine Sache nicht schultern können, versagen, abtauchen, wollen, können, müssen, seufzen, Schrei unterdrücken, schon aufgrund der Peinlichkeit, doch schreien, oder war's der Specht?, Seufzen. Ruhe, bitte.* Himmlische Ruhe.

roman edition nordost

Jean Raspail
Sieben Reiter
verließen die Stadt

248 Seiten, 22 €
Schnellroda 2013

Ein Staat zerfällt, die Bewohner marodieren, eine Gruppe bricht auf, um den Untergang zu protokollieren.
Sieben Reiter, sieben rechte Typen, sieben Illusionen – ein Ritt in ein ebenso furchtbares wie überraschendes Ende. Raspails grandioser Roman erstmals in deutscher Übersetzung!

Verlag ℞ Antaios

Rittergut Schnellroda · 06268 Steigra
Tel/Fax: (034632) 9 09 41 · e-Post: vertrieb@antaios.de
www.antaios.de

erzählung edition nordost

Joachim Fernau
Hauptmann Pax
144 Seiten, 17 €
Schnellroda 2013

Irgendwo in Rußland, mitten im Krieg: Hundert deutsche Kriegsgefangene brechen aus, um sich durchzuschlagen. Sie ertragen, »was kein Tier ertragen könnte«. Fernau schrieb diese Erzählung nach einem Tatsachenbericht nieder.
Mit Illustrationen und einem Nachwort.

Verlag Antaios

Rittergut Schnellroda · 06268 Steigra
Tel/Fax: (034632) 9 09 41 · e-Post: vertrieb@antaios.de
www.antaios.de

roman edition nordost

Domenico die Tullio
Wer gegen uns?
272 Seiten, 22 €
Schnellroda 2014

Das Buch erzählt die Geschichte junger Männer und Frauen, die vor der Wahl stehen, entweder einen bürgerlichen Weg einzuschlagen oder die Chance ihres Lebens zu ergreifen und Teil einer ebenso kompromißlosen wie faszinierenden Bewegung zu werden – Teil der CasaPound Italia.

Verlag Antaios

Rittergut Schnellroda · 06268 Steigra
Tel/Fax: (034632) 9 09 41 · e-Post: vertrieb@antaios.de
www.antaios.de

erzählung edition nordost

Horst Lange
Die Leuchtkugeln
*172 Seiten, 17 €
Schnellroda 2014*

Der schlesische Schriftsteller Horst Lange hat diese Erzählung 1943 im Lazarett geschrieben, und Carl Zuckmayer hat sie als die beste deutsche Prosadichtung aus dem letzten Krieg bezeichnet. Beigegeben ist zudem die kurze Erzählung »Auf den Hügeln vor Moskau«.

VERLAG ANTAIOS

Rittergut Schnellroda · 06268 Steigra
Tel/Fax: (034632) 9 09 41 · e-Post: vertrieb@antaios.de
www.antaios.de